【中国古典名著·红楼梦续书集成】

续红楼梦新编

【清】海圃主人 著
敖堃 点校

内蒙古出版集团
内蒙古人民出版社

图书在版编目(CIP)数据

续红楼梦新编/[清]海圃主人著. -呼和浩特:内蒙古人民出版社,2014.6

ISBN 978-7-204-12947-8

Ⅰ.①续… Ⅱ.①海… Ⅲ.①章回小说-中国-清代 Ⅳ.①I242.4

中国版本图书馆CIP数据核字(2014)第132161号

续红楼梦新编

作　　者　[清]海圃主人
点　　校　敖　堃
选题策划　田建群
责任编辑　贾睿茹
责任校对　赵利霞
封面设计　马东源
责任监印　王丽燕
出版发行　内蒙古人民出版社
地　　址　呼和浩特市新城区中山东路8号波士名人国际B座5楼
印　　刷　武汉安捷印刷有限公司
开　　本　710×1000　1/16
印　　张　24.25
字　　数　320千
版　　次　2016年1月第1版
印　　次　2016年1月第1次印刷
书　　号　ISBN 978-7-204-12947-8/I·2557
定　　价　60.00元

图书营销部联系电话:(0471)3946298　3946267

如发现印装质量问题,请与我社联系,联系电话:(0471)3946120　3946169

出版前言

自从两百年前曹雪芹在一个凛冽的寒冬离开人世，他的巨著《红楼梦》没有终稿，而《红楼梦》的最后结局一直为人所猜测。在乾嘉时代，《红楼梦》因为有了程伟元的木刻本而广为流传，迎来了《红楼梦》的第一个传播高峰。而程伟元本八十回正文后所附之高鹗所续之四十回结局，虽给了《红楼梦》人物一个全面的交代，但在许多人看来，这个结局是差强人意，甚至是不合理的。于是，不少文人骚客拿起他们手中的笔，为这部未完成的巨著添上他们自己认为最理想的结局。这就在乾隆时代后期和嘉庆时代形成了《红楼梦》续书的第一个高潮。

这些续书作者，通过续写《红楼梦》，或是希望按自己的理想，赋予《红楼梦》故事一个更完美的结局，或是发挥自己的写作才能，把这个故事讲得更圆满。于是诸如《红楼圆梦》《补红楼梦》纷纷出版，为《红楼梦》再添一份光彩。遗憾的是，这些续作者们艺术水平、写作才能、思想深度均远不及曹雪芹，且深陷曹雪芹预设的窠臼无法自拔，不仅无法与《红楼梦》相企及，且大多不及高鹗续书，在当时就有“狗尾续貂”之讥。但是这些作者所希望的《红楼梦》人物都有圆满理想的结局，却是符合当时大众审美的，因而有不小的读者群，使得这些续书得以在漫长的岁月里不断再版，不断为读者接受，不断有人评价，且不断有人加入为《红楼梦》写续作的行列中。

到了近代，随着中西文化交流的发展，西方文化不断传入中国。近代出现的《红楼梦》续书和拟作，比乾嘉之时则显得更加多样化。续书作者除了按自己的理解续写《红楼梦》的故事外，有的则是借《红楼梦》的故事框架，抒发自己的社会理想；借《红楼梦》故事，浇自己块垒，如吴趼人的《新石头记》。还有的更是光怪陆离，把西方小说写作技巧运用到中国小说创作中来，如喻血轮的《林黛玉日记》。当代作家亦有续《红楼梦》者，他们把现代小说技巧与现代人对古代社会的理解融入《红楼梦》世界中，别有一番风采。

据统计，《红楼梦》续书大约有近百种，但其大部已经淹没在历史长河中。我们从中选择有可读性者约三十种，逐一点校出版，以飨读者。点校中，得到洛阳白河书斋晁氏藏书楼主晁会元先生大力支持，特此致谢！

敖　堃

2015 年 12 月于南开大学

弁　言

抹月披风，《桃花扇》数逢阳九；姹红嫣紫，《牡丹亭》怨负春三。血气虚生于两大，拂性难施；蛾嗪饮恨于九京，有情不遂。桃叶渡头，那寻往棹；莫愁湖畔，讵问来舟？既归同尽夫太虚，谁热返魂于乙夜？若乃夜雨枕寒，肠断佳人黛玉；春宵帐暖，梦迷公子怡红。揣摹世故，雌黄之口何堪；刻画膏粱，阀阅之家莫恤。箕裘未隳夫家声，蜚名鹿宴；识解迥殊于流辈，托迹缁流。茫茫幻海，难辨青埂之峰；渺渺仙踪，易掷通灵之宝。

然而论不关乎名教，将累牍风云其何济；事无与夫性天，纵连篇月露亦奚为？意存讽刺，货殖不满腐迁；辞寓褒讥，附会偏多盲左。情生情灭尽必情，情根谁握；觉早觉迟终贵觉，觉眼独开。况乎急流津侧，侔为勇退之人；依样年来，半是葫芦之客。宜其价重缥缃，名驰芸薤矣。所慨者，遥遥千载，同调难赓；落落此生，沉怀孤往。音赏希赏之音，朱弦莫越；味回难回之味，崖蜜徒甜。梦征蕉鹿，一彭殇而等莺鹏；谛化筌鱼，应马牛而齐黑白。聊托雨村之贾，孰传隐士之甄？此固抱膝之独有沉吟，而染毫之别留尚论者也。

至于吉占惠迪，如响之应非虚；光著谦尊，自牧之卑莫逾。打破愁关，迎超鬼刹；极登乐国，共结喜缘。祗期真还太璞，遁迹深山；无事泪洒神瑛，抗怀仙草。箫管庆遐龄，积善之家有余庆；簪缨荣奕叶，满床之笏喜增荣。是为序。

嘉庆十年岁在旃蒙赤奋若阳月上浣海圃主人漫题。

自　序

话说人生天地间，不过出处两途：出而辅君济世，显亲裕后，若皋、夔、伊、望，为帝臣王佐尚已。即萧、曹、房、杜，宋明之名卿钜望，彪炳史册者，皆足垂旗常而光竹帛。至不得志而迹寄泉林，癖痼烟霞，巢、由辈之高尚，后世隐君子亦多继之，《易》所谓潜德而隐者，处之道也。他则混迹缁流，托身丹士，似亦别有说焉，然其累劫修来，如葛稚川、吕纯阳者，恐未一二睹矣。雪巢贯顶，丈六金身，又岂易易！几乎名教中有乐地，未始非竿头之独有进步。

曩者，曹雪芹先生有感，而作《石头记》一书，别名为《红楼梦》者。寄感慨于和平，寓贬褒于惩劝，趋俚人雅，化腐为新，洵哉价重当时，名噪奕世矣。其尤奇者，缘之所限，迹不必合；而情之所系，境无终睽，为千古才士佳人另开生面，而终以空诸所有结之。读是编者，茫茫千载，谁是知心；落落此生，孰与同调？海圃主人三复读焉，而不自已。夏午昼长，爰辑四十回，导虚归实，笔墨全仿前集，因颜之曰《续红楼梦》云。正是：

情生情灭情何寄，种此情缘别有因。
春色枝头春不见，掷花何处又逢春。

目　录

第一回　证仙果帝廷受职
敦妇道勋府持家

前部《红楼梦》所说，通灵宝玉已被渺渺真人、茫茫大士携归大荒山，安置于青埂峰下，还其本然。诚为打破情关，跳出欲海矣。独是敷文位号，既经人主敕命，自不安于钝顽。想当年冷协律、张三丰诸山人，积行累功，必受王言亲敕，始能飞身金阙，名列仙班。即如世间只草微木，偶蒙藻鉴；孤峰剩水，倘遇宸游，皆令云霞生色，风日增荣。士之所以伏处衡茅，不甘自弃，惟期一日之知，从王珥笔，而扬于王廷者，此贤之贵不家食也。

却说通灵宝玉既归本地，殊觉散诞安闲，毫无拘束，但其封号早被值年使者申奏上帝，遂奉金旨一面，令长庚星持节下召敷文真人，赴阙受职，并一面宣梓潼帝君，确勘贾宝玉一生功过，据实覆奏。

不一日，即经梓潼帝君查得："宝玉惟有情痴，并无淫恶。结璃而全椿萱之命，登第而绍堂构之光。处温柔之地而不泥，居锦绣之乡而不染。待人无伪，驭下能宽。允宜褒嘉，无忝厥职。"上帝闻奏甚喜。正降旨锡封间，又值功曹持符奏事："查得敷文真人妻室薛宝钗，在家奉母，克尽其心，待兄曲全其义。及于归后，仰体公姑，和睦姊妹，静守女箴，克娴妇道。理合笃赐麟儿，以慰柏舟，以光阀阅。"上帝准奏，因命金童玉女暂赴尘间，完此善果。仍将通灵宝玉付金童手内，另成一番事业。配以天然如意，交玉女持向人寰，选吉日良时，将九霄仙乐送与积善人家。当经仙姥遵送不题。

宝玉既受敷文真人之识，遂隶梓潼座下，宣理文衡，稽查善恶，名位几与茅葛旌阳诸真人相颉颃。绛阙逍遥，不羡浮荣于人世矣。再说林黛玉，结茧春蚕，一灵不昧。喜随警幻仙子，代恳瑶池王母，转请帝命，即受潇湘仙子果位。因其薄有口过，令同警幻仍回幻境，再经一劫，加意勤修，始证仙果。此亦表过。

如今专言荣国府贾政，自遇宝玉，归家后将家务整理，因与王夫人相约：治外者治外，治内者治内，静处守制。宁国府产业蒙恩给还，不用两处照应，也省一番心力。惟是入不敷出，与贾琏再四商约，并唤管家林之孝，在书房将现存房地逐一打算，实有顾此失彼之虞。自己补官尚需时日，更属远水难解近渴。闷坐无聊，遂一径走至王夫人房内。

王夫人连忙让座，正值思念宝玉，不觉涕痕在面。贾政归坐，遂用言语解劝一番。因语及：“老太太在日，制春谜，开夜宴，曾几何时，而风流云散，皆成往事。人生白驹过隙，尚宜自爱。何因一宝玉而不能看破，稍为排释呢?”王夫人说：“我亦不为宝玉。因见家事纷如，毫无头绪，而日用太繁，又恐一时后手不接，将来不知伊于何底。”王夫人此言，正触贾政心绪，转觉相对默默。玉钏捧过茶来，贾政才用手去接，忽听帘栊声响，李纨同宝钗走进房来请安。王夫人即令在旁边椅上座了。贾兰亦随后跟人，当向贾政、王夫人请过安，即在一旁侍立。

贾政蓦见贾兰，念及宝玉，亦觉情动。因转念贾兰矢志读书，少年已侧贤书，将来前程远大，可继书香，不觉变忧为喜。遂将近日功课问过一番，更勉其上紧奋志，好搏春闱一第，不可自懈，尤不可自满。贾兰连声即应道：“是。”王夫人因向李纨说：“兰孙实在可爱。”因命彩云将手盒所存鹅油云卷及到口酥茶点取了两样，递给贾兰，令在侧首一张桌上自吃。贾兰连忙接碟在手，打了一千，方才转身过去。

王夫人便将才与贾政所说之事，诉与李纨、宝钗，并相商作何处置方为妥善。李纨为人长厚，前与探春曾经管理家务，久知此事难于为力，而其平日本无出人头地见解，王夫人亦所素知，当下李纨默然无语。

贾政因向宝钗说："你大嫂子为人谨饬，才非肆应。汝在家时办理一切家政，井井有条。我亦知你此时心绪实在不宁。然珠儿已故，宝玉又遁迹隐去，现在家事蝟集，你于此时，何不出一言片语，排挡家内未了诸务，宽我两口老怀，则以妇作儿，何所不可。你毋存心，因你大嫂子无言，遂袖手默坐，如秦人之视越人，我心更着急了。"宝钗一闻此语，连忙站起身说道："媳妇年幼，有何知识，但见到之处，亦不敢过于隐昧……"

原来宝钗心地超脱，识见老成。自宝玉走后，虽哭迷数次，后念遗腹在身，暗仿古人胎教，时刻自爱，不肯过悲，以伤其体。每见家政废弛，贾琏刻削于内，而任事家人无不浚剥于外。且人口冗烦，应酬散漫，徒仗借贷以补不足，渐至所入为利债盘折，几不能于支持，则将何所收拾，胸中早有成见，欲候王夫人闲时稍露其意，尚未出口。适值贾政今日指名问及，并将李宫裁一层代为出脱，事关切己，当即站起，前一步，说未数句。王夫人仍命宝钗坐下，徐伸议论。宝钗当即归位坐定，因说："媳妇年幼，有何知识？老爷太太如此吩咐，有见到处，何敢隐昧。不过随口说来，可行可止，仍求二位大人主裁教训才好。"贾政一闻此言，便说："你只自言所见，何用如此回护，你便说罢。我及你婶娘听了再行斟酌。"遂叫彩云："先倒茶给你两位奶奶喝。"彩云即倒两盅茶来，李纨、宝钗接了喝完。

宝钗遂开口道："我们家世向承祖荫，库内原有厚藏，不拘任用，皆可有盈无绌。数十年来，今非昔比，而一切章程由旧，兼办多少大事，是以入不敷出。最吃亏处，总由支付一时出于借贷，一经重利盘剥，而经手下人只知肥己，不知顾上，渐渐支持不住，亦勿怪

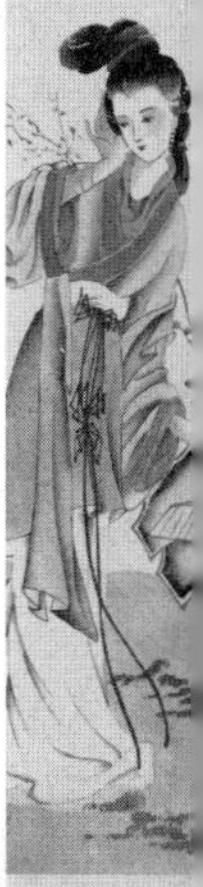

老爷及琏二哥着急。但徒事焦躁,何益于事!为今之计,第一件事先黜虚名而归实用。可将库内现有多少存银,及每年应支银俸,并各庄上所进粮食折银若干,通盘算定。首将利款作何归楚,倘有盈余,应作如何存铺生息,以补日用之不足,此是第一要务。嗣后再将家人口数,应存何人,应放何人,及各房中伺候丫头、老婆子,存三四人或二三人,其余皆可令其另寻生理。大观园内出产甚多,探春妹子同大嫂子所定甚是合宜,须得妥人经理。一则严紧门户,再则薄有出息,可供各房月费之助。东府中有邢太太及尤大嫂子作主,再作一层计议。至于现在家人,包勇直梗有胆,大观园一带即可交伊总理。林之孝、李贵两人皆晓事守法,令管大门,似亦妥当。据媳妇意思,可将对牌赴库一节蠲了,有银到库,可立支房,即交琏二哥经理,应着何人管办,即凭琏二哥遣派,设有错误,惟琏二哥是问。内派李大嫂子,平二嫂子及媳妇,亦可与其事,经办一切出入应酬事件。厨房可设一处,即着柳家总司。一应买办,皆责周瑞、董其成,十日一结账,总听琏二哥销支。其余所存,成房家人,每月计口与粮,其柴并菜钱多少,任伊关出,自为樽节费用。各房丫头、老婆子,即在各房分例派出,其饭食则赴大厨房支领。至于外头酬应,老爷亦当与琏二哥及管家林之孝通长合算,其无益处更宜节省。贾环兄弟渐大,宜派人伺候。惟兰哥读书,月费六两,实不敷用,当为增益。再惜春妹子月例,亦不可减。栊翠庵香灯月费在咱府内,亦不可裁。铁槛寺可减半支送。其余大概,若水月庵等处庙中例费,毫无所益,似当尽行免掉,可节糜费。媳妇所见如此,听二位大人裁处。"

宝钗每说一段,贾政及王夫人、李纨皆点首赞好。统候说完,贾政满心欢喜,毫无愁态,连连夸道:"吾儿小小年纪,何能有此才略。所论之事,无不酌理准情,悉合机宜。我今即唤你琏二哥到书房,查明所入实数,再来与你商量。"宝钗接口道:"还有一事,亦当议办。此时腊初,离年甚近,不可不急为打算,设到临期,又费挪处。”贾政已起身外走，遂连声说好，便向王夫人说：“汝即摆饭同两媳妇及兰哥吃罢。我在书房同程相公、琏侄另要一桌，汝不必候了。”说着，玉钏即打起暖帘，走出去了。王夫人仍在房中与李纨、宝钗商量前事。想起大观园分段经管，记不真所派何人。李纨一时亦想不起。

只见平儿领着巧姐从外进来。王夫人看见巧姐已十一岁了，身量却不甚高，长得苗条好看，模样儿亦与琏二奶奶相近，粉白甜净，实在可喜。身上穿件藕色素绸棉皮袄，青绸比甲，头戴卧儿兔，露出新留短发。进得门来，先替王夫人说：“请太太安。”即转身向李纨、宝钗通请了安，又问兰哥哥好。王夫人想起凤姐，遂即搂在怀中说：“你可好么，从外头来冷呀不冷？”就手即抱上炕去坐了。便就叫玉钏拿果子倒茶，给巧姐吃，一面便叫平儿坐下，说了几句闲话。

王夫人想起管大观园的人来，即笑着问平儿道：“你来得很好，我正要叫人问你去呢。”平儿不知何事，连忙问道：“太太有何吩咐要问平儿？”王夫人遂将宝钗所议，备细说了一遍。“因一时想不起管大观园的人，你可记得吗？”平儿说道：“此事恍惚记得，稻香村一带是老田妈，蘅芜苑一带是叶妈管的。太太问问探姑娘，想必记得。”宝钗此时也想起了，说道：“这话不错，当日探妹妹派人时，媳妇曾亦听过，怎么一时就记不得了。”正说着，老婆子回：“饭已好了，请太太示下，吃也不吃？”琥珀进来问了一声，王夫人说：“就在靠炕放桌子摆饭，我与诸位奶奶及兰哥、巧姐一块儿吃罢。”

不一时，将饭吃完，漱了口，坐着正讲闲话，只见小办进来，向平儿说：“琏二爷找奶奶要什么皮袄哩。”王夫人就叫平儿领着巧姐去了。又见探春拿着他家周总制的书进来，对着王夫人道：“这是女孩儿家的平安书信，才二叔处着人送来，禀太太声，好放心。”王夫人遂问：“你公公、你女婿好？”并问：“书中可说及边海近日可曾宁静，你公公何日差满，可回京来？”探春道：“书内只说诸事平安，边海上事倒无提及,亦未说何日可差满回京的话。”王夫人便问:“你吃了饭没有?”探春道:“我同史姐姐一同吃的。”李纨便要起身,宝钗遂亦起来说道:“我出来时备了一壶好茶,尚未沏上,大嫂嫂、三妹妹何不到我房中坐坐,品评此茶身份。”探春闻听即说道:“好。”带着小螺,即邀李纨一同过宝钗这边来。兰哥儿要回家去读自己的书,便各自走了。

李纨、探春、宝钗三人,说说笑笑,不多时即到宝钗院里。雪雁连忙掀高帘子,遂同进屋来坐下。宝钗即吩咐柳五儿,将备下这壶茶用锡钴烹起干净水来,并着雪雁请史姑娘来一堆儿品茶。探春说:“这茶在茶叶好,尤在水的火候得宜,分外好吃。”李纨说:“可不是,咱家不又出了七盏通仙的高人了。”大家正说笑着,茶已热了,刚刚沏在宜兴壶内,雪雁掀帘,史湘云从外笑着进来,说道:“这才是咱们姊妹,有壶好茶亦不肯偏我。”李纨、探春、宝钗听得,连忙站起让座,大家一同坐下。莺儿用茶盘将所沏的茶,同柳五儿一盘两盅,送到四位面前。未曾去喝,闻得一股清香,看其颜色,却甚淡淡无奇。湘云说:“这茶真是好茶,较龙井味尤觉高些。”李纨亦甚赞好。探春说:“二嫂子若不因此茶很好,怎肯请我们这些难说话的人来尝茶。”宝钗说:“这茶叶虽细,年已陈了,未必好吃。姑娘嫂子们请将就着罢。”姊妹们大伙说笑不题。

再说贾政刚到仪门,忽见林之孝手持全红柬由外头跑进回话。不知所禀何事,且听下回分解。

第二回　沐恩纶山左江西秉鉴
占惠迪金童玉女临凡

话说林之孝持帖禀话，系梅翰林来拜。这梅翰林名友福，浙右世家，隶籍仁和。前在钟山书院掌教，与薛蝌相好，薛蝌遂将妹子宝琴许伊次子梅调鼐为室，夏间业已过门。前因梅翰林守制在籍，传说他已作古，后来服满，仍旧补了翰林，向为山东学院，差满回京，陛见后，甚得温旨，不两月即升侍讲学士。又值江西学政出缺，蒙恩钦点梅友福司衡江右。上年贾兰即中在梅翰林房内。与贾政相得最深，且甚敬贾政为人正直，官声清卓，两下遂成莫逆。

当日贾政闻梅翰林来拜，因居忧，本不见人，念系相好，不便推辞，忙忙吩咐快请。即一面仍回上房，穿一件素绸黑羊皮褂，急急走出，林之孝已将梅翰林让进门来。梅翰林入门东转，进一门楼，即见迤南假山一带，修竹数竿，芍圃在左，菊篱傍右，中间鱼池一区，现在水沍可鉴。白石栏杆环绕，不染纤尘。李贵高揭暖帘，梅翰林步入书房。尚未坐定，即闻贾政在后面带领小厮数人急急走来，遂即连忙站起，走到门外迎见。两人拉手相候，同进书房。

贾政此刻服已两年，将及大祥，不便席地，遂与梅翰林分宾坐下。七十四和连辉当即捧上茶来。梅翰林一手接茶，即向贾政说道："小弟连日碌碌，无一闲刻得领教益，时深仄切。"贾政方欲回言，梅翰林又接说道："前日又蒙特恩视学江右，一切幕友苦难得人。这两天方部署稍清，不过一二日请训，约十五前后即当起身。不知老大人何以教我?”贾政因举手说道:“老先生文名清望，久振木天。况逢圣主特知，将来纶扉重任，非公而谁?暂典衡文，未足尽其恩遇。弟因守制，未敢走贺，前着贵门人兰，造府道喜，想邀鉴宥。惟是我辈相好，卮言删却。现既荣行在迩，弟亦不便公饯，今具薄酌，稍伸攀柳。并望勤慎抡才，得一二隽异，为他日国家梁栋，这便不负今日主上之恩。”遂一面吩咐李贵预备酒筵，围炉小酌，促膝谈心。梅翰林道:“老大人所赞，太过誉了，学生何以克当。至于后所赠言，敢不稍竭驽钝，上酬主遇，中慰友望乎?既承厚爱留饮，弟不敢辞，谨遵长者之命。但稍涉爇缛，转非知己。”

贾政闻言，即请梅翰林宽去大衣，另换随身便服，遂即定席，转靠南窗一张长几，对面坐下。维时，炉添兽炭，鼎爇龙涎。方将盅箸取到，忽见林之孝忙忙走入，说道:“吏部长班陆鸣善来禀，今日已刻奉内阁片子，立传老爷到阁宣旨。”便将内阁传帖递上。贾政接来一看，写着:“内阁特传原任工部郎中贾政，速赴内阁，听候宣旨，毋迟。此传。”贾政看完，方欲问话，忽见东府贾大老爷赦同侄贾珍、小厮掀帘走进房来。贾政连忙站起拉手请安，贾赦即与梅翰林作揖问候。贾珍见礼后，即打千请贾政安，贾政拉起道好。只见贾赦开口说道:“适在甄嘉言处，说今早有信，闻老弟有不次之擢，正来打听。吏部现有传行，二老爷不可稍缓。”言未毕，梅翰林遂即起身，连连应道:“大老爷所言甚是。君命不俟，万不宜迟。弟尚有心腹之事相托，容当再请，并来道喜。”说着早已走出帘外。贾政急急说道:“弟虽奉传，家兄即可代东，尚宜稍坐。”梅翰林道:“弟起身尚有数日，另为请教罢了。”当下一同送出府门。梅翰林坐车仍行拜客，贾赦同贾珍亦即上车回去。

贾政遂命伺候。派李贵、连辉骑马跟班，遂到王夫人房来更换吉服，以便接旨。

此时王夫人房内，正同探春、史湘云、李纨、宝钗及兰哥儿吃饭才罢，漱口时闻知此事，正不晓是何缘故。忽见贾政进来，史湘云即上前请安。原来史湘云现在孀居，王夫人接伊同探春暂住。贾政连忙问："姑娘好。"即对王夫人说："现在吏部传行，即赴内阁听旨。可速将衣服取来换过，立刻起身。"王夫人听说，遂吩咐琥珀开箱取衣。琥珀因老太太去世，王夫人遂留在房内，单管箱柜。不言琥珀去取衣服，王夫人又吩咐彩云："你可快到厨房，速将替老爷所留之饭传来吃了，即好赴阁。"贾政说："我不吃饭了，可将随便点心拿一两样来吃个罢。"王夫人即命玉钏、彩云立刻端出鸡蛋洋糕一碟，水晶鹅油糖卷一盘，奶酥果馅饽饽二样，放在炕桌上。贾政便命史湘云姊妹皆靠里一带坐下，遂即上炕吃了点心数个。彩云倒茶喝了，立即更衣出去。在书房向贾琏操总说了几句话，不过照宝钗所言，查数回来再议，忙忙出门上车去了。

王夫人在上房同姊妹大家议论，不知是甚旨意。彩云忽说："邢太太同尤大奶奶已到门外。"王夫人即同史湘云、探春等迎接出来。正欲问话，彩云又说："薛姨太太及邢姑娘皆进院了。"当下邢夫人与王夫人同众姊妹一时皆迎接上去，各自请安问好。玉钏随掀高毡帘，薛姨太太及众人皆到房内，薛姨妈便问道："方才听见二老爷入阁听旨，定有升迁喜信，所以亲身过来打听。"邢夫人说："可不是呢，我亦才闻，特地探问。"王夫人便说："吏部长班送到内阁传片，老爷立刻起身到阁，尚未回来。跟去家人亦未给信。"遂命倒茶。彩云、玉钏端上茶来，薛姨妈，邢夫人等一盅茶尚未喝完，忽闻报"老爷回来了，说是皇上特恩放了户部山东司郎中……"话未说完，贾政同贾琏、贾环、贾兰爷儿们从外说着走进院来。薛姨妈、邢夫人同王夫人及众姊妹妯娌连忙迎到外边。薛姨妈、邢大太太连声道喜，便问是何恩旨。贾政先替薛姨妈问好，邢大太太请安，便向众人说道："我到内阁，不意王老太师早在阁中，当即宣旨。缘今早户部山东司郎中出缺，吏部开列名单。我服未阕，例不开列。蒙特旨：贾政在籍二年有余，服已将满。户部山东司郎中员缺，着贾政补授，先行到任，俟服阕再行实授。钦此。似此皇恩高厚，我贾政糜顶难酬。”当下众人无不喜悦。贾琏等及李纨众姊妹皆替贾政、王夫人叩喜。贾政因见薛姨妈在此，不便坐下，遂同贾琏等来到书房，商议明日谢恩到任等事。一连数日，贾府贺客盈门喧阗，车马应接不暇。

转跟已过初十以后。那日贾政稍闲，正与贾琏查明出入用项，分派家人存留及一切月费日用等事，忽报梅翰林辞行拜会。贾政当即接入，见面彼此称贺。贾政先开口道：“弟正备小柬，屈驾明日一谈。今降玉趾，省弟一番烦文缛节，所谓知心自应如是。”梅翰林道：“大人受圣上特知，逾格垂恩，弟闻信雀跃。前虽踵门来贺，未获面致。弟今定期十六日起程，所以亲身奉候老大人。教诲之余，更赐饮食，则弟转作不速之客了。”说罢彼此大笑，分宾坐定，七十四送茶上来。茶罢，梅翰林道：“老大人持身正直，一岁三迁，原非分外。然蒙此番圣恩，始见老大人平素受知，不同流辈。”贾政道：“弟有何能，圣上念先人遗荫，格外培植。受恩愈重，报称愈难，弟方深仄歉。老先生不以言教我，转蒙过誉，使弟倍增愧赧。”梅翰林道：“老大人何作此言。弟才所说皆是实话。即如弟从山左回来，又蒙新命，亦不知如何报效！前意与老大人所见相同，惟期勉竭绵薄，以报高厚于万一耳。”

贾政连连说是。遂一面吩咐李贵等在小书房备酒，即邀梅翰林向左进一小院，便是贾政平日独坐颐养之地。七十四掀起暖帘，梅翰林走人屋内。但见四壁光明，裱糊洁净。贾政因在制，壁上并未挂画，楠木条案上摆金鼎一尊，满焚芸檀，旁放定窑白瓷瓶一件，上插腊梅、天竹，颇有闲趣。东首中放书桌，两旁列四张椅子，桌上摆着旧帖数部，古书两套，外有文房四宝，放在都陈白玉盘内。西侧暖炕上铺绒毡，青哔叽棉褥，中放小花梨桌一张，靠背、拐枕、座褥俱全。地放脚搭、痰盂，当中安放楠木八仙大桌，两边椅子八张分列，不涉繁华，别有次第。梅翰林重行施礼，遂同贾政就在暖炕

坐下。

二人闲谈许久，李贵、连辉遂将桌子调开，摆上果碟二十四个，七十四、叶忠捧盅，两旁伺候。贾政起身让梅翰林，分宾坐定，贾政安席。二人对饮间，梅翰林忽擎盅拱手说道：“弟今奉命南下，心中一件紧要事，前次即欲请教，未得畅言。弟游宦在都，向来赁房居住。今贱荆在敝乡，尚未接到，惟有小媳及数房家人同寓。且弟一身国是，所有家政，必须小儿偕行。薛亲家处，年来想在洞鉴。欲将小媳同去，实与官箴不便，欲留都内，又苦无得靠之地，弟甚为难。因叨爱下，用敢直言。不知老大人可有一法，使弟放心长往？则感非言喻矣。”贾政闻言，默然片刻，徐徐言道：“此事实在不能兼顾。但弟素称莫逆，不敢自外。薛亲家处，弟可代言。果有安排，另行覆命。设或不妥，令媳未出阁时，曾与小女辈同居数载，深为闺中至好。即接到弟家与小女连房而住，并将伺候丫头、仆妇带来，未知老先生以为何如？”梅翰林听言，满心欢喜，站起来打一躬道：“老大人如此厚待，弟虽异姓，何异同胞。此事亦不必向薛亲家斟酌，即将小媳并仆人辈，候弟起身时即送来。种种承爱，统泐心版，知己前，弟此时亦不套谢。”二人说话投机，连进数觥。撤去小碟，端出大盘大碗菜来。梅翰林不胜酒力，连连催饭。饭才吃完，忽报薛蝌来见。贾政吩咐请来，即一面迎将出去。

不一时，薛蝌走进内书房，先与梅翰林见礼，并与贾政打躬请安，遂在椅上按次坐下。说了几句闲话，贾政便问：“薛蟠近月可收些心吗？”薛蝌答道：“小侄的哥，近日很知好歹，酒已戒了，现同张伙计回金陵家里，再往苏州置货，约得明年四月初才可回京呢。”贾政听了点头说好。薛蝌便向梅翰林说道：“小侄闻亲家太爷荣行在迩，不知舍妹可同回南，仍在京居住？小侄两次到府，未及遇见，并妹夫亦公务出门。家伯母甚实惦记。闻老伯大人在贾姨太爷这边，因着小侄来此讨个示下。”梅翰林尚未回言，贾政接口说道：“我因此事，正欲造府见令伯母商酌。”便将与梅翰林所议，细说一遍。

薛蝌听了说道:“此说很好。但小侄与家伯母业经议定,小侄处有东小院书房七间,紧靠内室,现在打扫干净,安设厨灶,诸皆妥当。在姨太爷这边原无不可,但舍妹究不如在小侄处,尚属娘家,诸事似觉稍便。小侄见浅,尚望二位老伯大人上裁。”梅翰林听完,便笑着向贾政道:“薛二兄此议真出万全,应照此说安顿。且与宅上相邻,即同在府无异。弟起身前先送小媳过去,无容再议。老大人高谊,即同身受。”贾政细思薛蝌所言甚妥,不便相强,亦即点头称善。

一巡茶罢,梅翰林起身谢酒,遂同薛蝌出大门,并不坐车,就便走入薛蝌家去。贾政遂归上房,将此事告诉王夫人得知,王夫人亦道甚好。

腊月天气易过,梅翰林将宝琴送到薛宅,即起马赴江西考试。当下寅好公饯,惟贾兰亲备程仪,并同门皆送城外十里方回。傍晚到家,见过贾政、王夫人及母亲李纨,皆各放心。

不数日间,离年已近。乌庄头送到常例,仍照旧例分送。惟今年收成很好,粮食又值钱,交上租价,较往年几多一倍,约银八千余金。贾政吩咐贾琏收入支房。打发庄头去后,又蒙皇上恩典,将世职银俸年底先支一半,余照例二月再领。封印后,户部书办又将山东司郎中应得余平饭食及向例规矩,约银四千余金,送交门上林之孝手内。林之孝禀明贾政,亦命交贾琏收入,总作年费开发,便觉不甚拮据。

转眼即到年除。贾赦、贾政率合族子侄辈在宗祠设祭叩拜;邢、王二夫人亦率诸媳及各姊妹分班行礼。彼此叩节已毕,贾政回到荣府上房,王夫人亦才在东府回来。夫妇对坐,念及宝玉,无不伤感。遂传命今岁家下一切不必拜年。并命在宝钗房内摆设年酒,着探春、李纨皆同叙饮,此即王夫人偏疼宝钗之处。

明晨五鼓,岁次丙戌,贾政上朝朝贺,并拜北静王、南安郡王,及各衙门大人诸同寅,直到傍午方回,到家庙行礼后到府,仍照年除分付,遂到上房王夫人处憩息。因老太太服制未满,一切年酒概辞不领，家中亦不请客，倒比每年省了许多烦扰。

倏忽灯节将近，宝钗渐觉身体夯重，似乎临月光景。贾政十四日自衙门回来，将到府门，忽见包勇及周瑞数人同一和尚嚷吵。原来此时包勇已派门上。只听和尚高声说道："我出家人好意，又将宝玉找着送来，不将所许万金拿出相谢，倒反嚷叫，是何道理？"包勇气得连话也说不出来，惟周瑞大声嚷道："你说找着宝玉，现在何处？问你要人，你又没有。此系荣府，我老爷现管户部，岂容你们在此撞骗？不交堆子到提督衙门，你也不怕了。"

正吵嚷间，忽见贾政车到，遂皆垂手伺候。那和尚一见贾政下车，便即走一步，向贾政打一稽手。贾政举目，吃一大惊。原来这和尚即向日在书房点化宝玉还玉的那位头陀。贾政当即作揖，连忙请人奉茶。和尚见贾政为礼，遂笑吟吟的说道："居士既认得老僧，可谓有缘。我有红药一丸，最救产难，送予居士，不可轻看。后若得了宝玉，老僧再来索礼便了。"遂在布袋内取出纸包丹药一丸，递给贾政。贾政才接到手，打开纸包，尚未看清是何丸药，和尚早已忽然不见。

合府众人无不诧异，贾政却看作寻常，吩咐家人不许传说。即一面走进府来。心里因惦着宝钗临月，又值和尚送药专治产难，未免踌躇。遂拿药直进上房，将前项事说与王夫人听了，王夫人亦甚骇异。打开药看，系一红丸药，别有异香。遂向贾政说道："此事甚奇，必系佛天保佑，着真人送药给宝钗临褥之用，亦未可知。"贾政连连点头说："太太此言很是，可将此药收好再看。"

言尚未毕，忽见宝钗房内柳五儿走进房内说："回太太，从早二奶奶即觉腹疼，不许传言。此刻疼得很利害，莺儿姐姐着急，瞒着二奶奶教我给太太送信。"贾政、王夫人一闻此言，又惊又喜。王夫人因宝钗临月，已将稳婆沈姥姥留住府中，遂着传到，同王夫人急到宝钗房去。并一面给薛姨太太信，即请过这边来，不可迟滞。彼时李纨、探春，平儿皆得此信，前后都到宝钗屋内。

再说王夫人同沈姥姥，并带周瑞家的、李贵家的及玉钏、彩云等先到。只见宝钗靠着桌子站着，双眉紧皱，满面涕痕。王夫人一见，心疼不过，连忙问："我儿觉到怎么？地下太冷，快上暖炕坐坐。可吃些什么汤水来？"宝钗回说："不觉怎的，惟觉腹内抽肠剐肚，疼得利害，坐也不好，站也不好，不知要怎么样的。"

正说着，薛姨妈同香菱、邢岫烟也皆走进门来。薛姨妈不及闲说，便问沈姥姥："二奶奶可见些什么？"沈姥姥说："尚未见红。我才拿脉看，像是得半夜的才是时候。"薛姨妈便问宝钗："今日姑娘可曾吃些东西？"王夫人接口说道："我这里正在劝他，姨太太所问甚是。"即一面吩咐柳五儿："你可快去叫你妈作碗鸡丝清汤燕窝来，亦不必另用什么，或盛碗京米香稻饭即够了。"五儿连声答应出去。王夫人遂着宝钗上炕，靠褥垫高背后坐下。

不一时，柳五儿同他母亲柳家，将燕窝汤及香稻饭一盘，用暖碗盖着端来。炕上摆下桌子，雪雁连忙将汤盛好放在桌上，遂摆下乌木筷子一双，下菜二碟。宝钗并不想吃，却不过王夫人、薛姨妈再四劝着，吃了半碗燕窝汤，又要京米饭吃了一小碗。两位老人家甚是欢喜。

渐渐天色晚将上来，五儿、雪雁点上蜡烛。忽报李纨的妹子李纹、李绮到了，又报本家的喜鸾、喜凤二位姑娘闻信，皆下车已进大门了。遂同李纹、李绮一齐来到宝钗房内。请安问好已毕，探春遂向李纨说："二嫂子屋里不甚宽绰，我们何不邀着众姊妹皆到大嫂子房内一坐，岂不甚便？"王夫人听见遂开口道："探姑娘此言很好，即烦你代东替我照应，即在你大嫂子处摆饭给众位姑娘吃罢。"当下李纨、探春即邀邢岫烟、香菱、李纹、李绮并喜鸾、喜凤、平儿，皆过李纨这边坐下谈笑。不题。

且说宝钗上炕后，已将起更，觉到肚内疼的实在难过。因其为人端静，渐渐亦忍耐不住。薛姨妈正欲着沈姥姥试水，忽见薛蝌着老李妈进来禀道："宝琴晚饭时好好坐着，掌上灯来，忽觉腹内微痛，随上炕坐了，觉道好些。家中人只听得天上鸾鹤飞鸣，笙箫递作，一阵异香扑鼻，宝琴姑娘随添了一位小姐。更有件奇处，小姐右手内擎着金小如意一柄。连姥姥并未及叫，蝌二爷现着老严嬷嬷扶着，叫快请老太太过去要紧。”薛姨妈闻言，连忙站起，向王夫人说道：“宝琴日子尚早，仓促分娩，多未预备，我得自家过去，稍迟再来。”王夫人连声道喜，随说：“姨太太快些去，此处有我，不必惦心。”薛姨妈才要举步，仍又看着宝钗。此时宝钗听见妹子添了女儿，心中一喜，便觉疼的好些。遂向薛姨妈说道：“妈妈只管过去，我身上此刻觉得好些。”薛姨妈遂即走出外间房来，王夫人赶着要送，薛姨妈再三辞了，候香菱、邢岫烟到齐，便急急到自家家里去了。

王夫人回到宝钗房内，乘着宝钗欢喜，又劝着将人参汤喝了数口。忽又疼得利害，王夫人猛然想起今早和尚所给药丸，因命彩云去取，只见贾政已着琥珀将药送来。此时天交二鼓以后，即忙将药放在宝钗口内，用水送下。忽闻半天一派仙乐缭绕，悠悠扬扬，渐到荣国府宝钗卧室脊上，府内无大无小，男女老幼，无不诧异。连贾政听了亦甚惊喜。

王夫人因见宝钗疼得身不自主，遂叫周瑞家的上炕帮着莺儿两边扶住。蓦见一派紫光满室，听得“呱”的一声，生下一个孩儿来，沈姥姥连忙接住。未知是男是女，且听下回分解。

第三回 庆三朝开筵款客 监礼闱破格抡才

话说宝钗这边,仙乐缭空,异光满室,生出一个孩儿。沈姥姥两手收住。王夫人听得声嗓洪亮,忙忙要问,只见沈姥姥高声向王夫人说:"太太大喜,添个哥儿。"王夫人闻言,满心大悦。随着彩云先替贾政报喜,一面叫琥珀看看自鸣钟,此时已交子时二刻了。遂看着沈姥姥剪断脐带,替宝钗取下衣来,才放了心。即着李贵家的报与薛姨妈知道,便即走到炕边,看沈姥姥抱着孩儿,生得面方耳大,目朗眉疏,着实欢喜。忽见两手攥着拳头,像似有物在手样的。即近前轻轻擘开右手,恰是一丸红药。左手攥的更紧,沈姥姥用力半晌,方才放松。及至开了一看,王夫人及屋内的人吃一大惊,原来孩儿手内擎着一块美玉。王夫人忙接到手细细辨认,乃是宝玉所生时口中所衔之玉,正面背后篆字,分毫无异。

宝钗在炕听得添了儿子,心中亦喜。才把定心汤吃完,忽闻王夫人说新生孩儿手内擎着一玉,与当日宝玉口中无二,转念忽觉凄然。王夫人不及安慰宝钗,连忙走出,欲将此事告知贾政,听其裁处。才出房门,即遇见李纨、探春、喜鸾、喜凤一齐进来。昨晚李纹、李绮已经回去。王夫人一见,便即告诉此事。李纨等口先道喜,意亦甚是稀罕,同声说道:"容媳妇等见一见,再来替老爷、太太磕头。"王夫人笑着即到自己上房去了。

却说贾政听见宝钗生了儿子，又是仙乐紫光之异，遂到宗祠行礼，又到老太太神主前，再拜祈保平安。即就近先与贾赦、邢夫人叩喜。方才回来，忽见王夫人走进上房。王夫人一见贾政，先行道喜。贾政满面带笑说道："太太亦同喜呀。"正要谈及仙乐紫光之兆，王夫人忙忙说道："此子生来大有奇怪。"因将右手擎一药丸，左手拿着即是宝玉所衔之玉，"这是甚么缘故呢？"贾政听罢，连声说道："异事，异事！今早门口送药和尚明说找着宝玉送来，这个孩子即擎在手内生下，看来此子大是不凡。但不知品貌何如？"王夫人说："相貌很好，品貌像在宝玉以上。"

贾政闻说甚喜，即欲起身到书房，派人到各处亲友报信。王夫人惦记孩子，亦要仍往宝钗房去。只见贾琏、贾环、贾兰带管家林之孝同合府家人，贾琏叔侄走进房来，即替老爷太太磕头。众家人在院中一齐跪下叩喜。贾政拉起贾琏等，口称"同喜"。并吩咐周瑞家的传命众人："免了罢。"方才退去。又见林之孝家的带着众家下媳妇，又是各房丫头，俱各叩头道喜，王夫人说："罢了。"又见李纨陪着薛姨妈及探春、喜鸾、喜凤、平儿等同走到门。原来薛姨妈已到宝钗处看过了。玉钏掀起帘子，薛姨妈先进屋来，即向贾政、王夫人敛衽。贾政、王夫人还礼不迭，口称"同喜"。李纨、探春姊妹等随即进来道喜，贾政、王夫人连说："喜呀，不必行礼。"便让薛姨妈上坐，王夫人及众姊妹皆按次坐定，贾政坐在靠门一张杌上。

未及吃茶，薛姨妈先说起玉的事来。贾政说："我们正在猜详此事。"薛姨妈不过说些吉祥话儿，李纨、喜鸾辈因贾政在座，未便插口，只见探春笑着说道："此事据孩儿看来，大是佳兆。当日宝玉哥哥带此玉落尘一番，虽屡著灵奇，究无经济大用。这个侄儿又擎此玉再世，必另有出人功业，或以文章名世。天地生才，断乎不虚。孩儿先替老爷、太太预庆，俟孩儿言验后，再求老爷、太太的赏赐。"一席话，说的众人无不点头。贾政听了大喜，即走起身笑着说道："只要应了姑娘所言，便是家门之幸了。"

贾琏等随着贾政来到书房，即派了小厮明早各处送信，并派定焙茗、林之孝的次子林天锡二人，往后跟随新添的哥儿。焙茗乐的手舞足蹈起来。

王夫人同薛姨妈带着李纨，仍复走到宝钗房来。看见宝钗盖着被子，已经睡下。沈姥姥连忙放下孩子，走下炕来，先替薛姨妈磕头，转身又替王夫人磕下头去。王夫人满心欢喜，用手连忙拉起，说道："今日很费姥姥的心。"即时赏银十两、金戒指一对、红绸一匹，作洗手费。沈姥姥又磕头谢赏。薛姨妈说："我到洗三一同谢罢。"沈姥姥连说不敢。王夫人当即掀开小被，看见孩子裹着溺褥，睡的正好。越看越爱，便叫薛姨妈、李纨等过来同看。此时天已鸡叫二遍，大家尚宜歇息，李纨即邀薛姨妈同去，众姊妹亦各归房。王夫人又吩咐了周瑞家的、李贵家的、莺儿许多照应哥儿、宝钗的话，方回上房安歇去了。

王夫人上炕，心中过喜，转睡不着。念及宝玉不知此刻何在，滴下几点泪来。忽然想起新添孙子未起乳名，辗转寻思，窗外已经大亮。贾政在书房，揉着眼来上房梳洗，王夫人连忙起来，便将未起乳名一节与贾政商议。贾政说："今年丙戌，正值会试之年，戌字加个草头是个茂字，此儿学名即叫贾茂如何？"王夫人闻言，笑着道："很好。乳名我意排着兰哥一顺，唤作芝哥儿，不知可还使得吗？"贾政亦连连道："很好。就叫芝哥甚是有理，或者像他兰哥哥一样读书，我便欢喜。"

正议论间，忽传东府大老爷带着珍大爷、蓉少爷过来，已到院门了。贾政连忙出迎，见了贾赦，即拉手道喜。一进堂门，贾珍及贾蓉先后磕下头去，贾政连忙拉住，遂让贾赦西屋炕上坐了。贾赦着人替二太太道喜，贾珍、贾蓉亦找王夫人磕头去了。周瑞家的又回："东府管家赖大，带领众人都来磕头。"贾政吩咐说："免了罢。"当下贾赦遂问起："手中擎玉，果然真吗？"贾政说："怎么不真。此玉与宝玉的一毫不差，可谓奇事，不知是何缘故？"贾赦听了，亦甚称奇。吃过茶，遂同贾政到书房闲谈。只见亲友纷纷来贺，门上皆登簿一一回了。

王夫人因疼芝哥儿，在宝钗房里坐着，不肯离开。薛姨妈亦回家看宝琴去了。东府邢大太太、尤大奶奶、蓉少奶奶皆道过喜回去。

明日是宝琴小姐洗三日期，乳名唤作月素，取上元月满意思。王夫人因备了银子二小锭，金戒指一对，红绸一匹，手巾一条，八色水礼，差焙茗送过薛姨妈这边去。薛姨妈这边染了鸡蛋，配着五色果子四盘，叫老李妈正送到王夫人房里来，两下皆令收好，各有赏钱，嘱咐回去道谢。

倏忽芝哥儿三朝到来，宝钗已经穿衣坐起。天尚未明，王夫人即起来叫进林之孝吩咐："差人各亲友处将五彩喜蛋、各样果子及喜面、喜糕等物，可照琏二爷单子分送。"林之孝答应着"是"，遂即走出，派人去了。又叫李纨、平儿预备酒筵款待亲友，并令多备喜面，打发家中及外来跟随男女同吃。此事于十六日，李纨、平儿早已打点妥当，王夫人才吩咐了一声，李纨即连声答应说："此事太太放心，媳妇及平儿早叫周瑞家办妥，已着大厨房全行伺候，内外亲友一到，断不有误。"王夫人听了，说是"很好"。便将女眷议定"在老太太房，摆席四张；男客听老爷安排，我们不必管他"。

王夫人话未说毕，只见薛姨妈处着人送到金锁一件，玉锁一把，红宝石寿星一个，金镯一对，金器成对，首饰四样，蜀锦小被褥各二床，红绿绉绸被褥各二床，大小毛衫四件，外送大呢一板，内造宁绸四套，大红洋绉八匹，各色汤绸十二匹，海物四种，山珍四品，干果四色，茶食四盒，鹅二只，鸭四只，鸡四只，鱼四尾，活羊二只，绍酒八坛。外给洗三添盆银子二锭，镀金首饰四件，红绸二匹，松花手巾四条，又备赏钱八千，给屋内伺候人的。王夫人请贾政进来，将薛姨妈礼单递给贾政看着，说道："此物系老娘给外甥的，不可不收。但太重，亦不可全收。"随将大呢及各样绸子、洋绉璧去，余皆留下。厚赏来人，方才去了。

接着周总制那边，差人送到金银物事八件，水礼十六色。周总制虽出差去了，家中为探春面上，二太爷差人送来。史湘云昨已接回，今早府里亦差人送礼。李纨的李婶子送到首饰绸缎。李纹、李绮随即坐车到了。

其余勋旧寅好，纷纷差人，有送铃铛首饰的，有送如意水礼的，络绎不绝。贾琏在外同林之孝、李贵备帖备赏。一一留面、开发，门簿俱各登明。

忽报北静王爷差长史赏送迦楠朝珠一挂，汉班白玉寿星一个，宁绸袍褂二套，湖绉四匹，外备食物八种。林之孝方欲进内回话，又报南安郡王亦差长史赏送百寿金字大画一轴，脂玉镇纸一个，三镶如意一柄，五彩麒麟金锁一件，佛手二桶，香圆二桶，木瓜二桶，金橘二桶。贾琏叫住林之孝，一面禀知贾政，再写谢禀，先让二位长史到西面厅内，管待酒饭，并邀跟随人役，或待饭，或留面，俱各礼待妥当。只见林之孝从内出来说："礼物候老爷谢过王爷恩，当面与长史斟酌再定。可先备贡绸四匹，荷包四对，驼绒领袖二副，洋绉汗巾四条，封好候示。"其跟随人役，有给银锭荷包的，有给钱的，亦皆伺候。

刚才办妥，只见贾政领着家人从内出来。七十四即对林管家说："老爷在这里要见王府长史呢。"林之孝禀道："二位长史在西厅才吃了饭，老爷正好过去。"贾政即走过西厅来。一进门，两府长史连忙抬身，不交一言，朝上站住。贾政向上叩头谢王爷恩，复又打千请二位王爷安。两府长史同声说道："王爷问大人好，替大人道喜。"说完即走下来，向贾政拉手请安贺喜，贾政亦作揖致谢，分宾主坐。连辉、七十四端上茶来。这里王夫人才将芝哥洗过三，用棉被裹着，抱在怀内。原来贾府洗三老例，用大红哆罗呢裹盆，金子二锭，银子一百两，金银首饰八件，芙蓉手巾二条，外赏京钱二十千，作姥姥洗三之赏。此刻宝钗替王夫人整顿家务，诸凡从俭，赏了沈姥姥金二小锭，银二中锭，大红洋绉一匹，手巾二条，洗手钱四千，及娘娘前所供果物，又给五彩各样染蛋一百个，亦甚欢喜，磕头谢赏。薛姨妈即照送来添盆东西摆上,邢大太太赏了洋钱二个,金耳挖一支。其余诸亲看洗三的皆有礼儿添盆,轻重不等,王夫人一一谢了。沈姥姥遂一包袱儿尽行收去。

天将近午,香汤备好,将芝哥儿放在金盆内洗了一回。王夫人心疼,恐怕天寒,便不叫洗了。才用小棉被裹好抱着,恰值贾政走来要看,王夫人亲自抱紧,让贾政进到屋内,将暖帘放下,才慢慢抱将出来。贾政细看芝哥儿,生得面貌丰满,眉目稀奇,心中大悦,不觉向王夫人说道:"好个孩子。快抱进去,看凉着。"遂即出去,叫贾琏着人邀请送礼诸亲友及本家道喜的,坐了六席。因老太太服制未满,不叫戏子及各样杂耍。诸亲友饮酒行令,吃得甚是快活,及至二更将尽方才散了。

王夫人在老太太屋内摆开席面,即着李纨、平儿,各处将诸内眷邀齐,送酒安席。薛姨妈坐了首位,史湘云、李纹、李绮皆晚辈,其余姑娘皆系本家,更不便陪。让了半日,皆是至亲,转让邢大太太陪了一席。史湘云、李纹坐了一席,李绮、邢岫烟坐了一席。此日惜春厌弃尘扰,替贾政王夫人道喜后,同众姊妹说了一回话,因吃素,即另备几样素菜,倒在宝钗里间独乐。让到香菱,再三不肯,转陪喜鸾坐了。喜凤、探春、王夫人、尤氏、李纨、平儿皆在各桌打横相陪。当下酒过数巡,薛姨妈见天已起更,遂叫撤去酒碟,起身散散。众人皆一齐站起。玉钏、琥珀遂即用盘送上茶来,叫人连忙撤了碟子,放下菜碟,重暖美酒。薛姨妈等皆按次坐下,王夫人忽想起巧姐,不知可曾吃饭,李纨站起说道:"早吩咐厨下丫头,已经送去了。"王夫人便叫送酒。上过海菜四个,吃了点心,两边家人即抬上烧割,摆在阶下。李贵家的、周瑞家的、郑华家的、吴兴家的四人,桌上放了两个大盘,每人面前摆一葱酱及紫萝卜、姜芽、瓜,分小碟,即将所片烧煮,逐件用箸拨在大盘备用。吃了一回,众家人即把烧割桌子搭去,跟薛姨妈、李纹、李绮、喜鸾、喜凤的老妈妈们,即将各行赏封呈上,王夫人起身谢了。重斟暖酝,另端碗菜,上到

一碗火腿青笋蘑菇杂素，薛姨妈尝着很好。恰又上一道福寿双全松仁果馅洋糖淀粉蒸糕，亦甚可口。薛姨妈大喜，另封银子二两赏厨子的。柳家当即上来磕头谢赏。大家吃的着实欢畅。

用过饭时，天已三鼓。薛姨妈等漱过口，吃了一盅茶，遂即起谢出席，仍走到宝钗房内看了一看，才同香菱、邢岫烟回家去。李纨、平儿叫人撤了家伙，候着下人等皆吃过饭，又陪王夫人看了芝哥儿一会，各归房去。

次日，贾政亲到二位王府去谢，值王爷上朝，有事未回。投了职名，只好改日再去。便叫贾琏、贾兰，坐车分路到各勋旧亲友及寅好人家，逐一谢过。

王夫人起来，正要去瞧芝哥儿，只见探春叫侍书拿着一个红小毡包，笑嘻嘻走进房来，便回王夫人道："孩儿不腆之物，送与侄儿的，请太太一看。"王夫人说："你家昨已送过礼了，你又何必多费。"说着即将毡包打开一看，里头一个金盒，盛着东珠一颗，圆湛光洁，甚是可爱；粤东巧匠雕成西洋玉球一对，玲珑剔透，不可思议；护身藏佛一尊；小小天然竹根如意一柄。原来探春与宝钗最好，见了芝哥儿，十分疼爱。此皆在边海时，周总制所给，因此特地另送，以见其情。王夫人看了甚喜，连说："多谢姑娘厚赏，再叫芝哥儿替姑娘磕头。"遂给了侍书一个小锞荷包，侍书遂即谢赏。

王夫人便呼彩云拿着这些东西，同探春走到宝钗房里来，将此事告知宝钗，并他所送之物拿出给看。宝钗心里感激，谢了又谢。探春说："无甚好物，嫂子莫笑罢了。"王夫人便叫莺儿收好，并将藏佛供在佛堂龛内。芝哥儿在炕上盖着小被，奶母看着睡熟了。王夫人、探春、宝钗遂坐着闲话不题。

时光易过，芝哥儿过了小满月。那日是二十七日，该户部值日奏事，又该贾政递折伺候接旨。只见红本上赵大人站在门外，大声问道："户部递折郎中贾政过来！"贾政连忙答应着，急走过去。赵大人说："今日皇上见了你的递折职名，有旨传你召见。快跟我进去。"

贾政一闻此言，忙将神定了一定，衣冠整了一整，遂跟赵大人进内里来。转了数转，进了两层红门，到了一所殿前，鸦雀无声。抬头看见皇上正合一位中堂说话，赵大人带着贾政，在东边阶上站住。忽见皇上一抬头，往外一看，赵大人即带贾政一同跪下，奏说："贾政带到。"贾政朝上磕头。皇上即将户部所奏之事问了数句，贾政逐一奏明，深合上意，不觉龙颜大悦。彼时正值海寇窃发，提督周琼已奉命暂带边海总制，领兵征剿，出京去了。皇上忽然想起海塘一事，因问贾政道："你可曾巡视过海塘么？"贾政回说："臣前次学差任满，蒙恩巡视海塘，曾将海塘情形具折奏过。"皇上便又说道："海塘之工，宜柴宜石，总无定论，你可据见直陈，不得含混。"贾政遂即奏道："此坍彼涨，海潮性最无常，且冲击每挟沙石。柴可经久，石易修筑，二者缺一不可。臣愚，此事总贵虚心，就海边高年细细采访，再相其机宜筑之，自可久远无虞。"皇上闻奏，连声说好。因向前边奏事中堂说道："贾政才可大用，着军机处记名。"适值陕西道监察御史缺出，当下即放了贾政，仍着兼户部山东司郎中行走。奏事的中堂出外传旨，贾政闻知，即朝上连连磕头谢恩，遂即跟着赵红本退出门外。贾政即向赵大人打千致谢，赵大人连说："不敢。"又说："贾公后日必有大遇，尤当尽心报效才是。"贾政连连答应。站不多时，即走出宫门来，门外多少官员，无不上前拉手道喜。贾政伺候接下折子，方回堂官之话。到了衙门，过午方回家来。家中报喜之人还未开发得去。

贾政来到上房，与王夫人细说前事，感激圣恩不已。王夫人忽又笑着说："我看芝哥儿这个孩子大有造化，才落地爷爷便就升官，得替他作个满月才好。"贾政听了，亦甚欢喜，便随着说道："很好，很好。"家中上下男女，齐来道喜。

次日，贾政一早午门谢恩，鸿胪司递过职名，遂到都察院各堂官处叩谒，回来时已过午。择日到任。一连数天，荣国府中贺客不断，也有拜会的，也有登簿回过的。家中摆席，实在忙了好几日才觉稍闲。

二月初间，贾政脱孝摆祭，又忙了一日。随将起复日期及实授文书，一一报明吏部。正值会试之期，贾政奉旨，点了会试内帘监场御史，门外立刻贴了“回避”二字。初六日同大主考及各同考试官，皆到聚魁堂内，分屋住了。带着李贵、七十四二人伺候。此科贾兰回避不能入场。

芝哥儿满月，家中照常摆酒待客。这时贾琏无事，遂将库内所存银子，除还账外，尚有八千金，即交薛蝌当铺，八厘取息，以补日用之不足。并将用不着的家人打发了好些，将大观园仍派田妈、叶妈照前所派管理，着包勇管大门，外兼管大观园一切出息，并照应门户，将周瑞责成单管厨房买办，郑华、吴兴分管杂事，包大派令庄上催租。皆与宝钗酌定，早已禀过贾政、王夫人的。荣府中诸事皆省，又因贾政部属兼着御史，余平饭食，多了进益。贾琏悔心，亦认真替贾政经管，渐渐大有起色。

再说贾政随众入闱，除用荐卷戳记外，亦别无可纠察之事。内有翰林院编修闻嘉谟，系梅翰林姑表弟兄，贾政在梅宅见过数次。又有工部郎中李天佑，作过旧日同寅。三人见了，分外相好，遇闲常常叙话。

这日正在十二，午后李郎中得了一卷，前半甚觉得意，入后字迹错落模糊，读之不能成句。卷面印着“致字三号”，拿着此卷走上堂来，欲请主考示下。恰好走到贾监试跟前。贾政连忙问道：“有何事体?”李郎中即将此卷递给贾政一看，说明其意。贾政连声叹道：“古来糊名易书，原系防备关节的善政，但久而滋弊。此是誊录中事体，不可言矣。多有用银雇人替写，并有改窜代作诸情节，难以枚数。可怜寒士入场，惟靠命撞。所以此卷才至如此错落。”遂同李郎中走到大主考前，回明这话。当即传点开门，知会至公堂上。知贡举立将致三红号朱卷发交誊录所，仍着原旧书手誊清送进。并将誊录官记过一次。该誊录责十五板，以警下次。知贡举遂严谕各誊录，细心誊写。并饬对读所官加意勘对，不可草率从事。闱中渐过二十以后，头场将次荐完，诸同考官查阅二场。

二十四日饭后，在聚魁堂上公同阅卷，忽见闻翰林手执一卷，要用荐戳，似又有踌躇的意思。因查头场荐戳在贾监试处用的，即向贾政说道："老先生此卷头场已荐，这二场经文第二艺中副总觉接不下去。然字迹颇亦清楚，似不像有错落的。老先生高明，或者看得通彻些。"贾政并不接其卷子，即婉婉说道："士子进场一荐，甚不容易；而为国家得一隽才，自古更难。此事好办，可禀明主司，知会知贡举，查明此卷红号，将二场墨卷调来，在门口同知贡举及弟与监试冯公伙着查对。如无错落，去取凭着主司大人，倘或誊录又有遗误，令其改正，则此卷得失便可无憾了。"闻翰林依言，立刻回明主考。主考听了，说道："有理。"遂查此卷红号，系盈十九。即传点开门，知会知贡举。及至，公堂上的御史立将盈字十九号墨卷——查系江南人。拿着此卷，同外帘御史到聚魁堂门口，传鼓开门，即同贾政、冯世美二位内帘监试，将朱卷与墨卷一对，不独第二篇中间脱了一段，第五篇亦少接束二比。知贡举看了大怒。封门后，即将誊录官着实问了几句；立传该书手到堂，重责二十板，并对读官亦被申斥。当将此卷另誊送人。即查誊过及未誊诸卷，俱着该管官细细检过才送内帘。

到了填榜这日，盈十九号这卷中在第九名，系江南苏州府长洲县廪生，名曹风举；致三号这卷中在一百二十一名，系直隶河间府交河县附生，名董秀先。两卷皆能中了，不惟闻翰林、李郎中收了门生，心中得意，即贾政因此一番缘故，亦甚欢喜。

榜发后，随众谢恩，即各分手回府。贾琏、贾环、贾兰皆在门口伺候，车子一到，即上前打千请安。贾政点头问好，因向贾兰说："此科虽然回避，明岁即是恩科，你当用心读书，不可懈怠。"贾兰连声答应道："是！"一同走进大门。未到上房，忽听外面一片人声，说是来报喜的。未知所报何喜，且听下回分解。

第四回　贾雨村尘麈卖卜
甄士隐边海建功

话说贾政出了礼闱到家，才到院门，听得一片报喜声音。你说是何喜事？原来是周府打发来的。因周总制边海屡立奇功，圣心大悦，周府出了世职，即命周琼的儿子周廷伦，世袭了一等轻车都骑，随着报喜的来替岳家报喜。

林之孝拿着报单刚到院内，王夫人、探春、史湘云、李纨、宝钗、平儿，方才迎到阶下，在贾政前请安未毕，贾政回头，看见林之孝拿着报单，站在一旁未敢回话。遂即开口问道："门口吵嚷，有何事体？你手里拿着什么？"林之孝即打千请安，口说："老爷大喜，周姑爷得了世职了。"遂将报单打开拉着，请贾政看。贾政闻言甚喜。即看报单上写着："捷报：贵府周姑老爷名廷伦，奉旨承袭一等世袭轻车都骑。钦此。"旁写"京报人连三级、高一品"。贾政看完，吩咐林之孝："将报单贴在大门壁上，可重赏来人。去罢。"林之孝才要转身，贾政又说："你可吩咐众人男女，不用来磕头了。东府赖大亦替吩咐。探姑娘处我替你等说就是了。"林之孝连应着"是！"便退出去。

王夫人即先替贾政道喜，贾政一面走进屋来，说是："太太亦同喜呀！"便笑着向探春道："姑娘大喜！"探春脸上一阵绯红，因接贾政出差回来，穿着整齐衣服，即上前要替贾政、王夫人行礼。王夫人连忙拉住，说："姑娘人家，岂可如此。"遂叫李纨、宝钗、平儿："皆来替你三妹妹道喜。"史湘云亦走来万福。姊妹才行礼毕，琏、环作过揖，贾兰替姑娘磕了头，探春一一还礼过了，贾琏等即退出去。大家坐下，贾政要说会场中事，忽报"东府大老爷在书房候老爷说话"。贾政即起身去了。

忽见各房丫头都凑齐了，来替探春磕头。正在说笑间，玉钏说道："薛姨太太、邢姑娘、邢大太太、尤大奶奶皆进门了。"王夫人等接进房内，皆说大喜。又向探春道喜，遂各挨次坐了。彩云、玉钏两边端上茶来。喝着茶，众人齐说："皇上恩典实在隆厚，凡为臣的何以报答。"又说了一会闲话，留下薛姨妈诸人吃了饭，薛姨妈又看了芝哥儿，方才回去。

再说贾政到了书房见贾赦，说了不多几句话，忽见包勇拿着两个单名手本，禀道："新进士曹老爷、董老爷来拜。"贾赦听得，即由箭道绕出，回府去了。贾政忙说道："请。"亲自接出。屏门一闪，只见从外边走进两位青年来，衣冠济楚，品貌轩昂，见于贾政，一同作下揖去。贾政即忙还礼，遂让到书房。曹、董二人进得门来，跟的家人即将红毡铺下，二人同声说道："门生辈久钦山斗，今日侥幸一第，叨荷帡幪。在午门前谢恩，见本房老师，始知已弃之散樗，蒙老师逾格成全，知己之感，终身莫罄。所以今日先来老师前叩拜，以铭顶戴。"说着，即一揖，跪下去行礼。贾政连忙还礼不迭，谦逊再四，到底受了两礼，方才依允。要让贾政上坐，贾政如何肯？后来亦按师生礼，二人叙齿坐了。

七十四、连辉端上茶来。茶罢，贾政先开口道："二位贵乡何处，台甫何称？"曹凤举年长些，遂先答道："门生祖籍长洲，字紫庭。"董秀先道："门生在河间府交河县隶籍，号绳武。"贾政又问及家世，曹进士道："门生曾祖作过阁部，现在礼部右侍郎即是家叔。"董进士道："门生之祖原任副宪，家严司铎高阳。"贾政遂拱手说道："二位高才如此，青年如此，又系世家，将来自为国家栋柱。学生今日得遇二隽，可谓三生有幸。”曹、董二位连连打躬道：“门生末学小子，全仗老师教训，以望少有成就。老师今日奖谕，虽是诱掖深心，然门生辈闻之转觉颜汗。况门生场内文字皆被誊坏，若非老师不拘成例，委曲培植，则门生此日早落孙山。何能博此荣名，以光门闾。”贾政道：“若说场内一事，学生为国惜才，全无成见。二位年兄谆谆言之，学生转自愧了。”小厮们又送上一道茶来，因又谈谈殿试及朝考等事，曹、董遂起身辞出。贾政亦不便留，只说：“容日再拜。”送出大门。曹、董必定候着贾政转身，方才上车而去。后来曹凤举殿在第一甲第三名，中了探花，受职编修。董秀先殿在二甲，亦点在翰林庶吉士。不题。

贾政在家一连月余，衙门无事。转瞬过了端节。一日，坐在上房，与王夫人正说闲话，忽见宝钗抱着芝哥儿，奶母王嬷嬷后头跟着，走进房来。王夫人一见，即接过来抱着，看了一回，即递到贾政怀内，笑着说道：“爷爷看这个孙子好吗？”芝哥此时已经四月有余，生得唇红面白，目朗眉疏。贾政看了甚喜，遂两手接了，抱着说道：“此子看来较宝玉大有出息。”便向王夫人及宝钗说道：“切不可过于溺爱，使其习惯性成，就无大出息了。”

说尚未毕，彩云进来，禀道：“林之孝才回事，说薛大爷蟠南边回来，过咱家这边，替老爷请安。现在书房，琏二爷陪着坐哩。”贾政闻听，即将芝哥儿递给王夫人，遂一直走到书房来。薛蟠连忙站起，走来打千请安。贾政连忙拉住，问道：“贤甥一向受乏，身子可好？”薛蟠说道：“托姨爹福，外甥在外身履皆好。但外甥出外日多，姨爹这边连连喜事，外甥连头没磕一个，今日回来，理应多补磕几个才是。”说着即跪了磕下去。贾政还了半礼，连忙拉住，说道：“外甥多礼了。”因让他椅上坐好。贾琏乘空即走去了。

七十四端茶，薛蟠接了茶，一面喝着，贾政便说些别后事情。薛蟠亦将一路风景，彼此说了好半日。又喝过一次茶。贾政忽然问道：“老贤甥在外，苏杭一带可遇着什么高人吗？”并兼问周总制边海剿寇之事。薛蟠说:“姨爹不问,外甥正要上禀。外甥在苏州向金陵发货时,遇着一位奇人在街前测字卖卜,甚灵验。外甥测了一字,其应如响。外甥又去谢他,他遂问及姨爹,托外甥带一信来问候姨爹。他又说本是一族。外甥过来时,此信未及带来。”便叫跟的小厮:“快回去,在枕头匣内,请老太太查出送来。”小厮天福答应着,就去了。

贾政便问:“外甥何事,测了个什么字,何不说说?”薛蟠道:“去年九月间,因在苏州置货,一时行情太昂,不能买起。约定九月内回金陵去。不知何日可以起身,外甥遂叫这个道人测字,好定行期。那人便叫将他筒内许多字卷儿,拈出一个字来,是个‘有’字。那人用一铁箸在灰盘内写了片刻,遂问道:‘你可是问行期的么?’这句话就把外甥吃了一惊。外甥心内自思:并无开口,这道人何能预知?因急急答道:‘正问行期的。’那道人遂说道:‘这个有字,九月无期,十月有象。’外甥又问:‘可得十月多会?’那道人又说道:‘欲定准期,月在半天,不过十五前后,即可起身。’外甥亦未深信,送了卦礼,即回寓来。不意行情直到十月初头方才平减,直到十四日方能装好上船,外甥开时,正是十月十五。姨爹说这字断的准呀不准?外甥今春又到苏州,这道人仍在街上卖卜,围的人越发多了。外甥看他替人起了一课,说是‘姤卦’,此人是求婚姻的。他说:‘姤者遇也,又婚姻也。这卦甚好,二爻发动,当是求得一两。’一句话说得这人连声赞道:‘真是神仙!’不便问那人是何缘故,想来是断得着了。外甥遂上前谢他所测之字,甚是奇验。那道人便问外甥姓氏,外甥对他说了,他遂哈哈大笑道:‘原来就是金陵薛兄!当年为抢一女子,打过人命官司。可还记得道人吗?’外甥闻言,不知如何应他。那道人便又说道:‘薛兄不必踌躇,贵姨翁可是荣国府贾讳政的吗?’外甥只得说是。他说:‘很好。我正有字候他,薛兄可替我带去,便说贾雨村致候,贵姨翁自然知道。’”

贾政一闻此言,连说:“奇事!但这贾雨村,现奉特旨,因吏部奏请起用遗老一折，各处行文征求，此刻想已将次到京了。”薛蟠听着，随就说道：“这就是了。外甥此事，正在疑惑这个道人，外甥接他字后，苏州哄传阊门街上卖卜道人奉旨起用了。吴县聘到衙门内，优礼相待，禀明上司，用船装了，护送上京。走了三两天，在船上早晨众人起来，忽不见了，亦不知何时隐去的。这还不算个高人吗？”贾政闻言，点头称异。

薛家小厮取了信，走进书房，薛蟠接过，看了不错，即递给贾政。贾政接过信来一看，封签上写着“宗兄大人亲手开拆”，后写“护封”。贾政拆开一瞧，恰是一张红纸，四句好像谶语一般，上写着：“遇赵而升，遇礼而止，期颐上寿，玄曾绕膝。”语意颇是吉祥。贾政瞧了，遂即袖着。又问周府边海动静，薛蟠说：“外甥虽到杭州，并未知其底细，不敢混言。”因禀明要见姨母王夫人去，贾政遂叫贾兰陪着进上房来。不题。

却说周总制领兵五万，偏将数十员，水陆并进。一连几阵，皆获全捷。杀得海寇躲人海中深岛之内，不敢滋扰。奏闻后，忽蒙圣恩，赐了许多珍异，又赏了世职。随征将士，交部从优议叙。降旨：“擒获寇首，再行升赏。”周琼正欲驾船深入岛屿，搜捕贼寇，不意贼首黄信忽得了一个奇人，叫作赛乌获，身高丈二，膂力过人，善会妖术，走石飞沙，又有聚兽神牌，能聚虎豹狼虫许多怪兽。临阵冲击，无人可当。即如汉时巨无霸神通相似。黄信仗着此人，遂悄悄带兵一万，绕出周琼寨后，亲来搦战。周琼领兵迎敌，却被赛乌获用了妖术，又放出许多恶兽，一时不能抵敌，败了一阵，折勾一二千人。忙传令据险安营，小心防护，恐贼劫寨，另想别法破了妖术，即可制胜。及诸偏将正商议间，忽令旗来报：“营门口有一道人，背着宝剑一口，葫芦一个，口称甄士隐，要见总帅。”原来周总制与贾雨村在朝相好，尝听见说，急流津有个烧了茅庵，隐去的一位真人，叫作甄士隐，平素甚是景仰，一闻现在营外，连忙率众，倒履接将出来。见了时，周帅先打躬，备述平日渴慕，今幸得见，大慰平生。

甄士隐一见周总制如此谦逊，礼贤下士，心中亦甚欢喜，还礼稽首，遂同周帅步入营来。周帅细看来人，苍髯皓首，鹤发童颜，飘飘然大有神仙气概。举手让其上坐，甄士隐再三不肯，才在帐中分宾坐了。茶过一巡，周总制便问："老先生何处云游得到此处？学生一见仙颜，便觉尘襟尽豁。"甄士隐说："贫道踪迹向无定所，与老大人本有前缘。因闻赛乌获善用妖术，贫道不才，颇能破之，才敢毛遂自荐，亦是天数。想老大人应自不我遐弃。"周总制听了，满心欢喜，连连谢道："学生何德何能，得邀老先生此番帮助，便可指日奏功。学生当据实上达，老先生定蒙不次之遇，此不独学生营中之幸，实我皇上洪福之征也。"甄士隐听了一笑，也不多言。营中筵宴，甄士隐随便吃些，亦不见其奇异。

次早，天尚未明，甄士隐即请周总制升帐派兵，令众饱餐。到了天色微明，即擂鼓摇旗，带领人马杀奔海寇营来。黄信听见鼓声，仗着赛乌获，亦将兵马排开拥出。当下两兵尚未打仗，赛乌获即行起妖术，一阵飞沙走石，狼烟烈火喷过阵来。甄士隐一见，遂拔出松纹宝剑，指定烟火沙石，念念有词，喷了一口法水。顷刻间，沙石俱净，烟火全消。赛乌获心中大怒，便把聚兽铜牌敲了数下，忽听得一声响亮，牌中奔出许多奇形怪兽，俱向周帅兵马咆哮蜂拥而来。甄士隐忙将背上葫芦托在掌中，拔去顶盖。说急更快，葫芦中飞出一群火鸦，皆向众恶兽飞来，啄其眼睛，又被火焰烧着毛尾，响了一声，如雷一般，火鸦不知去向。许多恶兽俱各寂然。赛乌获见破了法，知有能人。才要驾席云逃命，甄士隐早将宝剑祭起，分作两段。周帅兵士一拥上前，海寇落荒而去。当将赛乌获枭了首级，军中遍找甄道人，已不知何处去了。正鸣金收军，只见甄士隐擒了寇首黄信，来到军前。周帅一见大喜，即令偏将把黄信锁好，打入囚车，连夜差官拨兵，解京报功。即将甄士隐擒获首犯一节，写入本中请旨。当日厚待甄士隐，大开筵宴，犒赏将士。

次日，仍派兵搜擒余党。一时归降者众，周帅准其自新。边寇渐息，海疆宁谧。当复奏闻。俟命下，始好班师。周帅每日筵宴甄士隐，敬之如师。闲谈时忽提及贾雨村来，甄士隐说："雨村虽已了悟，尚得积累功行，始能修成仙体。"周帅听了，甚是诧异。

不一日，前次报捷折子批了回来，周琼接旨，行了跪拜仪注，遂即开读。甄士隐亦杂在众偏将同着听宣。只见折子御笔批道："海寇首犯被获，功出甄士隐手。看其屡破妖术，似有仙意，令其驰驿来京见朕，再降谕旨。周琼经略有方，海疆宁谧，着赏给三等侯，并令承袭八世，以昭懋眷。其余出力偏将，即着周琼查明，咨部升用。钦此。"周琼才读完诏旨，忽见甄士隐从人丛中听了一个"仙"字，遂走到当中，向北磕了三个头，口称圣寿，旋即起来，对着周总制连打三躬，说是："深蒙携带，贫道从此便可名列玉京，不在尘世混迹了。"说罢，化作清风，忽然不见。周帅及众偏将俱各赞叹称奇。

过了数日，第二个折子又批回来。接旨开读，上写着："览奏欣慰。大兵撤回，各归本汛。周琼着来京，仍回提督之任。边海总制员缺，着台州镇总兵柳春荟补授。钦此。"周总制遵旨，将兵分起，令其将领逐队领回本汛。只带京兵三千，偏将六员，俟柳春荟接任，即时起马。带着京营兵将回京。

此时已交秋末，及到京，已是十一月初间了。当将兵将交回本营，即来宫门候旨。当蒙召见，深邀褒赏。奏到甄士隐事，圣心亦觉甚奇。即赏假两个月，再赴提督任去办事。周琼谢恩，出来回府。

原来贾政新点了巡视北城，凡有内阁传抄，本衙门逐日走送，所以周总制奏绩封侯，班师回京等事，荣国府早已得知。贾政除送贺礼外，亲自到周府道喜。于十月底，即与王夫人商议，将探春送回府去，候着接见侯爷。及至周琼到家，兄弟周瑶外边接着，即同进后边来。

周琼亦系南籍，夫人定省未回，虽已去接，尚未到京。探春即忙忙迎将出来，请安道喜。周琼走到房中，探春亲自捧上茶来。周琼最疼探春这个媳妇，见其送茶过来，即欠身连茶盘接到手中，便说：“令人罢了，你可坐下。”便问：“汝老爷、太太可好？”探春连忙站起，答道说：“好。媳妇来时，老爷、太太皆吩咐，先替请安——”话尚未完，只见周廷伦压着行李来到。请了安，即禀：“荣府贾二老爷来拜，已在书房候着老爷哩。”周琼一闻此言，即站起来，忙忙出去，并吩咐备饭伺候。

贾政与周琼本是最厚的朋友，后结了亲，又成至戚，不同寻常。所以贾政一闻其来，急赶来道喜问候。周琼来到书房，即叫：“亲家老哥在那里？年余不见，实在想坏弟了。”贾政亦赶着答应，两下里早已见面。遂即拉手，彼此道喜。亲热了好一会，才分宾坐下。

贾政便细细问了边海剿战的事体，周琼逐一回答。因说起甄士隐成仙的事来，周琼遂接口说道：“皇上玉音实在可异，甄公闻一‘仙’字，立刻谢恩，飞升去了。当时府上宝侄去时，曾敕封‘敷文真人’，想来必有征验。不知府上可见什么仙迹吗？”贾政说：“宝玉小孩子，何足齿及。甄公当日在急流渡口，已著仙迹。又不知修积多少年数，即如今日擒贼，为国立功，便免了生民许多涂炭。得邀异数，亦是理所当然。我兄应不以弟言为河汉。”周琼遂答应着：“是！”

周廷伦出来见贾政，说了几句话，就辞了进去。只见两边家人端上酒来，贾政笑着说道：“亲家老哥懋著奇功，边海远来，小弟未备一席掸尘，怎好相扰？”周琼亦笑着，说道：“我们至亲，何分彼此。亲家老哥今日即算见邀小弟，亦何不可？”二人说着，皆笑了。遂即对面坐下。酒过数巡，天色渐渐晚来。贾政即站起身来，辞道：“亲家大人今日才回，理当歇息。容日弟当奉屈一谈，再领教罢。”周琼再三挽留不住，贾政遂出了大门，坐车回去。周琼遂进内安歇，不表。

单说贾政坐车回来，刚到市口，离府不远。原来贾政新管巡城，便有北城察院皂役常川在府伺候，出门时即随车听差。正走间，只见一群人拉着一个人，打的着实狼狈。那个人见了大鞍后档官府车子，前头有皂役开路，即跪了，喊起屈来。贾政欲要不管，因近日得了巡城御史，此地又属北城所管，见众手攒殴，一时动气，即住了车，吩咐跟役，将那人带到车前。便问："你叫甚么？为着何事，众人打你呢？"那人跪在地，磕了头，说是："小人叫倪二，小本生理。因众人勾了去赌，今日小的赢了钱，局家叫施大，仗着人众，抢了小的钱，还把小的打得如此。只求大人恩典。"贾政听说为赌钱事，即吩咐皂役包必胜同管街人，押去兵马司审办去了。

车子渐到府门，忽见一个妇人，披头散发，拦着车子哭着叫屈起来。贾政见离私宅近了，即叫将此妇人带回府内去问。未知是何屈情，且听下回分解。

第五回　探花郎卜姻谐凤侣 词林客合卺结鸾俦

话说贾政车子到大门前，下了车，吩咐门上林之孝："问明喊冤妇人是何情节，禀我再办。"说着，就进门。走到书房，坐了候信。

林之孝即叫皂役将那妇人带来问话。那妇人道："小妇人娘家姓甘，嫁的丈夫家姓谢，是替闻翰林家赶车的。小妇人为丈夫谢四耍钱不顾家，劝了劝，他便将小妇人打了一顿。小妇人跑回娘家，他又赶到这里又打。小妇人要出城外跳河，见大人车过，才叫冤的。"林之孝道："你娘家就住在这里吗？"那妇人道："离此向西，不过半箭之地，黄油漆门的便是。"

林之孝将此情由进去回了，便请示下。贾政听说是闻翰林赶车的人，便不肯叫衙门去办，遂吩咐道："你可将这妇人带到府旁有家小的，不拘谁家，可用好言安慰，并叫他娘家人来，一同用车送到谢四那里，替他排解。用我名帖回明闻翰林，可将谢四戒饬，别叫逼出事来，也与主家不便。"

林之孝答应出来，将这妇人领到郑华房里去坐。宅里出来许多能言老妈妈，同着这妇人娘母张氏，一顿话气皆平了。从新梳了头，林之孝便又端出四盘菜的老米饭来吃了。这妇人便就破涕为笑，用车子送去。回了闻翰林，即将谢四管戒了一顿，遂彼此相安了。闻翰林仍用名帖相谢。

过了两三天，那日贾政到北城有事，去得很早，闻翰林饭后亲自来谢。包勇回说："小的老爷今日一早出门，不在家。替老爷禀明就是。"闻翰林道："我今有话，要向你家老爷面谈。既不在家，我借尊处书房坐一坐，或同相公先生们说回话，候你家老爷何如？"说着，即下车进府门来。包勇连忙请到书房。贾琏亦有事出门，因禀知王夫人，请了贾兰到书房来陪。

贾兰见了闻翰林，行礼后即以子侄礼，在右首下边，椅子拉偏些坐了。连辉端上茶来，闻翰林吃罢，遂说道："世兄青年，可曾发过？"贾兰朗朗的答道："兰今年二十岁了，上科乡试侥幸。"闻翰林细看贾兰，丰仪秀润，气宇高轩，而且吐辞清朗，意态谦和，已列贤书。不觉心中大喜，便又问道："世兄房师是那一位？"贾兰道："兰的房师是现出江右学差的梅老师。"闻翰林听了，说道："原来如此。那贵老师就是学生的表兄呢！"贾兰闻了这话，便站起来要重行师生之礼。那闻翰林欢喜得了不得，因用手拉住道："这也可以不必了！"遂又坐下，讲些文章作法。又谈些经书史鉴的疑义，贾兰无不条对如响。闻翰林此时即不候着贾政，亦不肯起身去了。

连辉又斟上茶来，闻翰林才要去接，只听得外边家人说道："老爷回来了！"贾兰即忙站起来，将才要问，只见七十四掀起帘子，贾政走进房来，向闻翰林丁一躬，道："失陪有罪！恕不我责。"闻翰林忙也走下作了一揖，说道："小弟造次，尚望谅我。并谢前日妇人那件事。"贾政道："这事应该如此安顿，再激则怕生出别的事来。"

贾兰替贾政请了安，就在闻翰林前告辞出去了。闻翰林坐下，遂赞贾兰"学问淹贯，诗文畅逸，明年恩科必膺魁选"。贾政道："末学小子，惟望老前辈据实指教，庶可造就。老先生与弟相好，当不以浮词为弟宽慰。"闻翰林道："小弟确不是浮词，倒是实话。老哥大人如不信，到春闱便知弟言不谬。"又喝了一盅茶，因说道："小弟此来，一则亲身致谢关爱，再则敝门生曹凤举，因慕门墙，愿托丝萝。闻令府老大人令爱有一位乳讳凤者，情性贤淑，仪容端雅，敬托小弟代执斧柯。想老大人亦素知曹门生家世才品，小弟看来事体很好，用荐一言，未知老大人肯俯就否？”贾政道：“曹兄尚未成婚吗？”闻翰林道：“小时定下同乡司马少参的令爱，未过门，今夏已谢世了。曹门生今年二十二岁，只身独处，房中亦并无人。”贾政说：“既承老先生错爱，事无不合。但此女尚有亲母，容弟相商。三日内即行覆命。”闻翰林遂打一躬，说：“弟替敝门生谢了。再候尊示。”又坐了一会，才起身别去。

贾政送了闻翰林，将此事说与王夫人听，便即说道：“曹生人品甚好，学问亦优。现居编修之职，喜凤配之，可谓佳偶。但不知凤儿的母亲意见，我所以未敢许定。你可请来一商，我好覆彼之信。”王夫人答应道：“是！”即时请来一说，喜凤的母亲说道：“此女已给老爷、太太了，凡事只听作主。我女流何知？老爷以为好，即许了他便罢。我这里先谢老爷、太太费心。”王夫人将此言回覆贾政。

迟了两天，贾政亲到闻翰林家，许了这头亲事。闻翰林给了曹编修信，择吉日行聘。即选定明年三月十六吉日娶亲。

那时已到腊月初边，贾政一日在家闲坐，与门客程日兴对着下棋。林之孝拿帖子回说：“旧同寅有位李老爷来拜。”贾政接帖一看，上写着：“寅愚弟李天泊顿首拜。”贾政看了，吩咐叫请。七十四连忙收起棋子，程日兴即躲到东边幕友闵师爷那边去了。原来贾政因派巡城，恐有自理事件及应咨应奏等事，用聘金百二十两、薪水一百六十金，请了闵鹏骞这位幕友，来管此事。程日兴到了这边，值闵先生有二位朋友来拜，正说闲话，见了程日兴，说道：“程先生来得正好，我们要打马吊，正不够手，程先生何不同来顽顽？”程日兴说道：“很好。”四人坐下，遂打马吊不题。

再说李郎中走进门来，贾政连忙迎将上去，见了拉手问好，即同走进书房，七十四端上茶来。李郎中说：“这两日我不喝茶。”贾政遂叫拿下去。李郎中提起：“近日工程难办，木石各行工料无不甚贵。照例估去，往往不敷。如何办法才好？”贾政说：“老寅兄自

有成算，据小弟看来……”因笑着说道：“只黑档子少开，便已够了。”李郎中忍不住也自笑了。便问：“老寅兄巡视北城，日日贤劳，可有什么奏办事体？”贾政道：“近日地方托庇宁静，并无应奏的事。或小弟耳目不周，有事竟不知道，亦未可定。忝在相好，老寅台倘有所闻，不妨赐教，以补小弟之不及。这更好了。”李郎中道：“小弟偶尔谈及，实在并无所闻。老寅台不必着意。”

七十四即沏了黄菊木樨端上来。李郎中喝了一口，赞道：“很好。”遂即吃了一盅。七十四接了茶盅去。李郎中道：“昨日敝同年闻兄曾到府上么？”贾政说：“正是。还替舍下成全一件好事。”李郎中道：“不是曹紫庭的亲事么？”贾政说：“恰就是这件。老寅台何以晓得？”李郎中道：“小弟听见敝同年告诉的。但今日小弟此来，亦为府上一件喜事，特来攒合。”贾政不候李天沈说完，连忙问道：“是什么事？”李郎中说：“老寅台怎还似当年脾气，这样性急。让小弟细细禀知。敝同年闻兄，因前在府上会见兰令孙，回去对着小弟赞了又赞。说道：‘将来所造，必定出人头地。’小弟知他有一位令爱，系闻同年的老生女儿，最所钟爱。他这女儿，生得端淑典雅，无愧窈窕。不惟女红出色，自幼随他父亲读书，赋性聪明，诗词歌赋，无所不通，竟成了一女学士了。小弟因说府上如此世家，又有这样出众子弟，我替为媒，使两家结成朱陈之好，不知可使得吗？闻同年虽未口许，然窥其意却很愿，小弟所以斗胆来提此事，未知老寅台何以教我？”贾政听了，先作一揖相谢，而后说道：“这事甚好。但不知兰儿可能酬闻老先生赏鉴与否，况弟系男家，理合先求。稍迟择一吉日，弟造府奉恳祈执斧柯，便妥帖了。”李郎中道：“很好。弟再候命就是。”又吃了一盅菊花水，方才起身去了。

贾政进来向王夫人说了，便叫请李纨、宝钗同来商议此事。二人尚未进来，只见奶母王嬷嬷抱着芝哥儿，周瑞家的跟着，一同走入。王夫人见了，心中便喜，接过抱着。向贾政说道：“多咱替我芝哥儿说个媳妇儿，叫芝哥儿也欢喜一欢喜。”那芝哥儿已将周岁，十分伶俐，望着王夫人，口里笑着。一会嗳呀嗳呀的，倒像懂得这话似的。王夫人喜欢的不知怎么样才好，连贾政亦甚诧异。

正顽着，李纨、宝钗走进房来，王夫人便将李郎中提亲的话述给他听。李纨便说道："此事甚好。但闻家这位小姐，我们素所未知，似得妥当人打听，便可无疑了。"贾政说："我才不肯就允，亦是此意。我们明日这边备起几样细巧吃食东西，装两提盒，即差周瑞家的、郑华家的过去，说'太太差来，送给闻太太吃的。'便可暗暗的相他小姐了。你等以为何如？"宝钗接口说道："老爷所说很好。但我们人去便露点形迹了，倘事不成，过后老兄弟们便难见面。据媳妇的意思，探姑娘尝对媳妇说：'闻翰林家与周府亦系亲戚'，何不接了探姑娘来家一问，便可不用打听了。"王夫人听说，遂道："宝姑娘此话甚觉妥当。即照此办便好。"贾政亦以为然。即吩咐备车，派周瑞家的去接探姑娘。

不多时，接回府来。探春下了车，先见了贾政，请过安，同贾政走进上房来。王夫人门外接着，李纨、宝钗、平儿亦皆迎见，一一请安问好毕，随在炕上坐了。说了一回周琼回来以后的话。又说周廷伦因在内廷侍卫上行走，不能轻易告假，俟下班时再来请安。贾政随即问些姑爷该班的事体。

喝过茶，探春才要下炕到宝钗房里瞧瞧芝哥，王夫人接口说道："今日接了姑娘回来，有件事儿要问。姑娘说了，再瞧人罢。"便将李郎中提亲一节，并要打听闻小姐的事说了一遍。探春说："这闻小姐不用打听，是极好的。人材儿好，性情儿好，女红、诗学儿皆好。这闻家与女孩儿婆家本系老表亲，前几天闻夫人生日，女孩儿过去拜寿，与这位小姐直盘桓了一天。这事就定了罢，不用商量。"李纨听了甚喜。

过了数日，贾政果求李郎中作伐，将闻小姐说成了，即通柬下了定。贾政王夫人一家儿皆喜。

不意幕友闵先生又替喜鸾提起一门亲事来。闵鹏骞向在国子监中肄业，董秀先的叔子作过修道堂助教，两下本是世交。后来秀先点了词林，走的分外亲厚。闵先生因连科不售，遂暂就了此席，亦是借水行舟，仍为自己求名之地。闵先生既在幕中，久知府中喜鸾、喜凤二位小姐才貌不凡。凤姑已许曹探花，无意中偶在董词林前提及喜鸾才貌不亚喜凤。董秀先年才十九，素日自负太高，涩于求凰。虽提过数处，皆不如意。今日忽闻闵先生之言，又因曹紫庭定了贾府亲事，不觉心动。遂再四浼托闵先生来求此亲。

那日贾政书房正坐，闵师爷走来，谈了一会现办事件。后来弯弯转转，将董词林求亲一节备细说了。后复劝数语道："董词林才品久在藻鉴，其家世亦老先生所深悉。晚生看这事十分中无一分可摘，叨蒙教下，愿为冰老，成此好事。"贾政听了，心里想道："怎样这月内皆是来议婚的，难道皆是红鸾照命吗？"因应声答道："这事很好。但鸾儿是弟继女，须向彼亲母一酌，即为覆命。"闵师爷说道："老先生台命是极，晚生候示是了。"贾政进内，与王夫人说了，遂与喜鸾母亲商量，亦甚情愿。贾政即对闵师爷许了这头亲事。闵鹏骞通知了董词林，遂即择吉下定，再择娶期，不题。

荣府一连三件议婚喜事，众人忙忙的。倏忽间已到年底，贾琏外边支持，宝钗等内里筹划，从从容容过了年。拜简请席，俱照旧例。

不觉已到上元十五，既赏灯节，又是芝哥儿抓周喜日。荣府内外悬彩挂灯，着实热闹。到了十五，早饭以后，王夫人堂屋里铺了大红毡条，摆上各样抓周物件。贾政因为要试芝哥儿情性可像宝玉，好断后来造就，较往常所备之物，即如脂粉、香泽以及各样顽耍，便多备了好些东西，几乎摆满毡上。

当下贾政坐在一边，薛姨妈、邢太太同王夫人坐在一边，琏、环、兰哥儿侍在门侧，史湘云、李纨、李纹、李绮、探春、喜鸾、喜凤、平儿皆在上首站着，邢岫烟因临月未过来，香菱因薛蟠有些感冒，也辞了。只见宝钗从外边抱着芝哥儿，奶母王嬷嬷、莺儿、雪雁后面跟着，一同走进堂屋来。

众人看见芝哥儿穿着红锦棉袄儿，配着天青宁绸褂子，胸前挂着通灵宝玉，里面穿的是红绸绵裤，绫袜缎鞋，头上戴顶小卧儿兔。越发显得面貌齐整，浑如粉装玉琢。王夫人心里爱的受不得，即立起身，叫王嬷嬷接过芝哥儿来。王夫人亲自把他放在中间小红坐褥上。王嬷嬷旁边扶着。各房看的丫头、老婆子皆远远站定，不许上前。

芝哥儿坐了一会，忽回过头来，小眼儿看着王夫人笑。王夫人亦笑着说道："我儿，你要什么，只管拿罢，没人说你。"芝哥儿似懂得的，即将小手把本书拿在手里，看了回，放下。把远远的一颗金印拿来，也看一看，就放在这本书上。便站起来，转把身上的那块通灵玉儿举在手内，就赶着叫王夫人抱了。众人旁边齐声喝彩。当下贾政亦乐得站起来，只是笑。王夫人抱着芝哥儿，疼的脸儿靠着脸儿，口里说道："我那光耀门庭的儿呀，可不招人疼么。"薛姨妈亦连声夸奖。探春向王夫人说道："孩儿当日怎么说的来，必应孩儿话的。"众人各自散了。

贾政随到外边，同闵师爷、程相公一班朋友摆席，饮酒，庆赏元宵。

宝钗叫莺儿、玉钏将红毡卷起，各样物事皆收拾过了。王夫人厚赏了王嬷嬷，薛姨妈亦有赏赐。遂把芝哥儿递给奶母，抱回房去。即吩咐备酒，在王夫人房里摆了一桌。薛姨妈、邢夫人、王夫人叫了巧姐儿，挨着坐下，又叫李纨在旁坐了，斟酒摆菜。堂屋两张桌子条着摆了两席，各位姑娘同宝钗、平儿坐定，玉钏、彩云在房内伺候，莺儿、雪雁、素云及跟探春的小螺，皆忙伙着堂屋里送酒摆菜。因吃节酒，王夫人说给李纨，不用行礼告坐。大家遂即任意饮乐，便说起芝哥儿适才事来。直吃到月光满院，灯影在席，大家脸上皆带几分春色，正是酒落欢肠。钟上已交子正，才用毕饭。漱过口，同吃了茶，薛姨妈起席，同邢夫人皆起身回去。众姊妹又到宝钗房里，现沏了一壶好茶，喝完才各自归寝。

灯节已过，接着开印。贾政衙门有事，一连数日，多不在家。

董词林处差家人送了吉书，托闵师爷送到贾府，贾琏当面接了，交给王夫人，好与贾政看。吉书上写定了二月初八日卯时过门。曹探花处，从旧岁就定了三月十六日。鸾、凤二位姑娘，一齐出门。荣府置备一切妆奁，诸亲友皆送礼来陪嫁添箱。

说着到了二月。这年正值恩科会试，初六日，各位大员、翰詹科道及考过差的部属中书等官，齐集午门听旨。谁想闻翰林、曹编修皆点了内帘同考，幸而董秀先因教习期尚不满，未经散馆，不曾点着。

初八日，大吹大擂，用簇新一顶花轿，路上放着百子花炮，自家骑着红缨白马，亲到荣府行亲迎礼，来娶喜鸾。贾政亦穿着吉服接人，在书房盛席管待贵客。酒三巡，菜八味。只闻一派细乐吹到书房门外，董词林起身走到上房，拜贾政、王夫人，执子婿之礼。贾政、王夫人受了二礼，转身到新人门前站定。跟来家人送上小镜子一面，董词林揣在怀里，喜鸾顶着彩袱，两个婆子在旁扶着出了门来。董词林即领亲先往外走，十二对宫灯照着前头，一派笙乐，忽听大炮三声，新人起轿。董词林仍骑马，即在轿前，迎娶回去。至于到家，拜堂合卺，守亲坐帐诸事，无不周备。董词林亦有多少至亲好友及各同年，这日想亦不肯轻放，董词林吃得沉醉，才放他归房去了。

再说曹编修点派考官，心中甚喜。但因十六日吉期，喜在三月尚可出闱不误。倒是闻翰林又入内帘，贾兰系亲女婿，不敢隐讳，只得开明了回避。贾兰心虽着急，却亦无可如何。

时光迅速，到了三月初九，春闱揭晓。这科因内阁中书人不敷用，奉旨着荐卷中挑其字画端楷、文艺通顺者，取中内阁中书四十名，令在阁中学习行走，遇缺即补。甄宝玉却中了第四名中书。报到甄府，甄嘉言亦甚欢喜。贾政着人道喜送贺，此等寻常酬应，亦不备言。

却说曹编修出了礼闱，歇得一两日，见过门生，即吩咐家人，将可托办事的至亲密友清来，商议娶亲这事。贾府于十二月即差能事成房家人压过嫁妆来，箱橱、桌椅、被褥、衣服及首饰、铜锡盆、帘等约有数十抬。家人皆披红着彩，到了新人房里摆设齐整。曹宅亦皆厚赏从丰，礼待回去。十五日，曹宅送过礼催装，甚是体面。

到了十六日，排了祖上历任，并探花郎、编修执事各牌扇，鼓乐喧天，迎娶前来。贾府随将荣宁二国府及贾政现在官衔执事，亦备鼓乐，着贾珍、贾琏穿了自己品职的公服，坐车送亲。一路吹吹打打，笙箫盈耳，爆竹连声。不多时，曹探花簪着双花，穿了吉服，领着喜凤花轿，到了自己门前。下了马，将花轿抬到三门里边。新人下轿，嬷嬷们两边搀着，纱灯排列，细乐悠扬。曹编修领亲，到金屋内拜过天地。用红绿汗巾两条，叫喜凤拿着一头，曹编修领着一头，走进洞房。挑了盖头，饮了交杯，上炕去便坐。富贵嬷嬷们将百子图绣花帐幔放下，就带上门，皆出去了，屋内惟剩二位新人。曹编修细细将喜凤一看，觉得满面容光，宜嗔宜喜，心中大快。以为所配得人，终身这夫妇一伦可无憾了。

再说贾珍、贾琏送亲到门，投帖拜贺。曹编修早已请董词林及最好的王榜眼陪侍新亲，接进到了大厅，彼此交揖，让坐喝茶，叙了几句闲话，摆上酒来。筵席丰盛，肴馔精美。跟珍、琏的人上来献过赏，董、王二位代为谢了。饭后又喝盅茶，才同进喜凤洞房来，先替曹姑爷道了喜，谢了扰，曹紫庭亦道乏回谢。在洞房中坐了坐，又说了几句门面话，珍大爷、琏二爷即同起身，曹编修送出院门外，董、王即接着陪去，仍让喝茶。珍、琏二位说是“扰多了”。再谢，遂出大门，作了一揖，上车回府去了。董词林、王榜眼仍进大厅来，便邀了许多同年及曹宅亲友，将曹紫庭请出来，大伙儿公进喜酒，吃到二更天气，方才各散。

却说珍大爷、琏二爷到家，回了贾政的话，亦即各归自己房去。贾政走到上房，正与王夫人商议喜凤回九之事，忽见薛宅老李妈忙忙走进房来回王夫人话。未知所说何事，且听下回分解。

第六回　敷文真人奉命监场　潇湘仙子临坛感旧

话说薛姨妈处,因邢岫烟临盆,要用兔脑丸,遂叫老李妈到王夫人这边来找。王夫人寻了两丸,又将圣府所传黑神丸方自配的催生神药,用灯红纸同兔脑丸包在一处,引用童便黄酒,一并开明,交与老李妈带回。遂命包勇将大观园通着薛姨妈的门拿钥匙开了锁,王夫人带着彩云、珍珠、李贵家的才要动身,薛宝钗回说也要跟着一同过去瞧瞧。王夫人说"很好"。便又添了雪雁、柳五儿,大伙儿同进大观园来。只见竹木如旧,无人居住,景致全非昔比。包勇开了门,焙茗先跑去说了,薛姨妈带着宝琴、香菱忙接出来。

此时邢岫烟服了黑神丸,不多会就产下一个小厮来。薛姨妈见着,即将此事说了,便谢所给之药实在通神。王夫人就替薛姨妈道喜。不便到新产人房里,即进薛姨妈房来。又道了喜,方才坐下。跟宝琴的翠缕即端上茶来。宝钗要替薛姨妈磕头,薛姨妈说:"姑娘人家,如何当得起,一说即是了。"宝钗便回王夫人,说要瞧邢岫烟去。王夫人说:"很好！你可替我问候罢。"宝钗便带着雪雁去了。薛姨妈叫香菱陪了过去。王夫人与薛姨妈又说了会家常话,又问薛蝌近日买卖可好,薛蟠在家作何事情?薛姨妈说:"如今你大外甥很知好歹了,同他兄弟蝌儿,逐日在铺子里张罗,酒一点也不去闻。"王夫人说:"这就是姐姐造化。此后日子何患不兴腾呢!"

又说了一会话，王夫人便站起来，说："我瞧瞧琴姑娘去。"宝琴听说，连忙站起，同着薛姨妈便进东院宝琴这边来。才进院门，只见奶母孙嬷嬷抱着个姐儿，在一株半花半实才吐叶儿的桃树下，同个小丫鬟看那蝴蝶飞来飞去的呢。王夫人一见便问："这是月素姐儿吗？"薛姨妈道："是便是他，乳名不叫月素了。他爷爷梅翰林旧年秋天有书来，改着月娥了。"王夫人看这月娥，穿着红绸薄棉袄儿，绿绸子裤，白绫袜，三镶金片儿鞋，头上戴着齐眉箍儿，八宝儿镶着。齿白唇红，风韵中带着稳重。王夫人一见甚喜，用手引他。这小姐便赶着王夫人叫抱。王夫人接了，抱着走进屋门。宝琴说："看小孩子溺了太太罢。"急用手接过去，递给孙嬷嬷，抱在一旁去了。王夫人说："好个乖孩子。模样儿齐整，看光景必是聪明的。"薛姨妈说："可不是吗？过了抓周儿才俩月，家里人他小心儿都认得了。见了他娘只是要抱。嘴里咕咕的像要说话的样子。他爷爷在家看见，不知怎样疼哩。"

王夫人使眼色儿给彩云，他即转身家去，替五钏儿要了王夫人早备下的礼物，用盘儿托了。上面摆着珊瑚簪一支，玉面花儿一朵，金镯一副，金络子玉锁一把，大红湖绉二端，玉色汤绸一大匹。彩云端着进来，王夫人说："不堪微物，聊当见面之仪。"薛姨妈才要说谢，只见宝钗、香菱从邢岫烟那边过来，刚走到宝琴房里。宝琴随即让坐，薛姨妈向着王夫人说道："多谢姨太太费心，赏月娥这些东西。月娥快过来，替太太磕头。"孙奶母就抱过孩子来，朝上说道："月娥谢姨太太的赏。"工夫人便又给孙奶妈一个银子荷包，孙嬷嬷抱着月娥要跪下去谢。王夫人连忙拉住，说是"有了"。因笑着问宝钗道："那邢姑娘身子可好？新添的这孩子长的何如？"宝钗答道："邢妹子身上很好。这孩子生得也极好的，团团脸儿，眉也高高的。耳朵也好。只是脸上有一大些毫毛似的。"王夫人说道："这是过了月的缘故，无甚要紧。"即辞了薛姨妈，同宝钗回家去了。

到次日，即着人替薛姨妈处送过洗三礼来。薛家也送彩蛋染的各样果子与各亲友，并摆酒待客，亦不多赘。

从来乌飞兔走，暑往寒来。天地者，万物逆旅；光阴者，百代过客。古来多少名流，抚流光而欲诉也。又有朝运百甓，暮运百甓，爱惜光阴如陶侃这等人。只是贤豪者辈，然未免着意在功名这条路，似与这发愤忘食，乐以忘忧的道理，尚觉隔着一层。说便是这等说，睁眼算来与日月争光的，古有几个？与草木同朽者，比比皆然。人生在世，何不竖起脊骨，作起一番事业。济世利民，光昭史乘。不得志而拥皋比以讲道，亦可乐育英才。传道得徒，视行道得与者，殊途同归，本无二致。到后来身骑箕尾，回位天上，自不等这般虚生无益于世的人，在上帝亦不一样看待。奈世上有一等独善其身，炼气空山，施药尘市，累劫苦修，得了人主一个封号，便可腾身金阙，位列仙班。如本传说的甄士隐，尚是借境。至《红楼梦》所载宝玉的敷文真人，实是圣君亲诏敕封，那得不逍遥天上，受职绛霄。世上俗流，眼若观天井底，每说道一件神异的事，这读几句书的便是摇着头，以“子不语怪”目而笑之。据此说来，春秋祭典，岂尽便虚。他若山川出云则祀之，以及所谓其帝太皞、其神勾芒者，又何说以处此。再不然诸公请看，每逢乡会大典，场中用旗请神监场，插在明远楼上，定有一种实在证据。朝廷上多少博学高识的人，何皆相沿不废。

如今且说贾政到了己丑这年，巡城差满，从陕西道对调了江南道，又值坐粮厅出缺，就点了“坐粮厅巡查漕务，兼理关税”。去秋乡试，闵鹏骞中了，候着会试，不能随去。闵师爷转荐了一位谢启运，亦是秀监，胸中很好学问。又经周侯爷荐了同出兵的一位幕友褚小松，更是位极通的拔贡。琏二爷又替请了办书禀的先生韩子兴。三位师爷束修丰厚，聘礼优隆。个个欢喜，收拾行李，要随任去。贾政派了赖升、林之孝作堂官，家中仍着包勇看大门，税口上挂了包勇一个股子。当日放出去的家人，皆求情寻窍，钻了进来。

又各位大人家以及寅好亲朋,荐长随的,不一而足。贾政无如何,只得留下,到衙门时再作安排。谢了恩,面圣请训,择日即到任去。家中贺喜摆酒,以及送行诸事,不及细说。贾政到任后,参见总漕,拜了阖城同寅,并点派税口,查办粮艘,一一皆派置妥当。

再说会场期迫,到了二月初八日,士子未点名入场前,才交五鼓,提调禀了知贡举,即照例举旗,请各位神圣监场。请的原是梓潼帝君。那年帝君奉上帝之命,到暹罗国封王,不及临场监查。当经纯阳吕祖具奏,上帝想起敷文真人原在梓潼座下同司文案,遂钦命敷文真人宝玉此科监视会场。金旨一下,即有仙官仙吏,持节拥旄,护卫着敷文真人,来到下界。正值场内请神,敷文真人即入场,暗中稽查善恶,以昭报应。

却说这科,贾兰携着考具,随众搜检进场,领卷归号。过了二更天气,静养一会,待题纸下来,好作文字。恍忽间,像当年同叔宝玉走出场来,宝玉一时不见,自己各处找寻。似寻到一处,山峦苍秀,有文昌阁。走进阁内,忽见宝玉未戴冠帻,头挽道髻,冠着玉簪,身穿仙氅,脚蹬云履,站在一张桌子中间,堆着多少文书,听其发付。他见自己进来,不发一言,将个紫金葫芦中间插朵兰花,递在手内。自己才要上前拉着说话,听得号军送了题纸到号,忽然惊觉,恰是一梦。接着题目,只顾构思作文,这个梦却不及细详是何征兆。

初九日未刻以后,贾兰文字将及誊完。忽听得露字三十三号有个士子,用文袋带了自缢了。知贡举同监场御史皆下来,叫出号军来问。这号军磕了头,禀道:"这号里坐的是宫老爷,今日将亮时,听得口中自说:'骗你银子,是我不是。'即打了自己两下,便就罢了。方才晌午后,忽又厉声说道:'还我鲍兴命来!'号军忙来看时,这宫老爷手拿着文袋的带子,离脖子很远,不知怎样就死了。号军皆是实话,求恩典。"知贡举要过卷子一看,卷面上写着一名宫廷奭,系扬州府泰州府学生。遂即取了号军口供,用天秤将此公请出，预备棺木殓好，传伊家属领去。这事传遍场中，无不害怕。

头场已过，进了二场。大家正作文字，忽又生出一件奇事来。跟知贡举赵大人的小管家王文起，这日正站在屋内，忽然一跤跌倒，众人将他抬到旁边屋内床上，见他满身发热，口出谵语。躺了一日多些，二场开了龙门，士子纷纷出场。见他一咕噜子爬了起来，说道："够了，够了！"赵大人才要叫他来问，有个委官上来回道："为字十二号的举人，卡着自家脖子，已没气了。"赵大人要下来瞧，只听得小管家王文起说："大人不必问别人，这事小的知道。"赵大人及至公堂大小各官，同听了这话的家人、书役无不吃惊。赵大人便吩咐道："你可说来我听。"王文起道："小的好好站着，忽门外来了青面獠牙的小鬼，拿一手牌，写着'王文起'三个字。小的就晕倒了。随着这鬼使到了明远楼上，别有一间净室，见了什么敷文真人。就叫这鬼押着小的，又到一处，见了个女鬼。那女鬼将小的看了一看，说不是这人。那青面鬼像有着急样子，忽听说敷文真人有命，着这鬼押着小的，同着女鬼，各号去查。那时天尚未亮，来到这为字十二号，这女鬼仔细一看，说：'这才是了。'即赶上去，说：'王文起，你好狠呀，今日这般找着你了。'转退回来，向小的说：'这事与你不相干。这王文起是我邻居，爱我姿色，骗我奸了，许定娶我。我就偷帮了多少钱，他才中了一举。谁知他变了心，别处定下亲事。我还不晓得。他反将我私事声扬，叫我父母将我活活致死。今日场中亏了敷文真人指示，才报此仇。'说完将袖子拂了我脸上一下，即进号将此人卡着不放。我就活过来了。"赵大人及众人听这话，全无装点，这是实了。即忙忙来到为字号，查了卷子一看，是四川射洪县人，果名王文起。此时龙门已开，叫人抬出棺殓，候人领去。

赵大人回到至公堂，说道："此事比前日头场事更奇。场中有鬼神，这话果不虚了。但不知这敷文真人是那一位的仙号？"内中有受卷官年纪老些，走上前说道："这位封号不久，卑职前在礼部，曾奉敕经手办的。”赵大人忙问道：“是谁？”那位官道：“这位讳是宝玉。中举后就没了下落。奉旨找寻，究无根迹。遂封了敷文真人。怎么就监场办事，这便不明白了。”赵大人说：“宝玉不是现坐粮厅贾大人儿子么？”那位官答应道：“正是。”众人议论一会。倏忽三场竣事，敷文真人曾否覆命，事无影响，不敢臆断。

再说贾兰出场，文章得意，到了家中，见王夫人、李纨、宝钗，无不满心欢喜。此时芝哥儿已四岁了，从三岁上宝钗教他认字，已认得许多字了。说话虽迟，但说得一句，全不是孩子声口。王夫人、宝钗见了贾兰独出会场，想起宝玉，无不感伤。及见芝哥儿，早已自己解释了。贾兰遂将头场宫举人事说了，大家甚诧异。又把王文起这件事原原委委述了一遍，无不毛发悚然，皆有惧意。及说到敷文真人，贾兰又说：“这不是宝叔叔的封号吗？或者宝叔叔成了仙果，亦未可定。在这会场中，孙儿梦见宝叔在文昌阁内，收发一切文书，给了孙儿一个插朵兰花的紫金葫芦。再三详解不出是什么缘故来。”王夫人听说，眼圈儿红了，就淌下几点泪，亦不作声。贾兰便不再说了。次日，即到坐粮厅衙门来，替贾政请安。贾政听他三场得意，甚是喜欢。住了一日，仍叫他家来，到东府及各亲友走走候晓。贾兰在贾政前，绝不敢提起敷文真人这件事。当日回到家里，见了王夫人，说贾政身体很好，衙门中亦无别事。即到李纨房，见他母亲。过了一天，才到东府及各亲友处皆走候了。

三月天气，最是温和易于倦人。史湘云自孀居后，一心无碍。回来便移在栊翠庵，与惜春同住。朝夕讲论，渐渐调气用坐功，想着超凡入圣。

贾兰出场后，李纨望子心切，晓得惜春受过妙玉仙传，善能扶乩问事，可以前知。这日邀了探春、宝钗，带着贾兰，同到栊翠庵来。惜春一见，连忙让座。史湘云亦过来见了。烹起好茶，大家喝着。李纨说起当日宝玉失了通灵玉时，妙玉请的好灵乩。后来无不应验。宝钗即接说道：“妙玉这法已传了四妹妹了，大嫂子还不知道吗?”李纨说:“这么样么?我今有事,要求姑娘了,你兰侄儿出场,要问功名事,姑娘肯请鸾神替求一求吗?”惜春只是笑,不发一言。李纨遂着了急,说:“兰哥儿过来,你亲自央姑娘。”贾兰闻听,遂走一步,朝着惜春打了一千儿央请。惜春说:“你便听你二婶娘话。我何曾会请鸾?”遂用手拉起贾兰。忽听史湘云旁边说道:“这为侄儿功名,惜妹妹要会,何不就设坛替问一声,这有何妨碍,你便这样固辞。”宝钗道:“四妹妹,你那一日不同妙玉学书符的,我亲见过,你还赖到那里去。”

惜春是个忠厚人,被他们逼的不好意思了,遂说道:“学是学过,只怕未必很灵。”李纨见他肯了,急忙找了庙中一间净室,焚起好香,设了乩坛。惜春便画符请仙。不多时,惜春、史湘云驾着乩,忽在灰上动起来,大家跪着,求上仙留号。乩忽动着,写道:“拐仙。”仍是妙玉当日求的。贾兰遂过来行了礼,虔诚问自己这科功名得失。只见这乩左旋右折,画成一个葫芦,中间又画一朵兰花。众人大以为奇,贾兰这一惊吃得不小,正与场中那个梦一点不错。因又祷告道:“这葫芦儿弟子亦曾梦过,实在愚昧,求大仙明示一言。”那乩忽如飞,写了一句道:“葫芦中间却是兰。”即转丁一处,乩又写道:“天机不可泄。吾仙有事,要去了。”惜春忙烧送符,乩便不动。探春遂向炉中重添了香,又叫惜春画个抓符,看看请的何神。惜春遂另写一样符来,灯下点着。这符便化作旋风起去。

谁想警幻仙人有事,要到一处点醒人的姻缘,带着潇湘仙子,凌空正走。却被这符将潇湘仙子抓住,只得随符降坛。惜春、史湘云正扶着乩,忽见乩自动,知是仙到。大家又请留号,乩遂写出四句诗来:

潇潇疏影竹,湘水隔偏多。
仙鹤归来晚,子兮问我何?

写毕,将乩圈了诗中各句首一个字。探春说:“这不是我黛玉姐姐么?”乩忽写道:“仙凡已隔,不计往因。”大家同觉凄然。只见乩又写道:“如无事问,我就去了。”探春遂将黛玉所作《桃花行》写出:“桃花帘外开仍旧,帘中人比桃花瘦”的两句来,问道:“姐姐还记得么?”乩忽又成一诗道:

东风旧恨总模糊,天上人间境不殊。
是幻非真真乃幻,将无代有有仍无。

探春又问贾兰功名事,乩忽写了一行草书,道:“这事非我所知,可问敷文真人。我随警幻仙有事,不可迟了。”众人尚恋恋,不肯叫去。惜春急画送仙之符,乩便仍旧不动了。当下众人深以为异,遂不再请,仍到惜春房来,喝了回茶,遂即散去。

过了十数天,会试揭晓,贾兰中了第三十九名进士。报到荣府,举家欢喜。报子即飞星到坐粮厅衙门去报讨赏。贾政听得贾兰中了进士,心中大喜。即重赏报子,差李贵带了一千银子,来给兰哥儿作见房师及殿试等各样使费。

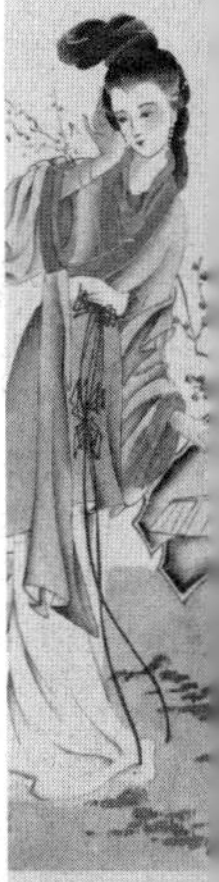

贾兰这科却中在董绳武的房里。看了《题名全录》,方悟了葫芦中间插朵兰花的先兆。原来三十八名系胡兆元,四十名是卢作霖。自己名兰,插在中间,所以中在三十九名。可见事由前定,不可勉强。闵师爷这科不中。迟了数天,贾政仍请到坐粮厅衙门去了。贾兰中在董词林房里,原属姑侄,作了师生,这番相待亲热,自不必说。刻齿录,刷朱卷,俱是照常办理。谁想副主考刘大人就是乡试的大主考,是时更觉优待。

忙忙的又是殿试,贾兰殿了二甲第四名,点入庶吉士,家中亲友这番庆贺酒筵固甚热闹,贾政坐粮厅衙门比家中更热闹十分。贾兰得此一第,稍慰李纨这番苦志,亦可谓膝下得有人了。

再说去秋乡试后,该部请点更易学差,奉旨:梅友福着江西留任。这梅翰林便照旧视学,不能回京了。

夏去秋来,转瞬冬到。这年腊月十三日,贾兰大登科后小登科,要娶闻小姐过门。现到坐粮厅署,将此事禀明了贾政。然后两下议定,择吉来娶。原来荣宁二府中旧例,不行亲迎之礼,在家候亲。先数日内,闻府送过嫁妆,亦甚齐备。

到了十三日,贾府自备了三百六十个金镜,大红猩猩毡,外加十样锦绣的簇新一顶花轿,前摆两府国公官衔执事,后列御史及翰林院旗仗,二十四对红灯,间着无数火把,八对顶马,锣锁牌棍,轿前一对金瓜,三檐红伞,一柄大扇,鼓乐笙箫。一路放着百子花炮,娶了闻小姐到来。花轿抬进府,靠着院门,方才落平,贾兰对着轿射了三箭,才将闻小姐轿门打开。闻小姐尚站在轿中,添了脂粉,递给宝瓶抱了,即有两个嬷嬷搀出轿来。贾兰先在天地前站着,伺候拜堂。两个嬷嬷架着闻小姐,到门槛上跨过马鞍,方到天地前行了礼,送入洞房,合卺坐帐。外边闻翰林送亲的人,有贾珍、贾琏陪着,管待丰盛周备,俱各欢喜而去。

三朝庙见,尊卑上下行过了礼,宁荣二府各长辈,同薛姨妈、周姑爷、曹姑爷、董姑爷、史侯爷等处,皆送拜仪,轻重不等。闻小姐拿出检箱什物给李纨看,遂着素云同跟闻小姐的小翠用盘摆好,分头各送。也有收两样的,也有谢了全不受的,端盘人皆有赏赐。贾政处早吩咐,因未弥月,不必来衙门磕头了。王夫人看闻小姐温柔典雅,不愧家风。与李纨房子一排儿住着。李纨看他两个佳儿佳妇,心中快畅,难以言喻。

回过门,即到年下。灯节易过,倏近花朝。那一夜,芝哥儿忽发潮热,很不舒服。宝钗怕是当差,心甚着急,告诉了王夫人,叫请小儿科郑月坡去。焙茗急备马去请。未知芝哥儿是否当差,且听下回分解。

第七回　左金童性定悟前因
右玉女梦游登大觉

话说荣府中，从祖上见过异人，得受仙方，用真生麝二钱，辰砂二钱，顶好天麻子十粒去壳，拿乳钵捣烂，将前二样拌入麻子中，仍在乳钵内研细成膏，择五月五日午时，将小儿顶门、前后心及两手足心，通行搽上，药尽为度。七月七日傍晚，九月九日清晨，亦照前方搽抹。每次搽后，通身皆出红点，多少不等。搽过三年，便可不生天花，即出亦不甚多。此方行了数世，极有奇验。传得亲友家，亦皆照着搽治。这日芝哥儿偶发潮热，宝钗怕是当差，请郑月坡看了道："这小哥儿是出花儿，皮肤滋润，脉息平和，是极顺的症，不必服药的。"王夫人听了甚喜。

宝钗急将房内收拾。供起娘娘来。王夫人派了周瑞家的、李贵家的同王奶母在房看芝哥儿，门上挂了红绸，禁止生人来往。芝哥儿烧了二三日，见苗。三日长起，通共出了不过四五十个花儿，饮食照常，大小便通快。到了六日上，毒化浆行，俱灌的圆湛光泽似珍珠样的。郑月坡说："这哥儿真是状元花。可贺之至。"八日后，即茶花色，渐老结痂。到十二日，便脱了个干净，一个麻子也没有。

宝钗送了娘娘，一块石头方才落地。王夫人备了厚礼，谢郑月坡。琏二爷常在坐粮厅里办事，有时来家，遂叫贾兰写了禀帖，禀知贾政。贾政不放心，特又差林之孝回府，细细问了，知是好花儿，过十二天已经要出外头来跑着顽耍。回去面禀了，贾政方才放心。重备重礼，写书来谢月坡。这是郑月坡好运，治了个极顺症。不用吃药的哥儿，一点心儿没费，出了花，又得两次重谢，几可小康。无可为报，只说着实感激罢了。

芝哥儿出花后，越发精神强健，饮食大加。满了月，各处顽耍。儒儒雅雅，从不淘气。看看到了八月以后，天气渐凉，宝钗取出书来教芝哥儿随便读些，写了字格，把着小手教他写。芝哥儿最爱写字，渐渐不用把手，照着影儿即写上来。且字画匀净，亦甚看得。宝钗除料理家事外，朝夕这倒是一件事了。

芝哥儿赋质聪明，记性更好，读过书再不能忘。到腊月间，《四书》连小字儿皆读了。《诗经》念到第四本。魏晋六朝及唐宋各家诗，从三四岁时，宝钗口授，到此时已念二百多首。宝钗爱如珍宝，时刻留心。王夫人心里着实欢喜。

忙着过了年，贾政坐粮厅二年差满，进京谢恩画圣。奏对称旨。回府后，三月初即蒙恩升了左副都御史。报到荣府，举家欢庆。次日，贾政入朝谢过恩，又召见了，得好些温旨奖勉。到过副宪任，家中亲友贺喜者，数日不绝。

稍暇，贾政与王夫人上房正坐，宝钗领了芝哥儿走进房来，后头跟王嬷嬷、柳五儿。宝钗替老爷、太太请安，芝哥上前打千儿，替贾政请安；又走过来替王夫人请安，起来就扑到王夫人怀里躺着。贾政叫到跟前，拉着他问道："我听见你念书了？"芝哥儿说："才念了不多日。"贾政说："你记得么？"芝哥儿不答应。贾政又说："你念什么书？"芝哥儿说："念《诗经》。"贾政说："我提你句，背得过，我好赏你。"芝哥儿只是笑。贾政就提了一句"白露为霜"，芝哥儿即接着把"所谓伊人"一节全背了。贾政大喜，又提了一句"白圭之玷"，芝哥儿就把"尚可磨也"背了，又背了"无易由言"一句。贾政即搂在怀里，说："好孩子，我知道你的书很熟了。"向王夫人说道：

"这个芝哥儿大是不凡。若赏银子，便轻了他。可将我最爱那方端砚，藏的那两匣顶烟陈墨，赏他罢。再给他一套宁绸，一套羽呢，作衣裳穿。我今日实在乐的很了。可有什么好点心，赏他盘吃。"王夫人及宝钗听了，亦喜的不知怎么样的。即叫琥珀将捧盒端过来，里头装着十几样糕点。又叫玉钏儿取出宁绸、小呢，王夫人自己走到内屋，箱子里找出端砚、藏墨来，一齐放在炕上。向着芝哥儿说："这是爷爷赏你的，你快谢赏。"芝哥儿即跪下去磕头。贾政笑着说道："这个头要你磕了。"芝哥儿站起来，停了停，便朝着王夫人跪了，也磕下头去。王夫人喜极了，几乎掉下泪来，忙忙拉住道："我儿多礼了。"即将身上带的一个汉玉鸳鸯儿解下，又叫玉钏儿取了两挂香串来，递给芝哥儿。不意芝哥儿一个六岁孩子，又打个千儿，将东西接过来，看着宝钗。当下宝钗又谢了老爷、太太赏，即将端砚、陈墨、宁绸、小呢、玉鸳鸯、香串儿，替太太要个红毡包放好。即叫柳五儿先拿回去了。

芝哥儿站着，将捧盒内的奶酥饼手里举了一个，送给贾政吃。贾政说："这是我孙儿的孝敬，我倒要吃的。"用手接了，便笑着说道："你不给你娘个吃吗?"那芝哥儿走到盒子边，检了半会，拿了个绿豆百果糕，双手捧了，看着宝钗，却走到王夫人身边，说："给奶奶吃。"王夫人笑的什么似的，说道："多谢我孙儿，你快吃罢。"他仍不吃，检个松子仁的七星饼，手拿着，送给宝钗，却不则声。宝钗亦用手接了，说："你不给你妈个吃吗?"芝哥儿瞧着王嬷嬷，只是笑。用手拿个鸡蛋卷儿吃了。又拿个芝麻澄沙小饽饽吃，却不送与他妈。王奶母假作生气，他看着尽是笑。王夫人便对贾政说道："这个芝哥儿，举动得体，绝不像个孩子。将来必大有出息。"贾政点头说："我也是这么想。看来此子年纪虽小，倒要请个好先生，教他上学才妥。"王夫人说："还早哩，到八岁也不迟。"贾政说："你莫心疼，求先生学规松些就是了。早念一年书是一年的事。"说着把那酥饼儿到底吃了。彩云端上茶来喝完。才起身要走，王夫人说："可是呀，

前日薛姨妈说，他虎哥儿托我求老爷，替他请个先生。何不就同芝哥儿一伙念书，岂不有个伴儿。”贾政听了，点点头，就出去了。珍珠倒茶给王夫人，王夫人不吃，就递及宝钗。宝钗接了，给芝哥儿喝了两口，遂自己通喝了。王夫人拉着芝哥儿手说：“我同你娘儿们瞧瞧三姑娘去。”走出房，便往探春那边闲话去了。

再说贾政卸了坐粮厅，幕友、长随辞去了好些，因敬褚小松学问，就同闵师爷皆留下了。这日走到书房，叫人请过褚小松，将替芝哥儿请先生的事写了书，托闻翰林替请。束脩、节礼皆听闻翰林主政。开蒙学生二人，伴读小家人一个，要请一位博学的高明先生。就叫焙茗骑了马，拿书到闻翰林家去。闻翰林覆了书，说是留心聘请，有人再行请命。

果然过了六七天，闻翰林亲到荣府来回此事。贾政自从一任坐粮厅回来，手头不似从前拮据。升了副宪，官虽大了，倒不同户部司官，每日却无甚事。与程、詹诸门客，不过着盘大棋，叙些闲话，便算了雅集一天。这日书房正坐，听见闻翰林来拜，忙忙接人，到内书房来。闻翰林要执晚亲之礼，贾政再三不肯，才让得照常坐了。贾兰亦出来相见，遂就辞出。又说了几句闲话，贾政方问及芝哥儿请先生的事来。闻翰林道：“末亲正为此事请教。敝同乡有位拔贡，甚有抱负。姓张，名鸿渐，号越存。为人通达，秉性正直。来此乡试三次，总未一售。意待今科，欲就一馆，以省旅费。此亦寒士谋食之善策。昨日对他说了，他素慕高风，甚愿领教。议定脩饰金四十两，节仪每节八两，在馆供馔。他带家童一人伺候。不识老姻伯以为何如？”贾政道：“很好。”看了宪书，十六日入学大吉。即于十二日送过官书，便请张越存先生十六日到馆。闻翰林见贾政作事爽快，心亦甚悦。因系至亲，就留吃了便饭，方才别去。

荣府请定了先生，贾政就叫贾琏令人将院门外西边一所独院，四间正房、两间厢房，向日作账房的挪出，从新裱糊干净。内一间作先生卧榻，外间明的三间，就作学房，西厢房作下人起坐处，预备茶水。安排定了，王夫人也走到薛姨妈家，将虎哥儿同学读书的事说了。薛姨妈甚是愿意。你道虎哥儿是谁？就是邢岫烟养的，今年五岁，身量倒不矮，学名薛尚义。王夫人说定了回来。

十六日一早，请到先生，虎哥儿先跟了薛姨妈过贾府来候着。先生吃了点心，天交巳初，贾赦因有年纪，懒怠动，着贾珍过来。王夫人、探春、李纨、宝钗、平儿同薛姨妈看着芝哥儿、虎哥儿，带了伴读的周岐鸣，这岐鸣却是周瑞的儿子，年到八岁了，叫他伴读，周瑞家的甚得意，也随着太太们送他儿子。到了院门，贾政领着他俩，珍、琏、贾兰、薛蝌后头跟着，一同走入学堂来。焙茗、林天锡拿着书包。到了房里，越存张先生拈香拜了圣人，学生拜过先生，惟伴读的教了两遍，仍磕了头起去，不会作揖。贾政谢了先生，薛蝌、珍、琏等亦皆作揖谢了。贾政说道："诸承善诲，再来请教罢。"就同珍、琏、薛蝌等同出书房去了。薛蝌遂同贾琏喝茶去。

贾政走归屹房，因今日不见贾环送学，遂叫人到处将他找来。问道："你有何事，今早你侄儿入学，你怎不送？"贾环吓得一声不敢喘，王夫人因替他解释，带着笑道："他为不读书，有什么脸来送侄儿上学，他不是臊得慌吗？"贾政道："这却未必。他又何尝有气性来？"遂向贾环说道："你自己瞧你这熊调，连替你提亲的通没有了。"便回过头对王夫人道："环儿年已大了，怕他外务不学好。你看各房丫头有合适的，给他一个伺候，收他的心。从容再替他议亲。这也是虎毒不食子，无可如何的事。"王夫人道："老爷这话很是。"贾政又道："现在开馆纂修各史书，我欲替他办个誊录，邀得议叙。他读书无成，也是他一生资生之计。"王夫人连连说道："这是极应该的。环儿，此后你要自己成人，才不负老爷这番意思。"贾环听说办誊录，全不在意。倒是要给他丫头来伺候，却甚心喜，又不敢露出来。王夫人说完，他只答应道："是。"贾政便叫他去了。

过了两月，王夫人因见彩云平日与贾环常说顽话。遂私下问应了他，就择日将赵姨娘住房与贾环住。作了新衣服、铺盖，把彩云给他了。不赘。

再说越存张先生，送出贾政，归了师位坐下。便叫贾茂："拿书来我看。"芝哥将书拿了，走到师傅前，作了个揖。张先生接过来一看，却是《易经》，通本皆点了句读。遂问道："你念过书吗？"芝哥儿道："念过。"又问："前头从那个师傅？"答道："没有从师，跟我母亲念的。"又问："你念过什么书？"答道："念过《四书》、《诗经》，这《易经》念到'元吉在上，大有庆也'，底下该念'泰卦'。"张越存听了，无意中遇着泰卦，甚喜。说道："很好！你今日就从泰卦念起。"遂将泰卦找出，叫他正字，他就问了"以其汇"的一个"汇"字，其余皆顺口读去不错，毫不费力。他便上位，各自念了。

过便叫薛尚义，虎哥儿也把书拿着，到先生前，作了揖。张越存接过瞧，却是《诗经》，未点句读。问道："你念过书吗？"虎哥道："我没念。"又问道："你几岁了？"虎哥儿道："五岁，属猪的。"张越存将《诗经》点了数篇，因朱文公《诗柄》句法太长，蒙童难读，先将大字逐句压了韵，把《关雎》首章教给他念。虎哥儿也不甚夯，教了十数遍，就念的来了。张越存亦叫归位去读。

惟这伴读的岐鸣老官，他见虎哥去了，就拿了《千字文》，到先生桌上，倒放着，请先生上书。张先生见了，也不言语，将《千字文》点了八句，教给他读。只开首二句不用教，他就念下去。到"日月盈昃"这个"昃"字，教了三十余遍，总不认得。费了先生多少气力，才学会了四句。指了字认，仍旧不识。张先生无奈何，说："你且拿四句书先念着去。"他归到位上，念了上句，忘了下句。到放学吃午饭时，他顺口儿也念的来了，字却不能认。

今日贾政盛席管待先生，请了闻翰林作陪。张先生就把学放了，说："你们明早来罢。"众学生作了揖，遂各回去。周瑞家的接着他的儿子，问他念的书，就把四句《千字文》顺口背了，把个周瑞家的快活的过不得，说他儿子是个才子，也自领回家去，给好的吃，任他意儿顽去。

芝哥儿、虎哥儿见了王夫人、薛姨妈、李纨、宝钗、平儿，皆作了揖。丫头们在焙茗手里接着书包，焙茗等便出去了。王夫人、薛姨妈各问了学房的事，就说："这俩孩子定是饿了。"叫拿菜端饭，先给他俩吃。他俩爬上炕去，也不推辞，将菜就着饭，每人吃了两碗。要茶漱了漱口，便跳下炕来。玉夫人道："乍戴笼头，受了一天。你俩可到院子顽顽去。"二人手拉着手儿，就走了。

薛姨妈吃毕饭，领着虎哥儿回去。到了家，宝琴、香菱、邢岫烟接着，请了安。宝琴便拉着虎哥儿手儿，问道："你念过什么书？"虎哥儿道："是《诗经》。"宝琴说："背过了么？"薛姨妈道："好孩子，你背给你姑娘听听。"虎哥儿就把今日念的书，淌淌的背了一遍。邢岫烟喜欢的看着虎哥只是笑。薛姨妈搂过去，说道："这么的才是个好小子。"就给了两个洋钱。邢岫烟接了，向虎哥儿说："你不给奶奶谢赏吗？"虎哥儿就跪下去磕了个头。宝琴旁边也喜的什么是的。

孙嬷嬷带着月娥站在跟前，月娥就向宝琴说："我也要念书。"宝琴道："你是个姑娘人家，该学着描鸾刺绣。这上学的事，不是你们作的。"月娥见不叫他上学，便就哭了。宝琴疼得慌，就抱着他，到自己房里。月娥仍是哭，宝琴因哄他道："别要哭。明日先跟着我念。等你再大一大，可送你学里去。"月娥道："虎哥比我还小哩，怎么他倒上学？"宝琴道："好孩子！你别怄我。虎哥儿是个小子家，应该早上学的。"月娥道："他小子家便是人，难道我就不算数吗？"宝琴又是疼，又是好笑。只得哄着他道："昨日听说你爷爷差待好满了。一到家，就替你请个先生，你好上学。"月娥方才喜欢，住了哭。宝琴待他定了会，叫他吃了些饭，也就掌上灯来，收拾着便就睡了。

月娥睡下，像个不大宁静样的，宝琴怕他挽住委曲，夜里又要虚惊，就把他胎里攥来的金如意——早用掐金线、五福捧寿的大红缎百折荷包盛了。取出来，替他拴在小布衫大襟头上。说也奇怪，拴上荷包，月娥便就酣然睡熟了。宝琴总是惦心，就叫孙嬷嬷带着，连自己也在里边靠定月娥，一同躺下。

谁想月娥睡去，恍惚自己像个大人样的，不知是何缘故，坐着船，到了一处。一片大水，毫无边岸。耳边听得人说是洞庭湖，月娥像同着孙嬷嬷，还有好些人，上了一山。说道："这是君山。"遥看烟水迷离，苍翠满眼。像似梅翰林指着说道："这是云梦，这是潇湘。江山之胜，不可不玩。"月娥口里忽吟道：

吴楚东南坼，乾坤日月浮。

宝琴连忙将他叫醒，问道："你说什么？"就叫翠墨倒口茶给月娥吃。原来各家亲戚皆按史老太太叫宝玉的规矩，凡小孩子，家中上下皆叫名子，便于好养。月娥喝了口茶，也不言语，仍旧睡了。宝琴听他梦里吟诗，甚是诧异。就睡不着，点上灯，同孙嬷嬷睁了眼，守着月娥。只见月娥睡着，口里忽叫："姐姐！"像个睡不甚实在的。

那知月娥躺下，重入梦景。坐着船，到了一片水的中间。波涛汹涌，心里害怕起来。不觉把带的金如意忽然拿在手里，往水一掷，就变了极大一只船。月娥满心欢喜，就坐过这只船。来到船一看，只剩只身。前坐的那船已不知流在何处去了。自己无法坐着，想个人来，叫他好使这个船送回家去。不料这船篷上来了一阵风，把这船刮的逆流而上，渐渐像凌空而起似的。忽走入一大河，水色澄澄，甚是皎洁。河边一个人，牵着牛，像要饮的。河那边有个女子，在块石矶上坐着，拿一金梭，不知何事。月娥见了女子，心里要过去问问，那船就靠这岸来。月娥下了船，走到那女子身边，一见，像是认得的，一时却想不出来。那女子见了月娥，忙站起，笑嘻嘻说道："玉女妹子从那里来？"月娥一听此言，便想起这是织女，也便笑着答道："想坏我了！织女姐姐。这些时总没见面。"织女才记起玉女奉帝命临凡，他已昧却前因了。遂说道："好！我到瑶池有事，妹子可肯同我去吗？"月娥听说要见王母，心中大喜，遂说道："我去。”两个人仍上了这船，便向西来。

正走着，忽见云霞缥缈，鸾鹤飞翔，知是到了。不觉的两人皆站在金阙门旁，那船儿仍是金如意，忽拿在月娥手内。门儿一响，走出两位仙女来，说：“有金旨，宣帝女带着右玉儿进去。”月娥进金阙门一看，琪花瑶草，古柏仙松，顿觉尘心一净。未到殿前，阶甬上站着两个人，说：“有金旨，叫问玉儿手里拿的什么？从何处来？”月娥一看，仿佛认得是许飞琼、董双成样子，便大着胆道：“飞琼、双成二位姐姐，难道不认得我吗？我心里着实胡涂，来处实在说不上来。”双成走了一步，说：“有金旨，叫你吃这沆瀣，自然明白。”飞琼便将一盅湛绿的水，拿他金如意一搅，递给月娥。旁边织女说道：“妹子，你还不谢恩吗？”那月娥将水一气饮完，朝上磕了个头，起来便觉到自己是玉皇案旁侍立的玉女，同金童奉命落凡。自己是个女身，纵然上学念书，也是全靠着金童的。豁然大悟，重行稽首。双成又道：“有金旨，叫你了却尘缘，再证仙果。去罢！”织女即同月娥走出门来，月娥才要向织女说什么话，早被织女推了一下，说道：“尘缘未了，尚有何言！”月娥便一跤跌倒，即“嗳哟”一声，出了一身汗，便坐了起来。说道：“我懂得了！我也不要上学了！”倒把宝琴、孙嬷嬷吓一大跳，说道：“我儿觉怎么的？只说梦话。”

月娥醒了醒，悟彻来因，瞧了瞧金如意不在荷包，仍在手中，说道：“我不是梦话。娘呀，你看这如意怎么到我手里？”宝琴见了，亦甚诧异。说道：“只怕是你未睡着时就拿在手的。”月娥心里了然，不肯说破。笑了笑，就要茶喝。翠墨剔了剔灯，倒上茶，宝琴喝了口，试试冷热，就递给月娥，喝了两口，那时鸡便叫了。宝琴不肯叫他再睡，怕作胡涂梦。叫孙嬷嬷哄他顽了会，天亮就起来梳洗。月娥悟了来处，年纪虽小，凡事皆能看破，随缘度去，倒是一位大智识。别人那里晓得？

再说芝哥儿同虎哥儿读书，不觉秋末冬初。芝哥儿着实聪明，就把《易》《书》二经读了，现读《春秋》。虎哥儿质性虽未及芝哥儿,然甚是肯念。从朝至暮,大有气力,总不觉乏。一部《诗经》也就读到第四本多半本了。张越存因芝哥儿读《春秋》,就把《左传》教他合读,便随意将《左传》事迹替他讲讲,不过是教他容易读些。那知这芝哥儿一日读到晋惠公夷吾回了晋国,负了秦夫人之约。申生降神曲沃,将要以晋畀秦,并说请了上帝这段话。他就不悦起来,拿了书,到越存前,说道:"先生,这晋夷吾所作甚是不好。申生是个故去太子,难道晋家别无祖宗,就叫他以晋畀秦,断了晋家血食吗?再以自己江山畀了别国这样话,怎么在上帝前说法?这个书似乎不可信的。"张越存听了,吃了一惊。暗暗想道:"这个孩子真是不凡。"因说道:"这书的意思,不过是极说晋惠公的不好。看后来畀于韩这段说,此一节总是文章的波折,不可泥了看的。"芝哥说了声:"是。"归位自念去了。张越存心中却着实夸奖。

忽见周岐鸣拿着本《论语》走来,指着个"醢"字来问。此字已教过十数遍,总不认得。张越存只得拿着一块仿纸。将临字旁边写了个"西"字,说:"你可认得吗?"岐鸣拍着手道:"我认得,这是个西字。"先生道:"就照这字读去便是了。"岐鸣归位念去。张越存思忖半晌,忽然口中说道:"人之度量,相去岂不远哉!"起身便向院内走动去了。

这位伴读老官,读书虽是不济,至于淘气顽儿,翻天踢井,所意想不到处,他皆想得来。动不动告假逃学,三两日不上学。周瑞家的又溺爱,只觉其好,不觉其恶。渐渐习学性成了。张先生才出了门,他便将他所劈的竹篾用红绒线捻成绳子,缚起一张小小盅儿,又将红竹筷子头上,绑了一个大针,刮的细细的,预先藏着,此时就下了几儿,绕在屋里跑马射箭。芝哥儿不则声,虎哥儿只是笑,也要下来顽顽。先生一步走进门来,看见了,就把弓箭取饼来看了,要拿板子打他。这位伴读老官,却会央告,说是:"再不敢了。先生可怜,饶我这次。我昨日才病起来,求师傅饶我罢。"张越存见他样子可怜,遂把板子放下,说道:"我且宽你这次,你可用心读书。倘书再背不过，我就不宽你了。”就叫进林天锡来：“把这小蛊箭拿去烧了罢。”林天锡遂拿了出去。待不多回，周岐鸣就摘墙上牌子，要去大解。张先生亦不理论。周岐鸣却赶上林天锡，着实央求道：“好大舅，把我这小蛊箭赏给我罢。我拿到家里顽去，再不敢拿进书房。”原来林天锡是周瑞家的结义的姊弟，不好意思，将这小蛊箭仍给了他。他遂藏在衣服底下，手里拿着牌子，走进来挂好，就上位去。

这是十月天气，向阳屋子又暖，苍蝇儿飞来飞去。这位伴读又高起兴来，用糖拌了些饭，放在桌上，瞅着张先生看书，他便支起薄薄块板来作拍子，拿细棍儿支着，拴上一根绳子，远远拉着。候着那苍蝇吃饭去，他便将绳一抽，把些苍蝇儿皆合在拍子底下打着，也有飞的，也有飞不动被他拿的。芝哥儿、虎哥儿看了，不觉大笑起来。先生要责他两个，细查方知这个缘故。二罪并罚，把这伴读阿哥打了十个手心。岐鸣哭了好一会。放学回去，明日便又病了告假。张越存因其顽劣，又是伴读，亦就不深问了。

一日冬至，贾政拜过冬，回到家里，设一席酒，请张越存，又请闵鹏骞、褚小松，连主人四位，皆知心莫逆。午后请过来，下盘大棋，就摆上酒来，吃了二十四个小碟，随后端上菜来。上了碗火腿白菜，鸡汁作的。张越存深赞为好。又上了一样冬笋野鸡片，大家说是好。随后火锅端上秦鳇鱼来，把个褚小松吃的只是吃，并赞不及好。又吃了一道奶酥油作的松仁白糖馅的点心，吃了着实欢喜，用了饭，撤去家伙。点上灯，随又端上三十二个酒碟来，现开一坛南酒。尝了尝味，觉淡些。又开了一坛陈沧酒，汁浓味厚。也有单饮沧酒的，也有对了南酒喝的。

四人谈今论古，说的快畅。张越存忽然说道：“咱们评骘千秋，前日叫学生芝哥儿几乎将我问倒。”贾政连忙说：“是什么事体？莫不无知，开罪了先生吗？”张越存遂将芝哥儿议论申生的一席话述了一遍。褚小松道：“真正难得。像我们这些讨论古人的，终日发大见解,何尝一个窥到这里。不知今年几岁了?”闵鹏骞道:“今年六岁了。别说这时,就是那抓周儿,那个不道他是不凡的?”张越存道:“我学生阅人多矣,从未见过这样聪明。每日读书四五十行,读的书就刻板在心里,再不能忘。这是老先生厚德,才有这等千里驹。怕不名震一时吗?就是学生,得此英才而教,亦非等闲的奇遇。”贾政听得众人交赞芝哥儿,心中甚喜。只得一味伪谦道:“小子何知,全望先生造就。”为此一节,大家快乐,酒却吃有大半坛。天已三鼓,遂告止了。又喝了会茶,方才散去。未知芝哥儿后来读书如何,且听下回分解。

第八回　梅翰林因诗择婿
贾副宪触绪联姻

话说芝哥儿从着张越存读书，过了年，便是七岁。知识渐开，便将书义常请先生讲解。近又添了一件奇处，每每默坐半日，并不开读，却又不是睡着。张越存是个有意思的人，见芝哥儿颖悟不群，便率其自然之性，总不强他。更有奇处：他虽默坐，及查起功课来，书却全然背得过。张越存从此更不管他。

那一日，正是三月初旬，芝哥儿理他读过的《诗经》，念到“崧高维岳，骏极于天。维岳降神，生甫及申”四句，他便只管沉吟起来。谁知他今年读书不同旧岁，凡读的书皆要懂得。闲时看史书上说羲、轩生时，许多灵异，便已生疑。及看到孔夫子五老降庭，麟吐玉书的事，便要去问。因是《史记》，先生并未叫读，恐被呵斥，不敢质正。这日读这“维岳降神，生甫及申”，难道世界上人竟从天上降下不成？把往日所蓄的疑团，一时并集，又是读的《诗经》，可问得的，遂走下来，拿这本书问张越存道：“这两句诗像说甫与申是岳所降的，神生的，如信为真，则何所据？倘说是假，诗为圣人手订，岂有诞妄不经的理吗？”张越存道：“你问的很好。”便将圣人感召之理，原是呼吸相通的，应魔劫而生魔，到得圣人在位，和气致祥，便有吉星瑞曜应世，来为朝廷黼黻。遂举金环后身的羊祜，玉燕入怀的张说，谪仙是长庚转世，坡老是魁宿临凡，把几个古人说与他听。芝哥儿听了，似有所动，终是未能豁然。虽答应着“是”，走上位去坐了，终不展卷，仍自默想，大有眼观鼻，鼻观心的光景。

天晚放了学，虎哥儿家去了。宝钗看见芝哥儿回来，不要饭吃，就去睡下，恐在学房有甚缘故，因叫了焙茗来问。原来焙茗感念宝玉的恩，伺候芝哥儿十分尽心，朝夕出入，就是饥寒饱暖，时刻留心，像个嬷嬷一般，较林天锡尽交差事的大是不同。这焙茗长得也甚有条干，本姓叶，皆以焙茗呼之。前岁在坐粮厅衙门内派过几回税口，又受过一次漕，积蓄了有二百多银子，这两年放给人，使得些利钱，约有三百余金。向替李贵好，遂与李贵第三个儿子叫李白新的，李贵也备出三百头，同焙茗合了伙，请下两个伙计，开个小钱铺儿。李自新常在铺内，焙茗闲了也到铺走走，大有起色。宝钗见他在芝哥儿身上着实用心，便向王夫人回了，将柳五儿指配与他，虽未圆房，柳家甚觉情愿。柳五儿见焙茗长得好，又是宝玉旧时人，也没的说。

这日宝钗在门口站着，将焙茗叫到檐下，请了安。宝钗便问：“芝哥儿今日学房受师爷气吗？”焙茗说：“我这芝哥儿再没有受气的事。每日上的书，多就多，少就少，皆背的滚熟。张师爷在老爷前夸过几回，说总没有见过这样聪明学生，疼得很哩。哪来的气？惟有今日，他拿本书向张师爷去问，张师爷替他讲了半天，小的看他只是闷闷的默坐，不说一句话，点心没吃，茶也没喝，就下了学。小的着实放不下心，二奶奶就不问小的，再待一会小的也要求周大婶子来瞧瞧的。”宝钗说：“芝哥儿睡了，没甚事，你出去罢。”宝钗回来，摸他身上也不热，头上也不怎么样，遂任他睡去，叫王奶母好生看着，自己便在一张便榻，穿着衣，就枕着拐枕躺下。

芝哥儿似睡不睡，将及五鼓，心底大有所见。天亮起来，洗了脸，到学房来，仍是寂然默坐，并不念书。张越存虽说听其自然，未免也自时留心看他。焙茗急的更了不得，站在门口竟不动身，倒叫张越存撵着去了。

芝哥儿坐了又有个半时辰，一念不生真如来，复觉顶门倒似响了一声，合着胸前这块玉放起光，一霎时满屋皆明，恍惚中觉得己身是玉帝案旁左金童，奉命来此尘界，以结敷文真人未结之案。慢慢将眼睁开，仍旧坐在书案椅上，不觉朗朗的吟道：

木有根兮水有泉，谪来尘刹应随缘；

而今打破盘中谜，月灿云开别有天。

张越存忽然听芝哥所吟，不觉吃一大惊，道："好呀，你竟悟了。"芝哥儿道："学生不懂什么是悟，就只'生甫及申'是维岳神所降的，实在不假，学生如今无疑义了。"张越存也不甚理会。

这芝哥儿从此悟彻本原，欢欢喜喜，书便仍旧读去，但读的书固是懂得，即所未见的书，未知的事，提起来无不原委洞然，毫无遗略。有时说个典故，发些议论，张越存竟莫从窥其底蕴。

这年乡试，张越存录科甚高，要去起考。芝哥儿忽议："先生不如到午年上好。"众人全不介意，果然张越存这科又落孙山以外。到乡试后，又点学差，闻翰林却点了贵州学院。送行起身，惟贾政着实，格外并送了好些盘缠，不烦细赘。

那江西学政梅侍讲差满覆命，仍回了本任，拜几位客，吃几回酒，就过了年。难道梅翰林仍是赁房作寓不成？原来贾政与梅翰林最厚，差将满时，就写字托贾政替他寻了一所房子。贾政先替备银置了，税了契，俟梅翰林到京，好交与他。不意梅翰林未起身时，叫他儿子梅调鼐到家，接了他夫人先到京来。见了贾政，已将银先带来还。搬到新房，贾政早替备买了许多桌椅床帐，及铜锡木磁等件家伙，皆是琏二爷办的，有何不妥？梅调鼐着实感激，将宝琴也就接了过来住着，伺候梅翰林到京，再来亲谢。

梅翰林到京，面了圣，归到私第。长子梅调鼎在家乡料理庄田，惟次子调鼐随任，门口候着，请了安。梅翰林见这房子地面宽绰，院子深沉。进了二门，向东一院系书房五间，配房、照房皆合款。向西进了院门，转过屏风，便是大厅三间，照厅四间，朝东的厢房二间。厅上摆设齐全,桌椅整列。迎面一张长条儿,挂着沈石田山水大画。案头瓶炉俱备,又备大理石插牌一座,玉罄一件。转过厅,又进一垂花门楼,就是住房。一带七间,两边厢房,后面群房尚有两层,皆是家人住处。东有一门,出去就是厨房,再从厨房迤南向东,过一层门,便是花园。花木缤繁,亭阁宽敞。梅翰林心中甚喜。到上房,见了夫人,说些别后的话。宝琴领着月娥进来,梅翰林半世只此一个孙女,心甚疼爱。宝琴请了安,月娥就跪下磕头。梅翰林拉起来一看,月娥生得温秀典重,更欢喜的过不得。拉着手,问了几句。又向宝琴说了回话,便要去拜贾政。从先梅翰林在朝时,贾政亦拜过了。及至梅翰林到贾府,贾政又不知何处去拜客,亦未在家。梅翰林对林之孝说:"先替我说,我再来谢,可替回明。"林之孝答应着"是"。

过了两日,贾政请梅翰林吃酒接风,梅翰林亦送了许多土物。再在别处拜拜客,吃吃酒。

过了年,又届二月会试之期。梅翰林点了房考,直到三月半间才出了礼闱。贾兰这年散馆,放了编修。甄宝玉这科却中了一百六十四名进士,殿在三甲,留部学习。榜后完姻,即把李绮娶了过门。荣府礼贺往来,一无缺略。

再说芝哥儿了悟前因,一心无累,从张越存要乡试时露了一露,后便深自韬晦,不修边幅。这些俗眼皆被他来瞒过。这日排门插艾,节庆蕤宾。闵师爷一早被董词林邀去。贾政摆酒请张越存、褚小松过来小酌。门客詹光有事,好些日没来。程日兴同贾琏出城,不知所办何事。这贾政性喜鲈鱼,尤嗜海鳊。此时已经夏半,又在都中,这海鳊是最不易得的。梅翰林平素所知,这日厨子不知在那里买得两个极肥的海鳊,梅翰林一时高兴,用抬盒盛了肴馔酒碟点心各样,却拿一盆水,将这海鳊装了。移樽来就贾政之教。贾政听了大喜,连忙请进来,与张、褚二位见了礼,彼此问过好。贾政即笑着说道:"梅老先生体量小弟无物应节,竟备了酒馔来。真是趣人！”梅翰林道：“不是如此说。扰的老大人太多了，我学生今算还席。却为今日得两个极肥鳊鱼，小弟不敢独食，专此致敬老大人。即吩咐贵庖人整治来，咱们下酒何如？”贾政投其所好，便举手谢道：“小小一节，可见知心。”即叫李贵说给厨房，加意作去。贾政因思梅翰林喜吃羊肉，便咐李贵耳，又说了两句。席本未撤，大家即让了座，重整盅箸，便就饮将起来。谈些时事，辨些古书。梅翰林带来酒碟，间着端来。

酒已饮了数巡，张越存忽提起芝哥儿所问的“维岳降神，生甫及申”这个理来，梅翰林亦不能实有所指。因向着贾政道：“令孙几岁了？”贾政道：“八岁。”梅翰林听了吃惊，暗暗想道：“何物老妪，生此宁馨？”笑着道：“老大人有此玉树，何不令我学生一会？”贾政即叫人吩咐焙茗：“快带芝哥儿出来。”焙茗应了进去。

这时宝钗领着芝哥儿与史湘云、惜春，同平儿、巧姐儿、琥珀、玉钏儿、莺儿，大伙猜枚赢粽子、鸭蛋，芝哥、巧姐儿却赢了许多，笑的个王夫人什么是的。正顽着，听得贾政来叫，即令人问焙茗：“有什么事？”焙茗将梅侍讲要见的话回了。遂叫他穿了衣裳同出来。

芝哥儿才进了门，梅翰林看着穿的黄葛纱的袍儿，佛青暗团龙半实半露的褂子，腰间荷包带系着上钩。脚下粉底官靴，头戴时款凉帽。眉清目秀，齿白唇红，心里便爱。只见他走到他跟前，打个千，请了安。替张先生也是打千请安，向褚小松作了个揖问好。又替贾政打千请安。梅翰林见他轻重得宜，进退有序，更自十分欢喜。因让他脱了衣服坐下。彼时摆个杌子，靠着贾政下手。芝哥儿却不就座，看着贾政。张越存道：“你就坐罢，没人说你。”芝哥儿方才坐了。梅翰林问道：“你师傅说你问‘生甫及申’这个道理，你心里有个见解，何不谈谈？”芝哥儿又看贾政，不言语。贾政道：“你只管说罢。”那芝哥儿才开口道：“甫与申原不必问其所由生，只问岳果有神与无。既说是降，必定有所承命。甫与申只算应运而生罢了，本无甚奇，且其理最实。经我老师讲过，就无疑义。”梅翰林连声赞道："名论！名论！我学生儿闻所未闻矣！老大人何福，得此玉麟？"贾政道："小孩子，不过述其先生之言。老先生尚宜教之。"说着，就端上鳊鱼来。大家争着吃了一会，便就论起灵均来。有赞美的，有辩驳的，持论不一。芝哥儿拿个枇杷果吃，总不开口。梅翰林向张越存道："令徒可学作诗吗？"张越存道："他也作过两首，却不常作。"梅翰林道："这个要请教了。"即以《五日怀古》为题，叫芝哥儿作。贾政叫取纸笔，"你可那张桌上慢慢的作，不必忙。"这贾政是怕他作不出来的意思。谁知芝哥儿走到桌边略想一想，提起笔来，就写出一首七绝，双手要递给贾政。梅翰林看着，早站起用手接了，说："竟作完了。"因朗朗的念道：

贴水荷钱风袅绿，堕阶榴火雨添红。

三闾从古无余憾，竞渡何人恨莫穷。

梅翰林大声赞道："好警句！翻案出奇，独见其大，我辈当逊一席矣。"张越存、褚小松一同夸奖，贾政不知道芝哥儿能作诗，心中也喜。因举着酒让道："请饮一盅。"梅翰林道："不独诗，这字亦写得秀极。"便把手中酒一饮而干，道："好诗！好诗！我再饮盅。"因说："你可吃些果子罢。"即把樱桃、枇杷、杨梅、红李各样，皆挪到芝哥跟前来。芝哥儿仍拿着个枇杷吃。

此时又端了羊肉上来，梅翰林道："这物何来？老大人真是爱我。"即举箸吃数块。因有所触，成了一句，要想对语，也再想不出来。因对贾政说道："学生触境，偶得出句。欲试令孙一对，不知可否？"贾政道："这有何妨。他小孩子家，对得来对不得来，皆无关系。倒要领教，广弟见闻。"梅翰林道："鱼称鲜，羊称鲜，鱼羊皆鲜。"褚小松道："这是绝对了。"大家想了想，皆不能对。向芝哥儿说了，芝哥儿也定了一定，即对出一句道："子配好，女配好，子女尽好。"褚小松忘了情，拍案叫道："妙极了！何从得来？"梅翰林听得对了这么一句，遂触动了一件心事，连好也赞不出，只是微微的念道："子配好，女配好，子女尽好。"念了两遍，忽发一言道："此中莫非有天缘么?”众人皆不知其意,劝着喝酒。梅翰林此刻酒到盅干,吃了竟有十数盅。将这对句往复不厌的念。

褚小松道:“晚生久有一句,再对不来。也求世兄先生对罢。”因说道:“君子堂前君子竹。”芝哥儿即对了一句道:“大夫阶下大夫松。”把这三位老先生皆惊讶的出了神,同声赞道:“积善之家,当有此庆。这非寻常能及的了!”梅翰林就吩咐跟的家人刘禄:“你快家去,将我最爱的一方歙砚,四匣李廷珪的顶烟墨,那部颜鲁公的墨迹,内板的那部《文选》,即刻取来。”刘禄应了,即骑马回去。这边仍旧饮酒,贾政便要叫芝哥儿进去。梅翰林竟有依依不舍的光景,说:“再坐坐。”就把椅子挪来,靠着自己坐下。不住将糕点让芝哥儿吃。张越存道:“老先生别把他当小孩子,胸中博的很呢!”贾政一味卑牧。

正说着,刘禄将东西取来,用毡包盛着。打开摆在盘里,献上。贾政起身谢了,又叫芝哥儿去谢。芝哥儿抢了一抢,梅翰林就拉住了。贾政赏了刘禄一个荷包,二两银子。就叫芝哥儿辞了梅翰林,回过张先生,着焙茗拿了梅翰林给的物事,跟芝哥儿进去。

到了上房,把个焙茗快活的,将作诗及作对子的事说了一遍,诗合对子却说不上来,只得挠头。宝钗道:“你去罢!”就叫莺儿把盘子接过来,王夫人看了道:“颜鲁公墨迹,这是稀世之宝。就是歙砚、陈墨,也不是易有的。”便叫莺儿收了去。宝钗便说给他:“可同老爷那次赏的放在一个棕箱里。”莺儿应着去了。宝钗便问他作的诗合对句,芝哥儿说了,宝钗心里诧异。

再说梅翰林见芝哥儿进去,又饮会酒,吃了饭,撤家伙,喝着茶,又说了好半日话。天交二鼓方才回去。到了家,夫人邹太太见他酒多了,就安顿他睡下。他又喝了回茶,方睡着了。睡了一回,忽然爬了起来,邹夫人也就披衣,连忙坐起,问道:“老爷怎么样?”梅翰林道:“我不怎的。”又要了一盅茶来喝了,遂说道:“我有件事,要与夫人商量。”邹夫人道:“老爷有事,只管说。”梅翰林便将今日在贾府饮酒见芝哥儿，品貌如何出众，及赋诗对对的事，细细说了一遍。又道："天下那有这等隽才。我看月娥亦甚不凡，如配了芝哥，便满了我意。你可替媳妇斟酌。此事若托薛亲家太太一说，断无不妥的。你看可使得么。"邹夫人道："老爷既看准芝哥儿，自是不错的。容我与媳妇商议，再覆老爷的命。"梅翰林见夫人说话投机，便道："很好。"看钟上，才交丑初，便说："天还早哩，咱们且睡。"于是脱了衣，重行躺下，便就酣酣的睡熟去了。

次日一早梅翰林上衙门，邹夫人梳洗毕，宝琴叫孙嬷嬷领着月娥同过来请早安。邹夫人一见，就说："你来得好。我正要叫人去找你，有话讲哩。"宝琴道："太太有话，就请吩咐。"邹夫人便将梅翰林的话详细说了一遍，又说："你看此事可成得么？你公公着实看上你那外甥呢。"宝琴道："那芝哥儿实在是个好孩子，但咱们是女家，如何自己先提。"邹夫人道："这个何妨？"只作你大娘的意思，探探口气，再着色相去说。"宝琴道："太太这话很是。"

吃了饭，就坐车到薛宅来。虎哥儿这日发热，要出花儿，正请了郑月坡在那里看。宝琴不便就开口，把车打发回去，就在娘家住下。只到夜间无人的时候，才把此事向薛姨妈备细一说，就叫他明日去提。薛姨妈说："我正有事，明日要到你姨娘那边去。我就说一说，想亦无碍。"

到了次早，薛姨妈吃过饭，就来见王夫人，说："当铺里又要用银子，不知咱还有的给他没有？"王夫人与宝钗商量了一会，又找了琏二爷来，大伙儿计议，又添了二千，连前作一万银子，给薛宅当铺行着去。

王夫人回了薛姨妈话，就留薛姨妈吃晚饭去。薛姨妈惦着虎哥儿当差，本不欲住，又因宝琴的话没从说，只得应了。就瞧了李纨，又瞧平儿，才到宝钗那边去坐。因一时屋里没人，就把梅翰林端午吃酒，着实看上芝哥儿，要作女婿的意思，不添枝叶，就实说了。宝钗说："这倒很好。我和琴妹妹最说得来。况这个月丫头生时，手里拿着金如意儿，合我这芝小子又是个成对儿金玉。或者这是姻缘，也未可定。就只说前月，我们老爷为芝小子亲事，力辞了临安伯，说他那里还有些恼哩。娘回来见了太太，凑个机会就提提。若问我时，我再用言成全就是了。”

正说着，玉钏儿进来说：“太太请姨太太呢。”薛姨妈就同宝钗一同过来。李纨同平儿、巧姐，皆在王夫人房内等着哩。巧姐今年十九岁，长成了人，模样又好，嘴头儿又会说，连平儿通敌不住他。薛姨妈见了，想起琏二奶奶，甚觉难受。问了个好，就大家一齐坐了，喝过茶。

忽见芝哥儿从学里来，替薛姨妈请了安，就靠王夫人站着，要枇杷果吃。王夫人说：“你比小时倒像小孩子气了。”因叫琥珀拿盘子，装枇杷给他吃。他不吃，先把盘子端到薛姨妈跟前，检个顶好的递上去。薛姨妈笑的什么是的，说道：“好孙儿，我不吃。你吃罢。”因触动心事，遂笑着向王夫人道：“他这样孝敬我，到明日我替他说头亲事罢。”王夫人道：“很好。这是姨太太疼爱。不知是什么人家？”薛姨妈就着势儿说道：“我这算是亲上保亲：宝琴有个女儿，是姨太太见过几回的。本来聪明，模样儿甜净，女工而外，也算无书不读了。梅翰林与姨老爷相与的十分好，我才敢提及。未知姨太太以为何如？”王夫人听了道：“这事倒也相合。”因用眼瞧着宝钗。那宝钗站起身来，说道：“这事也不是一句就定的。太太须向老爷商酌，再回娘的话。却不可先向琴妹妹提起。”王夫人说道：“很是。姨太太就照宝姑娘这话，再听信罢。”话刚说完，饭已齐了。张越存有事，不在学里。芝哥儿也就挨着宝钗坐下，送了酒，就端上菜来。吃了点心，就盛上饭。因是便席，就饮不多酒。大家吃完，漱过口，未点灯，薛姨妈喝了茶，就回去了。

王夫人等贾政回来，就把薛姨妈的话备细说了。又说：“这个就是与芝哥儿同年生的那月丫头，老爷也见过的，倒好个齐整孩子。”贾政说：“他乳名不是叫月娥吗？”王夫人说：“正是。”这句话触起贾政一件心事来，就是本年正月初一夜间，贾政得了一梦。就像那年中秋节在大观园，史老太太饮酒赏月，说那怕老婆的黄酒月饼馅子笑话儿时的光景。忽见满天霞光闪烁，香气氤氲，从广寒宫里走出个霓裳仙子，落到席前。贾政便从梦中惊醒。一向存在心里，从不说破。今日薛姨妈来提的就是月娥，正与梦来相合。亲上作亲，月娥生的又好，且与梅翰林相好莫逆。就说道："这件事，我心倒觉得好。你与媳妇相商，可作，就求薛姨太太作个撮合山就是了。"

过了一日，王夫人饭后叫人请了宝钗来，把贾政肯的意思对宝钗说了。宝钗本来愿意，正商量去烦薛姨妈作个保亲，两下说合此事。忽见周瑞家的从外边领个老婆子，走到门边。那周瑞家的便要进来替他回话。宝钗眼快，认得那刘婆子，便向王夫人道："门外头不是那年来的刘姥姥么。"不知刘姥姥何事到此，且听下回分解。

第九回 刘姥姥为媒申旧约 王嬷嬷下定话奇缘

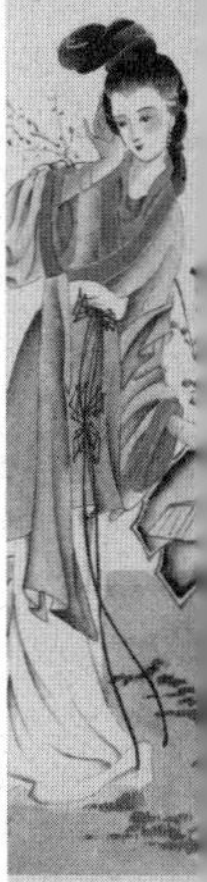

话说刘姥姥站在门口，要等周瑞家的回了才敢进来。不想王夫人听了宝钗的话，就叫玉钏儿出去叫他。周瑞家的听了，就把他带进门来。王夫人见刘姥姥带着板儿——已成人了，身量不高，挑着两个筐子，一个小包袱儿，不晓得是何东西。进来，就放在旁边。

那刘姥姥见了王夫人，说了声：“太太好呀！”就跪下去，要磕头。王夫人忙叫琥珀搀住他，才说道：“咱们是老亲戚，况这般年纪，如何使得！姥姥你可好？”问了，随让他坐下。平儿就走进来，那知刘姥姥已见过平儿了，是平儿叫周瑞家的领他来的。李纨听见信，也来了。刘姥姥才问宝钗好，又问平儿。见李纨进来，忙就来问。逐一见过，就开口道：“怎么那位待人宽厚的老太太就去世。这么几年，在乡里住，一点空儿也没有。我跟我女婿又到河南去了一趟，旧年冬天才回来。想着太太们，来请安。乡间没一点好物儿，这是自己的大麦推的撵撵转儿，园子里结的杏子、桑葚，还有才见影的芸豆角儿。可是土物儿，求太太尝一尝，就算我老婆子孝敬。望太太可别要笑。”王夫人听说撵撵转，不懂得是何食物，就叫：“拿来我看。”周瑞家的就连筐儿提过来，上头笼布盖着。开了一看，只见青带着黄的一条条儿，连他也不认得。王夫人见了，便笑着问刘姥姥道：“你来罢了，又费这么些事。但是这撵撵转怎么吃法?"刘姥姥说:"这是极好吃的。着上麻油,调了黄瓜菜,用些清酱,再着点蒜,如有肉丝儿,这是妙极的了。"旁边听话的丫头们皆抿着嘴儿笑,王夫人便叫收过去。转向玉钏儿说:"咱们吃饭时,也尝尝他这搻搻转的味儿,叫厨房把应拌的作料,皆预备下,就炒盘肉丝子给刘姥姥,叫他吃。"玉钏儿答应了,吩咐柳家办去。

王夫人叫周瑞家的将板儿领到外头,叫周瑞照应去。就留刘姥姥坐了说闲话。问他:"今年麦子可好,庄稼雨水可好。"刘姥姥说:"今年雨足,大田甚好。麦子受点黄疸,有七八分收成,也算够了。"史湘云、惜春也来瞧他,已见过了。史湘云就怄他道:"姥姥,你那年说的那南瓜,如今想必越发大了?"刘姥姥道:"姑娘可是不知俺们种庄稼的事呀,这时候瓜才伸蔓开花儿,结的纽纽大就算顶好了。"用手比着,说:"那里有这么大?"一屋子人皆笑了。说着就摆上饭来,两桌儿坐下。王夫人将鸡丝肉丝及各样作料拌了搻搻转,吃了一两口。谁知这麦皮儿总去不净,着实难咽。就递给宝钗说:"你积福替我吃了罢!"宝钗就接去吃了。座上有吃三五箸的,有吃半碗的。刘姥姥拿肉丝子拌了两碗,通吃了。王夫人又把碗金银蹄儿送给他,盛了两碗大米饭,让他吃。他连肉同饭,又吃尽了。旁边丫头只是笑,倒是史湘云、惜春爱吃这清香味儿,浇了蘑菇的面筋素卤子,每人倒吃了一碗。

不多会,大家吃了饭,洗手漱口,喝过茶。巧姐走进来瞧他干妈,见了甚是亲热。王夫人问奶妈说:"巧姑娘吃过饭了?"奶妈说:"早吃过了。有点活计,作完了才来的。"刘姥姥就把他带的小包袱儿拿过来打开,取出河南乌绫包头四个,顶机绵绸二匹。笑看向王夫人说道:"太太,这点微物,不敢说送巧姑娘,求巧姑娘赏赏人罢。"王夫人道:"你过于费事了,倒叫我心里过不去。既是给干女儿的……"便向平儿说:"你收了去,叫巧姐儿可谢你干娘。"巧姐果走来福了一福。刘姥姥说:"可担不得姑娘的礼呀!"就忙忙的哆嗦了哆嗦,还了一拜。把个史湘云及玉钏儿通笑倒了。惜春拿一盘茶，也笑洒了。

渐渐天色将晚，王夫人叫平儿领了刘姥姥到他房里去睡。原来新置了个庄子，琏二爷带着旺儿、乌庄头查地去，没在家。当下平儿同刘姥姥到了自己屋里，因感刘姥姥情，十分亲热。巧姐亦甚敬重。掌上灯来，叫小红重新摆上炕桌，把他现备的碟子端上来，请刘姥姥喝甜酒，还有八碗菜，好吃夜饭。又用托盘摆了四大盘菜，一大壶酒，两样点心，一钵子饭，托周瑞家的送到周瑞处，给板儿吃。皆是平儿不忘报处。须臾吃罢，巧姐跟他嬷嬷到里间儿睡了。平儿就合刘姥姥同炕儿睡。喝壶茶，也就脱衣躺下。

你道刘姥姥这回真个空来瞧瞧吗？原为着那年周家说的巧姐儿那头亲事，虽有约言，究无实际。周家秀才在张越存下第这科，却中了二百二十一名举人。虽然会试不中，却兴勃勃要提这门亲。因刘姥姥原媒往河南去了，候他回来，累次去说。刘姥姥碍着侯门高大，不肯就来，挨的实在无可如何，才走来。又不敢在王夫人前说。本合平儿相好，又此事是平儿许的，遂在被窝里将这件事细向平儿说了。又说：“周家此刻已是举人，这官一定作的。况当日琏二爷亲口许过的事。我是原媒，所以来问一声，叫他何日下定，他要择日就娶哩。”平儿道：“姥姥放心，这事准的。上年有替巧姐提亲的，我家二爷皆辞了去。新近又有范大人家来说，老爷回说已许过人了，又辞了去。这事据我说，等我明日求宝二奶奶，替太太跟前提一提，看了口气。姥姥你再说好吗？”刘姥姥道：“好极。”说着话，有年纪的人就睡着了。

到第二天，平儿果然将此话向宝钗说了。宝钗说：“很好，我今儿就替问一声。或者太太就先提起，也是有的。”刘姥姥的早饭，就同平儿、巧姐一堆儿吃了。宝钗得个空，见了王夫人，就将平儿说的刘姥姥来意诉了一遍。王夫人道：“这是当日许定的，老爷昨日还说：‘巧姐儿事周家也不提起，我这里辞过好几处了。’刘姥姥既为这事，留他住一两天，琏二爷回来回老爷，叫他下定就是了。你就同平儿说与他，省得张张扬扬的，叫巧姐儿听见，又要哭哩。”宝钗说：“晓得了，待媳妇告诉他。”刘姥姥得信，心中甚喜，就在荣府住着，等琏二爷回来定局。

却说芝哥儿事，宝钗与王夫人议定，即转求薛姨妈向梅宅去求亲。梅翰林十分肯的，有何费事，几句话就说定了。覆王夫人信，就择了八月十二吉日，通柬下定。

五月底，贾琏看地到家，回了贾政，就用八千两银子将这宗地来置了。见过王夫人，请了安，归到自己房里，与平儿说会别的话。平儿就把刘姥姥这节事说了，随说：“他还在这里住着，太太叫等二爷来才定主意哩。”贾琏道：“这事当日亲口许的女孩儿家，岂可改口。倒不在他举人不举人。”过了一日，琏二爷回了贾政、王夫人，又到东府里也说了，将巧姐儿就许了周举人。

刘姥姥回去时，王夫人给了两匹绸子，十两银子，两筐子茶食，一筐子蒸食，还有两块咸肉。平儿私下又给了他两件小衣裳，两包杂样果子。给了板儿两吊京钱。雇了车，送他回去。

刘姥姥将这信给了周家，周举人满心欢喜，就在六月内把定下了。刘姥姥披着红，又来了四个家人，聘礼亦甚丰盛好看。荣府加意管待，赏赐优隆。刘姥姥分外又披了一匹红，给了四两银子。欢喜的不知怎么样的。从此巧姐就定给了周举人，等他择日迎娶。不题。

却说王夫人从七月半前，因疼宝玉，要在芝哥儿的亲事上从厚下定。与宝钗每日商量。打点了一只似碧不碧的冠顶古玉簪儿，这件东西说自圣府得的，簪头内有自然观音一尊，就是那老匠辨出来的，实为累世传家之宝。配了件避尘珠镶的面花一朵，是史老太太遗留的。这两样用紫檀木匣，用玻璃罩好，座子也是紫檀的，蜀锦挂了里床，最是郑重。外则珠花四对，珠箍二副，金项圈二件，是珠子宝石镶的；金镯四副，玉镯四副，珠挑二对，猫儿眼旧梅花样簪子二支；祖母绿旁枝二朵，又配了几样金首饰，这是王夫人及宝钗的东西添着办的。各用匣子装妥。绫罗绸缎分出花样，配成四十套。貂灰银狐各样皮张，每样有二十张的，有四十张的，皆用楠木盒子装好。外头却瞧不出来。正商议着要请探姑娘回来看可使得使不得。忽周府着人来报喜说："探春于七月十二日添了一个儿子。"原来探春嫁后，此是头胎。王夫人听了甚喜，重赏来人。随即备物替探春送去，这也是娘家必不容已的。到了洗三送礼添盆，较他人更加一倍。周府送喜果、彩蛋，亦不可少。乳名叫全哥儿，学名体仁。王夫人亲自看了两遍，这就接不成到家商议事了。

周举人家送过吉书。择了大利月九月初六日迎娶。荣府又忙着打发巧姐出门。

说着就到了八月十二日，芝哥儿下定吉期。琏二爷、兰大阿哥分派众家人，押着放定礼物，一抬一抬的去了。随后王夫人坐了四人大轿，带着琥珀、玉钏儿、莺儿、麝月四个丫鬟，周瑞家的、郑华家的皆坐了大鞍后档车儿跟着。又派七十四、焙茗两个随轿。派人抬了衣箱、担子，着家人周瑞、李贵骑马照应。又用轿车儿派李贵家的同王嬷嬷随着定礼先去。不多时，就到了梅宅。王夫人起身时，就请了薛姨妈。两下一齐到了门前。

今日梅翰林家悬花结彩，王夫人轿到，就一派笙箫鼓乐，在门口吹打起来。邹夫人请了闻翰林的夫人秦太太过来作陪。定礼摆在内堂，金珠耀目，玉帛盈庭。王夫人轿到二门落下，玉钏儿、麝月扶着王夫人走出轿来。薛姨妈已在二门口候着。只见里面走出位夫人来，年纪约五旬上下，邹夫人亦随后接出。王夫人让薛姨妈先走，薛姨妈不肯。让了半日，到底薛姨妈走了。众位太太见面皆拜了，没多说话，就让着进来。转过大厅，便到后面上房，竹帘高卷，宝鼎微薰，铺陈华丽，桌椅鲜明。王夫人候着薛姨妈行礼，薛姨妈道："在门外站着不便，尽着让我先走了。今日你是新亲，我如何僭得，也叫主人心里过得去。"王夫人听了，遂先替薛姨妈拜了拜，然后登毡，要与秦夫人见礼。秦夫人执晚亲礼，不肯平行。让了一回，方才彼此行了。又替邹夫人见礼道喜。薛姨妈亦过来拜见。遂让王夫人上坐，秦夫人陪了。薛姨妈系老亲，就挨着王夫人坐了，邹夫人下陪。

丫鬟端果茶来，喝了两口，就倒了。茶用盖盅端上来。王夫人接了谢过，也就同众喝了。便叫老妈传话：“替亲家太爷道喜请安。”一位有年纪些的答应去了。回来带个小厮，在门打千说：“小的老爷替亲家太太请安。”又打了千儿道喜。王夫人站起身来谢了坐下。秦夫人道：“老亲家太太安。这两月因家间有些俗事，总未会着。今日这府上喜事，邀来奉陪。老太太脸面越发滋润了，想是喜色映出来的。”王夫人道：“为小孙事，起动太太，我心甚是不安。没别的说，回来借我们亲家太太的酒，多敬一盅，算我奉酬罢。”邹夫人道：“酒备的很多，只求诸位亲家太太赏脸。”说着就催席了。

梅翰林叫了新到的小班儿昆、弋两腔，就在大厅院内打了座地平戏台，厅上挂了竹帘，在内摆了两席酒，就着仆妇来请。邹夫人说：“且慢些！”向薛姨妈说：“可叫二奶奶领月娥出来上拜才是哩。”薛姨妈说：“很使得。”话才说完，早见四个丫鬟，跟着月娥小姐，随宝琴走进门来。宝琴请了王夫人安，就说：“甥女给姨太太磕头道喜。”王夫人连忙拉住，说是“同喜呀。”两个丫鬟在地毡上又铺了红毡，月娥遂站在红毡中间拜了拜，就行下礼去。王夫人受了一礼说：“这就是了。”仔细一看，月娥身量虽未长成，举止却甚稳重。仪容端丽，态度温柔。将月娥拉起来，笑着说道：“你可是我家的人了。”便叫琥珀、莺儿，把礼用红毡垫了盘，端将上来，摆着：珊瑚簪子一对，脂玉扁簪二支，珠花二朵，金凤斜枝花一对，金戒指二副，玉戒指二副，宝石三镶坠子二副，赤金三环坠子二副，尺头四匹，绉绸八匹。邹夫人站起身来谢了，又叫月娥再谢。王夫人拉住了。又喝了一盅茶，宝琴领着月娥出去。

随即响起台来催席，王夫人、薛姨妈、秦夫人、邹太太带着仆妇、丫鬟皆出到大厅席上。外头吹打着，邹夫人就送酒安坐。让了王夫人首席，秦夫人陪了，薛姨妈次席，邹夫人陪了。王夫人回敬了酒，大家遂一同坐下。梅翰林管家王元家的拿着戏单，带着个十岁的小旦，上来点戏。那小旦先磕了头，站在一旁，举笔伺候。一只手拿着笏板，预备写戏。让了半天，王夫人点出《一门五福》，薛姨妈点出《宫花》。皆不过是吉庆戏儿。吩咐随后检他班内得意戏随便唱就是了。参了台，谢过坐，响鼓点锣，这就开台作戏。周瑞家的献了例赏，斟酒端碟，一齐伺候。邹夫人吩咐：让管家娘子同众小姑娘们去吃饭。跟王夫人的换替去吃。不多时撤了酒碟，端上菜来。邹夫人又起席安菜，薛姨妈席上亦安了菜，重新斟上酒来。秦夫人同王夫人说了回南边事体，又说了回各家亲友的往事。又喝了两巡酒，上过四个菜，抬上烧割桌子来。吃了烧割，周瑞家的叫人搭上戏赏的桌子钱来。贴旦谢了赏，收下钱去。又端上碗菜来，只见跟王、薛二位夫人的人，皆上来谢饭。邹夫人说："不知吃饱了没有？求担待些。"席上点心三道，王夫人说："酒够了，吃饭罢。"邹夫人就叫人端饭。

须臾饭毕，漱了口，就起身，仍到后边上房喝茶。梅翰林处备了文房四宝，古诗二部，《文苑英华》四套，靴帽机带，尺头四匹，赤虎双扣脂玉带头一件，汉玉镇纸二事，定瓷砚水壶一件，宣炉一座。作芝哥儿回礼。重赏家人，先打发饭，就去了。再说王嬷嬷，今日是他哥儿的喜事，得了梅府厚赐，他又专席相待，心里着实欢喜。就来邹夫人跟前磕头，遂说道："老婆子蒙亲家太太这番赏脸，又赏老婆子多少东西，实在的心里感激，磕破了头也尽不了老婆子意。"邹夫人见他醉了，遂用话安慰他道："老嬷嬷，你是个有造化的。听说你带的这个哥儿，不到十岁就能诗作对。将来怕不大成吗？老嬷嬷，你那福还享不了哩。今日没什么可口的物，礼又薄。老嬷嬷你可包涵些，别笑。"王嬷嬷说："亲家太太说那里话？老婆子实在沾恩大了。亲家太太不过是看我家哥儿，才厚待老婆子哩。若说我这哥儿，实在聪明可喜。模样儿也没人比得上。这不是老婆子偏爱的话，要不信，就问问薛姨太太便是了。”邹夫人又用话抚恤了两句，他又说道：“还有奇事呢。爱上姑娘生时拿着金如意，我家那哥儿也拿了一块无瑕的美玉。这是天生一对儿，白头相守，一辈子富贵荣华，才真是满堂金玉哩。老婆子还要吃亲家太太的酒哩。”王夫人见他说话太黏，听去还是吉庆话儿。遂站起来向薛姨妈说：“天也是时候了，咱们谢谢亲家太太，该回去了。”薛姨妈遂亦站起来，先替秦夫人拜了，后又谢了邹夫人。遂转过大厅，出外院门。在二门口又行了礼，上轿簇拥着去了。薛姨妈上了车，也先后走去。秦夫人、邹夫人同回上房，喝茶不题。

王夫人轿快，先到家。进府门，回至上房，贾政即迎出来了。王夫人先替贾政道喜。史湘云、惜春、李纨、宝钗、平儿皆来替老爷、太太道喜。宁荣两府男女，皆来磕头。贾政、王夫人吩咐：“免了。”芝哥儿亦穿了新衣，来替贾政、王夫人磕头。贾政笑的什么似的。王夫人搂在怀里，说：“我儿有了丈人，该用心念书了，好替你爷爷争气。”芝哥儿又要替史湘云众人磕头，皆拉住了。他偏重新跪下，到底替宝钗磕了头，才罢了。一屋子人无不是笑。王夫人同宝钗，一时想起了宝玉，二人皆瞪了瞪。

忽外面走进贾珍、贾琏、东西两府的侄儿、孙子等辈，一群人来，朝上磕头。贾政说：“你们皆同喜的。”也不让阿哥们坐了。大伙儿遂各出去。贾政说：“梅亲家处回了多少礼物来，该交给媳妇收了。”王夫人就叫人替宝钗房里送去。

正说着薛姨妈也进来了，先道喜。王夫人说：“且不谢媒，容改了一天罢。今日姐姐可着实受乏了。”薛姨妈道：“逢这样喜，那来的乏？”喝盅茶，就回家里去了。李纨、宝钗、平儿、史湘云、惜春亦各归房。

贾政正问王夫人席上事，玉钏忽回：“林管家有事要见老爷哩。”贾政即走到书房来。未知所禀何事，且听下回分解。

第十回　弭旧憾以直报怨
笃亲情本经行权

话说贾政走到书房，林之孝进来，重新磕头。贾政道：“已说过了，你回何事？”林之孝道：“方才衙门听事的来禀，明日有奉旨三法司会办事件，请老爷早到衙门去。”贾政说：“你没问办什么事？”林之孝道：“听说锦衣府赵全拿问了，大概是这件事。“贾政听了，就没言语。

天下不可定者，最是狭路之逢。只说在时道得为时，横着膀臂，任意行去。惟图自己快意，不管别人甘苦。这“恩怨”两字，任是古来多少大豪杰，皆不能以释。然漂母千金，寺钟饭后，尤其显也。那知天意深微，不可思议。到头来，弯弯曲曲，无不碰在手内，才悔从前作事，何不稍留余步，宁不晚乎！即如这赵锦衣，当日查办宁府时，一味苛求。若非北静王、西平王二位上头罩着，贾政事就不可问了。谁想到今月犯事，恰在贾政案前定罪。

听了林之孝话，贾政所以不言语者，有两层意思：第一层是天道好还，这厮偏在手内定其重轻，将素月不平之气，可以发泄。却又转念一想，我之居心，诸事厚道，从无刻薄待人。况为朝廷公事，若先存一私见，是用朝廷之法济我之私。这便如何使得。到明日必定屈法救他，作那矫枉过正的事固不必为，要平情酌理，量其罪而设其科，这也两无憾了。贾政只这个意见，便非常人所及。

过了一夜,天才明,即坐车到都察院衙门去了。派的办案御史早在衙门候着。只到散朝后,左都御史文之蔚文大人才坐轿来。贾副都同着各御史,皆忙忙迎将出来。文大人到了堂上,参见过,二位大人上坐,众御史在旁伺候着有话吩咐。茶后,贾副都说:"咱们快吃饭,也该往刑部会审去了。"文大人说:"很是。"就端上饭来,大家吃毕。贾副都也换了轿,尾着文大人后,带办案的御史坐了车,就往刑部里来。

刚到大门,大理寺正卿汪大人、少卿揭大人也同到了。文大人同贾副都坐了轿,直到堂上,才下了轿。刑部司官早已接着。忽见大理汪正卿、揭少卿皆坐车进来。候齐,随序爵走上堂来。刑部尚书尹大人、左侍郎葛大人、右侍郎尉大人接出堂来。文左都说:"今日偏蒙召见,来迟。诸位大人候久了。"尹尚书说:"早哩,大人来的不晚。"邀上堂,各见过礼。汪大理系尹尚书门生,重又行了师生礼,序位一齐坐下。文左都道:"今日会审,奉密旨单行。贵部、敝衙门均未得的信,不知所办何事?"尹尚书说:"有个孙兆祀,是世袭的武职官儿。当年孙振业领过帑项,银利已数十年了。昨日户部查起这项帑银,孙家干没,有二十多年并未缴利。前日奉旨抄办,不能符数。昨奉旨将孙兆祀交三法司严审,究拟具奏。人犯已齐,咱们也该取供定拟覆旨。"众位大人齐声道:"大人说得是。"

就点鼓升座,皂役取威喊堂,承行吏将文卷抱上案来。尹尚书、文左都、汪大理当中参坐,左右侍郎、左副宪、少大理皆两旁侧坐。尹大人吩咐带犯人上来。两边皂役响一声喊,站堂吏叫声:"提犯!"只见南牢监狱提牢官同一伙青衣皂快,拉着大铁锁,带上个蓬头垢面的孙兆祀来。带到丹墀,提牢官打千禀道:"犯人到。"尹大人一摇首,那提牢官就站起,一旁伺候。尹大人说:"带上来!"提牢官就把孙兆祀领来案前跪下。尹大人问道:"你是孙兆祀么?"下边回道:"犯人是。"又问道:"孙振业是你什么人?"孙兆祀道:"是犯人的故去爷爷。"尹大人道:"既是你爷爷,领帑营运,为何不将利银年清年款,竟拖至二十余年。这不是干没皇帑吗?你爷爷虽死,据来文,你父亲又早没了。这银不是你侵欺了可是谁?你快实说,我要动大刑哩。”孙兆祀初尚抵赖,文大人说道:“那还有何支饰,现已二十多年利未缴楚,只怕你连帑本也是有心侵没的。不动刑,如何肯招?”贾政看见孙兆祀年纪尚轻,如何受得大刑,因插口提他一句道:“孙兆祀,你别胡涂。事关帑项,如何抵赖得去?但问你,这项银子,你家领去作何营运,是你自己经手吗?如何将利息你独吞享,难道连命都不顾了?”孙兆祀听了此言,便觉有个主意。因朝上磕头道:“犯人家受国厚恩,当年祖上领这帑银,原办铜运。连次遭风,我爷爷为此吓死,我父孙继祖少年故去。那时犯人年未及岁,这项帑银皆系犯人的家人卜其昌、伙计王世仪领去营运。犯人家被抄没,不敷官项。此时犯人亦顾不得人,只求大人开恩,传问他二人便知的细了。”汪大理听了此言,便向尹、文二位大人说道:“孙兆祀年幼,事未经手,想是实的。如传卜、王二人到案一问,帑项有着,就覆旨。便也不是纸上空谈。未知二位大人以为可否?”尹大人说:“使得。且押下孙兆祀去。一面提卜其昌、王世仪来问。仍须一面将现办情节先请一请旨才妥。”文大人说:“大人所见甚是。”当将孙兆祀仍发南牢监禁,即具折人奏,并差刑部值日头役持票去提卜、王二人。众位大人各散回府。

贾政此来,原想着办赵锦衣的事,却转将孙兆祀审了一回。随差的当人,打听赵全果否无事。轿子到府,才到书房坐下,打听赵全事的人已回来了。禀道:“赵锦衣贪婪不职,奉旨抄家拿问。交军机处,会同刑部治罪,已定了军罪,去请旨了。”贾政点点头,那人退去。贾政遂归上房安歇。

大凡衙门的事只宽缓得一步,便有展转。孙兆祀亏贾政一句话提醒,卸肩卜、王二人身上。这事便可挽回。孙家原是大族,孙兆祀虽在狱中,当家的能事甚多,连日将刑部、大理寺、都察院各问官皆走顺了。不半月,将卜其昌、王世仪拿到,讯供皆串成一词。

供称："此事因孙振业已没，海运遭风，资本亏折。累年皆系我二人经办。因孙兆祀年幼，应归利款未经催办，遂图延挨掩混。今被查出，情甘认罪。"三法司遂奏："将二人家产查抄。并着令孙兆祀、卜其昌、王世仪将应交利款，令其加倍补还。并将卜其昌、王世仪拟徒，孙兆祀虽系领银之本支，但年幼，实未经手，亦查无干没情事。除家已抄办，再将孙兆祀革去顶戴，拟杖完结。具奏。"奉旨："依议。钦此。"孙兆祀家虽被抄，尚多隐匿，仍可度日，不甚艰苦。因感念贾政提救之恩，深悔从前作事太不近情，且待迎春过薄。自己痛恨了一番，次日即到荣府来跪门相谢。贾政已吩咐了，不许替回。包勇即用好言将孙兆祀打发去了。此亦可为处世刻薄者一鉴。

却说贾环自从王夫人将彩云给他屋里伺候，王夫人便把秋纹叫到屋去，补了彩云之数。那贾环从此收心，又在三通馆办个誊录。这纂修官正的就是曹紫廷，副的关杰，又是贾兰乡试同年，相待甚好。便日以正事为务，把从前那伙匪友如贾芸、贾蔷、王仁之辈，就日疏了。

贾环虽不与为徒，想那忍将亲外甥女儿卖与外藩作婢只要钱用的王仁，这样人何事却不可为？一日贾芸在家实无可营，因来找着王仁，意欲设一赌局，稍资余润。二人遂习贾珍旧智，邀了贾蔷，虽请不起有权有势的入局，仗着宁府的旗号，也就局骗三两个富而不甚好礼之人。转在王仁家里开赌，后有半月，连抽头儿带用铅骰星牌及压宝的转心盒子，约赢了有百十余两。谁知中间就闹出事来。

赌中一个开生药铺的儿子，叫车进才，一个开杂货店的侄儿，叫过其祖，素系泥腿，连日输有二三百两银子。那日为个骰子，就要闹事，大伙劝住了，遂改了局压宝，压到掌灯以后，车进才暗暗将那副骰子藏在腰里。这一盒子他压个幺，临开盒时响了一声，红却在四。他便动疑，将嘴向过其祖一呶，过其祖把灯台拿起，照着作盒子的贾芸脑盖打过来。贾芸把头一躲，叫蜡扦扎了一下，淌出血来，就晕在地下。贾蔷、王仁上前急救，拿着铅骰跑到兵马司里首了赌，说："用铅骰子局捆，赢了他俩银子七八百两，回不得家，求老爷恩典。"王仁家里才将贾芸打的伤处敷上刀疮药，用布包好，喝回酒，就睡着了。赌具尚未收拾清楚。

天才亮，只见门上人进来回道："外头有兵马司公人要见。"贾蔷惊醒，说："不好了！这两个猴儿崽子首了赌哩。说不得水来土掩，咱们打场官司罢。"王仁说："咱的骰子怎不见了？"贾蔷说："不用说，一定是他俩拿去报官了。"王仁只得出来见兵马司差人，问："什么公干，到我草舍？"差人就把兵马司的花边信票取出，就要用锁来拴王仁。里边走出贾蔷，说："好弟兄，不要如此，请里边坐。有何事体，说明再办。"差人说："很使得。"就一同走进外客位来坐下。贾蔷说："请尊票一看，我们自有道理。"差人便将票子递过了。票上是何言语？上写着：

> 北城兵马司正堂司马，为局赌伙殴事，案：照车进才、过其祖喊禀，局家王仁用铅骰连日捆赌，将身等血本七百六十两银子赢去二百两，身等看破骰子弊窦，同伊理论。遂有伙局贾芸、贾蔷及不识姓名十余人，将身攒殴，有伤可验，并将身等余银五百六十两，公然夺去。身等冒死抢得赌具，现有铅骰可证，叩天拘究到司等因。为此，仰役立刻锁拿局家王仁，伙局贾芸、贾蔷到司，讯明详办。其不知姓名之人，即着王仁交出。去役如敢迟延贿纵，查出责革不贷，速速！须票。

外开："原禀人车进才、过其祖。被禀局家王仁，伙局贾芸、贾蔷。攒殴不知姓名十余人。"旁注："着王仁指出。"一证据：赌具铅骰。后写年月，上盖着印，差是朱标、林蔚、谢魁。

王仁见了票子，魂都走了，倒是贾蔷有些识见，说："王大哥不用忙。官府既已出票，差来的皆是好相与。快去备饭，我们这里人被他打伤，他倒先发制人，咱们有官司只管打，断乎不可轻待了持票的朋友。"二位差人听了,说:"我们老爷法度利害,倒是快些投到,我们不敢领饭。"贾蔷见差人是要钱口气,即向王仁耳边说了几句,王仁就要进去。差人说:"你去不得,倘走了,我们何处奉请呢?有什么事,倒是这位贾爷不算正身,我们或可从权些。"王仁无奈坐下,贾蔷遂起身到后边,称出三十两银子,又是四两给随差的,拿进书房来。说:"些微薄仪,聊当一饭。所有差敬,后再补送。"差人见了银子,就说道:"贾爷这样阔达,我们倒要领情。但这官司,我们得了礼物,就是一家。咱们老爷最恼赌博,尊处若无人情,只怕要吃亏哩。再,我等差费你们找给若干。但有承行的查师傅,你们不得安顿吗?"贾蔷说:"二位如此相待,我们如何敢轻?"愿再备五十金,以博一笑。至查师傅处,尚求二位指教。"林蔚向谢魁说:"谢大哥,你看贾爷真是朋友,咱们就吃点亏,作个相与,有何不可?"谢魁说:"兄长当应就应了罢,小弟尚有何词。"林蔚便向王仁道:"王老兄,你别装呆。这张票我们原指望二百两头哩。因这位贾爷说话透露,是个梗梗儿,我们才如此应了。"便对贾蔷道:"查师傅你可备十二两银子,同我一给就完了。你这也省多着哩。但这人情你可连忙去求,我们先同王兄到衙门,明日饭时候教,不可误事。"说着连饭也不吃,就带着王仁去了。

贾蔷进内,遂与贾芸商量要求贾琏。因前日巧姐儿那件事,实在难以启齿,要求别人,又无门路。想了半日,倒是贾芸想起,说:"何不叫王大嫂子进荣府求他姑姑。倘或肯了,有何办不来的事?"贾蔷等与王仁原是内外不避的,就将"王仁被兵马司差人锁去,性命不知如何,我们皆在琏二爷手里有不到处,难以替办。今为事急,只得你到府里见太太王夫人苦苦一求,或念姑侄情分,救一救他,这是天大的造化,此外也别无法。"王仁的家下展氏人颇醇谨,心里亦不甚胡涂,听他丈夫被官府锁去,心内着急,无可如何,只得坐了辆车到荣府来。

那天已午错,门上林之孝认得是太太的侄儿媳妇,不敢拦,领进去，回明了话。王夫人叫玉钏儿领进房去。展氏一见王夫人，就跪下去磕了个头，便哭了。王夫人拉起来，说道："你有何委屈，值得这么样着，坐了再讲。"秋纹就端上茶来，展氏喝了茶，就说道："太太跟前，侄妇不敢说句瞎话。我那王仁，干素从不务正，劝他劝，被他打了数次，这是太太晓得的。几日前同着这族里的蔷爷、芸爷到家里摆局，我才开口要劝，他就打我一拳，如今侄妇脸上尚带着青，这也罢了。谁知被同赌姓车的、姓过的，在兵马司首了赌，告下来了。今日一早差人把他锁去。侄妇听得蔷爷说，有什么铅骰，连性命怕不保哩。侄妇着急，来求太太，千万看祖上一本的情分，救他救罢。侄妇只有磕头谢太太呀。"说着又哭了，就磕下头去。王夫人重行拉起，说："这王仁作事，太也情薄。叫他到兵马司受点罪儿也好。我可没法救他。"

正说着，宝钗一步进来，替展氏问了好。王夫人道："你看这王仁，如今又局起赌来，为了事锁到兵马司去，真是打嘴现世的东西。你展嫂子来叫我救他，我感他那贩卖外甥女的好情儿，可不有这么大工夫。"宝钗又问了展氏一遍，便向王夫人道："太太这可怎么样呢？王大哥到底不是路人，又碍着有咱们族人，伤了体面，就是太太心里也不舒服。还求太太看长些，别替王大哥一般见识。就是展嫂子情形，也可怜的。太太还当请琏二哥来，从长商个主意才好。"王夫人听了宝钗所言有理，遂说道："你可邀你展嫂子在你房里去坐，就留他吃了饭，再听我信罢。"宝钗遂同展氏去了。

王夫人正要去请贾琏，那知琏二爷因周家要娶巧姐，已是九月初头了，正进来要回王夫人话。玉钏儿说："琏二爷来了。"王夫人说："请来！"贾琏早进房，请了安，喝过茶坐下，就把巧姐儿事周家要娶的话备细说了。王夫人说："该这么办，不可简略，看人笑话。"贾琏道："回过太太，侄儿就如此安排了。"说完，就带要走的意思。王夫人道："且慢！我正有事要请你来说哩。"贾琏忙问道："太太有何事？"王夫人便将展氏来说的事，仔细说了一遍，便要叫他设法。

贾琏道："提起这王仁，叫人恼的了不得。太太别要管他，使他受个罪，也知有天理循环才好。"王夫人道："你鼠肚鸡肠，便量小了。他虽作人不好，咱须念木本水源，岂同路人，袖手不救，如何使得？况有咱族中的蔷儿、芸儿，岂不关系脸面，你再想想。"贾琏遂即改口道："太太说的是，这是侄儿见的偏了。然此事却容易办。这北城兵马司司马驷与兰哥儿乡试同年同门，最是相契，若叫兰哥儿一去，再无不妥。只是兰哥儿此时尚在衙门未回。"王夫人说："很好，你就同兰小子商酌了办罢。"贾琏答应道："是。"便走出外边去了。

傍晚，贾兰回来，贾琏即将王夫人所言告知，贾兰不敢违王夫人意，仍即坐车到兵马司会了司马同年，将此事托他照应，从轻发落。谅这小事，有何难说。司马驷满口应允。贾兰回来，覆了王夫人命。

那展氏得知此信，替王夫人又磕了头，到李纨处谢了，又谢宝钗，才上车回家去，说与贾蔷、贾芸。二人得信大喜，第二日就来司里投到，同林差人送了查承行的礼，大家甚是欢喜。

却说开药行的车四有个姐夫叫冷廷訾，平素惯走衙门，闻知内侄在兵马司滚了赌博事，虽站得住，但官断十条路，如不安顿，恐临期间虚了，弄成反坐，便不好了。素与查承行相好，就托他打关节。谁知内有先人之言，到门上就碰出来，查师傅知是荣府情分，便与冷廷訾说了。冷廷訾遂与车四、过念二商量："这官司打不得了，须和息才保无事。"时值北城新察院到任，差人递了投到禀单，内里未标审期，总得贺过察院喜，参见了，方挂牌审理此案。

到了九月十二吉期，周举人骑马到府亲迎，花炮鼓乐，备了簇新的花轿，热热闹闹，来娶巧姐。荣府头三天送过嫁妆什物，甚是齐整。迎娶这日，又请了三姑爷、薛蝌二位陪客。酒筵丰盛，礼节周匝。周巧姑爷年纪二十一岁，人品秀雅。贾琏甚喜，会着贾兰谈了一会，二人着实相得。后来姊舅认了师生，常送文章叫贾兰笔削，以备揣摩。这是后话。

当日周举人娶了巧姐到家，这里送亲就是三姑爷、贾兰，周举人虽是乡居，却无鄙啬气象。门庭洁净，院落宽绰，待人更是齐备。席散，又到巧姐房中坐了坐，方才回去。从此巧姐就是周家的人，也就完了事。只把个平儿想起琏二奶奶，哭个动不得。

再说冷廷訾，因见兵马司挂出牌来，明日晚堂要审，恰有个邢大舅，也是王仁一党，素与冷廷訾认得，彼此谈及，要将此事和息，不得一通气的人，邢大舅随应了管王仁的事，冷廷訾也主了管车的事。大伙说开了，衙门各自料理。先见了面，两下本是好相与，后日仍要一块儿饮赌，原不难说。随料理了衙门，写了和息呈子，说道：

车进才等喊控王仁等一案，理应候讯，何敢妄读。但实在那日原是会期，并非赌博，情因车进才药铺生理，卖药本短，请了二十人作会相帮，每人出三十两银子，凑银六百两。车进才头会用去。以后摇了数会，连利共银七百六十两。此会该王仁家摆席摇会，大家会已摇过，多饮了几盅，贾芸醉了，同车进才口角，过其祖帮着车进才，王仁、贾蔷袒了贾芸，就交手打起来了。经会中人劝开，车进才等遂以捆赌攒殴控案。身等皆属至亲，不忍坐视其口角微嫌，遂成重讦。既已调楚两造，俱各无词，情甘息事。所禀抢银七百六十两，即此会项。骰子亦摇贬所用，并非铅作。为此，仰恳天台，恕其小过，予以自新，恩准和息，则感戴洪慈无既。等语。

递了息呈，兵马司受了贾兰之托，亦思将就完事，见这和息，不便就准，因淡淡的驳了一驳。冷廷訾是懂窍的，遂又恳切递了一张。次日即批出：准息票销，并取具两造改过甘结备案。王仁这件事才算完了，赢的百十两银子尚不够用，把已囊还费了许多。若不亏了情分，虽不问成徒罪，管你宦后不宦后，这顿板子再也脱不过的。这便是王夫人笃厚亲谊处。王仁颇亦知感，到府来谢。又叫王夫人说了几句，王仁亦觉得不好意思的。又谢了琏二爷及兰哥

儿，才慢慢的去了。这件事贾政并不知道。

那一日，贾政下了衙门，李贵禀说："梅翰林新得了山东道监察御史，具了职名来拜，小的没敢受他的，禀老爷知道。"贾政说："这才是。我吃了饭，叫跟班的伺候我去道喜。"未知见了梅翰林又说何话，且听下回分解。

第十一回　荣国府六旬开庆宴
御史台片语沐殊恩

话说贾政来拜梅御史，又值出门拜客未回，遂就到周侯爷府中来。周琼在书房闲坐，听说贾政来拜？即忙接出，邀到内书房去坐。吩咐烹了一壶佳茗，二人促膝谈心。贾政把会审孙家的事说了一遍，周侯爷又提起“赵锦衣许多贪婪不职，现已问成军罪遣发了，可见总要存心厚道，上苍无不默佑的”。便又谈起湖广江滩事来，彼淤此坼，易滋讼狱，人而骛利，何不见害以至于此。二人说得投机，贾政又到后头看了探春。出来要走，周侯爷留住小酌，最是相契。贾政遂不推辞，只吃到起更后方才回去。周廷伦新得了二等侍卫，差事很勤。因上班去，贾政亦未见着。

有事则长，无事则短。忙忙的过了年，张越存见芝哥儿学业自己实不能启迪，再四辞了贾政，倒在薛宅专馆教虎哥儿了。芝哥儿遂在书房，禀过宝钗，买了许多未见之书，潜心游息，以著藏修。

这年王夫人六十花甲，李纨、宝钗背地商议，要替王夫人大庆。遂约平儿，知会贾琏，同贾兰去回贾政。他三人饭后乘着王夫人同芝哥儿顽笑时，李纨先开口道：“今年是太太六旬好日子，媳妇们大伙商酌，咱家这些年又没有摆过一回席请请客，欲替太太大庆一庆，不敢自专。请了示下，好去办理。”宝钗即接口道：“太太那日纵然辞客，姑娘们及各家亲戚，又是每年要来的，酒席是一样摆。不过添班戏儿，分开日子，多乐两天。咱家老爷官已二品了，兰哥成了翰林，芝哥儿定了亲，也成个人了。太太看着这些事，也该喜欢一喜欢。”平儿说：“二奶奶说的是，咱们讨了示下，就叫琏二爷去定了罢。”王夫人道：“承你们好意儿，我岂不愿？但缓三两年，老爷七十整庆，办一办却不好？”宝钗道：“那时候再替老爷办。到那年太太作主也不错。”

正说着，不料贾政听贾琏、贾兰要替王夫人大庆，心里甚喜，走进来要把此事说与王夫人。恰值李纨等正说此事，贾政进门听了数句。坐下问明了此意，便对王夫人道：“今年算我替太太作生日，到我七十时，太太你再替我作，有何不可。这事就算定了。你们看着该请的女眷，你们去请。外边交与琏儿就是了。也不用再议，这主意我替拿了。”说着就出去找贾琏，吩咐众家人分头办事。临期雇了两班戏，里外伺候。

此时虽有二十多天，办着便到了日子。宝钗派了林之孝备八碗头的席地，管待荣府的家人及各亲戚的管家、小厮，林之孝收礼发帖，经手事多，却派了周瑞照应摆席。就着林之孝安排地方。派赖升亦备八碗头的席地，管待宁府的家人及各朋友来的管家、小厮。又派郑华照应摆席，亦着赖升安排地方。酒饭点心，听办有不妥者，惟他四人是问。事完开账领银。内里跟来的嬷嬷、丫鬟，其亲友各处皆令林之孝家里亦照外席预备，李贵家的照应让客，东西两府的嬷嬷、老婆子及无事的丫鬟，皆令周瑞家亦照外席预备，吴新登家的照应让客，有不到处，问他四个。该待面者发筹待面，事后领银。所以来客虽多，无不舒徐待去，一毫不乱。

李纨、宝钗商量，内眷人多，老太太房内难待，单备下吃面的席地。因禀了王夫人，令田妈妈、叶妈妈管大观园的二位，带人将大观楼各处打扫洁净。此园虽无人住，然其铺设皆未挪动，略一收拾，即可改观。就在大观园正厅摆下十二张桌子席面，桌袱、椅靠、垫子俱用时新顾绣，其插瓶亦甚雅致。将楼上所藏的各样围屏取来，排列于后，真是屏开翡翠，筵列珊瑚。院内搭了地台，彩绸在四面札起棚样，挂了羊角各色明灯，配上纱灯数对，后场备阁扇二十四座，上下中间用铁屈成钩住，中摆阁子四扇，外挂湘帘，内设玻璃四大块，隔断内外，以为作戏之所。前数日俱安置了。外边官客皆在书房管待，琏二爷、环爷同得用家人在外收礼，贾兰带人发帖，请了周三姑爷、曹姑爷、董姑爷、薛蝌二爷书房应客。内里请了薛姨妈、周侯爷夫人作陪，各席皆派了丫头斟酒上菜，老婆子端东西。

一切部署已定，五日前送礼的络绎不绝。北静王、南安郡王、西平王、临安伯、相好勋戚如理国公世职柳芳、齐国公世职陈瑞文有事，皆差人送过礼来。有差长史的，有差嬷嬷的，内外皆专席待去。到了生日这一天，送礼的更应酬不迭了。周侯爷除常礼外，送了一架西洋围屏，各扇中皆暗嵌着钟表。此系海疆得来，莫计其价。又送了一件曼倩肩桃的一个玉人，通身白玉如脂，独这枝桃，有青瑕一道，梢头中间有淡红瑕一块，玉匠就势作了桃叶、桃梗及红桃一枚。尤奇者，玉顶心有似墨的一块，脚下有似茶色的两点，把他作了仙髻、云鞋，竟是天造地设的一般。虽系天不爱道，地不爱宝，到底也亏这匠心才成了这个至宝。甄嘉言于常礼外，送了四块六尺长的玻璃，两树珊瑚，有四尺多高。琏二爷皆叫登账，着内收了。甄宝玉于榜下已娶李绮过门，李纹却是贾兰为媒，出嫁与闻翰林讳杰的同年已二年了。甄家有礼，闻翰林也送过礼物来，皆亲来拜祝。薛蟠又到南边置货。东府虽系一家，也备了礼来。贾赦病尚未痊，贾珍、贾蓉皆在西府照应，已十几天了。族内玉字辈的无多人，其草头辈的皆来磕头，皆有管待。梅翰林备了金尊四爵，玉卮二件，牟尼手珠一串十八粒，藏佛一尊，外配了尺头水礼，共二十四样送来，亲自庆贺。

邹夫人将到，闻翰林夫人已先到了。探春半月前带了全哥儿早在家里，李纹、李绮、喜鸾、喜凤陆续都来，宝琴因是外甥女，先一天来了。邢岫烟、香菱也过这边，却遇着邢夫人、尤氏奶奶、蓉哥儿媳妇,同行进内。就是王仁的妻子展氏,孙兆祀的母亲范氏,感新怀旧,皆来磕头,备礼奉祝。巧姐儿早接回了,周举人临期登门,同各位官客皆在书房管待,有薛二爷、三姑爷二位照应,吃面坐席,演戏饮酒,书房坐了八桌,还有本家的人在两庑摆席坐的。贾兰、贾琏席前谢了,又斟了一巡酒,方才又办各人的事去。大家欢呼畅饮,只吃得三更以后,戏文全本完了,又找了四出,方才前后散去。

王夫人早晨起来,梳洗毕,见过贾政,即穿好衣服,坐车到宗祠行礼。又在史老太太主前磕头,便叫玉钏儿拿着红毡,到贾赦、邢夫人处让让,就回府来。归到上房,贾珍、贾琏、贾环遂磕下头去,才起来,兰哥儿随着行礼。芝哥儿穿着体面衣裳站在宝钗跟前。看见贾兰行礼,他也忙忙走来,一同朝上磕头。王夫人一见,见鞍思马,欢喜中带点酸楚,转把他搂在怀里,向着贾琏等说:"多谢阿哥们了。可到外头替照应去。再则东西两院家人,皆吩咐免了罢。"贾琏等答应,就同走出来。见赖升带宁府众人在东阶墀下站着,林之孝带荣府众人在西阶墀下站着;同声说,道:"太太今年大庆,小的皆在此叩祝。"遂一齐磕了三个头,才散出各执其事去了。地下原铺毡毯,素云、莺儿重行铺上红毡,史湘云、宝琴、探春、惜春皆走上来,王夫人道:"姑娘们娇客,一说就是了。"李纨,宝钗站齐,就磕下头去。王夫人受了一礼,就拉起来。巧姐同平儿一同上来,巧姐儿被王夫人拉住,平儿就跪下去。王夫人受了礼,也拉起来。兰哥儿媳妇过来行礼,也被王夫人拉住。彩云同着琥珀、玉钏儿及莺儿等众丫鬟,皆磕过头,随后两府的家人、媳妇、小丫头们皆来叩祝。正纷纭间,有说:"东府邢大太太同各位姑娘、奶奶们,已进门了。"李纨、宝钗忙接出去,只见李纹、李绮、喜鸾、喜凤、香菱、邢岫烟,后边邢大太太、尤氏奶奶、蓉哥媳妇儿,皆到甬路上了,李纨、宝钗接着问好请安,随同进堂屋来。尚未行礼,又报"周侯爷夫人、薛姨太太一同到了。"王夫人才向纹、绮、鸾、凤诸姊妹说:"来就是了……"一句话未完,闻得此信,即同邢夫人接出房来,彼此问好。

周侯爷夫人进门，抬头一看，只见正中间设着硬木八仙大桌，一张沉香条几，左首宣窑彩瓶一座，插着孔雀尾扇，右首西洋自鸣钟一架，中设藏佛一尊，用玻璃罩罩着。外边华烛高烧，鼎烟微篆，迎面悬挂满堂红缎，金字百寿全图一幅，东设红木架“八仙庆寿”围屏十二扇，列着红木椅十二张。西设楠木架“四妃十六子图”围屏十二扇，列着楠木椅十二张。桌袱、椅靠具备，真是花攒锦簇，出色争奇。地下铺着红毡，周侯爷夫人先让薛姨太太行礼，薛姨太太不肯，二位遂同在毡上站定，要替王夫人拜寿。再三谦逊，平行了礼，才要让坐，邢夫人又走上来，与王夫人相让。王夫人说：“大太太，这个实不敢当。请陪亲家太太坐了罢。”尤氏奶奶、蓉哥媳妇过来磕头，也拉住了。就让周侯爷夫人、薛姨太太在屋里坐，邢太太同王夫人陪进去了。堂屋内众姊妹妯娌皆坐在两边椅上，屋里琥珀、玉钏儿、鹦鹉、秋纹端上茶去，外边珍珠、莺儿、柳五儿、文杏、素云、碧月、小办及姑娘们丫头侍书、翠墨、紫鹃、入画，并跟薛姨妈来的同喜、同贵，皆帮着伺候倒茶。接了茶盅，周侯爷夫人说：“太太千春，天气晴和，足见吉人福荫。各家太太们也该来了。”李纨、宝钗、平儿同进房来，禀王夫人道：“面已齐了，请亲家太太、姨太太上房用面。”王夫人就起身相让。众姊妹也随着周侯爷夫人二位，同到老太太那边去。

才要送酒，忽报：“闻翰林夫人同梅御史太太到了。”连忙接人，就在老太太房里见过礼。周侯爷夫人说道：“今日我同薛老嫂，皆陪诸位老少亲家太太的，不用过让，就请坐罢。”邹夫人道：“岂有斯理，我们至亲，何敢僭呢。”薛姨妈道：“不是这么说。此出主人之意，况邹太太系新亲，更无容谦了。”王夫人道：“二位原系请来奉陪的，倒从直些好坐。”随让邹夫人坐了首位，闻夫人等皆挨次坐下。茶后就端上酒来，因系早上吃面，不甚拘礼。邹夫人首席，闻夫人二席，大家共坐了八席。李纨、宝钗、平儿送酒毕，每桌上二十四个碟子，八个热炒。酒过数巡，就端上面来。荤素四样卤子，各色小菜，无不齐备。

一霎时就吃完面，漱过口，洗了手。众丫鬟端茶喝了，起身闲话。撤去家伙。贾兰进来，见了闻夫人及谢过众位，遂向王夫人道："大观园戏已齐了，请散坐了听几出。别位亲友大约得饭后才来。"王夫人便邀了众人，其余姊妹亦皆同往大观园来。将出院门，王仁的妻子展氏、孙兆祀的母亲范氏会同进来，王夫人一见，便邀着同进园去。

到了大观园正厅，未及叙坐，忽报冯紫英的母亲杨氏、镇国公现袭一等伯的牛夫人郁氏、治国公现袭威远将军冯尚的夫人潘氏、缮国公世职石光珠的夫人叶氏皆来拜祝，已到园门。周侯爷夫人、薛姨太太才要迎接，又报甄宝玉的母亲顾氏也到园了。大家遂一齐接人。登毡要替王夫人行礼，王夫人再三辞谢，方才拜过，按次坐下。

茶过，邢夫人即叫看面。众人齐声应道："吃过早饭了，不能扰面。倒是再喝一盅茶罢。"薛姨妈吩咐端茶，众丫鬟捧上茶来。喝完，周瑞家里、吴新登家里就拿上戏单来，请点戏，让了半日，因未作席，皆不肯点。周侯爷夫人说："此刻不拘何戏，只检好些的唱几出就是了。"当即开锣演戏。演了出《天官赐福》，又唱了出花鼓《赶船》及《藏舟》《北饯》等戏。郁夫人、潘夫人皆说："戏够了，咱们在园中各处逛逛可好？"薛姨太太说："很使得。"就住了锣鼓，大家在潇湘馆、怡红院、蘅芜苑、稻香村等处，看这园亭竹木、山水花石，无不啧啧称赏。各处设有桌盒，预备糕点，有爱用的，即端上茶来伺候。闲逛了好半日，方才同回正厅上来。又说了一会话，邹夫人便找芝哥儿要见，宝钗道："今早到延釐观跪经去了。"

正说着，李纨、平儿禀王夫人道："席已齐备，天交未正，该让坐了。"王夫人便叫："看酒。"戏台上便吹起台来。王夫人亲至檐前，浇奠了天地，然后安席让坐。郁夫人年长，坐了首席。周侯爷夫人虽系陪客，因秩遂陪了一坐。潘夫人、杨夫人一席，叶夫人、顾夫人一席，新亲邹夫人及闻翰林夫人一席。孙兆祀的母亲范氏同薛姨妈一席。其余姊妹妯娌各序齿，共坐了十二席。巧姐儿屈了末座。邢夫人、王夫人东西相陪。李纨、宝钗、平儿照应席地。当下议定座次，只见各家媳妇晚辈皆到席前行了礼，告过坐，方才依次坐了。邢王二夫人上五席递了酒，别席皆李纨、宝钗等分致了。

锣鼓未响，周瑞家里、吴新登家里各执笏板二块，上开戏目，就拿到席前点戏。让了一会，郁夫人点了《一门五福》，潘夫人说："唱的花鼓很好。"又点一出花鼓。杨夫人不肯点，叶夫人、顾夫人同点了《劝农》，邹夫人点出《宫花捷报》后，便再三推让。因公议了整本《金印》，周、吴二位家的将戏目发下，戏场便即参台。周瑞家的说："免了！"锣鼓一响，便跳加官。接着扮出《一门五福》。上面吩咐："随便坐了唱。"即有贴旦上场谢坐。又说"免"。王夫人吩咐斟酒，琥珀、鹦鹉等每席二人，连同喜、同贵、小螺、翠墨皆来伺候。彼时觥筹交错，箫管谐声。尤氏、李纨、宝钗、平儿皆到席前谢了。又各席斟了一巡酒。不一时散了群赏，撤去酒碟，端上菜来。邢王二夫人上席献菜，李纨、宝钗等各席分布。

场上杂出已完，开了整戏。众夫人有叙会江南家乡话的，有谈些家务寻常事的，也有就戏议论些典故的。四碗菜后，上了一道点心，就掌上灯来，各处纱灯、缂丝、明角及满堂红、高脚、地平皆一齐点上。众家人即抬上烧割桌子来，席上放了冰盘，遂将烧煮各样一一皆片了上来。须臾吃毕，搭下桌去，就把戏赏各家伙用桌子抬了，放在厦前。王大人起身谢了，吩咐可收了去。两个贴旦跪在台口谢了赏，走场的将赏搭了下去。王夫人又吩咐"看热酒来"。各席上遂重行斟酒端菜，又吃了两道点心。众夫人皆说："酒过多了，求赐饭罢。"邢夫人便叫端饭。此时天已二更多了。《金印》演到苏秦游说六国，从楚回周，季子位高多金这节目上，实在热闹。众夫人贪着瞧戏，众丫鬟将饭略迟了迟方端上来。及唱到挂了相印，周氏摔凤冠这出，席上有落泪的，有发笑的，喜怒无常，因人而异。吃着饭,周瑞家又拿笏版请点找戏。郁夫人、潘夫人着实高兴,又点了出《寄简》《闹学》。众人吃了饭,盥漱已毕,喝过茶,看完两出找戏,方才起席谢酒。台上吹打,接着外厢乐器,众夫人纷纷起身。到散完时,李纨、宝钗、平儿照应撤了家伙,自鸣钟上天已丑初。大家歇了。

次日贾珍、贾琏、蓉哥、兰哥儿各家去谢。众姑娘有住了一两天就回去的,也有多住数日才家去的。

这年又值乡试之期,七月初曹紫庭点了山东正主考,贾兰点了河南副主考,门上贴了“回避”。谢恩请训后,忙着起身。贾兰带了李贵、吴新登、锄药、进喜,原来锄药自宝玉去后,就跟了贾兰。择了吉日,见了贾政,辞过王夫人、李纨、宝钗等。贾琏送出城外方回。转眼场期已近,不知敷文真人此科曾否监场,因无显征,不敢赘言。

九月榜发,张越存中了一百三十四名,闵鹏骞、褚小松诧异极了,背地里来问芝哥儿有何先见预为此兆,芝哥儿凡事晦藏,不肯宣露。因说:“我不记得说什么,先生们何必难我。”闵、褚二位只得罢了。闵鹏骞因要会试,终不释然,遂写了一个“犁”字,来求芝哥儿替断一断,此不过掩耳目之意。芝哥儿说:“我小孩子,懂不得测字。然先生是沾国恩的,何必问。若就字断,作‘利在于丑’,则转浅了。”鹏骞也不再问。

却说贾政衙门有会稿事件,连日辛苦。正在家中稍憩,忽报梅御史钦放了湖南巡道,进朝谢恩去了。贾政闻听大喜,即来梅御史府中亲贺。恰好梅御史下朝回来相见,就携手同到书房。贾政作揖道喜,梅御史连忙还礼拉住,分宾坐下。贾政道:“昨日并不得知,何忽来此喜信?”梅御史道:“近因两广江坍,民间构讼,前为条奏科场誊录一折,蒙恩召对,偶然问及江坍这事。我曾以‘宽则得众,公则悦’二语面奏,当蒙奖赏。迟了一日,遂奉此旨。并谕湖广制抚二宪,湖北江坍派湖北巡道吉梦麟清理,湖南江坍即派我小弟亲理。今日召见，又奉许多恩纶。但此事闻有江姓霸占两省滩地，民间啧有烦言。且此事皆制抚二宪为之主政，小弟愚拙，恐不免于受累。尚望老亲台何以迪我？”

贾政与周侯爷早经谈过此事，今见梅翰林为此派了外道，心中深是踌躇。因答道：“坍地情形，难以遥断。我兄到彼，不可执一成见。受嘱托而违公议，固所不可，然必与上台相抵牾，亦非善全之道。须得上和下睦，两无间然，方为妥帖。我兄长才自有妙用，弟亦不过论其大概耳。”遂又说道：“弟处有一幕友褚小松，才学优长，性情真率，与弟相处数年，深为莫逆。我兄外差，必得此人相辅，弟辈方觉放心，荐之莲幕，实为益友。弟固非为小松起见也。我兄必不可却。”梅御史道：“弟为此席大费打算，得吾兄所荐，弟可坦然矣。何我兄爱弟如此之至耶。明日即送聘礼过去。”贾政道：“且慢。弟此事尚未与小松言及，容弟见过小松，再来覆命。”又喝了一会茶，贾政遂别了回去。到书房，便将此意与褚小松说了。褚小松正想云梦潇湘之境，今获一往，借此可广胸期，遂即应了。议定每年束修四百金，节仪一百六十金，每月菜钱八千。贾政回覆了梅御史，当即下了聘礼，请了席，褚小松带着小厮天福，就搬到梅宅去了。一切公饯私饯，别赆程仪，不必细说。

梅巡道领了文凭，雇备驼轿、骑骡，于十一月半后即起身去了。家眷另雇大船，由水路，俟春融才起程南去。梅调鼐带着家人，亦随家眷船而行。宝琴领着月娥随任，王夫人送了许多东西，请过又请。及至临分手时，薛姨妈、宝钗其依依不舍之情，亦难备述。薛蝌送了五六程方才回去。欲知月娥南去如何，且听下回分解。

第十二回　惊四座贾茂叔挥毫 感三湘梅月娥对月

不言梅月娥南下，却说薛蝌回来，见了薛姨妈，又过来见王夫人，将宝琴舟行五六日，无事平安，并与宝钗说了，即回铺自理其生意。

宝钗放下了心，日惟以课儿读书为事。芝哥儿年才十岁，身量已自成人，而胸中博览，下笔成章。兼以质性温和，依依膝下，从无一毫外务。王夫人与宝钗十分爱惜。这等子弟，却也怪他不得。

去秋榜发，闻翰林差满回家，只待曹紫庭、贾畹滋销差后，春正方始面圣，仍回本职。畹滋乃贾兰之号。曹紫庭得意门生二位，皆在青年：一是曲阜端木楷，一是齐河芮光祖。贾兰得意门生一人，是陈留蔡念典，中在第二名，今年才十六岁。闻翰林亦有得意门生一人，贵筑旧家李云龙，年十七岁，中了贵州第六名亚魁。皆来都中会试。

再说芝哥儿自从大观园摆席请客，他来瞧了两次，见园中竹树清幽，亭台高爽，虽假山剩水，亦有一种天然之趣。尤爱潇湘馆及蘅芜苑二处，即回了王夫人同宝钗，要在此处习静读书。添派家人伺候，早去暮归，原无不可。又禀了贾政，亦皆允了。芝哥儿将书房中典籍牙签皆挪至潇湘馆、蘅芜苑二处，相隔虽不甚远，却曲折，将此地山水皆可领略。洒扫干净，铺设整齐，每日吟啸其中，颇自得意。有一首感怀走笔诗，自己吟道：

此生若寄真蜉蚁，放眼宁无天地宽。
不信诗书多糟粕，转疑世味别辛酸。
年光过隙征驹速，尘海操舟独棹难。
抱膝故园寺对月，青鞋白袜笑缨繁。

吟完，独又吟哦两遍，就掷过一边。

春闱已过，各家门生誊出文章，送与老师去瞧。又各家老师将得意门生文章，检相好的，彼此互送参看，以决得失。周巧姑爷也送文章来与贾兰看，闵鹏骞独把文章求芝哥评定。这日贾兰回过贾政、王夫人，要请门生蔡念典及闻翰林、曹紫庭与两家门生端木楷等一饮，并邀周巧姑爷、闵师爷、门客詹光、程日兴同坐一坐。贾政允了。即发帖请二十二日在大观园一叙。众人皆收了帖。

到了那日，陆续皆到。董翰林因作会试房考未请。贾政因贾兰请小门生，不便与坐，只说衙门有事，回了不见。周巧姑爷先到，贾兰接着，就邀入大观楼先坐，闵鹏骞，程日兴、詹光分陪各客，皆进园来。贾兰拜见了岳丈闻翰林、姑丈曹紫庭，其余皆以师生之礼见过。闻翰林要见贾政，闵鹏骞说："今日有事，一早就上衙门，尚未回来呢。"曹紫庭要会芝哥儿，贾兰遂叫人将芝哥儿请来，一一拜见。闻翰林同众人看芝哥儿，穿着湖绉棉袍，天青十行湖约棉褂，小呢帽子，粉底官靴。面如冠五，目似朗星。大家暗暗称异。及至行礼已毕，芝哥儿重向蔡念典又作一揖，众人皆谓他系贾兰门生，稍露亲厚的意思。惟闵鹏骞看定芝哥不凡，凡其举动无不留心。今见偏作了一个揖，知其必有缘故。因拉了手再三盘问。芝哥儿道："这是我家世弟兄，这个揖我偏作了，实在并无别意。"闻翰林等被他一语就瞒过了，独闵鹏骞向着众人道："老先生等皆记着这个揖，后来必有应验。我这位芝世兄，岂有无故加厚之理。"说着就挨次一齐坐下。锄药、林天锡、进喜、焙茗端上茶来。喝完，遂谈起会场文章，彼此交赞一番。芝哥儿独默坐无语。

闻翰林要在园中各处逛逛，大家遂起身从“有凤来仪”即潇湘馆、“红香绿玉”即怡红院、“杏帘在望”“蘅芷清芬”等处登楼步阁，涉水缘山，徘徊眺览，满袖云霞，实在别有天地。

走到“蘅芷清芬”即蘅芜苑，现在芝哥儿收拾了作肄业处。只见茶烟微袅，鼎篆犹浓。大家正要进去略憩一憩，忽见天上数个风筝来回仙舞，响振碧霄。闻翰林一时高兴，笑着说道：“诸公皆今科魁选，珥笔从王，何不将风筝为题，不拘体格，各赋一首，以助今日游兴。未知可否？”李云龙、蔡念典等四人遂打一躬道：“谨从台命。”就一齐走进蘅芜院来坐下。焙茗等捧上茶来。桌上两处，皆备文房四宝。端木四位新孝廉，皆想显才，就沉吟着，各去构思。其中有一葫芦样的风筝，闻翰林要显李云龙之能，独命他作。

大家等了半晌，诗皆未就。曹紫庭忽向芝哥儿道：“老贤侄何不也作一首？要五言近体，限‘飞’字韵。”芝哥儿不则声，看着贾兰。贾兰就说道：“既是曹姑丈有命，少者何敢辞。即作一律应教罢。”芝哥儿遂拈笔在一张花笺就写。倒像预作下一般，立刻就写好了。四位的诗恰也完了，一齐誊出，遂与闻翰林来看。

闻翰林却先接了蔡念典的，大家围着齐看，上写着：

咏风筝

振响凌霄造物奇，淮云袅线借人思。

托身今有乘风便，日暖云和出凤池。

看毕，便将李云龙的接来，只见上写着：

咏葫芦样风筝

新样葫芦旧样同，那知人巧错天工。

春霄欲滴初晴翠，倚绿偏宜袅样红。

看毕，递与众人看。又将端木楷的接来，上写着：

谁将咫尺别升沉，弱线临风迹可寻。

莫道云霄欣得路，飘然物外亦闲心。

看毕，便递与曹紫庭。又把芮光祖的一看，上写着：

咏风筝

二月花朝正好风，花时斜趁夕阳红。

碧霄平地云泥隔，天上人间一线通。

看毕四位所作，虽然稳帖，未见精奇。只得赞了一声“好”。才将芝哥儿的展开一看。只见字体俊逸，笔力秀拔，早已称奇。上写着：

咏风筝 五言近体得飞字

体是凌霄物，春风近紫微。

丝纶从地起，翼翰极天飞。

会奏云中响，还腾日下辉。

凤城新霁后，香惹御烟归。

闻翰林看到“飞”字一联，便拍案叫道：“好警句。”众人听见，皆围了来看，无不极口赞赏。读到结句，闻翰林道：“更匪夷所思了。当日调羹未试，顶上先开，许为状元宰相手段。此日所遇，何让古人？久闻隽异，今诚拜服。只恐金昆他日要让玉友一筹了。”贾兰道：“老岳丈莫要小看这芝兄弟，胸中无书不读，只怕古称得秘书厨，尚恐不如其渊博呢。小婿庸才，何敢与之颉颃？”便把个闵鹏骞乐的，拿着芝哥儿诗念了又念，笑道：“这是敝东一生厚德所致，洵由天授，非关人力。”芝哥儿只是一声不言语，拿着蔡念典的诗看了两遍，也就放下。

大家遂离了蘅芜苑，到正厅上来。彼时席已调正，就送上酒来。让了闻翰林独坐，周巧姑爷侧陪。曹紫庭、闵鹏骞一席，詹光、程日兴侧坐。其余皆系同年，坐了二席，贾兰、芝哥儿陪坐。送过酒，就端上酒碟，大家饮了一会。

芝哥不甚饮酒，果碟中有样蜜饯枇杷，芝哥儿吃了两个。贾兰说：“这枇杷不甚熟，不可多吃。”闻翰林道：“贤婿这话欠考了。枇杷秋发，冬花，春果，夏熟。独备四时之气，食之最为有益。如何倒劝令弟不要多吃呢？”曹紫庭道：“老师之言甚是。但建业人呼曰

'蜡兄',未知何义?"闵鹏骞道:"想不过誉其色耳。"众人皆以为是。贾兰道:"枇杷在古人集中佳句甚少。"闻翰林道:"黄泥金丸,宁非佳制?惟不多见,似亦憾事。我看亭外数株,枝头历落,想到夏时风味,应不减于青鸟。"贾兰道:"此数株,闻说系隐去之家叔宝玉手种。这两年结果甚繁。"闻翰林道:"如此甚好。何不烦令弟即席一赋,以广我辈之闻见。"贾兰道:"长者之命不敢违,但舍弟才非七步,容明日作了求教何如?"曹紫庭道:"先不必替令弟过谦。何妨说与令弟,再请缓期。"

闻翰林便以枇杷为题,要芝哥儿即席赋诗。芝哥儿遂叫焙茗取笔砚纸墨,放在左首一张案上。便走下来,到那边坐了。提笔就写。大家撤去碟子,端上菜来,慢慢吃着相候。第二碗菜上碗清汤的鱼翅,群赞美。第四碗上又是春笋,用野鸡片儿烩的。闻翰林道:"今年春笋甚少,这碗菜可谓妙极而无以加了。"就吃了好些。又喝了许多汤,就端上点心来。刚吃完点心,撤下去。锄药、林天锡等送上茶来。茶未喝完,芝哥儿枇杷诗已作完誊好,送将上来,递与贾兰,闻翰林道:"已作完了?"遂接了,邀着大伙同看。只见写道:《咏枇杷》

凌寒不改雪中花,送往怀新叹岁华。
错落金丸传手植,婆娑绿叶喜亭遮。
友梅未许春风入,枕石偏来夜月斜。
知是使君珍果瓜,树经封殖锡名嘉。

其二

修竹薮花性所耽,十年树木赋何堪。
放翁摘露偏乘晓,成大攲巾不问甘。
卢橘自争香满座,朱樱徒羡色匀篮。
重游坐客皆珠履,对此清阴月友三。

其三

恬不竞名素委蛇,由来大造植无私。

盘堆火齐羌留月，核裹黄泥偶掷篱。
亭侧成阴怜旧侣，座中得句解低枝。
可人风味知应少，吸露凌霜贯四时。

其四

黄柑谁把洞庭春，分锡恩光上苑新。
物若有情应识我，时因对月忽怀人。
蜡丸未信夸其色，粗客何由侧此身。
夜话欲征青鸟据，倾樽北海愧留宾。

闻翰林看罢，连声叹道：“奇才！奇才！我已阅人多矣，如此英年，何便有此隽句？我辈皆当甘拜下风。”因解下腰间所佩玉暖手来，笑着道：“聊以润笔。”贾兰接着谢了，即替芝哥儿系上。芝哥亦作揖致谢，曹紫庭道：“甘韵一联，第四首人韵一联，化腐为新，趋俚入雅。何处得来？”拿着盅酒，不觉一饮而尽。程日兴道：“芝世兄诗诚警策，老先生赏鉴亦可谓入神。”大家皆笑了。贾兰重请坐席。有此四诗，饮时越发高兴。旋开了一坛沧酒，说说笑笑，吃了多半坛，方才端饭来吃。时已二鼓以后，方才散去。闻翰林将这四首诗裱部册页，置于案久，时常赏玩。

过不多时，春榜揭晓，蔡念典中了四十二名进士，余皆落第。大家因想起芝哥儿的揖来，深为诧异。独闵鹏骞更自奉若神明，逢人即传赞不已。后来蔡时敏——即念典之号，殿在二甲，点了庶吉士，选人词林。李云龙因路远，就在闻翰林宅中肄业，以待下科。便与芝哥儿定课会文，不在话下。

再说梅巡道出京，由旱路起身，不过一月有余，即到了武昌。见过制军，参谒了抚司各处，便起马向长沙进发。途中有本衙门书役随路迎接。不一日，到了省中，参院拜司，及同城的道府两县，皆拜会了。遂各自到任理事。便差人由水路来接家眷。

却说梅月娥开船南下，四月间，闸河水短，粮艘阻滞，一路耽延，直到五月半后方渡黄，由淮河行抵扬州。是夏江南雨大，江涨异常,溯水而上,舟更难行。梅调鼐与邹夫人商议,就在广陵赁居公馆,避过暑热,直迟至七月中旬始另雇了满江红,将行李眷属搬上江船。出瓜洲口,放入大江。那时灏淼江波,金山在目。月娥小姐凭窗远眺,颇畅胸怀。

过了真州,船到燕子矶边,适值斜阳西下,陡起逆风。稍长,将船就泊在燕子矶侧。梅月娥高兴,禀明宝琴,请了邹夫人命,要到燕子矶上永济寺瞻礼。邹夫人许了,派定家人刘兴、郁喜,月娥带了丫鬟彩霞、霓舞及奶母,又派了老李嬷嬷,一伙五六人。船家搭上扶手,遂步上岸来,月娥到寺拈香。遂登燕子矶,临风一望,只见烟波无际,金陵形势宛如指掌,东峙北固,南映楼霞,而与波上下,千古惟此一叶渔舟。诗兴偶触,即叫彩霞将带来纸笔取出,立成二首截句,道:

登燕子矶

远江匹练烟横处,何处飞来燕子矶。
形势龙蟠兼虎踞,六朝金粉倍依依。

江流势截凌江出,高与元龙百尺楼。
漫说风涛天际险,飘然一叶稳渔舟。

吟完,又凭吊一会,方始归舟。次日,即过了金陵。沿途凡遇名胜,月娥无不登览留题,不能备载。

舟到汉口又换了船,从江而南,转入岳州府洞庭湖内,已交八月半矣。湖水澄清,君山高矗,黄鹤虽遥,岳阳在望。那夜微微北风,星疏月朗。舟子扬饱布帆,欲过洞庭。时已二鼓,邹夫人早安歇了。月娥开窗四顾,潇湘景物宛似当年梦中所见,不觉的恣意流连。宝琴爱女心切,因命侍女备了香茗,以助女儿吟眺之兴。那月娥果写出一首诗来,与宝琴看,上写着:

夜泛洞庭

片帆轻且稳,秋夜霁澄空。

辽阔情无际，苍茫望莫穷。

远山皆得月，近水不生风。

似此潇湘意，缘何感梦中。

宝琴拿着诗，看到“远山皆得月”一联，才说：“好警……”一句话未说完，只听得艄后老板说：“了不得了，伙计们快落篷。”众水手七手八脚，将各篷方才落下，未及将船撑进港口，只见湖面一阵黑风从船头吹来，波涛大作，满天乌云将皓月遮了。那船在湖心簸扬，顷刻就要覆溺。舟中人无不呼神祷告，手足无措。那月娥小姐忽想起梦中金如意来，急叫霓舞将平素五彩丝攒的线绳取来，将荷包中金如意缚在线绳头上，口中祝道：“梦若有灵，如意护我！”便把金如意掷下湖中。说也奇怪，只见湖内一片红光绕舟而上，将黑气冲退数丈。忽听得空中有神呼道：“玉女在船，黑将军不得无礼！”一霎时，风恬浪静，乌云四散。远远皆见一长蛟鼓波而去。舟人大喜，皆说：“托太太之福，今夜幸免大难。”月娥将金如意收回，照旧带在身上，方信前梦之不虚也。

彼时北风瑟瑟，挂起满帆。天色才明，即过了洞庭湖面，收入岸口。就有接家眷的家人到船边问信，见了刘兴，彼此认得，遂即上船。候着邹夫人梳洗已毕，才回了话。邹夫人知是梅道爷差家人得禄来接，心中大喜，叫人舱中见了。得禄等请过安，又替梅调鼐请安。邹夫人问了老爷起居，便问：“此地离长沙还有多远？”家人说：“不远了。此去虽说是江，却与大河不差什么，太太只管放心。”说毕便退出舱去。梅调鼐吩咐开船，当下锣响，就开了船。

又走数日，到了长沙。两县差人在路送下程，添纤夫，船一拢岸，岸上就有执事轿伞来接。邹夫人进了衙门，见了巡道，甚是欢喜。随后梅调鼐押着行李，带了宝琴、月娥，同进署来，梅道爷一见月娥，搂在怀里，亲热了好一会。调鼐磕过头，请了安。宝琴也见了礼。邹夫人便说起过洞庭湖夜间险来。梅巡道说：“此湖如何夜里走得，你们也忒胆大。船家管什么事的，就该发县，以惩后来。”

邹夫人道:“幸托天佑得保平安,他们船家只道月明浪静,乘风赶路。在彼岂无身家?求老爷不为已甚之行。”梅道爷说:“这等便宽了他。夫人此论不失为厚。”遂摆家宴,一家畅叙。

次日,梅道爷自办公务。邹夫人过了数天,择一吉日,在天地上还了愿,方完这件心事。宝琴经此一险,知月娥来处不凡,却暗暗心喜。

午后梅道爷下了衙门,到相公房中坐一会,归到上房。面上大有不悦之色。邹夫人一见要问。未知何事,且听下回分解。

第十三回　据成案秉公量坍地
申国法持正抑豪强

大约居官的上沐国恩，下关民瘼，固当奉职无私，守正不阿，独行一己之是，不肯枉道以从，才是居官的本分。然必行权合经，暂屈己见，以求此事之伸，期于两得其宜；而不偏不倚，居下位不获乎上，民不可得而治。圣贤岂无所据，而作如斯流和之论。逢迎脂韦，固有气骨者所不为；或执己是，而谓上台所见皆属于非，则亦未必百醇而无一疵。上台摘其疵而推其类，显登白简。纵使名垂青史，在当境已输了一筹。何若阳顺彼情，阴行我义，有两美而无两伤者之为愈乎！说便是这等说，遇着那务名的长官，原可迁就以全大体，设非然者，被欲枉法而即随之枉法，彼欲行私而即因之行私，将来国罚不恕，同任厥咎，岂可为训？则又不如秉公而不诡随者，尤有出头之地步。即如梅巡道所丈坍地一节，倘随众徇情，揉曲作直，不惟难宽文网，亦且有玷官箴，这却如何使得？

你道梅道爷下了衙门为何不悦？因与田抚台辩论江坍之事，意见不合，当面就委了教他清丈坍地，以结数年未结之案。到书房合幕友商量一会，回到上房，邹夫人问其根底，梅巡道说："这是朝廷公事，与你们言亦无益。太太替我收拾行李，明日接了委牌，我要过湖踏看江坍，恐非一半年所能竣事。不过受些辛苦，太太们只管放心。"邹夫人听了不懂，无可插言，只说了一声"是"。梅调鼐在旁接口道："这件事孩儿听说江北有个江姓，霸踞各坍，交接衙门，已非一日。老爷查办时亦不可过于顶真，以取众怨。"梅巡道说："我自有主见，汝小子何知国是！"说完，吃了饭，又到书房与相公们商办去了。

果然第二日，田抚院就行了牌来，委梅巡道"亲自减装，确丈近湖南界一带江坍，当作如何升科派认，无得徇私干咎"等语。梅道爷又上院禀了辞，并见过藩臬两司。臬司张五锡，与梅巡道同年，因乘便说道："此事已经数手，皆为江有龙阻挠，不能定案。老年先生亦当就事敷陈，不可排众议以标孤见。这回田抚军见委，虽属器重鸿才，务望善留退步。弟非同科至好，不敢稍献刍荛。祈我兄大人酌之。"梅道爷再三谢教。又拜别了同城道府。到第四日，即带了褚小松并得用家人刘升、刘兴，伺候的得禄、郁喜及本衙书役等众，坐了船，就鸣锣开船。过洞庭，沿江一带查丈下来。

尝考大江形势，自澧而东，与汉合流。其波澜洄伏处，多带泥沙，易致停湍。但其性无常，此岸淤则彼岸刷，往往报升之课不能删除，而百姓亦冀他日复淤，不肯去根。常借己地之坍，以认彼淤之地。词讼纷纷，终年不辍。地之涨于湖北者多，涨于湖南者少，推而安徽、江苏以及海门，皆有此地，获利固深，而受害者亦不浅。更有奇者，大江之中忽见滩影，居民遂报以升课，日积月累，果成滩地，且有绵亘数十里而不止者。此亦天地自然之利矣。

湖南巴陵属内新淤天补沙，数年前即有巴陵詹定字、柳自兴同数十人连名报升，尚未定科。缘此沙北界近于湖北，向来武昌城内有一木商，已经数世，家资钜万，富甲通城。传到这人，叫作江有龙，甚有机谋，轻财以结势要。凡郡城有利之业，彼皆图占。江坍凡隶荆门以及武昌各属者，彼已累世盘踞，几不留余。近因新涨天补沙与彼坍地尾接不远，遂在督抚司道各衙门使了手脚，强要报升。湖南詹、柳数十家在几年前见影报课，岂甘退让？以致结讼，未能定案。每至秋后收刈草薪之时，大家聚众抢打，渐至人命，牵缠不已。课不能定，无从着催，原被二处转因以为利，亦不乐断结。

梅巡道在舟，将一老丞行吏叫丁理原者，唤到舱中，赏坐赐茶，细细问其底里。丁理原原是有能为的人，且此事经手多年，又见本官破格优待，遂即据实直言道："老爷待书办如此恩礼，书办有见，敢不尽言。坍地约有二种，其一系就岸挂淤，本有粮册可查，原无难办。独其中有首尖尾阔之弊，量到后路，便致地不敷粮。有得地者，即有不得地者。其中情托贿嘱，难以缕悉。遂连年结讼，终无了期。其一系江中见影报课，即如现办天补沙。这项本亦无难丈办，但其中有首呈报之人，或无坍地，难以云补。又有坍粮之户，报课稍迟，彼仗着原有坍项，例应顶补。欲俟沙果能长，始行具报。则一迟一速之间，情贿一行，便可高下其手。此江有龙与詹、柳数十家，所以累讼而未结也。但此案要结，亦无甚难。丈清江有龙坍尾，将沙北一段画伊为界，其沙南之地，断给詹、柳诸人，情理允洽，即可定课结案。无如江有龙手眼甚大，彼意不肯两全，以便聚众抢夺。且收无课之利，以肥己橐。此意人所共知，因有不可硬断之势。每位经手大老，皆为敷衍，查丈总不能清，只此之故。老爷如此待书办，遂敢直说。尚望老爷毋泄此言。熟筹两尽之策为要。"梅道爷听了此番议论，心中洞然，便道："难为你了。我回衙门另当青目相待。"便将带的点心给了两盒，说："你去歇歇，我当有话问你。"那书办谢了赏，拿着盒子，欢喜而出。

不数日到了巴陵地界，县官差人迎接，随即亲来请安，送下程。梅道爷会过。那船刚到码头，即见数十百姓手内拿着呈子，合词告状。彼时县官已经辞去，梅道爷叫人问："你何事递状的？"承差传下话去，百姓内走出一个人来，年纪五十余岁，跪下说道："为天补沙案具控的。"梅道爷叫："接上他们呈子来。"那知告状的人多，而呈子却是一张联名的。只见上写着："具禀监生詹定宇、武生柳自兴。"下列名有五十余众，注明皆巴陵人。为土豪霸产，隔省戕命，恳恩察卷勘丈，以振穷黎事。呈内叙出："十余年前，江中见有沙影，当即在县报明升课，历有卷据。不意前岁，忽湖北江有龙等在督院衙门报认此沙系伊滩尾接淤，该伊报认，叠经各宪勘丈，尚未定案。累年抢草，酿成人命。生等拖累破家，未蒙昭雪。似此隔省认地，理法何存！伏祈宪台大人执法锄强，则愚懦得全身命”等语。后开被禀：“江有龙、白时显、赵信、滕子义皆江夏人。证据：身等十年前在巴陵县报升成案。”梅道爷看了呈子，吩咐道：“着他们候批去罢。”众百姓遂即散去。

到了晚鼓，巴陵县知县冯国泰禀见，梅道爷请他上船相见。说了会话，梅道爷便提起詹定宇等所递这张呈子来，便说道：“这天补沙既属贵治，此案原委，贵县自必尽知。况江有龙等以江夏之籍，如何隔省来认湖南涨地？本道实所不解。或者别有情节。我看贵县人甚明白，何妨明以告我。便受将伯之助了。”

谁知这冯知县新认了江有龙作门生，且受制台寇大人吩咐，要将此沙许归湖北，并案办理。因梅道爷来查此地，正要禀明商办，但不知梅道爷来意。因逡巡了半晌，方说道：“卑职到任未及一年，此案原委尚非熟手，实不深知。然在县治，卑职曾经亲勘。此沙实从北面滩尾接淤，确有形迹可据。大人到彼一看就明白了。”梅巡道说：“如此则詹定宇等何故报升在前，而江有龙反争控于后呢？再，江有龙等滩尾与此沙相去多远，贵县可曾勘过吗？”冯知县道：“江有龙滩尾，系武昌、江夏二县所管，卑职无从指实。但湖北之滩形，相隔约有十六七里江面，而水中沙影起伏，却像衔接而来的。”梅巡道说：“水中影响，如何作得凭据？此沙既聚于湖南境内，自应湖南百姓报升。江有龙越界来争，想必别有道理。贵县爱我，何妨直教？”梅巡道原因冯知县措辞似有袒意，假作此言，逆探其情。那知冯知县却被梅道爷套住，遂说道：“请屏左右，卑职尚有一言。”梅巡道叫跟班的皆退出去。又说道：“弟看贵县大有经济，倘爱我，示以指南。明日回省，另行报德。”冯知县道：“大人如此下问，卑职敢不敬陈。这江有龙与寇制宪原系世交，当年寇老大人作武昌府时，就合这有龙的父亲江声远着实相好。寇制宪到任后，外面关防严密，若不闻问，其内里，却很相照应。即此天补沙，以湖南之淤滩，岂容湖北之人过问？片言可决，而终讼不结者，当事主人皆有所看耳。大人亦当仰体，不可执一而论。卑职浅见，大人裁之。”梅巡道听了，心里甚不舒服，外边全不带出。转说道：“此事到彼自见，承爱了。”冯知县还想替江有龙方便几句，见梅道爷意思淡然，转不能进言，遂打躬辞出。

梅巡道回后舱，与褚小松备细说了，着实动气。就要揭参冯知县逢迎豪势，不顾民瘼。褚小松说：“这个如何办得？冯知县承问进言，像是一团好意。虽立品稍卑，此亦居官之常态。遽动文详，转觉无据，此事断平行不得。老先生尚住再思。”梅道爷听了，甚是近理，才歇了未办。次日开船时，将詹定宇等呈了批道：“候履勘后，集汛再夺。”挂出睥去，就鸣锣开船，沿江一带查去。

行至半途。忽见江北来了一只船，飞橹而来。将近大船，有四个人手举呈广，跪在船头，口称：“大人救命！”梅道爷吩咐将他搭住，叫承差问他：“何事喊冤？”他便说道：“是为天补沙抢草打伤人命的。”梅巡道说：“把他呈子接上来。”只见上写着：“具察候选经历江有龙、监生白时显。”列名在下有六人，皆注着籍隶江夏。“为朋恶肆横，攒殴垂毙？恳恩锄暴，以安良懦事，呈中备叙：身等滩地尾接新涨天补沙，系身等滩尾续淤，理应身等认报升科，当在制宪衙门报明有案。不意身等认地之后，连年草薪稍好。突有长沙监棍詹定守、武霸、柳自兴，率众五六十人，将身等刈草雇工殴伤无限。现在被伤垂毙者二人，经秦维宁、何承光劝散可证。似此恃横藐法。若不锄暴，何以安良？望恩上禀”等语。后开“被禀詹定宇、柳自兴，不知姓名五六十人。替詹定宇指追干证：秦维宁、何承光，即劝仗人。”

梅道爷看完，就吩咐将江有龙、白时显传上船来问话。梅道爷遂在船头坐了，将船靠边抛下锚锭。承差将江有龙二人带到船头，梅道爷看江有龙，生得方面大口，三角眼，扫帚眉，相貌便带险恶。白时显却是个平平之辈。江有龙等见了梅道台，便就打了一躬，方才跪下。梅道爷开口问道："你二人是何县人？"江有龙道："皆是江夏籍。"梅道爷又问道："天补沙是何县淤滩？"江有龙口中打花儿道："是巴陵县新淤。"梅道爷说："既是巴陵新淤，你俩隔省如何认地？"江有龙道："滩虽在巴陵境内，身等原量滩尾却与此沙相连，系身等旧滩接着新淤的。身等才在督院衙门报认。"梅道爷又说："你等滩尾与天补沙相隔多远？"江有龙踌躇未应。白时显道："江面约有三十余里。"江有龙即接口道："水中形势实是相接不断的。"梅道爷又问道："你等打伤的人，县里验过没有？"江有龙道："验过有案的。"梅道爷说："既这样，候本道勘明再办。你等出去候批．不可远去。"江有龙答应道："是。"梅道爷就回舱去。江有龙亦过自家船上，心里想道："这梅道爷说话利害，必得打点，这官司方才得赢。"遂与心腹人计议去了。

梅巡道到舱中坐了一回，叫传丁理原问话。丁书办遂进舱来，请了安。梅巡道便将要过江勘地，叫他传地方预备弓篁，以便开船到沙查办的意思说了一遍。丁理原道："老爷所办很是。但江北坍地，系江夏武昌境内，须会湖北吉大老爷同查，方服人心而合政体。老爷如独自查办，于例未符。老爷先当移会，再订期合勘，方可行得。"梅道爷听了，便叫请褚师老爷来，同议一议。褚小松出来，梅巡道将前事述了备细，褚小松道："这移会我们如何私自移得。就移会了，彼也付之漠然。据晚生想来，此事我们当据此二呈，禀明督抚，饬行湖北道宪来沙会勘，则彼奉上行，我们再加移会订期，则有词了。未知老先生以为何如？"梅道爷说："此论甚好。就如此办。"叫丁书办退出舱去。褚小松就将两张呈子摘出事由，禀中申说："若非过江勘定，江有龙滩尾是否衔接新淤，则此轩彼轾，终无以服两造之心，而成信撇。但滩尾系坐落江夏境内，不同湖北巡道履亩勘丈，碍难办理。为此，禀请宪示，转饬来沙会勘，实为公便。

除禀明抚宪外，仰候宪鉴”云云。一禀湖北制台、抚院，一禀湖南抚院，并备由移知两省藩臬。发禀后，将船仍回巴陵候信。

谁知这禀湖南抚院的，迟了二十余日方批回道：“如禀，饬行，仍候督部堂批示。”檄湖北两处禀帖，将及封印，方始批转，制台批道：“如禀，饬遵该道，须秉公勘丈，毋任袒徇，未便。仍候抚部院批示。此檄。”这个批头，有许多不快活的意思在内。再看湖北抚院批道：“据禀，候饬行会勘，仍候督部堂批示此檄。”梅巡道接了回批，便据批移会吉巡道去了。

直至开了印，到二月半间方有知会回来，内云：“旧岁江涨，武昌一带地方新蒙展赈，现有经手查办事件，俟稍缓，另行定期来沙，以便会勘。”等语。梅巡道无如何，只得静候。

三月半后，又催行了一角移文，迟到五月初方又接到回移，说：“江夏现获邻省巨盗，奉委会审，实难分身。况此刻江水甚涨，沙地多有浸没，势不能勘。须俟秋后，再行订期。此事已禀明督抚二宪，合行移知等语。纸上空谈，即已耽延一载。

原来吉巡道不激不随，大有深意。要等江有龙打通关节，方来会勘。梅巡道接了此移后，不两日，湖北制台寇即有牌行下来，不过吉巡道所言“秋后江水稍退，再行勘办”的意思。

原来梅道爷在巴陵闲住半载，江有龙着人累次来通关节。初次叫丁理原进说，被刘升辞了出去。遂托巴陵门上杨应箕与刘升备细来说：“江有龙系武昌望族，因慕大人声望，愿托身宇下，以光闾里。至沙地事，仍听大人公断，却不为此。倘蒙收禄，备下白米千石，聊为贽敬。先送门仪四十金，倘邀宪允，并备随封一数。”将这些话来怂恿刘升。谁知刘升深晓得梅巡道洁介自爱，难以利动，又不便直言谢去。遂婉言道：“敝上人处，弟等从未经手这样事。但承雅意谆谆，容缓一言可否，再行覆命。”杨应箕说：“很好。弟再讨教就是了。”遂辞而去。到晚饭后，刘升便将此事禀了梅巡道。当下梅巡道便厉声问道：“你可收了他们礼吗?”刘升道：“小的如何敢收他的，当面就退还了去。”梅道爷说：“这还罢了。此事你也不必给他回信，我自另有主意。”刘升退出舱去。梅道爷便请褚小松来商议说：“吉巡道不肯过江，显系受嘱无疑。我意将他受贿情节通禀，先办了江有龙，再行勘地。先生以为何如？”褚小松因见江有龙系寇制台世谊，此事一办，寇制台必然袒护，便有许多不便。如将此意直言，又恐激怒东家，转要任性强作。遂设了法，款款说道：“老先生这事不必过激。此时江水甚涨，地难查勘。何不就寇制台来牌禀知湖南田抚，我们暂且回省，将此情节面禀抚军，再动文详亦未为晚。”梅巡道见事多掣肘，亦有此意，便就允了。说道：“先生所见甚是。就这么办罢。”褚小松作了禀帖，禀请院示。又写一封亲切书信，托张臬司就中照应。两角文书一同发了。

田抚院接了禀帖。冷笑一笑就要留中不批。全亏了张臬司再三开说。才批个“据禀已悉檄”。梅巡道直到七月初接了回批，才起身。

回到长沙。见了抚院，销过差，教抚院微讽了数语，心内着实动气。又因话不相投，未便将江有龙行贿事骤然说出，只得隐忍下来，秋后据实详办。就存了“这官不作无甚要紧”的想头，却又不肯露出，恐惹人笑。谢了张臬司，回到署内，阖家相见甚喜。倒吃了两日家宴。又赴了寅好们的几席酒。这时已交九月初了。忽然吉巡道又来了一角“订期赴沙会勘”的移文，梅巡道亦付之不理。总俟冬初水退，自行束装勘办，便随便回了移知。约于十月望前到沙。咨覆去了。

正欲禀明抚院起身，忽报差进京去的家人谢禄、元升回来了。有贾副宪的回信。梅巡道听见甚喜，就叫人将他二人唤到书房来回话。原来梅巡道从家眷到后，恐贾政都中记挂，遂差人进京，赍了平安信去。今日回来，才传他们问都中近事。未知所说何话，且听下回分解。

第十四回　因公触怒褫职何惭
奉命恤刑复官无枉

话说梅道爷叫谢禄、元升进来问话，二人到书房，先磕了头，请过安，将京中应禀的话，各处事回了一遍。随将闻翰林的字及贾政的信，并贾政带的枷楠朝珠一挂、蟒袍料一身、貂皮帽套二个、海龙皮褂统子一件，外有王夫人给月娥的金镯子一副、珠花二朵、火浣布二匹、高丽手巾四条，皆取来送上。梅道爷将书看了，叫把礼物收进去。便细问贾政："近日身子可好，家中有何事体？"元升道："贾亲家老爷身体平安。家中有件喜事，闻说环三爷从三通馆议叙了府经历，归部铨选。又闻东府赦大老爷病的很沉，亲家老爷连日问候去。还听见说芝姑爷作什么《枇杷诗》，将些新举人压倒，闻老爷喜欢的了不得。"梅道爷说："这诗你们可带得稿来？"元升说："小的抄得稿儿在此"，便在怀中将诗稿找出送上。梅道爷大喜，将诗接了一看，着实赞赏。又见有各位的风筝诗，也皆不如芝哥儿的。因向元升道："你这件事办的很好。"就赏了四两银子。后来还把他放了门上。元升磕头谢了赏。梅道爷又问："京中可有什么新闻？"谢禄道："别无事。传闻暹罗国进了一道表，有使臣在朝，说与百济、安南争什么地方。现要沟构兵，求咱国去帮他。这事也不知怎样办法。"梅道爷又公赏了四两银子，说："你们乏了，且歇歇去。"

梅道爷回到上房，礼物倒不提起，单把芝哥儿的诗看了又看，赞了又赞，说："此子将来鹏飞万里，非我辈所能臆测。月娥可谓得其所了。"心里畅快。刚吃了饭，又传刘升回话：有抚院着人来，请明早上院议事。梅道爷说："知道了。"

次日，梅道爷上院回来，便叫伺候行李，仍带旧日跟去查地的人，只添了元升。迟了两日，就开船，仍到巴陵县来。并一面将面奉抚院的话写了移会，照前约十一月望后到沙对勘的话，知照湖北巡道。不数日，来到巴陵。冯知县此番相见，甚是疏淡。梅道爷也不介意。

过了几天，吉巡道又说："别有公务，尚俟改期。"仍用空文来搪混。梅道爷便恼了，说："我办我湖南的事，何必定候汝来！"因开船到沙，叫弓篬手将天补沙通行丈量。约二十余日，就丈定了。开明弓口，造成册子。就亲身自到江北一看。原来江有龙所说衔接滩尾，毫不见影。派了两只快船，备了长篬，在江面就船接丈，约四十余里，才有一段滥淤。又有十数里，始到武昌地方滩地。梅道爷着实生气，遂将亲自勘丈情形，据实通详督抚，并提集人证，要亲自拘讯。江有龙却躲了不到案。梅道爷便又详了督抚，说："江有龙抗不赴讯，显有理屈脱逃情事。相应革去经历职衔，差提审辨"等语。

田抚台见了，已不如意，尚存两可。湖北抚台亦淡然相视。惟寇制军接了二件详文，心中大怒，便说："梅友福何物？书生敢与本部堂作对！"便严批道："此滩坐落武昌地面，该道不候吉巡道同勘，显有偏袒情事。江有龙现在本部堂处投案，何有脱逃？除此沙另委公正大员查勘外，该道暂回本任办事可也。此檄。"

梅道爷接了此批，心中动气，便要舍了此官，与寇制台相拼。褚小松再四苦劝，执意不从。便将江有龙隔江认地，自己亲勘情事，并天补沙丈过册数，与江有龙贿求各缘由，通详并揭报了部科。遂即交印待罪，听候部议。

寇制军不意梅巡道如此负气，及见了此详，不但过意不去，只恐派了钦差，更难挽救。遂暗暗叫藩臬两司，替他调停。那知梅巡道业已通揭部科，事难掩护。遂倒填了日子，移会湖南巡抚，把梅巡道就参了一疏。说他："任性偏袒，骫法构怨。请旨革职，以肃功令。"疏内说："此沙原系湖北滩地接淤，梅友福不候湖北巡道吉梦麟同勘滩尾，以致民怨沸腾。且该道以湖南之官，偏袒长沙百姓，显有受嘱情弊。若不革职并案严办，则民情不服，而国法亦替矣。现经两司揭报前来，相应咨会湖南巡抚田承勋，合词具奏。请旨。"

这疏未到之先，梅巡道揭帖早到了两日，部科不敢掩匿，就禀了堂官，奏闻上去。恰好这日寇制台参折亦到，批了个："该部速议具奏。"便将梅巡道的揭帖亦并发抄，同这折一时交到内阁，传抄到部。

不数日，部内就将梅巡道议作"暂且革职"。并说："天补沙是否与湖北滩尾衔接，难以悬断。况两图互异，皆不可凭也。派大臣前往踏勘，方可定案"等语覆奏。奉旨："此案着葛天仪、贾政驰驿前往，会该督抚等，秉公勘定。所有随带司员，一并驰往。梅友福面奏江滩事宜，颇甚明晰，岂甫经外任，即成两截人物，着解任归案。并揭帖所揭江有龙有无贿求情事，亦并究办。钦此。"

葛天仪现任刑部左侍郎，同贾政接了旨，第二日同请了训，便束装起身。带了两个部员，两部御史，遂驰驿往湖广来。寇制台及田抚院早已得信预备。

却说两位钦差，行了数程，那日早尖后天落骤雨，一时难以动身。两座公馆不远，贾政便备小酌，请葛侍郎来一叙。葛侍郎与贾政同籍金陵，又系世交，两下里相处甚好。寇制台亦系金陵籍，贾政本系世谊，与葛侍郎既在同年，又兼旧表弟兄。

当日葛侍郎来到贾政公馆，饮了两巡酒。贾政便提起天补沙的事来。因说："寇制台系世交，梅巡道又忝亲谊。此事如何办法才好？总求兄翁大人，执法中再留法外地步，则拜德无际。"葛侍郎道："不瞒吾兄说，寇制军系弟表亲，又忝同年。梅公在钟山书院掌教时，小儿亲身受业，相处可谓极厚。弟正要求兄作何两全。承兄翁大人这样开心相与，弟敢不以实情相告！这个江有龙系武昌木商，其为人弟所素知。梅公耿直性成，相处有年，想亦吾兄洞悉。此案江有龙贿求争地，已可概见。而梅公不善迎合，激怒寇制军，亦是情所必至。以小弟愚见，到天补沙勘地时，能将此地着他们分认，则寇公之参折不虚，而梅道之揭帖亦可无过矣。兄翁大人再求酌处。”贾政连声赞道：“大人所见是极，无可另议。”彼此又饮了数盅，吃毕饭，葛侍郎方回公馆。

次日，即仍驰驿，竟赴武昌。湖南田抚院已过江来，同寇制台、湖北抚院朱皆差官远迎。将到武昌，先是首府同首县接来，督抚司道、合城各文武官，皆出城十里外，搭了请圣安的彩棚，等候钦差。制抚各大员请了圣安，才与二位钦差相见。茶罢即起身进武昌城来。

将到关厢头，就有湖南詹定宇等递了一张呈子，钦差略问了两句，知为沙案的，遂叫收呈候批。即到公馆门口，又有湖北江有龙等也递了一张呈子，钦差问是为沙案的，亦并收了呈子。响炮三声，公馆门前落轿。大家如众星捧月一般，伺候着钦差进了公馆。略待片刻，寇制台同两抚院坐轿来拜。两座公馆相隔有半箭地，先拜了葛侍郎，说了会话。就拜贾副宪。遂各回衙门去。田抚院亦回了公馆。其后司道及同城文武各官，皆陆续见了，各散。首县备下程，用寇制台名帖送了。次日，两钦差各处答拜，制抚遂公席替钦差接风。钦差辞了，俟办完公事再领情。

这日寇制台单拜两位钦差，因谈起此案，说：“梅巡道坚僻任性，不顾大体，擅动揭帖。若不严办，此风一长，则大员为所挟制，如何办公？二位大人必有高见。”葛侍郎道：“这个自然。属员遇事，辄敢自为，成何政体。”贾副宪道：“老世谊大人只管放心，我二人岂有不知事体重轻，有负委任的道理。”寇制台道：“如此我就心感了。”葛侍郎道：“天补沙这淤地，既在巴陵地方，如何江有龙隔江去认？我总不明这个情节。”寇制台道：“缘他滩尾接淤，小弟才准他认的。"贾副宪道:"此事难以悬揣。明日到沙自见,再作商量罢。"寇制台别了出来。

朱、田二抚院同见。朱抚院与贾政有旧,贾副宪便将寇制台才说的话有些牵强,并葛侍郎所言,"天补沙情节,似乎江有龙隔江认地,何以服湖南百姓之心?兄翁大人与弟相好,已非一日。此事二位原委洞悉,何不明以告我?"葛侍郎与田抚院同年,也就照着贾副宪的话,向田抚院说了一遍。二位抚军踌躇半晌,方才说道:"大人所言,无不洞中机宜。但此事关寇制台与梅巡道,有些执拗。尚求大人推同官之雅,法外体全,则国体与舆情皆可允洽矣。"葛侍郎道:"沙地情形,弟辈尚未及见。容勘过江有龙滩尾,果否联接,便是此案关键。"朱抚院站起身,道:"求二位大人体全处就在此,容到沙地再来讨示。"遂同田抚院辞去。梅巡道因解任候质之员,不便私见,只用手本请了安。

到了次日,二位钦差将接的两张呈子,皆批个"候勘讯",就挂牌在公馆门首。遂响炮起马,到江边坐船向天补沙来。督抚、司道、府县各官,皆坐船同到沙滩。湾了船,就在天补沙北岸,踏看江有龙滩尾情形。隔沙甚远,与梅巡道图说相符。二位钦差皆没言语,就坐了轿,到预备的席棚茶尖处来。众位大人齐下了轿,进棚分宾主坐下。

喝了茶,葛侍郎同贾副宪说了会都内闲事,全不提及沙案。寇制台便觉到二位钦差勘江有龙的滩尾,与天补沙不相连属,有不好意思谈论,恐碍自己的脸面。心里虽默然相感,但众人前转要遮饰。因向二位钦差说道:"二位大人瞧这江面相隔虽远,其中断续起伏,却与滩尾实是承接的。"葛侍郎未及答应,贾副宪道:"何曾不是,我们且到沙上再看一看。"因问武昌熊知府道:"这地现属何县所管?"熊知府道:"此去向南,约二里余,皆江夏境。"贾副宪便对葛侍郎道:"这沙不也有湖北所淤的地,怎么说皆在巴陵境内呢?"葛侍郎道:"咱们何不同往南一勘,何如?"贾副宪道:"有理。"遂坐了轿，走够十数里，忽有一带小杪木林遮路。绕过林去，只见一片草滩，直接南边江面。又到一座席棚，这便是巴陵县预备的了。大家进去坐下，又喝了盅茶。葛侍郎、贾副宪便向委刑部陕西司郎中聂尔直、湖广道御史陶淳，带同江夏、巴陵二县，并叫寇制台委了湖北藩司井恩普会丈此滩。即以杪林为界，作两段丈明弓口，造册回话。两位钦差同各位大人回了船，仍到武昌公馆来。

次日，就委了刑部湖广司员外文成、江南道御史俞宏猷，提集两造录供定案。又把巴陵县门上杨应箕、刘升对质江有龙贿求虚实，并案办理。江有龙隔江认地，已属不合，杨应箕到堂一讯，何能隐饰？便着了急，黉夜来见。寇制台与两钦差虽系至亲世友，亦知梅巡道同两位也属戚好，难以单办一处。遂权词叫江有龙退出，心甚踌躇。忽报湖北朱抚院来拜，寇制台连忙接人。朱抚院说了几句闲话，就提起江有龙的事来，说："江有龙今早求我替伊画一善策。但彼托杨应箕这件事，如何遮盖得来？我与大人事同一体，此事如何安顿才好。"寇制台道："我在此踌躇，但不知二位钦差是何成见。明晨烦兄一往，逆探其情，倘可两全，不致伤弟之颜面，则暂且结案，亦无不可。"朱抚院连声应道："是！是！容弟明日见过，再来覆命。"

朱抚院与贾副宪相好，又因前番言语，到了次日，即来单拜。传进帖去，贾副宪吩咐叫："请！"二人见了，携手叙坐。就说天补沙这事。贾副宪道："这江有龙贿求一节，昨日略取杨应箕口供，殊觉支饰。一动刑，便有实在。这江有龙争地事小，贿求罪大。问个军罪，便有许多不便处了。"朱抚台屏退左右，低声说道："小弟此来，专为此事。江有龙何足轻重？事若审实，则寇制台参折似有徇庇。即弟等合词入奏，皆有处分了。向蒙兄翁大人厚爱，遂敢直陈，惟望大人设法善全才好。"贾政道："小弟同葛公请训时，圣上因梅巡道面奏江滩事宜，深合圣意。寇公此奏着实动疑，指出江有龙贿求情节，着到湖严办。弟与葛公办事秉公，亦不肯苛求。但寇制台亦得稍留梅巡道余步，则彼此即可两尽矣。”朱抚院道：“寇制台来时嘱弟，本欲善全。大人如何办法，无不遵命。”贾政道：“这事便易处了。容弟与葛公相议定了，再来奉请。”朱抚院辞了出去。贾副宪就到葛侍郎这边来，斥退跟随，把朱抚院的话细细说了一遍。葛侍郎道：“此事我辈原欲两全，如此甚好。但寇表兄为人多变，须弟见他一见，使他心馁。这事才无后议。”贾副宪道：“我兄高见，弟所不及。”

葛侍郎遂打轿来见寇制台。便将“滩尾与天补沙相隔太远，本不相连。江有龙又有贿求一节，质实核办，与我兄亦多未稳。弟与兄忝系至戚，现与贾公商酌，欲划桫林为界，靠江北者归于湖北报升，靠江南者归于湖南报升。两全此事。梅巡道薄治其过，江有龙量罚其愆。下洽舆情，上全国体。不知我兄以为何如？”寇制台连连拱手道：“承老表弟与贾公如此周全，弟与两抚真感激不尽了。就请老表弟斟酌而行。只是江有龙尚求青目些。”葛侍郎道：“谨领教。”即辞。回公馆来见贾政，将前言细诉了一遍。贾政说：“很好。”适值文员外、俞御史录了口供，进来请示定稿。两位钦差遂将稿来看定。

过了数日，候丈地的司员回来，造成清册，就拜发了折子。疏称：

臣等奉命勘查天补沙案，并查审江有龙贿求情事。当即驰抵武昌，会同督臣寇云先、湖北抚臣朱尔荣、湖南抚臣田承勋，亲抵沙上，细看江面情形。当经摘由，奏明圣鉴。臣等连日确勘江北滩尾，并集各犯严鞫。缘天补沙坐落湖南巴陵境内，而沙北有十余里，实在湖北江夏地界。小民趋利若骛，以致纷争靡已。查得江有龙等滩尾，虽断续起伏之形，相隔江面太远。所报虽非无因，而詹定宇等结讼不甘，亦属有故。臣等以湖北、湖南均系子民，天地既生自然之利，自应辈戴圣上广育之仁。切查沙地中间，有长成桫林一带，划开地势，应即照此定界。桫林迤北四成隶江夏境，着湖北抚臣分派江有龙等认报。其有余者，即募湖北有滩之民垦升，用广皇仁，毋令向隅。桫林迤南六成隶巴陵境，着湖南抚臣分派詹定宇等五六十家均匀认垦。统着督臣总理其事。庭鞫之下，众姓悦服。可否仰邀圣恩，照此分认。祇候命下，另行遵办。

至江有龙贿求一节，臣等将杨应箕、刘升等隔别研讯，杨应箕供称：江有龙要认梅巡道作老师，系"刘升前岁过巴陵时，小的替伊说的。那时并无丈地的事，何有贿求？去春，梅巡道住在巴陵，小的因问：此事你替说了没有？倘说定了，彼处好送贽仪来见。谁知刘升回了梅道爷，就弄出事来"等语。质之刘升，供亦相同。是江有龙并无行贿实据。其认师生之意，亦在事前，似无夤求情弊。梅巡道因有此段情节，偏执己见，不断沙地与江有龙，遂致湖北怨腾，办理不善，议以革职，未免过甚，相应请旨降一级调用，以为大员任性者戒。江有龙虽无行贿实迹，但以部下民人，求认老师，亦属不跋。着罚米一千石，交江夏武昌贮仓备赈。

该督抚等以易结之案，悬宕多年，应请交部察议。司道府县，亦并饬该督抚等查取职名，送部议处。再詹定宇报升，已十有余年，今始分段升课，所有前数年未升之课，即照现定科则，着落詹定宇、江有龙等，照数分作五年赔缴。庶帑项不致亏缺，而奸民亦无从逞其伎俩矣。除将审过招册及勘丈弓口段落册，结交部核议外，臣等未敢擅便。相应奏闻，请旨。

奉旨：

葛天仪、贾政奏办天补沙地一折，请以桫林定界，着两湖百姓按四成六成分认。两湖百姓，皆朕赤子，享天地自然之利，不致偏棺向隅。所办甚好。即照原议派认，并着交部从优议叙。梅友福以江有龙求拜门生一节，偏执其见，不肯断地，遂致怨腾。所办错谬，即应照议降调。但不受江有龙请托，骨

> 鳏可风。看来梅友福不胜外任，着回京，仍在御史上行走。遇缺请补，以观后效。至未升数年之课，请照数分年，着詹定宇等带赔，亦属法所应行。但穷氓何堪赔累。着加恩宽免，以施法外之仁。余依议行。钦此。

到了次日，又奉上谕：

> 寇云先着补授刑部左侍郎，葛天仪升署。钦此。其湖广总督员缺，即着赍折人回，二位钦差拜接了折子，开看过，即知会督抚，遵旨办理。二位钦差就要择日回京。

迟了两天，忽奉兵部火牌发到部文：寇总督降补侍郎。葛天仪升了湖督。各官皆替葛天仪道喜。寇侍郎遂将两湖总督银关防及王命旗牌，与一切文卷、书籍，委武昌府同小军副将，赍送到公馆来。葛天仪排了香案，接印任事。当将谢恩及到任日期，拜发了折子。贾政道过喜，又吃了两日酒，带同司员御史，正要起身。忽又奉到上谕："湖南巡道员缺着俞鸿猷补授。其江南道监察御史，加恩着梅友福暂署。俟四年无过，再行实授。钦此。"彼此道喜。又耽搁了数日，贾副宪才同各司官起身，回京去了。俞鸿猷到巡道任。梅友福送了贾政，即回长沙收拾，同家眷坐船到南京，又住了数日，才各自起早，先进京去。家眷仍由水路而行。寇云先交代事毕，来京到侍郎任，不在话下。

贾政这回差，来回年半有余。直到二月底，方才到都。未知面圣有何恩谕，下回便见。

第十五回　赋梅花重开诗社
游泮水独步文坛

话说贾政自湖广起身，未到京之先，就差包勇回家送信，合家皆喜。贾兰告了假，同贾琏、贾环接出京来。

前冬贾政赴湖广时，东府贾赦病势甚重。迟到春三月底，考终正寝。一切衣衾后事，皆早预备。开丧成服，甚有体制，已移柩于铁槛寺内暂厝；贾珍早承袭了宁国世职，服未小祥，未从远迎。贾琏因在荣府，遂带了贾芝，皆出京来。路上见了贾政，请过安，便把家中事说了一遍。贾赦之信，贾政早已知道。拉住贾琏，挥泪不止。众人皆劝止了。遂进了城。天晚未及面圣，就在万佛寺庙中宿了。

次日，五鼓入朝，奉旨召见。将湖广沙案事说了一遍，又将梅友福不受请托，办事固执处，明白奏了。龙颜大悦，降了温谕，又赏了许多克食。遂退出朝来，与各位王公大人，按仪注见了。即回自家私第来。

贾琏等在门口接着，芝哥儿打千儿请安。芝哥儿今年十四岁，身量长成，人材一表。贾政见了，心中欢喜。连忙拉起，便扶着他进内里来。王夫人接着问好。李纨、宝钗、平儿同兰哥儿媳妇，皆来请安。到了上房坐下，芝哥儿重行替贾政磕头。贾政便问了问近日功课，玉钏儿就端上茶来。王夫人便问湖广的事，又听见梅亲家仍补御史,大家皆喜。即摆酒替贾政接风。

不多时,周侯爷、闻翰林,曹、董二位同周巧姑爷皆来相望,说了许久话,各自去了。周三姑爷到日西时下了班,忙来请安。王夫人留下,吃过晚饭,才叫回去。闵师爷及诸清客陪着说话,直谈到二更有余,贾政方回房安歇。众家人及东府众人,皆来请安,贾政说是“知道了”。次日,贾政上衙门,及回拜众客。连日相好同寅,及各家勋戚、甄嘉言、冯紫英等,皆来问候。不及赘叙。

却说芝哥儿年纪未及成童,而胸地不凡,迥超恒辈。从悟透本来后,遇事韬晦。搬进大观园肄业,花香鸟韵,云影烟光,无不潜心领略。素性爱梅,凡园中无益花草,尽行锄去,遍种梅花。及一切隙地、水凹山凸之区,曲折高下。无非山中高士,林下美人,何逊之在东阁,林和靖之处孤山,无以过是。时值春光明媚,魁占百花,凭栏寄兴。偶咏梅花百首,与宋广平树帜争雄,研墨舒毫。存在纸上。只见上写着:《梅花百咏》

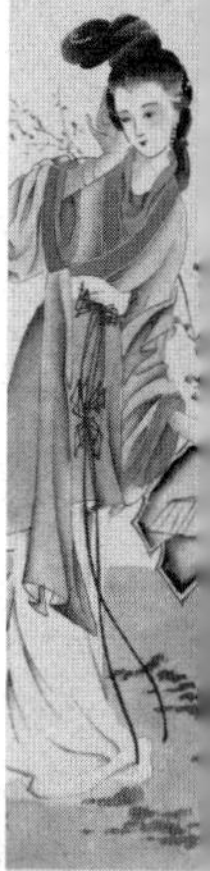

肖梅之神 四

梅 品

揽芳未睹春如锦,几卉争荣随所秉。

会向百花顶上开,此花不是寻常品。

梅 情

一种香温骨倍清,亭亭玉立月初更。

妾桃婢柳犹尘视,风格天然世外情。

梅 韵

五笛飞声争远近,千山春雪无人间。

轻舟载酒月明归,相赏偏留高士韵。

梅 魂

雪点回廊月照村,春来何事不留痕。

参横已醒罗浮梦,犹认伶俜倩女魂。

记梅之时　六

早　梅

廿四番风花信好，空阶柏叶呼童扫。
倚栏昨夜袅枝红，暗香独喜春归早。

寒　梅

六出花凝腊已残，疏枝瘦影雪前看。
孤芳独抱冰心立，逼试春风不畏寒。

春　梅

东皇灿烂一时新，谁为花神暗写真。
仍似去冬依旧色，红深白浅总宜春。

迟　梅

寻芳选胜几多时，篱落偏开最后枝。
不改素操群斗捷，爱他春日故迟迟。

晓　梅

曙光才辨春啼鸟，未散余香庭外绕。
近水低枝月下红，谁怜带露枝头晓。

夕　梅

映阁离离红妒白，开樽未放花间席。
疏林忽逗月光斜，胜友方知吟此夕。

详梅之候　六

未开梅

未动春江二月雷，含英经腊雪中培。
南枝映水应先发，尚待风吹不骤开。

乍开梅

欲舒仍敛候春来，别是孤山一种材。
浮动晚春时也未，向阳可有数枝开。

半开梅

不语含章亦自猜，真成磬口傍琴台。
先时恐露惊人处，且抱英华未尽开。

全开梅

绕阁何输绣作堆，十分春色百花魁。
轻裘几度凭栏问，领略东风次第开。

残　梅

花事春深暖若寒，忙忙扶醉卷帘看。
余香恋我枝头恁，尚说山中雪未残。

落　梅

阶前片片衔驯雀，数过花须情似昨。
莫疑风雨夜来声，五月江城随意落。

状梅之格　九

古　梅

骨秀神寒非易睹，漫将甲子羲轩数。
着花老树总扶疏，晋代衣冠犹未古。

枯　梅

处士西湖清且癯，有山葱翠也云孤。
岈叉此树堪娱老，双管谁云生与枯？

林　梅

茅屋千株递浅深，换形移步好登临。
法曹莫谩夸东阁，和靖先生自姓林。

孤　梅

夺锦群标固丈夫，春亭独与好风俱。
知心已上窗前月，静处空山气不孤。

矮　梅

平仲声华倾渤澥，曹交九尺嘲何解。

让他出阁最高枝，盆景春桩身贵矮。

瘦　梅

依稀绰约丰神旧，为爱山亭消雪候。
那羡丰肌百媚生，含颦谁道吟诗瘦。

斜　梅

帘钩留影逼微霞，三两时开月上花。
非是绣窗春体倦，依风作态几枝斜。

疏　梅

扶筇载酒意徐徐，浓露何来隐者居。
未得月时香自暗，似笼烟处影偏疏。

远　梅

微云斜日春将晚，照眼能熏花气暖。
忽问前村白雪堆，可环水近依山远。

叙梅之遇　十

露　梅

沆瀣瀼瀼欣所遇，上林偏重孤山树。
高台汉武捧金茎，不数萧斯丰草露。

月　梅

迎落邻家声陡歇，疏烟小院春才发。
一枝冷艳露凝香，闻说此花偏爱月。

烟　梅

隔纱分镜美争妍，瘦影披风近阁边。
宝鼎金猊香未歇，春阶夜半袅轻烟。

风　梅

萼绿分枝乍袅红，养花天气最和融。
到窗时觉香来远，玉照堂前款款风。

雪　梅

容光浮玉心凝铁,寒彻冬三情有悦。
若恐花神太瘦生,天工一夜香庭雪。

雾　梅

不辨溪山春几树,小桥数转行来误。
扶童最喜暗浮香,幽赏饶他三里雾。

霜　梅

日暖风徐众卉芳,春寒不到玉人妆。
晓栏未信轻敷粉,枝动方知溥薄霜。

冰　梅

花开夜饮暖张灯,待晓偏疑蕊忽凝。
一自广平成赋后,此心原近玉壶冰。

晴　梅

太湖石畔态斜横,天外云痕数段平。
入座花光寒乍暖,早春候喜雪初晴。

雨　梅

睡鸭帘开春乍吐,闲阶随意花须数。
路然遗世本无尘,为洗铅华春昼雨。

表梅之旷　十六

岭　梅

最高云气濛濛境,春绽南枝宁畏冷。
驿使昨随一雁来,小春大庾非常岭。

江　梅

性宜疏旷本无双,黄鹤楼高玉笛腔。
仍是临风闲对月,谁云意兴浅于江。

溪　梅

维扬春夜梦离迷,廿四桥边寺竹西。

笑倚和风偏近水，飞花错认舞前溪。

野　梅

窗外月光驰隙马，披风竟日襟潇洒。
小桥瘦影喜无人，呆说堂开夸绿野。

悬岩梅

托根那许近尘凡，雪蕊霜华气倍严。
云路可通人径绝，不悬危壁倚春岩。

照水梅

堂成玉照阁临绮，彼美春妆青镜里。
不语含愁晚倚风，苎萝村出浣纱水。

洞里梅

参差云径潺湲水，莫问此中春甲子。
似与仙人别有缘，飞香白石清泉里。

桥边梅

石栏铁索笼寒烟，笑倚春光不记年。
风雪诗情高士过，几回载酒冻云边。

钓矶梅

游鳞花影共依稀，谁辨晴光是也非。
逸韵幽情真隐士，垂纶不独富春矶。

樵径梅

溪山盘曲殊幽胜，点缀韶光游尽兴。
云外忽担春色来，此花原自通仙径。

茶坞梅

映碗松花三五树，寒香袭袖连朝雨。
雨前莫道采鸦山，花事缤纷春满坞。

柳营梅

灵和春昼语流莺，转让含章殿借名。
总是春阳匀雨露，任他蜂蝶晚纷营。

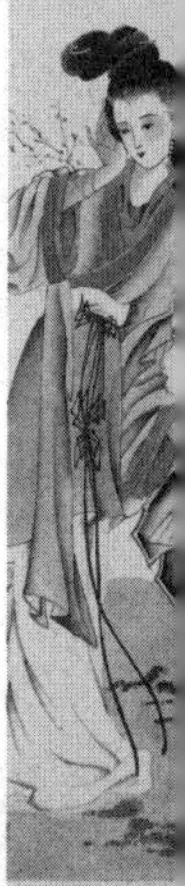

蔬圃梅

绕阁清芬凡几树，短垣古井含仍吐。
和风未度菜花香，人日争春开雪圃。

茅舍梅

为爱疏林香过麝，丽于画也清于夜。
开樽何逊在扬州，偏恋孤山高士舍。

僧寺梅

禅房落雨天花异，遍植瑶柯无隙地。
驿使江南未寄春，酒筹可折慈恩寺。

道院梅

山后山前春片片，元都桃外无人见。
好随明月共清风，时有寒香归鹤院。

标梅之趣　十

宫苑梅

披衿何处香来远，晴昼深宫寒乍暖。
雨露恩光大造春，琼英三百华林苑。

书窗梅

群推东观士无双，琼树谁夸彩笔江。
斜影疏枝时得月，先春到我读书窗。

琴屋梅

玉轸何人窗弄独，龙涎香彻银蟾宿。
莫弹流水杂高山，谱人春风嘘蔀屋。

棋墅梅

橘中坐隐春无侣，驯鹤高翔投远屿。
江笛倚声怨未平，阑珊花满东山墅。

苔径梅

色苍迹滑情难胜，过雨开帘春骋兴，

忽发幽香逐友来，好偕松竹通三径。

檐牙梅

旭日留痕映浅霞，低枝高啄最宜花。
余香可借蜂房宿，玉琢钩兮月吐牙。

栖鹊梅

夜景花荫谁领略，露寒五出环高阁。
到帘喜逐早春归，片玉枝头子抵鹊。

出墙梅

不斗春残冶杏装，幽情冷艳喜潜藏。
如何一夜东风暖，倚笑无心压粉墙。

隔帘梅

尖叉对雪韵初拈，向晚呼童睡鸭添。
香散忽怜疏影动，月明偏不卷珠帘。

对镜梅

歇雨回廊风色定，疏棂透影春相映。
添香晚罢美人妆，似妒花枝斜倚镜。

盆　梅

位置春台带雨痕，水晶帘动月黄昏。
连云移近仙人掌，欲借莲峰玉女盆。

瓶　梅

人室芝兰照眼青，幽香古艳倍娉婷。
雅人春昼饶深致，小树扶苏出胆瓶。

考梅之绩　十

禹梁梅

敷土随刊禹德长，巍然千载首三王。
西冷处士征高节，廊庙今知借栋梁。

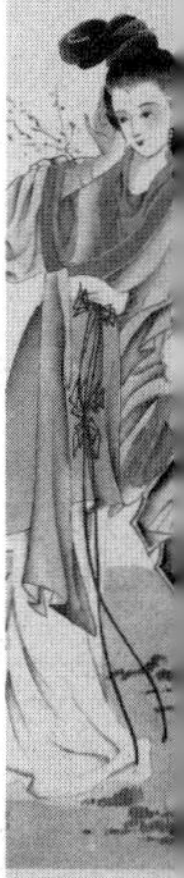

卧龙梅

梁父吟成雪意浓，成都偃卧亦奇踪。
小桥莫笑花容瘦，雷动前江起蛰龙。

湘江梅

潇湘聿古竹无双，绿萼临风忽袅窗。
想是英皇心缟素，故留冷艳照春江。

严滩梅

富春春色异临安，六出南枝腊未残。
千古寒香千古雪，清风独上子陵滩。

东阁梅

何逊开樽情似昨，十年未倦扬州鹤。
轻裘绶带倍风流，雪蕊覆阶铃坠阁。

西溪梅

香雪坞邻寺竹西，浓妆淡抹亦名齐。
姚安寄兴东风浅，半倚山隈半枕溪。

罗浮梅

参横月落鸟嘈啾，梦觉春山境若秋。
风雨合离香几度，澄江终古影沉浮。

苎萝梅

艳曲新声近若何，歌亭绮丽笑红罗。
含颦未厌吴宫宠，独倚春风恋苎萝。

孤山梅

度影浮香境未娴，月明雪满句何删。
清标共仰林和靖，花以人传不在山。

湖堤梅

湖上风光候不齐，东风扶我小桥西。
一枝春赠香凝袖，桃柳芬芳别有堤。

集梅之异　十

红　梅

晓晕霞殊映日同，好传春信倚条风。
风城西圃无双木，谁咏胭脂一抹红。

粉　梅

白深红浅花疑隐，月色风光时远近。
姑射仙人喜淡妆，枝头不泽人间粉。

缃　梅

不着深青不窃黄，好从邺架借芝香。
由来百叶超凡艳，缣素林梢忽带缃。

玉蝶梅

东风昨夜花层叠，粉褪枝头偏隐叶。
玉影翩跹若去来，披香只道留仙蝶。

绿萼梅

到帘风动风凝阁，今日风光殊胜昨。
玉照堂前对此花，琼英不比寻常萼。

九英梅

上苑千株昼锦荣，九如振古锡嘉名。
乐天子美多幽赏，谁向花须数毳英。

千叶梅

红映枝稀繁绿接，谩言琼蕊拟千叠。
擅名东阁不因花，碎密翻风偏爱叶。

台阁梅

凤池仙苑来翔鹤，独表重台谁领略。
莫叹孤山不事高，九英花灿五云阁。

檀香梅

黄沉白速礼空王，疑托莲胎近玉堂。
花发满园春意早，如何紫降出真香。

鸳鸯梅

东风习习转回廊，连理成枝度暗香。
为爱林梢斜映阁，参差瓦缝叠鸳鸯。

别梅之似　二

杏　梅

个中风骨饶真境，花发南枝先庾岭。
纵站春光十里红，依然宋玉墙边杏。

蜡　梅

同时辨异离中合，兰友黄香名忽杂。
不待春风磬口开，谁云绿萼来真蜡。

志梅之友　二

松下梅

翠色清香尘不惹，襟怀磊落何潇洒。
试将癯老对苍髯，同异马班无等下。

竹间梅

西圃双身可驻颜，渭川千亩致高闲。
虚心静骨金兰契，披拂微风返照间。

嗜梅之情　十

探　梅

小阳春月访枝南，尚待春归蕊未含。
昨夜彤云飞六出，冲寒扶杖岭前探。

寻　梅

携杖溪头展雪阴，东风消息动瑶琴。
村桥驴背饶诗思，折却工夫得得寻。

折　梅

月影横空堪怡悦，阶前晓玩林梢雪。
铜瓶位置岂无花，春在枝头随意折。

寄　梅

对花忽触春前意，春满枝头逢使至。
赠却一枝漠漠情，此情岂是无端寄。

索　梅

风容雪意归驯鹤，触我吟怀春寂寞。
忽隐孤山隐士庐，暗香只解凭君索。

咀　梅

苓根仙况连云煮，冰雪聪明谁是侣。
寒彻春光阁送香，香留此味幽堪咀。

画　梅

态闲骨逸神清迈，风日清和随意挂。
偶讶堂中雪意浓，白描原出龙眠画。

绣　梅

绮阁晴窗春午昼，停针样检鸳鸯旧。
砌前香袅一枝红，谱入芳心添晚绣。

簪　梅

笑折花枝意转深，迟回未解美人心。
鬓边带露添春色，应妒香发白玉簪。

评　梅

何逊维扬无异情，西泠逸者擅芳名。
纵经碧眼难轩轾，白白红红谁定评。

赋　梅

漫夸掷地金为句，朗润盘承仙挹露。
富艳清新宋广平，花神不选南朝赋。

忆 梅

幽芳冰艳均超特，不少新交多旧识。

香雪维扬喜再游，法曹在洛春偏忆。

咏 梅

倚阁横窗花掩映，连晨竟夕孤山性。

好春不厌百回看，珍重高吟时密咏。

芝哥儿写完，又自咏了两遍，就将案头裱好的楠木宣纸册页，用行书写在上面。忽转想起父亲宝玉，当时同着母亲及姑姑、姨姨开海棠诗社后，不时联吟，春花秋月，为此园生色。何等清华，我亦何妨继步，邀二三知我，咏觞一番，替梅花作个主人。亦是春园一乐。

正想着，焙茗忽报："兰大少爷来了。"芝哥儿满心欢喜，接出门来。贾兰进房坐下，只见墨沉淋漓，桌头摆着一个册页。不及说话，就取过一看。知是芝哥儿新作的诗，细细读完，连声赞好。说："吾弟心思灵妙，直驾广平而上矣。清新俊逸，何让莲仙。"焙茗端过茶来，吃了茶，贾兰说："今日衙门无事，特来与老弟谈谈。睹此佳句，兄此来为不虚了。"芝哥儿说："兄弟一时遣兴，还求大哥替弟改正才好。"贾兰道："吾弟才思隽异，我竟成个游夏莫赞，惜同辈中亦无人可与吾弟伯仲的。"贾兰这话，触动芝哥儿的意思，便将要邀同人来小饮，重开诗社的想头说了一遍。贾兰道："甚好！但此事必得禀明老爷，才好发帖。"话未说完，只见七十四走进来，说："老爷吩咐，请二少爷呢。"芝哥儿答应了。才要起身，贾兰说："我同你去。"遂带了林天锡、锄药一同到上房来。

你道贾政找芝哥儿有何话说？原来贾政见芝哥儿品宇不凡，文才出众，欲替他捐了北监，叫他明岁下场。那知王夫人同宝钗听说监生不许点状元的，遂再三拦劝着，要叫芝哥儿回金陵本籍去，中个秀才，好望鳌头独步。这也是妇人期望的心。说过数次，贾政也就依了。在上房，因又提起这事，所以着七十四来叫芝哥儿。说

明了好收拾行李起身。

贾兰同芝哥儿进来，替贾政、王夫人请了安，叫他两个坐了。贾政便将前意告诉了他俩。贾兰说："很是。但须得一至亲同去才好。"王夫人道："我听说薛二外甥因他哥哥两年不回，这几天里头要往南边去找他哥哥。叫芝哥儿同他去，岂不放心。还听说虎哥儿文理可观，也要回去考哩。"贾政说："这个便儿如何不去商议？"就叫贾兰过去一问。不多时，同薛蝌过来，说已择定十六日起身。连张越存先生也跟虎哥儿去到家望望。遂说定了。贾政派了李贵、包勇、焙茗、林天锡跟芝哥儿去小考。雇了驼轿，就同薛二爷等一时起身。王夫人再三嘱咐李贵、焙茗，叫他小心伺候。宝钗将芝哥儿四季衣服皆用箱子装好，又体己将自己金镯二副放在箱内，以备不时之需。芝哥儿长了十四岁，未离宝钗一步。起身前数日，不在王夫人前，即跟定宝钗膝下依依。贾政多付盘缠，交李贵手，用账再算。又给了芝哥儿五百两银子，叫他收着备用。并托薛蝌照应，如银不敷，即望挪借，回京再算。薛蝌连声答应说："这事不用姨老爷惦记。"

到了十六日，芝哥儿拜辞了诸位尊长，就同越存张先生，及大众上了驼轿、骑骡。王夫人、宝钗、李纨、平儿及探春、湘云、惜春、巧姐儿、薛姨太太、邢岫烟皆至大门外，看着他们起身去了，方始回去。贾琏、贾兰直送出城去，又嘱咐了许多话，才分手。梅御史尚未到京，亦不及送。闵师爷独备了几样稀罕小菜，以为路上食用。

却说芝哥儿出了都门，上了大道。看见来来往往，无非争名逐利之流，心中慨惜。在路恰值春暮，天气晴和，远山近水，别有会悟。

不及一月，到了金陵，就在薛蝌旧宅内大伙住下。薛蝌过了数天，往苏州找他乃兄去了。迟了一月后，才有县考之信。芝哥儿同薛尚义拜了廪保，在上元县报过名，同去应考。县取府送，芝哥儿皆高取了。虎哥儿也不出二十名之外。

到了冬初,学院李大人案临科试。此日,下院场的有一千六百四十余人,贾茂与薛尚义归号坐下,喜得挨在一处。虎哥儿着实欢喜。题目下来,芝哥儿一挥而就。誊清卷子,那天才有午错。即要过薛尚义草稿来,替他改了几处,等他誊完,一同交卷。出了二牌,那天尚未日落。回到下处,吃了饭,张越存叫写出文字来一看,贾茂的才气焕发,音节高朗,童试中自是不可多得了。即看薛尚义的文字,亦自犀利中大有刻入之致,较窗下所作高了数筹,也是可望进的。张师爷心中大喜,说道:“你二人文字,这次要作同案了。尚义此回大奇,想是福至心自灵了。你二人可歇息再看案罢。”

这回科考,江宁县攻了一个冒籍,交了提调去办。上元县在场内拿了一个枪手,发江宁府究审。迟了两日,贡院内响炮抬案。就有报子找到薛蝌宅内来报喜,贾茂中了批首,薛尚义进在十四名上。张师爷见他两个青年,同案进了,心中大喜。薛尚义亦甚欣然。贾茂却淡然相视,倒把个焙茗乐的不知怎么样的只是笑。李贵开发赏钱,就办印结卷子,请二位去覆试。

李大人见贾茂年纪尚幼,叫到跟前,问道:“你这文字,是你场中作的,还是窗下遇着的?”贾茂道:“这文字是童生临场所作的。”李学院道:“你这文字,如果自作,是就要中会的了。”遂吩咐摆张桌子,在公案前叫他面试。点完了名,封过门,出题覆试。却又出了一个诗题,意思亦是单为贾茂才有此举。贾茂沉思了一刻,文不加点,日未及晡,早已脱草。即看诗题,是《赋得鹤立鸡群》得鸡字,五言八韵。贾茂不移时,诗亦作完。誊了卷子,送到李大人前,求面试,那时天才午错。李大人欢喜道:“你的诗文皆作了?”先不看文,把他那诗即微吟道:

云际来翔鹤,窗前讵侣鸡。
昂昂宁鹜异,矫矫自难齐。
篱落情非偶,仙皋品莫低。
漫鸣风雨度,肯啄稻粱栖。

李大人吟到这二联，连连击案道："好警句！好抱负！真是奇才，我为国家得人矣！"后又吟道：

独立胜侪伍，超群著品题。

青田声价重，华表世尘睽。

贵彼乘轩出，藐他金距携。

因大赞道："化腐为新，匪夷所思。小小年纪，何处得来？"便吟结句道：

无双兼倚玉，入洛众推稽。

总夸了一声："好。"因对贾茂道："你将来是金马玉堂人物，不可自满，便是自弃了。"贾茂打一躬道："大人教训的是。"李大人见他谦和，更是大喜。便将这首诗与各教官看，道："你们看看我的赏鉴何如？"大家同赞一声："好！"说："大人青目，果然相马于骊黄而外。"李大人便叫开门，亲自送了贾茂出场。"薛尚义亦交了卷，随众出去。贾茂仍是批首进学，薛尚义却往后挪了数名。

送了学院，薛蝌恰好自苏回来，说他哥哥还得半年方才齐账回京。薛尚义要在本省乡试，不肯同芝哥回去。薛蝌亦因金陵尚有未完之事，得过年才走。贾茂便带了李贵等四五人，雇了船，要一路游玩着而去。

再说王夫人同宝钗在家，时刻惦记着芝哥儿。从春天起身后，秋间接了薛家伙计带来一信，说是冬初才考，须得明春方可回京。那日正同坐着，说芝哥儿不知考了不曾。忽听门外一片声喊。不知却是何事？且听下回分解。

第十六回　临风览胜系归舟
剪韭留贤逢旧雨

话说王夫人同宝钗正想芝哥儿，屈指计其归期。忽听大门外一片响声，要叫丫头们传问。只见贾政笑吟吟，拿着个刷印的红报条儿，进门就说道："太太大喜！芝哥儿进了上元县的批首，连虎哥儿也进了。"王夫人听了大喜，接过报条来，递与宝钗，叫他看。宝钗就念道："钦命提督江苏等处学政李，取中覆试文童贾茂第一名。"旁写"张字第四号。"宝钗就要与贾政、王夫人磕头，贾政同王夫人皆说："你同喜呀，一说就是了。"当下贾政赏了报子银五十两，王夫人、宝钗又加赏了二十两盘缠。两个金陵报子欢喜拜谢而去。

各处亲友皆来道喜，荣国府中吃了几日喜酒。内惟闵师爷快活的了不得，大声说："这个秀才何足奇？将来鳌头独步，那时才服我的眼界哩。"探姑娘也着实欢喜，说道："这是通灵玉的初基。往后再看罢。"

不言都中情事。再说芝哥儿辞了薛蝌，约定二月初头在德州取齐。薛蝌不许薛尚义住着候考，亦约定开春同回都去。芝哥儿开船到了金山，便叫维舟瓜步，到金、焦二山游了两日方行。其《题金山》的诗道：

天工宣五色，物巧备金山。
夜呗声喧寂，晴楼势往还。

塔尖尘不到，人影树相间。

学士殊多事，老僧意自闲。

又一首《北固怀古》道：

一局千秋未定棋，升沉荣辱付天知。

风雷若奠江山险，龙虎徒争际会奇。

此日商帆环铁瓮，当年战垒出吴师。

旗亭歌馆升平巷，驻马孙刘阅几时。

到了扬州，又住了船。时已岁底，欲在平山看了梅花才起身，便加了几两船钱。就写好家报，差林天锡起旱，先回去禀说，，得二月尽始能到家。转睫春初，红梅灿烂，芝哥儿坐了游湖船，来游平山。真是繁华地方，游人往来不绝。灯船箫鼓，彻夜连明。芝哥儿全不着意，其《题平山堂》诗道：

绎络图成趣，迂回境倍佳。

梅红香雪坞，松翠落伽崖。

春阁登朱屧，灯船坠绿牌。

风流贤太守，为政亦舒怀。

赏玩了梅花，过灯节才解舟北上。渡过黄河，船上在淮安，尾艄头搭了位客人，是进京求名的。这人姓苏，名遇，字又卿。书法甚好，谈锋更为犀利。船家求了李贵，禀芝哥儿，遂许他搭了此客。多落几个饭钱。入了杨家口，在船无事，那日芝哥儿便叫邀这苏又卿到舱见了。苏遇知是荣府公子，借此得以认识，心中大悦。到舱中，行了礼，让他坐下，说了会话。与芝哥儿甚是投机。终日在船闲谈，把登临之兴减了许多，便时常留饭相待，渐渐成了相知。苏又卿口头既好，见闻亦博。将无作有，说了许多故事，可消春困。待我一一叙来。

他道："唐宪宗好神仙术，方士田佐元、僧大通，皆以炼金石药见幸。有处士伊生，缜发童颜，尝乘黄牝马，不馅刍粟，但饮醇酎。以青毡藉其体，时游青、兖间，千百年事皆如目击。上知其异，遂召入宫，处九华之室，设紫茭之席，饮龙膏之酒。”上因问曰：“先生春秋既高，而颜色不老，何也？”伊对曰：“臣家海上得种灵草，食之故尔。”即于衣问出三等药实，种于殿前。一曰双麟芝，一曰六合葵，一曰万根藤。灵草既成，人莫能见，惟上采而饵之，颇验。由是益加礼重。久之，伊请还山，上未之许。适宫中刻木作海上三山，采绘华丽。上因元日与伊观之，指蓬莱曰：“若非真仙，谁履此境？”伊笑曰：“三岛咫尺，何尝难及。臣虽不才，请为殿下试之。”即跃体于木刻三山之金银阙内，渐觉微小。左右连声呼之，竟不复见。追思之，因号其山为藏真岛，后有青州奏云：“伊乘黄牝马过海矣。”

又道：“义兴吴谌为县吏，家临荆溪。忽得大螺，已而化为女子，号螺妇。县令闻而求之，谌不从，乃以事虐谌曰：‘令要虾蟆毛备用，如不获，即致尔罪。’谌语螺妇，即为致之。令又谬语曰：‘更要猧斗。’谌不知属何物，又语妇。妇曰：‘此兽也。’须臾牵至，如犬，而食火，其粪亦火。令与火试之，忽遗粪，大炬烧县宇，令及一家皆致焚焉。”

芝哥儿听了，大笑。备酒款洽，深破岑寂。

不觉得船已到了济宁，芝哥儿要谒圣林，兼望泰岱。遂带了焙茗、包勇，轻装起旱。约李贵押船在德州候薛蝌取齐。苏又卿要陪芝哥儿同到泰山一游，芝哥儿甚喜。就下了船，到曲阜来祗谒圣林。因成一首排律，道：

展拜衣冠饬，先师万代尊。
薪传稽帝古，至德赞乾元。
礼乐从先进，诗书重雅言。
矢来昭肃慎，练影辨苏门。
景仰东山著，弦歌泗水存。
楷模归雨化，松柏带霜痕。
庙祠隆千祀，田租复一村。
春风嘘草木，鹏变岂无鲲。

吟毕，便将诸弟子手植的各种树及墓旁蓍草细细体认了一回，遂走进曲阜的北门来。恰好与端木楷相遇，彼此一声“哎哟”即连忙携手相问。端木楷道：“世兄从那里来？这可是梦想所不到了。”芝哥儿道：“弟这里逢人便问，找寻尊府，谁知此处相遇，大快平生。”遂将自己赴金陵小考，进了学，由水路回京，到此瞻礼圣林，并候起居的话说了一遍。端木楷忙即让到家去。问了苏又卿行踪，一并让了同走。

转了两条街，却离西门不远，路北一个大门，悬着文魁的匾。到了书房，重行叙礼，并请端木老太太的安，大家方才坐下。茶罢，说了许多别后的话。便端出酒来，那酒却是“青州从事”，芝哥儿不大能饮，仍换了沧酒，摆上菜，大小碟碗又有二十多样。到掌灯时吃了饭，重又端上酒碟来，芝哥儿说：“酒够了，咱们喝着茶说话罢。小弟今夜要下榻于兄处了。”端木楷道：“岂惟今夜，定要留世兄为平原十日之饮呢！咱且喝茶。”就叫书童撤去碟子并桌上家伙。便吩咐：“另烹好茶来喝。”坐到二更以后，芝哥儿再三说着，才回后边去了。

次日，芝哥儿将从南带来的人事送了十二样，不过是扇子、香珠、湖笔、徽墨等件，端木楷谢了收去。便邀请许多至亲，皆是圣门旧日高弟后裔。衍圣公也着儿子小公爷来赴席。大开筵席，直欢饮了一日，到晚方散。

又住了一天，芝哥儿要瞻仰泰山，端木楷预备了车，便陪着一游。不一日，到了泰安，礼了岳庙，便至泰山脚下。从盘道坐着软兜，到了山顶，过万仙楼，礼玉皇庙，访五松树，玩朝阳洞，验试心石，考无字碑，临舍身崖，寻八仙洞，经石屋，历日观，登小蓬莱，问竹林寺，瞻礼岱庙，辨证梁父，瞰黑龙潭，对金牛山。到宫山想汉武之遗踪，憩云亭读宋真宗之御制。所谓灵应宫，阴字碑，无不一一游览到。游了三四日，方下山。从齐河往德州来。在山时，又值海市。芝哥儿有诗《咏岱云》，道：

肤寸终朝雨，宁属叆叇同。
青宫推长子，方镇重三公。
天地披襟外，鲁齐一望中。
归云无定岫，绝顶近罡风。

又赋《海市》道：

雾开蓦建塔由旬，更倚楼台境未真。
变幻千端缘顷刻，迷离五采倏秋春。
山中甲子终仍始，海上沧桑旧忽新。
云净风移还本色，碧天万里泻涛银。

端木楷看了，连声赞道："好佳作。吾兄诗才，可谓一日千里。"芝哥儿说："小弟献丑，尚求吾兄椽教。如此过赞，转非小弟求教的意思了。"端木楷道："世兄之才，真由天授。岂弟辈所及万一。"两下依依不舍，直送到德州船上。

原来薛蝌同虎哥儿已早到了，端木楷又住了一日，方才别了回去。约定今冬来京肄业，以便应试春闱。芝哥儿上了船，问："师傅怎么不见？"虎哥儿说："回家省墓去了。说是明春才来会试。"芝哥儿就没言语。开了船，顺风下水，甚是得意。

在船无事，芝哥儿指着苏又卿向虎哥儿道："这位先生，极好的故事。你何不求说一个，以广我们闻见。"虎哥儿是个孩子，最爱听故事的。因缠住又卿，必叫他说。苏又卿说了一个燃海故事，嫌不好。又说了一个苏东坡《渔樵闲话录》内的"伥鬼故事"，又嫌不好。因说道：

唐时咸通九年。同昌公主下嫁于广化里韦宅，赐予珍异难以胜计。水晶、火齐、琉璃、玳瑁等，床藉以金龟、银鳌，又赐金麦、银米各数斛。此太宗时条支国所贡也。又有鹧鸪枕、翡翠匣、神丝绣被，未知出于何国，其奇巧真不可思议。赐馔有灵宵炙、红虬脯。灵宵炙，一羊之内取之四两，经暑不败。红虬脯非虬也，伫盘中则健如虬，红丝约高一尺，以箸抑之无数分，撤则复其故。如此品味，

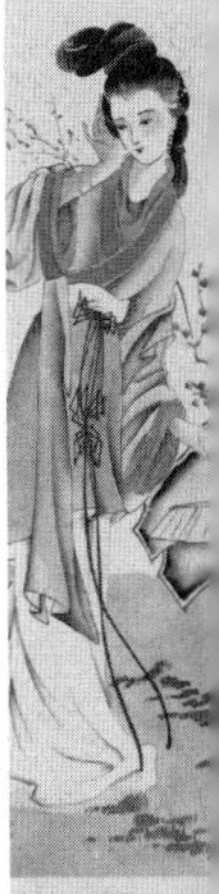

人莫能识。酒有凝露浆、桂花醑。茶则绿花、紫英之号，不暇枚举。一日大会，玉馔供列，暑气将盛，公主命取澄水帛，以水蘸之，挂于南轩。不多时，满座皆思挟纩。澄水帛长八九尺，似布而细，明薄可鉴，云其中有龙涎，故能消毒热。有得九玉钗者，以献上，刻九鸾其钗上，有字曰“玉儿”，工巧非人工所制。公主宝之。一日昼寝，梦绛衣奴致语云：“南齐潘淑妃取九鸾钗。”既觉，以梦中之言，言于左右。及公主薨，其钗亦失所在。韦氏异其事，尝以语人，人故知之。韦氏诸家好叶子戏，夜则公主以红琉璃盘盛夜光珠，命人捧立堂中，则光明如昼，不事点烛。公主乘七宝步辇，四面杂悬五色香囊，内贮辟邪、祛寒、瑞麟、金凤各香，此皆异国所献，仍以龙脑金屑、镂水晶玛瑙、辟尘犀为凤尾，其上络以珍珠、玳瑁，又金丝为流苏。每一出游，则香尘四溢，晶莹照耀，观者感焉。自两汉六朝，公主之盛未之有也。

虎哥儿听了，鼓掌称美，再三细问，以记其名目。芝哥儿亦大喜，便向又卿说道：“先生到都可有东道主？倘无其人，何不下榻弟处，得以朝夕领教何如？”苏又卿便打躬道：“承少爷如此厚爱，我学生求之不得，何以敢辞？”芝哥儿到了家，禀明贾政，就留下他为门客。后来芝哥儿发了，替他在三通馆办个誊录，议叙了巡检行头，作够十数年，积个小小家业，后半世倒也得其所了。这是他时运将至，才遇此搭船机会，亦亏他口舌利便，有此记性，方得这番遭际。

再说梅御史，从金陵起旱，先进京来。又差人至仁和本籍去瞧调鼎。候着差人回来，方才同家眷由水路起身。四月底，梅御史到了京。面过圣，谢恩请罪，又奏明了沙滩情事。圣恩宽大，着他到御史任录瑕再用。梅御史又磕了头，方才出宫门。回到家居私第。贾政已拜过了，遂即到荣府来拜谢贾政，当下二人相见，握手谈心，甚是藉慰。就留梅御史吃了便饭，方才回去。次日梅御史到各相好皆拜过了，贾政又备酒掸尘，倒大家欢饮了数日。

直至秋半，邹夫人才到。薛姨妈接了宝琴同月娥到家来住几日。王夫人、宝钗皆过来相候，见月娥身量长成，温雅出众，着实欢喜。说了会别后话，宝琴又把洞庭被风的事说了，大家皆诧异不止。邹夫人先已拜过，王夫人备酒，替邹夫人接风，并宝琴、月娥皆请了。月娥不肯过来，宝琴见王夫人，委婉说了，方不再请。邹夫人送了人事，又另外给芝哥儿文房四宝四件，曹扇四匣，香串九件，安化茶叶四篓，辰砂二匣。王夫人皆谢了，即叫玉钏收去。一席酒吃到掌灯方散。

王夫人也给了月娥许多物事，留宝琴住几日。探春原在家里，便将喜鸾、喜凤、李纹、李绮皆接回了，叫他姊妹乐一乐。李绮生了女儿，已十二岁；喜鸾、喜凤各生儿子，连奶妈同带来。姊妹们离多会少，相见时十分亲热，说起在大观园结诗社时，大家叹惜了一会。又提及宝琴抱着梅花瓶，站在雪中山坡子上，老太太叫惜春写入图中的事，想起老太太在时的疼爱来，添了许多伤感。大伙同住了四五日，方才各自回去。

寇侍郎与梅御史先后到京，接了刑部侍郎任，贾政拜会了，请过两次酒，与梅御史终有芥蒂，亏了贾政再三剖说，彼此方才释然。贾政又备一席齐整酒，替他二人共了面，也就无甚嫌憾。

不言梅御史在京供职，却说芝哥儿从德州开船，顺风下水，不数日，到了沧州。题了首《沧郡铁狮》的诗，道：

见说柴周威镇蓟，谁怜荆棘走铜驼。
晨霜夜月光生铁，暑雨春风碧长萝。
空迹孤眠宁骇兽，荒城独吼亦鸣锣。
豪华流水英雄在，牧笛樵歌百战多。

过了天津，在张家湾换了车，就进京来。前一日，差包勇到家送信。王夫人便差了管家林之孝，备了自家的后档大鞍车子来接芝哥儿。林之孝见了，请过安，道了喜。一切行李皆交薛蝌同李贵照应，芝哥儿就同虎哥儿坐上车。林之孝同焙茗也坐了车，跟虎哥儿书童骑了马，遂进城来。芝哥儿在车中又作了一首《金台》的诗，道：

巍台虋骏千金骨，赢得燕昭一日心。
远近寒烟横落日，高低丰草倚寒林。
果储善价悬青眼，不乏奇勋报赏音。
为问望诸书在否，悠悠终古碧云深。

吟完，自家沉味了一番，不觉已到府门。众家人皆垂手侍立，芝哥儿下了车，遂一带齐打千儿请了安。贾兰遂迎出门来，芝哥儿、虎哥儿同上前请安。虎哥儿辞了，先回家去。贾兰连忙拉住就说："该这么的。"遂同芝哥儿走进府来。见了贾珍、贾琏，芝哥儿便打千儿。贾琏等连声问好，拉起来。又与贾环请了安。贾政、王夫人同宝钗、李纹皆在院门外候着，探春听说芝哥儿回来，昨日特地来家，同史湘云、惜春皆在门口。平儿二月初二日添了个儿子，叫长龄儿，学名贾藻。因未满月，不曾接出。

芝哥儿见了贾政、王夫人，跑一步请安，就磕了三个头。又替探春、李纨等请安。才向宝钗磕头，眼圈就红了，淌下泪来。王夫人连忙搂在怀里，拉进院去。到了屋里，芝哥儿又替贾政、王夫人磕进学的头。贾政心中甚喜，说道："罢了，你自家得的功名，难为小小年纪，就中个案首。李学院可说什么？"芝哥儿便将李学台教训的话，及出诗题的事说了。贾政又问了些别后事情，就往书房去了。王夫人拉着芝哥儿，疼了一会，就叫："取点心来给我儿吃。"玉钏儿、珍珠就端过两捧盒来，皆是芝哥儿素日最喜吃的。

虎哥儿下了车回去，替他家的尊辈磕头。这会薛姨妈要瞧外孙芝哥儿，就带了虎哥儿过来，给贾政、王夫人磕头请安。王夫人见了甚喜，先叫他同芝哥儿吃个点心再说。芝哥儿放下饽饽，来替薛姨太太请安，就磕下头去。薛姨妈说："外孙大喜！"连忙拉住。秋纹就端上茶来，宝钗便送上去。薛姨妈说："姑娘请坐罢，我自喝就是了。"芝哥儿正让虎哥儿吃点心，玉钏儿传话："外边焙茗说，老爷请二少爷哩。"王夫人就叫芝哥儿仍是行装出去。到门外问焙茗，才知是梅御史来拜，找芝哥儿一会。

芝哥儿到了书房，就作揖，要朝上行礼。梅御史忙离座来拉住，说："身上可好，多咎到家的？"芝哥儿说："今日才到。再去磕头请安。"梅御史问了会考的事，向贾政道："这李学台名来仪，是个浙右名士，眼中从不轻易下人。若非令孙才品，何能动其青目。知遇之雅，这是不可轻的。"贾政道："亲家大人说得是。但小孩子何能当碧眼之一顾？"芝哥儿坐了会，就辞了进去。梅御史也就别了，他处拜客。

次日，芝哥儿先到东府祠堂磕头。见了邢太太及贾珍、尤氏奶奶，又瞧瞧蓉哥儿夫妇。出来就到薛姨太太处，各位长辈行礼。又谢薛蝌照管。原来薛蝌同李贵傍晚方到，此时尚未起来。芝哥儿遂到探姑娘的周府，又到了喜鸾、喜凤及李纹、李绮等处，王仁处也拜了。到闻翰林家，又到冯将军家世职冯紫英处。才替梅御史请安磕头，梅御史上衙门去了。见邹夫人、宝琴，都要磕头，一皆拉住了。梅调鼐姨爹也行过礼。邹夫人留吃了饭，才叫他出去拜客。就到了蔡念典处，又拜李云龙，皆未遇着。就把族中应到的长辈皆到了。回家已酉牌时候了。仍到李纨、贾琏、平儿及史湘云、惜春一一让过，才回王夫人房里吃晚饭，就歇了。

次日，闵师爷一早要会，与芝哥儿说了半晌话。王夫人就摆早饭，同众门客吃。苏又卿到京，就把行李拿在府中，今日也一同坐了。天交巳正，芝哥儿要出城去拜周巧姑爷，就回后边换了衣服，坐车带了林天锡，并送巧姑娘的人事，就出城去。谁知周巧姑爷起早进城有事，就便来瞧芝哥儿，偏不在家，与巧姑娘说会话，留吃了饭，方回家去。送的人事，巧姑娘皆收了。芝哥儿到府，周巧姑爷惦记着无人照应芝哥儿，急赶回去，偏不遇着。

过了数日，宝钗把芝哥儿带来的人事，同王夫人商量，把家中的又添了几样，配着送与各亲友处。有全受的，也有受两三件的，大家道喜接风。忙了有个数月，方才稍闲。

一日傍晚，闵师爷备了个果盒，带着龙井雨前茶叶，独自到潇

湘馆来，与芝哥儿闲话。焙茗便将现成炉火，另烹好水，将茶沏上。闵师爷同芝哥儿喝着茶、吃果子说话。闵师爷说："现今差已考了，不知那位有福的，今秋作世兄先生的房师。"芝哥儿说："只怕未必。"闵师爷说："这又奇了。世兄具拾芥之才，相与不拘形迹，何出套言？"芝哥儿说："我从不会套言。临期先生自然知道。"闵师爷说："我意春闱想与世兄作同年，才如我意哩。"芝哥儿说："同年这倒不可定，但先生是要受特恩的。我已说过，并非过誉。"闵师爷听了，大费踌躇，又不便再问，因说："令老师张越存先生，何不同来？"芝哥儿道："回去省墓，说是冬底就到。但人事何常，也不知来与不来。倒是端木兄是一定来的。或者与先生又是同年，稍缓再吃诸位喜酒罢。"二位又说了回话，天交二鼓。王夫人着人来请，芝哥儿方才进去，闵师爷也各回房。

未知王夫人请芝哥儿有何话讲，且听下回分解。

第十七回　经历连婚赴新任
秀才因旧缔良缘

这日，周侯爷午后着人送了两盒枇杷果，四桶松花变蛋，两瓶酒饯荔枝，两匣山楂糕。贾政收了，送来里边。那天已交掌灯，王夫人拜了佛，打开一看，是枇杷果，知道芝哥儿爱吃此果。因到园中叫他进来，就把两盒枇杷果都给了他，叫秋纹拿到宝钗房里去。芝哥儿也同去了。此时柳五儿已与焙茗圆房，不在屋里伺候。文杏接了盒子，宝钗叫秋纹到屋里，赏了他几个点心，着莺儿倒茶给他吃。秋纹吃完了，方才回去。芝哥儿检枇杷果子极肥大的，送与宝钗吃。宝钗摸着他的头，笑着说道："作了秀才，还这样爱吃果子，像个小孩子样。这个你爱吃，我通给你吃罢。"芝哥儿到底拿个顶大的，让宝钗吃，他方才吃了数个，才睡觉去。

他自进学后，就不跟王嬷嬷睡。里身另打暖炕，安着碧纱橱，挂了帐子，锦衾绣褥，另自安眠。王嬷嬷安张床，靠南向门设了铺，伴着他睡。外间屋宝钗带着莺儿、文杏睡。莺儿已许了焙茗铺子伙计为室，尚未嫁出，也不过一两年了。遂把田妈的女儿爱奴挑了，即名爱儿。又挑吴新登的女儿碧鬟，留在房中伺候芝哥儿。王夫人的玉钏儿特配了林管家的第三儿子，早晚也要圆房，遂挑了郑华的女儿贵姐，即名贵儿，学习照管箱柜的事。

再说贾环，从收了彩云，又议叙府经历，便知自爱。不与素日匪友往来,所以前日王仁那件事,与贾环毫不沾涉。荣府门第,贾环又是候选官儿,就有媒人来提亲事,高低不对。后来范阁学有个女儿,转托董姑爷作媒,向贾政提及。贾政因与王夫人商量,就允了这事。一切下定行聘,无不丰盛。到了六月二十五日,贾环每单月投供。这日忽选了河南卫辉府的经历。离京不远,缺也作得。报至府中,大家欢喜。贾环俟候月的大人验看过,方候着对月领凭。贾政同王夫人说:"环儿此去,不如替他娶范家媳妇同行。省得后日一番事体。"王夫人说:"老爷说得很是。就烦董姑爷过去一言。"谁知范阁学亦有此意,正欲来说。听了董姑爷的话,无不愿意。遂即择了七月十六吉日迎娶。一时轿马之隆,鼓乐之盛,与贾兰娶闻小姐不甚悬隔。贾环相貌虽不大开展,然居气养体,亦自不同。过了回六住九,就领了凭。

已到八月秋闱时候,大家又忙着芝哥儿下场的事。闵师爷自家替芝哥儿买了卷子,打点进场。原来芝哥儿到了京,因赴南闱不便,贾政替他同虎哥儿捐了贡,好下北闱。阖府皆想芝哥儿这回再无不中的,芝哥儿照常吟诵,毫不在意。闵师爷甚是疑心。那知到了初六日,点考官时贾兰点了房官,梅御史点了内场监试。芝哥儿皆例应回避了。他也视有若无,读书仍旧。闵师爷才想起他说的"只怕未必"的话来,着实诧异。

薛尚义未入场时,芝哥儿替他拟了二十个题,叫他作了又作。替他又改了数处,叫他念熟了。一日,与闵师爷闲话间,说起虎哥儿年纪太小,只怕今科未必完场。芝哥儿说:"先生瞧着,只怕还要中呢,岂有完不了场的理。"初十日出了头场,谁知题目就是芝哥儿改过的。虎哥儿念熟,一字不移,就誊上了。闵师爷看了文章,心中越发奇异的了不得。到虎哥儿三场策论,亦皆稳称,竟有个望中的意思。薛蝌殊不深信。

那日李纨身上有些不快,李纹、李绮两个妹子来看,王夫人留着住下。李绮近又添了女儿,留在家里,将他大女儿康姑带来。薛姨妈同邢岫烟皆来问候，李纨见无大病，皆就坐下说闲话。吃过饭，宝钗忽然说道：“我今日要提头亲事，不知可使得否？”便拉了邢岫烟到自己屋里去，坐了一会，就把李绮也邀到贾兰的房内，把己意也说了。李绮却甚愿意。宝钗才到李纨处向着薛姨妈、王夫人及众人说道：“虎哥儿已进了学，尚未定亲，生的人才笃厚，气概不俗；康姑也未受人家的聘。今欲撮合两家，结为秦晋，岂不因亲而亲，未知二位老太太以为何如？”薛姨妈未及开言，王夫人说：“这事甚好，但不知可愿意否。”宝钗道：“媳妇已背地先问了两家，皆是情愿的。但皆要回家商量，再行定局。”王夫人道：“这才是。”邢、李二人当下便觉亲厚了好些。次日回去，各家议定。薛蝌固是喜欢，甄宝玉因是王夫人提的亲，也就应了。遂烦苏又卿、程日兴为媒，择日通柬，下了定，两家就成了姻好。

不多几日榜发，虎哥儿就在董翰林房里中了一百二十二名举人。聚魁堂大主考圈了数处，皆是芝哥儿改的。文章有神，遇合有道。薛尚义名挂榜上，谁敢说是窗下遇着的。虎哥儿见过房官，知其备细，回来替芝哥儿大拜了四拜，谢他两次成全之德。外虽姑表，内即亲弟兄亦不及了。虎哥儿感激芝哥儿不必言，惟闵师爷佩服贾茂叔通神，直不敢友道相待，大小事皆来请教。说来平平，后却无不奇验。薛尚义拜座师，会同年，忙个不了。薛姨妈、邢岫烟喜欢的一连请了几日客，吃了几席酒，才把这道喜的事完了。贾兰又收了许多门生，亦甚得意。

到了腊初，端木楷到京，说起途中遇着贾环，在德州盘桓了 日才分手的。原来贾环领了凭，又耽搁两月，到十月二十后才起身。又在天津有事，住了半个多月。端木楷所以在德州遇着。论理贾环往河南去，本可不走德州，因有事到天津，故此绕路。贾环直到封印前才到卫辉，上了任，见过本府及同城僚友，又上省见巡抚、藩司，缴了文凭，才回来署中办事。府经历原属闲曹，各上司推贾政面上，就在春正开印后，委他去署商丘县知县。贾环来时，贾政恐无幕友相帮，闵师爷荐了一位朋友倪存仁，笔下却好。委了县印，上司皆荐相公，自家又请一位管刑名的先生杨在昆，随到任去。

这商丘北枕黄河，西通川陕大路，最为繁钜。贾环接印后，时值黄河北岸报险，上司派了许多工料，兼调民夫防汛。那会正值农忙，贾环一时任性，将防汛派夫用文书搪塞回去。河道体抚、藩之意，又看贾政，遂将此段改拨他县。以致民情大悦，将所派工料不日凑齐，运至北岸工所。此刻巡抚河院因堤工报险，正在日夜抢护，需料甚急。别县皆未赶到。恰值河水陡长，险工势有蛰卸，亏得商丘料物凑手，不至涌决，喜庆安澜。二位大人着实嘉赏，记了大功三次，俟报奏秋汛时附折保举。贾环大喜，回至县内，百姓又皆感激。真是无意中得此名利兼收之事。

再说这黄河，岁有冲溢，最为河南大患。不惟田地淤沙，好地成了废产。即此拨夫办料，通省皆受其累。往往积日累月，废了多少工夫，多少料物，下桩披溜，负土填柴，渐渐将要合龙。无奈此河自雍梁以来，受山根石逼，其性易怒，又合汾、浍、伊、洛各河之水，势更狂恣。中州土性松衍，伏秋天气，又值霑雨时行，往往功亏一篑。所办工料，不能报销，上司无可如何，摊派通省州县分赔。如斯者，不一而足。即不受河患之处，无不因之致害。惟有另挑月河，引归故道。然集通省民夫，不能刻期竣事，其中弊窦亦难缕述。幸而挑成，已不知用如许帑项，垫赔几多民力，恐亦得不偿失矣。所以贾环一角空文，即令小民感戴。饥者易食，渴者易饮，良有以也。

贾环署任八个月，本官回任。即至起身之时，众百姓皆焚香载道，脱靴建石，这也算是作官的不遗父母之羞了。况这个名声传到上宪耳内，亦无有说不是的。秋后报汛，本上果然把贾环保举了一笔。即奉旨交部议叙，部里有人即议了“堪膺民社，俟任满时照例推升”。复奏上去，奉旨：“贾环既经该抚等专折奏请，不必任满，即留河南，以知县即用。钦此。”报到荣府，贾政、王夫人尽皆欢喜。

河抚接了此旨,亦甚得意。过了个月,就把贾环提了陈留县知县。宦途如斯,原无足异。

再说端木楷到了都中,芝哥儿回过贾政,就把他留在旧日学房中作寓,以便朝夕劘切。贾政许了,端木楷就在贾府住下。虎哥儿每日盼望张越存先生来京,同下会场。芝哥儿只是笑,不作声。后来有他同乡人来会试,才知越存得了个瘫症,一时不能痊可,这科不能来了。

腊尽春回,又早会场在迩。贾兰备了酒,禀过贾政,凡亲友门生要下会场者,皆请赴席。那时芝哥儿亦在座,闵师爷同端木楷、李云龙皆拉住芝哥儿,问他此科得失。芝哥儿说:“我又不会大六壬,何知休咎?咱们同是读书人,将来怕不得意,就作同年,也是常事。何必如是着急。”闵师爷独得芝哥儿的口诀,说道:“得作同年更好。”众人不过作口头话儿听了。虎哥儿又要芝哥儿拟题作文,芝哥儿说:“还早哩。小小年纪,就想中进士呢。”说着话,大家又谈了些场中的事。吃过饭,也就散了。到后来会榜发时,在座的人一个也没中。端木楷、李云龙仍旧留京读书,不肯回去。

四月初,薛蟠却回来了。见虎哥儿中举了,与甄府又新接亲,心中甚喜。连年自己在外,薛蝌在内经管,渐渐家业复旧,所借的贾府银子,利钱数年不问,已将近二万六七千两了,仍在铺内使着行利。便又开座当铺买卖也算剩钱。又见自己的女儿——乳名阿娇,就是《石头记》中甄士隐所说“要救女儿产难”时所生的。今年已十七岁了。千伶百俐,女工而外,最喜吟诗论古,皆是香菱自己教的。现在尚未许字于人。就懒于出外,每日在当铺中照应,也不负气饮酒。这就是薛家该当发迹,所以才有此金不换的事体。

到京后,就先拜贾政,送了些湖绉、杭绸及如皋的刷绒挂画,各样精巧的扇子。贾政收了,就留他便饭。问了会南边买卖,又说起虎哥儿:“小小年纪就列贤书,真是前程远大,难以限量。但贵虚心求益,不可自足,就是大成之器了。”吃过饭,贾政又问起海塘事来。

薛蟠说:“连年海潮平稳,塘工无事。惟闻近来温、台一带海疆,又不甚宁静,只怕仍要动兵。”贾政就没往下问。喝了茶,薛蟠到后头见了宝钗,便各自回去。

贾政次日上衙门,就听说派了甄嘉言安抚海疆,已有旨了。那时工部右侍郎出缺,奉旨将贾政升了。一时贺客盈门,谢恩到任。

闻翰林也升了少詹,曹编修得了侍读,董翰林转了庶子,甄宝玉由郎中记名以补缺知府用,大家纷纷致贺,倒忙了二十余日,方才吃完喜酒,送罢贺仪。

贾政到工部任后,值河南报销册到,十分中准销了八分,余着该抚另行实估,造报再核。就是暗暗照应。河抚岂不知感。

贾环在陈留,为了一件人命,着实碍手。陈留县南有个财主,甚不安静,叫着暴子慕。家资富有,与贾环平素相好。离城六里,住在韦村。这村中多姓韦,有个秀才叫韦佩,年已望六,因年饥失馆,借过暴家五两银子,本利盘剥,不过五年就欠到二十八两。暴子慕知韦佩有个女儿,唤作义姑,贪其姿色,故意数年不问。这日,忽然本利全数逼着要还。韦佩老而且贫,计无所出,遍贷里门,无一应者。捱了两日,暴子慕动怒,就把他女儿叫众恶奴抢了家去,还逼着韦佩,叫他写张卖契,方才放他回去。这义姑被暴家强抢去,逼他成婚。暴子慕见他不从,打了两顿,夜间便投环自尽了。暴家仗有卖契,亦不介意。

谁知韦村中有个血性人,叫韦尚志,听见族中韦佩的女儿叫人抢去,便纠合同族,凑足二十八两银子,亲到暴家,同韦佩来赎他女儿。彼时义姑已死了三日,暴家执实卖契,不肯交赎。讲了两日,韦家就有风声,知义姑已自缢了。韦尚志写了呈子,叫韦佩去县里告。呈子中便有“威逼想致毙命,暴子慕不肯收银,情可概见。致求交出女儿,情愿倍赎”等语。贾环虽与暴家相好,见有人命相连,自得准了,出差来两家集讯,暴家却使了手眼,匿不到案。韦尚志便叫韦佩府里告了。韦家不知义姑自缢实据,只以“抢夺幼女,备价不赎，显有威逼戕命情弊。控县集讯，暴子慕恃财，抗不到案，为词具控”。府里批了个“仰陈留县秉公讯明申报夺”。这件事就延搁下了。

不意暴子慕为人强横，遇下无恩。有个家人赵琦，一言不合，打个半死，还要送官。赵琦得便逃脱，找到韦佩家里，备言义姑守贞不辱，被打自缢情事，现在埋尸花园，告诉了韦佩一遍。就请了韦尚志来商议。韦尚志说：“这可不是口说的。我家因有一张卖契，诸事嘴短。你若肯作证见，则我等恩有重报，断不敢忘了。”赵琦道：“我是一番不平之气所激，有何不可作证见呢！”韦尚志遂又写了呈子，叫韦佩去臬司处具控，就以“威逼人命，贿行不理”为词，写了赵琦的证据。韦尚志纠合同族，也在臬司处递了一张公呈。呈内叙的情节与韦佩也大同小异。臬司就批了“提卷亲讯夺”，行下牌来到陈留县。那贾环方着了急，觉到事体有些碍手，遂亲自带了人卷来开封，仗着暴家的钱好来安顿，各上司衙门均得禀见。恰值贾政此番照应，抚台见了贾环，甚是优待。并问何事到省，贾环见抚台相待逾格，仗着胆，便将“韦佩这件事因暴家有张卖契，而义姑死无确据，尚未讯结，韦尚志就唆韦佩上讼”等语，禀了抚台。又禀“因解人卷，故此亲来”。抚台说：“这也不甚要紧，你并没讯断，可轻可重，与你皆不相干。待按察来见时，我替他说。”贾环即叩头谢了，告辞出去。

次早，臬司见了抚院，便将这事替贾环委婉说了。臬司如何敢拗抚台，遂将此事批了“开封府会同因公在省卫辉府讯明详报”。就把人卷发到开封府来。开封府知是抚台之意，便授意叫他们外头讲和。着暴子慕多用银子，替义姑从厚殡葬，问他个契买士人闺女不合的重罪，律杖八十，折杖四十板。义姑因负气不肯服役，自缢身死，再断葬埋银两给韦佩，领葬完案。韦尚志、韦佩等见抚台作主，不敢强争。因得许多银两，又替义姑出了气，暴子慕问了杖罪，从厚殡葬，也就从权了结。贾环辞谢了各上司，脱然无事，回陈留县去。若非朝有贾政，这事恐未必如此断结。嗣后贾环就留心词讼，不敢徇情轻视了。

再说闵师爷因兰哥儿有许他与端木楷作同年之语，榜发不验。过了许多时，独自到潇湘馆，细问其故。芝哥儿说：“我不过随口话，咱们皆是读书人，将来怕不得意？就作同年，也是常事。我非神仙，就敢许定这一科吗？”闵师爷细想此言，果是如此，便坐了，谈会文章，方别了去。虎哥儿又进来，烦芝哥儿作篇贺八十生日的文。芝哥儿说：“你明日来取。”便留虎哥儿到宝钗屋里吃了饭，才叫回去。

河南学院出缺，就点了曹紫庭去作学政。会场期远，李云龙、端木楷皆请了去，随棚看文。又无碍于读书，且得游览中州人物山水，二人亦甚情愿。束修厚薄，任便不拘。就收拾了行李，别过芝哥儿，谢贾政，辞贾兰，即同曹紫庭起身同去。芝哥儿禀了贾政，特地送他两个及曹姑爷，出城外方回。

到了门前，忽见有人担着芍药，连根带土卖的。芝哥儿下了车，便叫焙茗去讲价钱，将他这担芍药全数买下。就着林天锡同焙茗种在大观楼的左右两块隙地上，逐日浇灌，遂易长成。芝哥儿一时高兴，便也过而不问。不知此花有何征验，且听下回分解。

第十八回　赏金带践约无心 修玉斧邀朋觅句

从古物由人重，不独花也。梅以和靖而著，菊因元亮而高，莲重濂溪，竹推玉局，木樨彰名于瞿老，铁梗见赏于都官。这是世所共知的，不必缕言。香来亭畔，犹传一捻之红；流出溪头，谁问胡麻之饭。此事难以考稽，又为耳食者所目笑。即如芍药一种，《本草》云："芍药犹绰约也，此草花容绰约，故以为名。"各处有之，扬州为上，谓得风土之正，犹牡丹以洛阳为最也。白山、蒋山、茅山者，皆花名，一名余容，一名将离，一名婪尾春，俗谓殿春。以此《本草》云："一名白术，一名解仓。"白者称金芍药；赤者称木芍药；黄者有御衣黄，道妆成，黄楼子；红者有冠群芳，醉西施，缕金囊，簇红丝；紫者有室妆成，叠香英；白者有掬秀琼，试梅妆等名目。八月至十二月，其脉在根，皆可移栽。谚云："春分分芍药，到老不开花。"良有以也。

芝哥儿秋分种了此花，不甚记忆。谁知春三时候，忽然发生繁盛，含苞将开。焙茗得意，走来报知。芝哥儿听见，亦甚心喜。走到大观楼前，赏玩了一番，果然花枝绰约，浅白深红，皆欲绽蕊。芝哥儿沃之以酒，即回了王夫人、宝钗，同着李纨、平儿、史湘云、惜春、兰哥儿媳妇，那时探春正在家里，遂到园子里来。大家赏玩。这时有半开的，其色娇媚，实在宜人。王夫人吩咐丫鬟们，不许折去插瓶。看了会，就各自回去。

贾兰听见，也走来瞧。徘徊良久，忽问芝哥儿道："芍药名为将离，岂以《郑诗》相赠之意，而得此称，或者别有取义。"芝哥儿答道："古之人将离，相赠以芍药。牛亨曾以此意问董子，董子答曰：'芍药一名可离，将别所以赠之，亦犹相招之文，无故又无名，曰当归'。"贾兰叹曰："吾弟何博如斯，兄所不及。"遂同到潇湘馆，喝回茶，就商量邀几位相好来赏芍药。芝哥儿说："这事须禀明老爷，才好下帖。"贾兰道："你想的是。"二人遂约齐了，禀明贾政，说他弟兄俩要请朋友们会文，兼赏芍药。贾政最疼芝哥儿，便就允了。遂即发帖，遍请能文之士。内中只有贾兰新得门生庾希亮，年纪也与芝哥儿相仿，甚有才情，为贾兰所赏鉴。大家接了帖，皆来赴席。

那日天气初晴，风日和蔼，春尽夏初，不寒不暖。芝哥儿将轻幔遮了药圃，花已全开，着实烂漫。周巧姑爷早来，闻少詹、董庶子衙门有事，临时辞了。关词林、庾希亮、薛尚义先后到了。便着人请闵师爷、褚小松。原来小松从梅御史到家，贾政就仍请了。连门客程日兴、苏又卿皆同邀来一叙。詹光久不在贾府，所以未请。只到近午，蔡念典才到。大家吃了茶，就同到大观楼前来赏芍药。彼此称赞了回，就一同到大观楼内。楼内备席四桌。端上碟子，贾兰、芝哥儿就举酒定席。

忽见锄药进来禀道："端木爷自河南有事来京，在书房合老爷说话呢。"众人道："咱们且散坐一坐，候端木公同饮，岂不好？"贾兰说："很是。"就叫斟茶，一盅茶未喝完，只听得端木楷从外说道："诸位对花酌酒，好快活呀！"贾琏陪了进来，贾兰接着，便辞去了。就问端木楷道："兄何公干？此时忙忙到京。"端木楷道："说来话长，到里边讲。"芝哥儿也迎出门来，见了礼，问过好，遂同走进门来。大伙儿齐见了，端上茶来，说喝多了，就让坐。当下关词林坐了首座，端木楷陪蔡念典、庾希亮坐了一席，余皆照序坐下。贾兰、芝哥儿打横相陪。碟子摆好，斟上酒来。主人敬了一巡，皆是相好亲友，盅到酒干。吃了好几巡，端木楷把回京的事说了大概，便就谈论起芍药来。

闵师爷说："咱们这酒如此空饮，岂不令名花见笑？或行令，或作诗，庶不减色。"关词林道："行令太俗。"贾兰道："前者梅花开时，与舍弟商酌要遍请诸先生同赏，结一诗社，以继此园当年之盛。后因舍弟赴南应考，遂即不果，今日无心得此，即结个金带社，想亦不错。"端木楷道："每会作诗，也觉落套。结个金带社最好。但是另出题目才为别致。"众人皆没言语。芝哥儿说："小子不学，想了一个意思，请诸位先生参订。"闵师爷道："世兄先生所论，定是不凡。何不明以告众，亦不必另起炉灶了。"芝哥儿道："黄鹤山人在顾仲瑛春晖楼前置酒宴客，以'红药当阶翻'一句分韵赋诗。对花作诗，是前人作过的。拾人牙慧，原可不必。小子此议，却不甚难。人皆可及，如不能者罚一犀杯。"便又说道："今日社名金带，就以芍药为题，座中依次说去。或芍药故典，或芍药古诗、近体及七言绝句皆可。周而复始，集成一套《金带杂记》，可为异日佳话。诸先生以为何如？"众人齐说："妙极。"

关词林道："这会既是老贤甥起的，就请吃盅会酒，说个程样，我辈再步后尘可好。"众人又齐说："是极。"芝哥儿没奈何，饮了一盅，说道："宋王禹偁序芍药诗，其序云：'芍药之义，见之郑诗。百花之中，其名最古。'谢公自中书省其诗有'红药当阶翻'句，自后词臣引为故事。白少傅知制诰时，草词毕咏芍药，词采甚为该备。天后以来，牡丹既盛而芍药之艳衰矣。考其实，牡丹号木芍药，盖木同而末异也。"诗曰：

东君留著占残春，得得迟开亦有因。
曾与掖垣留故事，又来淮海伴词臣。
日烧红艳排千朵，风递清香满四邻。
更爱绿头弄金缕，异时相对掌丝纶。

此第一首说毕，便替首座关词林斟上酒去。

关词林道："昔有人猎于中条山，见白犬入地中，掘有数尺，得一草根，归而植焉。明年花开，乃芍药也。采而饵之，后竟仙去。所谓芍药之和具而后食之者，此也。"众人说："好。"

便该着端木楷说了，只见他道："文渊阁筑石台，于右植淡红芍药一本，后增植一本，乃纯白也。学士李贤命淡红曰醉仙颜，纯白曰玉带白，又一本深红色，名之曰宫锦红。与众赋诗，为《玉台赏花集》。"

蔡念典接着说："我念首诗罢。"遂吟道：

占断春先及夏初，琉璃剪叶朵珊瑚。

休论花亦同而异，且咏诗人乐且讦。

贾兰不等吟完，就赞道："好警句。"蔡念典遂又吟道：

北地莫辞金凿落，南禅争看玉盘盂。

彭宣微恙何妨醉，日有娇痴婢子扶。

庾希亮亦说："我也吟首诗罢。"吟道：

山店春光也自暄，芙蓉渡口数家村。

笋舆低过金州架，篱落陈圈芍药轩。

孤客倦游殊寂寞，雨花著意与温存。

可怜经眼匆匆去，不折红香到绿尊。

周巧姑爷说道："熙宁六年，刘攽罢海陵，初至广陵，游览园圃及佛舍道院。正值四月花开之候，同友傅钦之、孙莘老，所赏凡三万株，亦极花之盛矣。扶风马昭，乃府大尹给事之也，博物好奇，复为攽道芍药本末，及取广陵品第相示。攽恐其后之泯而无传也，为谱三十一种，使善工绘者图之，以示来兹。若贡父者，可为娄尾者自臣矣。"

虎哥儿年幼，让闵师爷先说。闵师爷道："我也读两首诗罢。"

从微至老走风尘，喜见邻家第四春。

独舞东风对西子，故缘无语却宜人。

又吟道：

九十风光次第分，天怜独得殿残春。
一枝剩欲簪双鬓，未有人间第一人。

褚小松亦接吟道：

春色今方满，名花尔转迟。
含芳如有意，呈彩亦当时。
调鼎须仙掖，挥毫待凤池。
天工如不浅，一夜露华滋。

程日兴再三让虎哥儿，让不过，虎哥儿遂说道：“我也说个李贤故事罢。文渊阁芍药三本，每年畅发。那一年，独盛开了八朵花。李贤遂设宴，邀吕原、刘定之等八学士共赏。曾赋诗以记其事。惟黄谏以足疾，不果赴。明日到阁，其花复开一朵。众谓谏足以当之，此异洵足传也。”

程日兴道：“我学生记得一首词，不知可否？”众人皆说：“使得。”遂吟道：

闲口盈盈，向人自笑还无语。牡丹飘雨，开作群花主。　　柔美温香，剪染劳天女。青春去，花间欲舞，学个狂韩愈。

苏又卿道：“淳熙甲午，必大周公会同年杨谨仲等，赏芍药，尝樱桃，谨仲有诗，周公次韵和之。越二十余年，忽感彭君之请，因录谨仲诗，复答之。芍药最胜于太和，而以江都胜、黄楼子为冠，如牡丹之姚魏也。黄楼或时见之，若都胜则邑中一二家有种，惜不与人。尝答乡贡进士陈恂二小诗云：

芍药名先记郑风，那因加木辨雌雄。
姚黄后出今王矣，合把黄楼列上公。
六一先生旧帅杨，分宁太史尹西昌。
只缘未识江都盛，如杜诗中缺海棠。”

说完，贾兰道：“咱们饮一盅了，吃饭罢。”众人齐说：“等主人翁说过再议。”贾兰道：“今日社以金带为名，待我说个金带围的故事。”便说：“芍药红而金腰者号金带围，有时而生，则城中当出宰相。韩魏公守维扬日,郡圃芍药盛开,得金带围者四,公选客具乐以赏之。时王圭为郡倅,王安石为幕官,皆在选中,而缺其一。花开已盛,公谓:'今日有过客,即使当之。'及暮,报陈太傅之升来。明日复开宴相赏。后四人皆为首相。"众人皆说道:"好!"

又该芝哥儿说了,大家说:"咱可吃过饭,消饮着再说。"贾兰便叫撤去碟子,先端上一道点心,后就端上菜来。不移时,就吃了饭。同漱口,也有洗手的。吃过茶,就到芍药栏前散步看花。

那天已交申初,只见焙茗、锄药等又端出碟子,烫好酒,重请入席。贾兰拱手相邀,就按原位坐了。饮了一巡,芝哥儿就说道:"东吴旧俗,每岁四月大会于南禅、资福两寺,以芍药供佛。而今岁最盛,凡七千余朵,皆重跗累萼,繁丽丰硕。中有白花,正圆如覆盂,其下十余叶稍大,承之如盘,姿格绝异,独出七千朵之上。云得于城北苏氏园中,周相国莒公之别业也。其名俚甚,乃为易之。

维花狼藉占春余,芍药开时扫地无。
两寺妆成宝璎珞,一枝争看玉盘盂。
佳名会作新翻曲,绝品难寻旧画图。
从此定知年谷熟,姑山亲见雪肌肤。
花不能言意可知,令君痛饮更无疑。
但持白酒劝嘉客,直待琼舟覆玉彝。
负郭相君初择地,看羊属国首吟诗。
吾家岂与花相厚,更问残芳有几枝。"

说完,关词林才说:"我也吟首诗吧。'芍药名高'。",刚吟了四字,"致亦难"三字尚未吟出,只见李贵忙忙的走来说道:"翰林掌院有传帖,立传诸位老爷到院议事。"便向贾兰说:"老爷吩咐大老爷即刻就去。"众人听说,不及过于周旋,只说了一声:"再谢吧。"关词林、蔡念典先走了,周巧姑爷、庾希亮也辞去。芝哥儿还要邀端木楷、闵师爷众位喝酒,齐说道:"酒够了,咱们散坐说会话,候着信是什么紧事这会来传。"遂撤了碟子,吃了一盅茶多的时候,贾兰就着人来给信，说：“不甚关系。明早五鼓皆在宫门伺候，亦不知是何事。就在衙门同宿，不回家来，请放心罢。”闵师爷便问端木楷：“何事来京？”端木楷笑道：“门生为老师所使，何事不可。前考开封，忽听抚院说闻太老师升了阁学，出了少詹缺，着我进京来贺，谁知竟属子虚。我在京过了伏，才回河南去哩。”林天锡烹了壶好茶，时已掌灯。大家各散。

次日黎明，贾政就着的当家人进朝打听，直到未正方同贾兰拿着赏的好些东西回来。细问其由，因是“上在御园，偶赏芍药。未刻传旨，点了四十位近数科翰林，明日听旨。今早膳后，传到御园，备了矮桌，出题叫赋芍药。题目是《赋得红药当阶翻得红字》，五言八韵。昨日与关姨夫、蔡门生皆考核芍药典故，曾记得许多诗句，甚觉得手。三人皆蒙圣恩嘉许，并分赏了文房四宝各一件，大缎一匹，内造荷包两个。”贾政甚喜，就把芝哥儿叫来，说道：“你每日吟咏不辍，我有诗题，系今日钦命考众词林的，你可作一首我看。如好，我另酬你。”芝哥儿便问题目。贾兰把考的题纸递给他看。他接来一瞧，上写着“赋得红药当阶翻”，旁注着“得红字，五言八韵”。芝哥儿便就着贾政书房中条桌现成笔砚，贾政叫人给他花笺，他想了一想，就援笔直写道：

药圃春三丽，当阶日喜中。
天香群夺紫，金带独围红。
绮艳朝经雨，轻盈舞袅风。
佩雕琼借巧，楼叠翠输工。
垂手谁鸣异，招腰未许同。
到栏无间色，张幕几多丛。
婪尾杯传后，关雎曲奏终。
殿芳依玉砌，茂对惬宸衷。

贾政看了，说是：“好！”就递与贾兰看。贾兰说：“这中四联，工炼典丽，真可擅场。”贾政大喜，便把自己手内一个玉暖手及常带的一串十八罗汉珠子手捻皆给芝哥儿，说："聊以润笔。"芝哥儿知暖手是贾政心爱的，因接了珠子手串，就磕头谢赏。便说道："孙子承爷爷教训。才学作诗。爷爷赏这珠子手串就赏溢于功了。这暖手求爷爷收着，待孙子再作了可赏的诗文，求爷爷再赏罢。"贾政心知芝哥儿为这暖手是自己爱的，不肯强其所好。且措辞得体，心里更十分欢喜，说："好孩子，如何有此心机。昌大吾门，专望子矣。"仍将暖手给他收去。芝哥儿才拿了，到后边给王夫人看，王夫人见孙子得赏，已甚悦慰，就叫玉钏儿送了宝钗处收好。便留芝哥儿同吃饭。贾兰进来，说了考的话，也就坐下，同把晚饭用了。各自散去。

过了几日，贾兰为这次考得好，资俸已深，就升了侍读。关编修也御史记名，迟了两月，就放了陕西道监察御史。蔡念典军机处亦记了名。

暑退秋来，已到八月将半，端木楷要起身往河南去。大家向贾政说了借大观园摆酒替他送行。内中关御史未到，凡金带社中的亲友皆知会了。巳末午初时候，陆续到齐。行过礼，就按次坐了。说会闲话，就端上酒来。让端木楷首坐，大家公敬了三盅以壮行色，然后才坐下，慢慢的消饮。又说起芍药结社的事来，闵师爷道："我就服极了芝世兄，难道预知圣上要考芍药诗，翻新出奇，作出这个会来，搜求了许多典故，前人好些旧句，皆为他乃兄作了帮手。如今升了侍读，关词林得了御史，受其福而皆不知哩。这位世兄，真是奇人。"芝哥儿一声不言语。贾兰道："无心结社，转若有意成全。其中或有天意，未必出自人为。"众人遂说一声："是。"便就斟上酒来，打了话头。

忽然一阵桂花香扑鼻而来，端木楷道："前日金带社能有几天，秋又半矣。驹隙催人，能勿动念？"蔡念典道："小弟赋性最爱此花。这种香真如佛国，不与群卉等。可惜此地植桂不多，殊负小山佳兴。"周巧姑爷说："敝园倒有数株，此刻开时正盛，颇觉郁烈。诸先生如不弃，小弟愿备薄酌，订期一游。勿以乡间僻野为嫌，则叨光矣。”蔡念典道：“好极，咱们诸同人皆不可辞。周先生也不用具帖，面约个日子，可不洒脱？”众人齐说：“好。”周巧姑爷道：“就是十六罢。只当我替端木兄一饯，这是一举而两得了。临期一约就来，小弟不具帖，以脱俗了。”群声应道：“妙。我们十六日午前准到。”端木楷因此一约，到至八月二十二日才起身。当下谢了众人酒，遂各散去。

不觉到了十六日，贾兰、芝哥儿求王夫人替贾政说了，遂备下两辆车，约端木楷、闵师爷、褚小松坐了，芝哥儿要骑马，焙茗跟着。又备一辆车，请程日兴、苏又卿同坐。薛虎哥儿自家备车，也就约齐同出城来。芝哥儿有时就上虎哥儿车上坐着。

将近午初，到了周巧姑爷庄上。树木荫翳，泉壑幽清，颇有田林风趣。庄外一带柳荫，转过小桥，便见庄门。到了门前下车。进得门来，周巧姑爷早迎出来，大家问了好，就同到书房。此时庾希亮已来了，走入见过礼，分宾主坐下。喝了茶，贾兰、芝哥儿、虎哥儿同进去瞧巧姑娘。不多会，仍出来同坐。关御史不在约。蔡念典也到了。

茶过，就同到园子里去。一带花墙，编着竹篱，上边荼蘼、月梅联络不断，门内假山隔路，沿山角转去，溪水淙淙，傍着竹桥南去，正面五间大厅，三间明的套进作书房。东首八角亭子，竹帘四映。两首三间配房。园子约有五六亩，遍种树木。桃柳参差，竹梅掩映。傍水依山，皆植桂树，有一二株高而大的，有二三十株密而小的。对着正厅两边亦有数株，浓香密叶，甚是旃檀。赏玩一番，进了大厅，按次坐下。厅中桌椅高雅，铺设精工，挂了数轴古画，几幅名联。几上摆着钟表、鼎瓶，全无俗韵。

不多时，端酒上来。周巧姑爷执盅让坐。论理，蔡、庾诸位皆系门生，贾兰又居内兄之列。让了半日，端木楷坐了首位，闵师爷陪了。蔡及褚小松坐一席，庾同虎哥儿坐了，二位门客一席，贾兰、芝哥儿末坐。周巧姑爷递了酒，大家就欢然而饮。吃了半日，那桂花越发香的异样。闵师爷说："桂有三种，红为丹桂，白为银桂，黄为金桂。鼎甲位置，因之而分，可见凡物不经品题，不著其佳，此士之所以贵知己也。"贾兰道："吴刚玉斧，自在人间。郗诜对策，尚借一枝。物固不可自轻，而人亦当自爱。非附物而成其异，乃因人而树其奇耳。"蔡念典、庾希亮齐说："老师高论，真足励俗。斯为立言不朽。"端木楷道："吾无隐乎尔，多少禅机，古来悟得者能有几人？对此扶疏，何必得自月中。始觉影超群木。"

闵师爷道："如此空饮，殊少雅致。须得作诗，以记其胜才好。"端木楷道："作诗虽好，但分韵便彼此不相属。不若联句，转觉顾盼有情。"贾兰道："甚好。然谁先谁后，趋易避难，未免为词坛弊窦。以我鄙意，便咱十一人，将名儿写一字于象牙牌上，装作一筒，拿着谁是谁，拿着两次，始不装入。再用六根牙牌，写上三个赋诗，一个饮酒，一个典实，一个笑话。抽名签后，再抽这六根筒内签牌，得何语者作何事，诸公以为公否？"众人齐道："这个妙极了！"程日兴，苏又卿道："如此，我们可以藏拙。大少爷高见，有多少妙用。"

周巧姑爷取出酒令牙牌，褚小松就写了，装在两个筒内。闵师爷说："作诗是我起意，我就先饮一盅令酒，便好起吟。"遂举门盅喝了。就在名筒抽出一支，上写着个"鹏"字。闵师爷道："怎么这等巧？"周巧姑爷在那筒里抽出牌来，是"赋诗"二字，仍把牙牌装在筒内。闵师爷用一长笺，写了《咏桂》，便起一句道："园喜秋初霁。"

遂向筒又抽一签出来，写着个"典"字，闵师爷在那筒抽出一看，仍是"赋诗"。蔡念典即吟道：

香来桂影浓。凉飔生碧宇。

便向筒也抽出，一看是个"玺"字，周巧姑爷名叫国玺。端木楷便抽那牌，还是"赋诗"。周巧姑爷便写道：

爽气入高春。露重宜邻竹。

便也抽出名签来，是个"兰"字，闵师爷便把那筒牙牌抽出，仍是"赋诗"，贾兰吟道：

云轻不友松。只疑金脱粟。

众人说："好！"遂把名签抽出，却是"茂"字。闵师爷道："这对句非此公不可。"便忙忙抽那牌来一看，也是"赋诗"，就大笑道："好极！"芝哥儿写道：

漫许玉修锋。

蔡念典道："暗用事，真对的好。"芝哥儿又写道：

印饼明团风。

便就抽出签来，一看，是个"遇"字，周巧姑爷便去抽牙牌，写着"典实"。苏又卿道："妥极。我就说个故事：桂出合浦，而生必高山之巅。冬夏恒青，类自为林，无间杂树。宋向子湮卜筑清江时，绕屋遍植岩桂，玉犀斜矗，金粟氤氲，颜其堂曰：'芗林'，自号为'芗林居士'。"说完便抽签看，是个"义"字，贾兰将牙牌取出一瞧，却是"赋诗"，薛虎哥儿写道：

囊涎暗袭龙。旃檀开士意。

便向筒内也抽一签，仍是"茂"字，褚小松就取牙牌一看，又是"典实"。芝哥儿道："汉武帝开泉宫南，有昆明池，建灵波殿，以桂为柱。风来四座皆香。使董谒乘琅霞之辇，升坛以迎西王母。时至三更，王母驾元銮舆至坛。坛近甘泉，遍植青桂，其条皆软，金飚一过，桂枝自拂阶上游尘。王母笑曰：'此何亚月中丹桂？'"说完，便抽一签，是个"兴"字，褚小松拿牙牌看时，是"饮酒"。程日兴道："我得便宜了。"便立饮了一盅，就将名签抽瞧，是个"亮"字，闵师爷便抽牙牌，是"赋诗"。庾希亮道：

馥郁小山踪。张幕环池曲。

也拈出名签，一看，是个"霄"字。褚小松名干霄，周巧姑爷便抽牙牌，仍写"赋诗"，褚小松吟道：

卷帘到阁重。浅深随涉趣。

座中只有端木楷一人未曾拈出，褚小松抽签，恰好是个"楷"字，蔡念典忙拈牙牌，偏是"饮酒"。端木楷遂喝了一盅。再抽名来

一看，仍是“鹏”字，闵师爷道：“这结句原该我作。”贾兰抽牌，恰是“赋诗”，闵师爷遂写出一句结语道：

载酒话从容。

大家总看了看道：“这首诗倒也顾盼有情，联络无迹。”芝哥儿另誊了一纸，原稿他就收起。众人高兴，又饮了多时酒。天色将晚，恐不能进城，就端菜吃了饭，漱口。又喝盅茶，遂谢了主人，一齐散去。

周巧姑爷生于乡曲，得这些文人骚士，对花联句，乐了一天，也是从来未有。乡庄上传为美谈。这便是读书人的好处。

贾兰同芝哥儿回来，见了贾政禀知。又见王夫人，说巧姑娘身子平安，并饮酒赋诗的事，说了一遍。却触动了史湘云的高兴，便说：“待来春我们也乐一乐。”李纨、宝钗连声说：“好。”也就不放在意上。那知史湘云工夫已深，时与素女、麻姑相会，颇晓未来。惜春虽然用功，奈尘缘不断，应享人间未享之福，想要成仙，尚须再劫。欲知后事如何，且听下回分解。

第十九回　史湘云猜枚露仙迹
梅月娥乞巧结奇丝

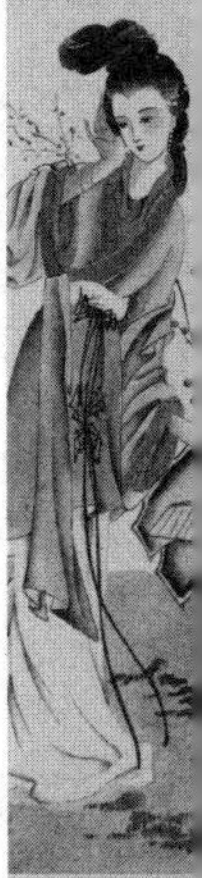

话说史湘云自孀居后，子女皆无，世情灰冷，终日在栊翠庵禅关静坐，悟彻真如。时与素女、麻姑相会，到后来，上元夫人降于庭，授以长生秘药，嘱其温养丹炉，待时而遐举。史湘云便事事随缘，诸凡韬晦。惟芝哥儿知其不凡，常与讲论玄奥，互有所悟。惜春虽与同居，却不能窥其底蕴。间有功夫，终在皮毛，未能造极。数之所限，理不获违，即神仙亦自有造物作主。不然深山穷谷，绝嗜欲饵金石者，不乏人矣。屈指数之，古来能有几个？不如力行善事，累世修行，或致感动上苍，转可飞升白日。云间鸡犬，古语未必尽我欺也。然白龙鱼服，俗眼何能辨真，这也是可遇而不可遇的事，吮疽撞肚，自可存而不论罢了。韩湘子化为白鹤，独立千年。仙人还得仙人作，凡子成仙有几多？更不容世人轻易漫求了。

却说芝哥儿从吟桂花回来，因史湘云意俟春初约众姊妹一会，便时时看史湘云举动。间或谈论片时，知其已悟，暂寄尘间。到了三月初头，他便从中怂恿，以成其事，好观史湘云是何意境。王夫人为年来姊妹疏阔，亦欲借此叫他们乐一乐。李绮新添个女儿，不得来。喜鸾因曹紫庭出差，家中有事。其余皆如期而至。探春带着全哥儿，头一天同巧姑娘先到家里。

这日午前，喜凤来了，李纹同香菱、邢岫烟、宝琴陆续皆至。先到王夫人房里请了安，喝过茶，说了回话。王夫人道："我今日不陪你们，让你们自在顽罢。"平儿照应酒席，也不出去。李纨带着媳妇，约了宝钗，就同众人到园里来。史湘云要算主人，请惜春代东，两人早在园里等候。众人皆叫芝哥儿一见，因属晚辈，就留芝哥儿一同逛逛。谁知中了芝哥儿意见，便不推辞。先替众位送茶，就领着到园中各处游玩一回。此时牡丹初放，凭栏相赏。想起当年情事，无不感叹。各人到各人作寓的地方，虽不似旧时风景，然铺设整齐，花香鸟韵，依然如昨。宝钗同史湘云邀了众人，就在潇湘馆摆了桌子去坐。

进了门，探春说："不如把两张桌子并在一处，转觉便于说话。"齐道："好！"紫鹃、翠缕、爱儿、麝月等忙把桌子合成一桌，就去筛酒端碟。大家依序坐了。兰哥儿媳妇临月了，李纨叫他回去。芝哥儿斟一巡酒，打横坐下。全哥说饿了，李纨就叫："先端道点心吃。我们逛了会，也觉有些饿。"不多时，端了一样春卷来，又配了一样糖饼松仁的蒸食。全哥儿不爱吃春卷，倒亏了这道糖饼蒸食，才合脾气，就不嚷了。

饮够数巡，史湘云说："我们往日喝酒，或行令，或作诗。今日难道就如此白饮吗？"探春道："姐姐如何吩咐，谁敢不遵！"李纨叫人把平儿也请来，大家起身让了座。李纨、宝钗预先备了一席八大碗，两样点心，一坛酒。叫素云、莺儿先送给王夫人吃。宝钗道："咱们今日当另想个生色顽法才好。"史湘云道："咱将这两席人分开，藏花猜枚赌酒，何如？"邢岫烟道："很好。"史湘云、惜春、李纨、喜凤、平儿、巧姑娘作了一伙，探春、宝钗、李纹、香菱、宝琴、芝哥儿作了一伙。议定十锦套盅，用两盘盛着，藏花在内，揭不着那个盅子，即饮那个盅子的酒。揭着了，赢这一席三盅。遂摘了春兰一朵，就是史湘云这边在里间屋子去作，探春这伙猜。

不多时，平儿、惜春各捧一个盘子出来，内有单的，也有双个合着的。宝琴就动手去揭。看时，却不见花。就拿这盅子，罚了探春这席一盅。探春说:“这花可在那个盅子底下?”香菱说:“只怕在两个盅子内罢。”芝哥儿说:“不是。我一揭就揭着了。”宝钗说:“小孩子知道什么!快别动手。”探春道:“好孩子,你只管揭,有我哩。你别怕。”宝钗说:“既你姑姑说,你就揭。”芝哥儿在个顶小的盅子下把花揭出,把探春这席上喜欢的只是笑。宝钗叫爱儿快送三盅酒去,史湘云等只得笑着吃了。

这回该探春这席人藏去了,也进屋里去藏好。李纹、香菱捧了出来,却皆是单摆的。李纨便检个大的揭了,却不见花。喝了一盅。大伙儿皆笑了,喜凤揭,又不遇,也喝一盅。史湘云说:“我不信,这么会藏。”将盅看了一遍,全不见花。心内动疑,说:“这花藏在那里?”又仔细一看,才看出花的所在。便道:“果然巧。”这令盅有个夹层的,从底下露酒的去处,塞在里头,外头现着却看不见。揭着这盅子,也看不见。史湘云拿着这盅问道:“此花是谁藏的?”探春道:“你别管,只揭得着就是你们赢。”史湘云用耳挖将花取出,大家笑了一阵。探春道:“难为史姐姐,如何找得着?我们情愿罚酒。”李纨叫素云也斟了三盅酒。送到这席。史湘云问宝钗道:“你说这花是谁藏的?”宝钗笑着说道:“这是芝哥儿藏的。”史湘云道:“好!”

便又该李纨这席去藏。用盘端出花来,也是十个盅子单摆的。探春等看了会,看不出这花在那里。就叫芝哥儿来看,芝哥儿看了一会,只见各盅底皆有花影,就知是史湘云弄术,有意要试他试。他便定神一瞧,却看准了,便不就拿,也跟着猜。李纹性急,就揭了一个盅子,恰好碰着,这席上笑个不住。翠墨便斟三盅,又送过去。史湘云道:“如何这么巧?难道此中也有天意吗?”把酒就分着吃了,偏要再作。探春道:“姐姐不要着急,例不可错。该让我们藏了,姐姐等再藏才是。”史湘云道:“使得。”探春等便将花就藏好,拿出。史湘云动手一揭,就揭着了。这席也笑了一阵。紫鹃就斟酒送了过来。

这回又该史湘云这伙藏了。用盘捧出那酒盅来，三个一处，两个一处，摆的系梅花阵一样在一个盘里。芝哥儿知史湘云用遁法将花遁住，纵揭盅子，那花总不露的。因笑道："史姑姑大材小用了。"史湘云便向芝哥儿送目，芝哥儿就不言语，把一个盅子揭起，却不见花。史湘云道："好侄儿，我服了你。这酒我们算输了。"探春道："不见花，如何算输？我们愿罚一盅。"芝哥儿拿着盅子只是笑，仍就合在原处。再揭开，就有了花。大家齐说了一声："好奇呀，前不见花，如何再揭就有呢？"史湘云道："若不是我这侄儿，醉倒你们也揭不着的。"

宝钗道："咱们顽了半日，天已未初，吃些东西，再变个法儿顽，可使得？"众人说："好。"干儿进去打点饭菜，就叫老婆子端出菜来，斟上酒，大家同吃。仍把平儿请来。一碗火腿春笋，一碗蘑菇杂素，就是那年薛姨妈所赞好的，实在作的得味。夸了一会，这两样吃得甚多，酒也喝过几盅，用了点心，上完了菜。吃饭后，洗手漱口。撤了家伙，送上茶来喝过，就同出院子来散步。

芝哥儿说："天上这些风筝。我有一个，拿来放与姑姑们看。"便走到蘅芜苑去取来，恰是个蝠儿，不觉出奇。那知放到半天，见了风，忽一声响，从蝠肚里出来五个小蝠。这个大蝠像个鹿样，成个五蝠捧鹿。众人喝声彩，史湘云道："我这侄儿又露相了。我也有个顽意儿，拿来姊妹们顽一顽。"便叫紫鹃回栊翠庵："把我那纸糊的红匣子拿来，你可别看。要紧！"紫鹃答应着去了。不多会，把那匣子拿到。

史湘云接了，把匣打开，叫众人一看，却是大小不等五色蝴蝶，满满一匣。史湘云拿出来，向风地里一个个儿往上放去，那纸蝶便乘风起去。到了半天，便变作真蝴蝶，随风翩舞。彩翅高低，足有千百个，绕着大观园乱飞起来。众人齐声夸奖。那知这蝶先却不大，到后渐渐有纨扇大的，也有车轮大的。望去一片彩霞，灿如云锦，众皆看得呆了。史湘云一招手，那群蝴蝶仍一个个化作纸的，

从空纷纷落下。湘云用手接了,装在匣内。李纨等啧啧称奇。芝哥儿走到史湘云前,作了一揖说:“谢姑姑指教了。侄儿的尚借人间一线,莫能转移。姑姑才是撒手空行。闲来还求姑姑教我。”史湘云道:“这法儿是矾纸作的,你要学,到庵来,我传给你。”芝哥儿又谢了。

天色渐晚,大家同出园来,到王夫人处说了几句话。香菱、邢岫烟、宝琴皆辞去。喜凤也回家了。王夫人留下李纹同探春一处歇。次日吃过饭,探春带着全哥儿,同李纹皆各回去。

宝琴见了薛姨妈,告诉史湘云蝴蝶儿的事。月娥听了,说:“只怕是幻术,未必真罢。”宝琴说:“多会请到这边,你瞧瞧便知是真是假。”月娥道:“也使得,不必忙。”

却说贾政在工部里,因运河淤浅,奉旨派他查勘。遂带了闵师爷及家人林之孝、包勇等出京踏阅,逐处疏通,直到闸口,方才无阻。其中有该挑的,有该打坝蓄水的。相机随势,务得其宜。且减装省费,不要地方官供应,舆情咸悦。迟至溽雨时行,河水畅发,始回交旨。当将办过情形面奏,甚得温谕。给假半月,回到私第,大家欢喜。那时已七月初头,月娥一日忽向宝琴说道:“七月七是个乞巧日子,那天说史姑姑如此奇异,何不请来。再请几位姨姨、姑姑,同游一天,不知可否?”宝琴最疼此女,就回了薛姨太太,也就允了。遂过这边来,替王夫人商量说:“每次妹妹这边请客,疼宝琴从幼在这里。今儿要作乞巧会。月娥又听见史姑娘蝴蝶儿顽意,小孩子想要瞧瞧。约初六日晚上将果筵摆上,各人的蛛儿各人装了,露一夜。初七日请诸位姨姨、姑姑到我那边吃个便饭,就看一看谁乞的巧。不知姨太太以为可否?”王夫人道:“这是有趣的事,那日我头一个先到。有年纪了,我不乞甚么巧,瞧个热闹儿。”薛姨妈说:“这事就烦替我们说声,我处再着人去请。”王夫人道:“兰儿媳妇新添了孩子,未必能去。”原来四月初八日,兰哥儿媳妇生个儿子。因是佛会日，叫作会哥儿，学名贾濂。送粥米，作汤饼。到满月时，收礼备酒，也忙了数日。薛姨妈道："好快日子，能几天，也三个月了。"留吃过饭，薛姨妈就请众人初六日午酌，并夹帖初七日早先着人去请。喜凤身子不便，辞了。喜鸾仍是照前不来。李纹、李绮皆收了帖子。巧姐儿住家，随着探春、史湘云、惜春，初六日早饭后就过去了。王夫人同李纨到午后才来。李纹、李绮到了荣府，王夫人留下宝钗、平儿陪着到薛宅，大家行了礼。宝琴领着月娥，各位皆见了。王夫人拉到跟前，又亲热了一会，解了两个荷包，不知装的什么，就替月娥系在大襟头上。宝琴连忙谢了。吃过茶，翠墨接下茶去。同喜、同贵就摆桌子，大家说说笑笑，吃了会酒。用毕饭。那天就晚上来。

不多时，半轮月已挂柳梢，天气晴爽，便觉露容可掬。众人洗了手拈香，便将各样瓜果及细雕的诸色吉庆字儿，或藕片，或果子，皆摆在桌上，敬奉牛女。众人通了诚，行过礼。月娥又向织女独自磕个头，默默的祷祝一遍。大家有用小竹盒的，摄丝盒的，也有用瓷盒的，瓷瓶、小瓷缸的，不一其致。史湘云却用个五色彩线编成花篮。月娥独用自家爱的白玉脂盒，并将金如意也装在里头。各把蛛儿及各样雕成藕果瓜的片儿装好，各自记了，同供在所。献瓜果之前，薛姨妈派人看了。二更后，才坐车回王夫人府里来。

到了次日，将亮，大家就起来梳洗。王夫人备了点心吃了，就到薛宅来。薛姨妈早收拾齐备，接进众人，喝了茶，就到所摆的桌前，看了各人的丝盒，皆各照旧，回来吃了早饭。那天近午，供桌上那碗水果然定个皮儿。日交正中，众人丢会巧针，虽也各成物像。细细看去，皆是针上带些影子，借着日光尚得附会才成意境。众人瞧不出趣来，只道盒内瓶子里边也不过如此。这巧真是徒乞了。遂各人将各自珠盒儿打开一看，宝钗是个丝缠的"元"字，藕瓜片儿成的。李纨、平儿、香菱、李纹、邢岫烟，有像方胜样的，有像咕噜钱的，李绮像一片锦，宝琴像一个梭，惜春结个"贵"字，也是藕片中有的。探春像个如意儿。独有史湘云的出奇，将果片的山字旁边，蛛丝借着彩线，织作五彩的立人，缠成一个“仙”字。众人无不喝彩。即打开月娥的脂盒一瞧，更异样，那珠丝把金如意头就势结成“女”字，如意柄横了三丝。旁边喜蛛儿攒作一点，作成“玉女”二字，盒盖上别有奇处。里面本来镌着“天孙手制”，此时蛛丝结成却像现织的一样，红光耀眼。大家皆以为奇。史湘云道：“织女原本与我这侄女儿有旧吗？为何昨夜亲临，你们不觉这瓜果凡经月娥手摆的，皆去了尖。”众人一看，才看出来。齐声道：“难道真是帝女夜间亲自来的？怪不得各盒内皆有丝织的巧处。”众人解不出宝钗的“元”字意来，探春道：“想是应在芝哥儿身上。”皆说道：“是极。”王夫人深是得意。大家回来，就在薛姨妈房摆外席，白吃到晚，方才别去。月娥对宝琴说：“史姑姑真是仙人，不可轻视。惜姑姑亦将来人贵，不同别人。”宝琴笑而应之，不甚介意。

史湘云与宝钗最厚，到了家，诸人辞去。向着宝钗说道：“咱那芝哥儿本自不凡，这月娥姑娘也是个有来头的。我往日不理会，今才看明了，总是嫂子的福气。”宝钗道：“小孩子家，一时顽戏，如何作得实在，姑姑怎这样夸奖？”史湘云道：“我也是不轻许人的。嫂嫂不信，再瞧就是了。”碧鬟端过茶来，史湘云知是伺候芝哥儿的，连忙接了茶，说是：“芝哥儿在家没有？”碧鬟道：“在潇湘馆。今日虎哥儿在馆同榻，不家来了。”史湘云吃过茶，就回拢翠庵去。

原来虎哥儿因前日芝哥儿替他作过一篇贺屏，今日有个孟处士，是他亲戚，时沐殊恩，特荣章服。因庆七十，仍求作篇屏文。即在潇湘馆宿了，看着芝哥儿起稿。芝哥儿提笔在手，不假思索，一挥而就。遂在灯下看他上写道：

粤自僖子襄礼，而重明德之达人。厥后邹公继起，光绍泗水薪传，配位先师，遂俎豆乎学宫而不祧。固非卢、郭、李、崔甲门四姓者，徒以阀阅相矜尚矣。龙山著异，襄水留徽，犹余绪也。

介翁孟老封公，少负特达之才，用无圭璋之荐，伯乐之知不遇，而千里之志徒存。嗣乃托迹林泉，吟风弄月，遂徜徉于水涘山陬，以老其材，而适其志。尝训其嗣友三公曰："士贵各行其是耳。生逢盛世，不获列身通显，以备桢干于朝廷，则立贤无方，亦何地不可以自见。即不然，御款段马，乘下泽车，里乡称善人，未始非曩贤所寄意。若辈勉旃。"嗣公绅以书之，而不敢懈。乃积厚德者必享长年，而享长年者必膺奇遇。此介翁之所以岁逾古稀，而躬逢异数也。

闲尝考古养老之典而有殊矣，有虞氏养国老于上庠，养庶老于下庠，虽乐不相沿，礼不相袭统。夏后殷周，建学之名各异，而礼皆不废，宪典之言类可稽也。汉魏而降，国无常制，杖几则有锡矣，布粟则有赐矣。或巡幸之际而造其庐，或顾问之余而优其役。皓首庞眉，优游陇亩，一旦而赐之颜色，惠出庙堂，史册每传为轶事。

矧夫敷福近光，推仁锡类，引年之义，被以章服。因人赐级，虽无伛偻三命之铭；按谱分荣，克居中正九品之列。溥恩光于四海，推旷典于千秋。膺是职者，夫固不世之殊荣，特邀之宠命矣。介翁享以引翼之年，际索如纶之命。枫宸下颁鸾诏，而海屋永庆鹤龄。维时笙镛竞奏，筹觥递加。座修白风以成词，席荐青麟而作脯。

酒半行，有离席而进者曰："商山四皓，克定汉储；九老香山，用光唐祚。庞眉异质，青史几人。其在《诗》曰：'为此春酒，以介眉寿。'为我翁庆。"介翁闻之而欣然喜。

稍间，又有捧爵而前者曰："非常之人，必邀非常之遇。礼不虚行，典无旷设。草野而加以车服，帛肉而际夫恩荣，此不可以意计期也。用为我翁祝。"而介翁为之展然笑。

嗣有正容而揖，霁色而言者曰："我翁固邹公之裔也。天爵之修，从以人爵；大体之养，殊于小体。广声闻于文绣，饱仁义以膏粱。辨晋楚之富于达尊，严赵孟之施于良贵。家学渊源，洵有自矣。乃诸侯倒履而迎，齐梁望风而进。名高百世，粟谢万钟。绍衣德言，绳其祖武。余小子窃为我翁寿。”而介翁油油然如不胜衣，讷讷然如不出口。谦抑之度，冲蔼之容，何穆然更无际也。其福德之受报，尚可罄哉！笔爰笔而为之序。

虎哥儿读了一遍，满心欢喜。下来打了一躬，说：“实在多谢哥了，为弟生色。但我哥这管笔，怎生要短要长，这般容易？小弟实在拜服。”芝哥儿说：“不知用得用不得，你且别赞，他人要齿冷的。”虎哥儿就在潇湘馆住了。次日，宝钗又叫他吃了早饭，才拿这文稿回去。

芝哥儿饭后无事，走到栊翠庵来，与史湘云参证。只见史湘云正拿着惜春那年画的《大观园图》，已裱成手卷长条。在那里逐处同惜春看着议论。忽见芝哥儿进来，便指着这手卷道：“我说这手卷如何发迹，原来又在老侄身上。不然你来的怎这么巧。”芝哥儿道：“是何手卷，那朝典故，并何名公手笔？”史湘云道：“这是大观园的图，是你惜姑姑的笔墨。你看一看，画的着实细致。”芝哥儿展开一瞧，里面竹木亭台、山水曲折，却也十分周备，而且笔墨生动，大有古人手迹。看完递给湘云。忽见湘云把墨研浓，在手卷页尾添了一行字，写的是：“工部右侍郎臣贾政次女仲春敬绘并题。”惜春不解其意，芝哥儿看了，说道：“史姑姑又教训侄儿了。”史湘云一笑，遂将手卷仍放在胆瓶之内，向着芝哥道：“这‘仲春’二字，老贤侄不可忘了。”紫鹃端上茶来，芝哥儿吃了，就回潇湘馆去。

焙茗回说：“才听见河南陈留三爷处有人来京，二少爷也该到老爷太太跟前打听才是。”芝哥儿说：“好。”进到上房里来。未知来办何事，且听下回分解。

第二十回　甄嘉言建策筹边
周廷伦行师挂印

话说芝哥儿走进上房，见王夫人正合贾政说闲话。上前请了安。贾政就问："近日作何功课？"芝哥儿说："温习经书，读《史记》，揣摩近科时艺。"贾政说："好。经史是时艺骨子，近科乃风气所趋，这工夫作得很是。"王夫人说："你吃了晚饭没有？"芝哥儿说："还没有吃。"王夫人便叫端饭："同你爷爷吃罢。"贾政说："也好。"便问芝哥儿："你有何事到这里？"芝哥儿说："才听见河南三叔着人来京，特此请安。"贾政说："他处阖署皆好，差人到京瞧瞧，并无要事。"说着珍珠同着贵儿端上饭来，爷儿俩吃着。王夫人也就坐下，说着话，便饭就吃完。喝过茶，贾政便有事到书房，找褚小松说话去了。王夫人把贾环寄来乌绫搭包、顶机绵绸，给了芝哥儿每样两件，便叫秋纹送给宝钗。芝哥儿坐了好半日，才各自歇去。

次日，贾政从衙门回来，贾琏接着说道："今早周妹夫那边差人来报喜，说周妹夫由头等侍卫放了务关协镇，谢过恩就到老爷这里来。"贾政道："这事我已知道。今在衙门听说海疆甚不安静，甄公有《筹边四议》，奉旨着军机大臣会同该部议奏。发出抄来，便知何事。你妹夫蒙如此厚恩，亦当力图报效才是。"正说着，林之孝来禀，说是："本部尚书窦大人在部，立请老爷议事。"

贾政即忙坐轿到工部来。那知甄安抚《筹边四议》中有"请筑海塘，以工代赈”一条，军机处奏交工部议奏。奉旨：速议请旨。窦大人接了知会，即着人来请两位侍郎公议。贾政到了工部，左侍郎乔人人已先到了。大家商酌，取原奏一看，上着：“边海安抚臣甄嘉言，为建策筹边，仰祈圣鉴事。”内叙：

连年海氛，事事边费繁多。臣即管窥所及，敬方陛下陈之。一宜裁冗兵以收实用也。从来兵贵于精，在当日设兵之时，原额本属无多，迨承平日久，操练不时，渐以少年游惰，滥充额数。技艺既不能勤，粮饷遂致冗废。

臣愚宜饬各镇臣，靠实简阅，加意练习，去其冗数，归于实额。则兵可用，而不致有名无实矣。

一宜开屯田以寓兵于农也。窃查海疆形势，与他处负隅者不同。海寇去来无定，若专兵坐守，则饷为虚糜，不知寇到何日。设不防御，将一时有用，又恐招募缓不及事。臣愚宜将闲旷土田，划开疆界，即以分防之兵，借一年之饷，使为农器，各垦田亩，自为衣食。转饬领队各官，不时操练。无事则各安其业，有用则一呼而集。庶一劳而收永逸之效矣。

一宜筑海塘，以藉工代赈也。自古无业之徒散则为民，聚则为寇。虽负性不甚纯良，然惟饥寒所迫者，亦自不乏。现在海潮冲溢，塘工多有缺残。而海寇往往藉此无业穷民，诱之使为前导。少有抢获，非不余沥偶沾，设遇官兵擒伤，类皆此辈实受其祸。而海寇转得养锋避害，以捣隙而乘机。臣愚莫如建修海塘，将此辈募工，自食其力，则不致冻饿，自不致为盗贼。而塘工亦可受其益，但如何筹款修筑，应听部臣核议。倘蒙俞允，则兵不动而寇无所藉，为先驱亦饷不糜，而民且资其捍御矣。

一宜建总帅以令归于一也。庖人不治，祝不越俎而代，语朝廷建官之制则可，而以论边疆御侮之法则不可。寇至，则各镇总兵自守厥宇，驱之任出，即彼此不相顾救，视天家之利害，几如秦视越疾，而寇遂得因之以售其术。强者避之，弱者侵之，百姓受其荼戮，大将任其牵制。此海疆之所由不靖也。臣愚谓兵权宜统于一，号令不容其二。择人为帅，使之节制诸镇，听其遣调。如臂之使指，则责有攸归，而功可建，亦词无可假，而过难诿矣。谨抒蠡见，伏候圣裁。等语。

贾政看了，指着海塘这条说道："此议虽好，但款项必有所出，才能享其利而不糜厥费方妥。"大家议了半日，尚无定见。窦大人说："明日齐集各司官，使之各抒所见。我们集腋成裘，不知可否？"两位侍郎说道："大人所见甚是。"遂散了，各回府去。再议。

后来，军机大臣会同户、兵、工三部集议，覆奏。驳了两条，准了两条。裁冗兵一条议驳。以"兵额自有定数，倘经裁汰，则兵不敷额，何以应用？当饬各镇臣勤加训练，以收实效。兵不冗，则无容裁矣。"开屯田一条议驳，以"溥天之下，王土王臣。海边何有闲田？若夺民之恒业以予兵，则兵未收其益，而民亦受其害。泥古人之法以治，三代后之形势断不能行。当饬各隘口酌设兵数，以资防守。而重镇则备重兵，以备征讨。庶民不劳而饷无糜，实为两济。"筑海塘一条议准。以"浙省地丁项下节留银二十万，盐课项下节留银二十万，织造库项节留银十万，再拨两淮盐课银三十万，共银八十万两，交浙抚派清正官员，募夫修筑。造册报销。"建总帅一条议准。以"将麾兵如臂使指，号令不齐，则各顾其利，而彼此无所统属，难以责其效而收其功。况海疆辽阔，镇臣不一。所奏建帅一议，诚为急务。相应请旨简派，以节诸将，以靖海氛。"疏入，奉旨："所议是，依议行。钦此。"

次日又奉上谕："周廷伦着升署虎北口提督，即经略海疆，节制诸镇总兵，进剿海寇。钦此。"报到侯府，周琼听了，一喜一虑。喜的是世受国恩，父子皆为朝家柱石，足光史乘。虑的是廷伦齿幼，海边任重，恐其不能肩荷，有负恩遇。正踌躇间，忽传："贾大人亲来道喜。"周侯爷连忙接人。贾政道："贵乔梓世膺重任，奏绩海疆，朝廷可谓得人。小弟谊叨葭末,亦与有荣。”周侯爷道:“小弟才听此信,深虑小儿年少,不克担此重任。望吾兄大人教之。”

二人说着,进了书房。贾政道了喜,坐下说道:“弟等昨日议奏此事,不知简派何人。昨晚军机处即奉此旨,小弟想令公钤韬,深承家教。今日得树绩边圉,亦不负吾兄大人数年之训诲。但幕中须得一好朋友,我们才可放心。”周侯爷道:“弟亦正拟此人,或得褚小松一往。当年同弟办过此事,似乎轻车熟路。但伊现在莲幕,恐未必远涉海隅耳。”贾政道:“褚小松为人最重义气,待弟回去替他一说,他必无辞。此人甚好。这事倒算妥了。”又问:“令公可知信否?”周侯爷道:“军机处昨晚已有信,今早我又专人去了,约明早必来谢恩。或接提督印,或径赴海疆,须请训后再定哩。”二人又说了一会,喝两道茶。贾政起身回去,就请褚小松,将周侯要聘的意思说了,褚小松慨然相允。贾政即写信与周侯爷,叫他送聘褚小松。

过了两日,周廷伦到京,面圣后亲来拜了,请了一席酒,就把行李搬到侯府,等候择日起身不题。

却说周廷伦谢恩请训,就命他即赴海疆,颁与经略边海将军关防,带领京兵三千,京营将弁十员,给假八日,刻即起身。外赐宝剑一口,金甲一副。并命他到地方时酌看情形,许其奏请便宜行事。周廷伦陛辞过,挑定兵将,吃了两日饯行酒,拜别亲友,在周琼前磕了头。周琼嘱咐许多边海机宜,及各处海道出入,皆当日亲自经过的。贾政送出城外,周廷伦方起身前去。

其未起身时,却办了一件家中儿女亲事:全哥儿已十几岁,不甚喜读书,探春从幼教训,腹中亦自通彻。最爱驰马拉弓,讲习武艺,研究韬略,从小便就是个将种。探春每尝甚爱香菱女儿阿娇,千伶百俐,虽大几岁,欲要定作媳妇,就乘着廷伦在家,把这意思求王夫人替说一说。王夫人便向薛姨妈求了,薛蟠有何不肯,一提就成。择吉日就下了定,两家便结为秦晋,甚是欢喜。

廷伦领兵驰赴海疆,未到之先,各镇皆投禀帖,请安,送履历。

一路地方官伺候整齐。因系经略,不敢懈视。一日到了温州海界,将兵驻下。即有各镇送到水陆各兵花名册,备用者三万余人。副,参、游、守、千、把、外委各官,计六十余员,皆在辕门听令。廷伦传令,响炮开门。见了各官,行了礼,点过名。把兵分伍编号,派官统领,周围屯驻,旌旗飘荡,金鼓喧阗,着实严整。

探得海寇苗子奇,离此不过二十里,扎营相拒。廷伦闻报,就备了马,带着向导及亲信将领十数人,出营勘看地势,好作计策。约走够十余里,见左边有座山,甚是崎岖。右边一带山溪,靠着树林,甚可埋伏。前离贼营尚远。据向导官说,去此二十五六里,有条山路,地名乌林,是海寇出入必由的路,现在无人拒守。

廷伦即回营,升帐聚将出令。拔令箭一支,派温州副将刘克胜,领兵三千,在靠溪的林内埋伏,候号炮一响,将兵截贼作两段断杀,并派台州参将王勇领兵二千助之。又拔令箭一支,派宁波副将霍有功领兵三千,在左边山坳内埋伏,号炮一响,截杀贼兵后队,又派温州参将郝磷领兵二千助之。两人领令,各自去讫。遂派京营参将向克捷、游击赵敏,带兵三千为前部,诱敌人伏兵处,听炮一响,即回军冲贼前队。又派中军协镇袁秉义在山头带炮手百名,嘹看贼人人了汛地,就放连珠号炮,以晓众将。又发柬帖一封,交杭州镇总兵阮喜、温州镇总兵展世杰,带步兵二千,挠勾手一千,伏在乌林要处,待苗子奇逃走到时,即为擒获报功。廷伦布置已定,即令三更造饭,五鼓挑战。

再说苗子奇这伙海寇,惟恃蛮勇,全无纪律。听说周廷伦兵到,就想劫寨。当夜三更时分,领兵前来掩袭。刚到半路,,听见周营响炮出兵,遂在半途屯扎。天才黎明,只见周兵已到,不分皂白,冲将过来。向克捷、赵敏来意本为诱敌,见其兵出无律,一味恃强,遂即倒戈,领兵向北诈败下来。苗子奇呵呵大笑道:“这等无用之人,也来打仗。”遂即追赶,不遗余力。袁秉义在山头瞭望真切,已见海寇入了重地,即令炮手放起连珠号炮。苗子奇赶的高兴,忽听山头炮响，吃了一惊，知有埋伏。要将人马收住，忽听右边密林内一声炮起，冲出一队人马，后面密密层层，无数兵将，把中队截作两段。前面诈败的兵却也金鼓齐鸣，转杀回来，箭似飞蝗，直奔前队，苗子奇正分兵迎敌，又听左边山坳内一声炮响，涌出无数人马，截住后阵。当下三路兵将，一涌上前。海寇如何抵挡？分头乱窜。杀伤无数，降者甚多。万数贼兵，剩了百余骑，护着苗子奇透出重围，不敢回营，绕着山脚小路，就奔乌林逃去。

走了半日，看见后面没有追兵，方才放心，缓缓而走。将及隘口，一声炮响，前面闪出无数旗帜，两员大将拦住去路。苗子奇那敢迎敌？就从斜刺里一条小道躲去。谁知走不到二里路，只听得一声响，踏着陷坑。苗子奇及亲随数员大将，皆跌入其内。原来阮喜、展世杰照依柬帖预备，即用挠钩手将苗子奇及诸将皆用绳缚。其余兵丁，亦投降了。当将苗子奇等押赴大寨报功。周廷伦把苗子奇打入囚车，写折解京报绩，并催人马前进，直逼海口下寨。

却说贼首黄天印闻苗子奇被擒，吃一大惊。细访来帅，方知是周琼的儿子，心中甚惧。便将海边各寇尽行撤回岛内，坚守不出，以待粮尽再行掳掠。廷伦到海口，住了数日，甄安抚亲来会面，商议抄除之策，非用水师不可。因查水师，实不敷用，且将多有被议革去职衔，戴罪立功之人。未免呼应不灵。甄嘉言缘前建议被部驳了，不敢再请添补水师。

廷伦不得已，只得自己草奏一疏，道：

为水师人才难得，恳恩弃瑕录用，以收实效事。窃照浙省海洋，南北绵亘千里，中间岛屿丛杂。盗匪易于出没，而巡缉查拿，非水师得人，不藉其力。臣廷伦仰承恩命，经略海疆，无不聆遵圣训，实力严缉。惟水师将弁，与陆路不同。现在海寇潜匿山屿，远隔海洋，必须熟谙风云沙线，以及往来驾驶之法，练习有素者，方克胜任。无如此项人员，多因巡缉攸关，有洋面疏防之案。一经参处，即应离任，处分最严。日积月益，渐致悬缺,题补无人。臣查海洋界址参差,犯案时,即事主船户,亦不能供指确凿失事处所,定为何汛,所辖罹吏,议者往往不尽得其实。臣愚仰恳圣慈宽其既往,以责将来。将此等应行离任之员,除实在懈弛者即予降革外,其情有可原及素谙缉捕之人,可否改为革职留任,俟八年无过,准予开复。则该员自必倍加奋勉,而臣亦收臂指之效矣。为此谨奏。

奉旨:"着照该经略所请,行该部知道。钦此。"

水师将佐得廷伦此奏,免了处分,无不感悦。内有水师游击蔡廷献,久任海疆,熟悉水道。凡一切海寇经由捷径无不洞彻。他待诸将退散后,却自暗进帐来,说道:"水师诸将佐蒙总帅特奏之恩,尽皆感激,以思报效。末将居海疆,从百长荐升此职,已经三十余年。海屿出没及停舟藏奸处所,大概皆知。总帅若纳愚言,在各要隘设聚舟师,不过四五十只,互相联络,彼此照应,则贼匪无所施其劫掠,而海疆不期宁谧而自宁谧矣。"

廷伦大喜,命坐赐酒,凡其区划,无不一一听从。所用兵弁,亦皆听其派拨。各隘口不过六七处,用舟师五六百只,兵将一千余人。海寇船过,远用炮轰,近用水卒十数人潜伏水内,凿透船底,立就擒获。行了数月,黄天印大惧,躲人近粤东的岛山。温、台一带,便无海寇。商旅无恙,居民安堵。周廷伦将蔡廷献专折保举屡次,升了台州镇总兵。并前此拿苗子奇的阮喜、展世杰,一升水师提督,一升陆路提督。诸将弁无不悦服。海疆虽然宁静,未遽撤兵。周廷伦加了衔,暂在温州驻扎,待擒贼首,再行班师。

那日与褚小松闲谈,提及海寇潜匿粤境,必须设法诱之使出,方能擒获。褚小松说:"此事若在旱路,便易施行。此处重洋遥阻,诱之不易。非熟习海道者,不能建此奇功。"因传蔡廷献同议。廷献说:"此时黄天印巢穴,并不得其实。纵有奇计,无从施设。惟有四月八日,每年佛会,黄天印必到温州佛殿进香。变易装束,人莫能辨。惟一饭店尹姓者,是其居停。旧岁兵马倥偬,彼仍到此。今年离此太远，或不肯来。倘来之时，则伏兵擒之，一卡力耳。俟过了这日，再图别策。尹姓与末将素好，总帅将此事交与末将，临期再来请示。”廷伦大喜，留与小松共饮，并同吃了饭，才叫回去。

这时在三月初边。倏忽即离四月不远，温州惟这佛会是个大热闹的日子。百货云集，各样顽意无不备具。初一日开了庙门，至十五日止，进香者不可亿计。到了初八这一天，人千人万，拥挤不开。那知黄天印借此来探动静，又知此日人杂，无可稽查。谁料蔡廷献早得消息，密禀廷伦，在城门口，推说海寇扰边，巡缉异言异服之人。将南北二门闭了，惟留东西二门，听人出入。那庙正在东门里头，将两门各设一眼，一俟黄天印进香回去。埋伏数百人，皆千中选一的好汉。一时号起城头，廷献带着眼击鼓为号，乘势出其不意擒之。海口又埋伏健将数员带兵数千，防其事急为变。且虑其冲突出城，亦可带兵擒获。廷伦安排妥当。

黄天印诡计百出，预先说是亲来，心中怕廷伦利害，将自己船只远远湾在避风屿内。临期派了心腹上将刁弼、元辅二人，保护其子黄袭美代己进香，便探听廷伦虚实，以便窃发。黄袭美改了道装，轻易不出，以为人所不识。无如刁弼却与蔡廷献交过手，彼此是认得的。此日虽改了道装，廷献留心，却看出来。但作眼的不见天印，让他进城，再瞧底细。庙会络绎不绝，商贾贸易，皆是他乡外处之人。黄袭美杂在人中进了香。傍午刚到城边，就有人拦住，尚未答话，刁弼走到开口说：“贫道是福建来进香的，这个是我徒弟”。一言未毕，廷献城头击起鼓来。城门众兵一声喊，将门关上。七手八脚，就把黄袭美擒住。旁边有一头陀，拔出戒刀，就来夺人，却是元辅。那说话的道者，也拔出剑来动手。城门这兵，内有温州副将刘克胜，勇敌万夫，便拔刀敌住头陀，参将王勇、郝磷也一齐挥刃上前，来拒刁弼。城上蔡廷献带领马兵下城，用绊绳将他二人绊倒，一并擒获。凡系僧道装饰者，又擒了六七人，皆是随来偏裨。众将擒了袭美，尚恐天印在城内，不许开城。即押他来帅府报功。

廷伦立时升座，将袭美押来，抗不下跪，延颈待命，并无一言。刁弼、元辅亦是如此。廷伦见其顽执，并不动气。转以好言安抚，令人将袭美绳锁松了，赐以酒食。令人防守，使之知感。刁弼、元辅另在一处械系，严加看护。即令褚小松用善言劝他写书与黄天印，令其来降，父子依然相聚，可保无虞。不则将军升帐，一声令下，便不能保首级了。黄袭美一时负气，转念谁不贪生？这两日感廷伦相待之恩，听了小松所言，深为近理，便肯投降。刁弼二人，不得见面，无可商酌。遂就允了。

当下小松回了廷伦，立即叫他亲写家书，招他父亲归顺，不失副参之任，就把游击札付填上。黄袭美刻即换了衣冠，便为天朝臣子，心中大悦。叫他亲信家丁任阿七赍书回去，并将自己受职的情形，对黄天印告诉，劝他归服。廷伦在阿七未起身时前二日，暗将所获贼目中放脱一人，先使回屿报信。那人叫作黎昂，得脱出城，找着来船，星夜来避风屿，替黄天印报信。

黄天印听见袭美被擒，只说了声："疼死我也。"就靠在椅上闭过气去。左右上前急救，还出气来，急问黎昂道："你可知世子被擒，此际存亡如何？"黎昂说："我等被擒，各自监禁。我乘夜扭锁逃出，未知世子之事。"原来天印只此一子，最所钟爱。前降香时，想着人千人万，何能辨得出来？佛会这炷香，非袭美不能替得自己。今闻被擒，心内着急。方时传令，齐集各岛贼日，直捣温州，以索世子。

只听阶下一人连声说道："大王且慢动气，徐容斟酌。"天印一看，却是谋士郑犹龙。连忙问道："先生有何妙策可救吾儿？"犹龙道："世子被擒，存亡未卜。今若扫境兴师，廷伦用兵，出伊父右，未定决其必胜。倘过激而令世子有变，则万难挽救矣。不如差一能干探事，潜入城中，探得世子确信，再图良策。不知大王以为可否？"天印说："很好。就如此办。"

正要差人，忽报任阿七回来，带有世子家信，在外候令。天印说："快传进来！"未知任阿七所赍何书，且听下回分解。

第二十一回　秋试春闱双得意
嘤鸣萝施两随心

话说黄天印虽在船中，停泊避风屿内，却有自备的行寓，盖造的亦甚体面。当日正坐堂上议事，听说袭美差人赍信，一面传来人入见，即一面走下堂来。见了任阿七，急急问道："世子身体可好？"任阿七道："世子被擒到府，周帅相待甚优。亲解其缚，送到公馆，用好饮食奉养两日。有位褚师爷，向世子说了一席话，世子要受了他的职，不敢自专。特赍表来，请大王的示下。"天印道："廷伦果如此待世子好么？"任阿七道："小人如何敢说谎。"天印听说袭美得所，心中甚喜。即取家书看了，大约是说：与其海上为寇，不如朝里作官。就着周帅肯为昭雪，不可失此机宜等语。

天印看罢，踌躇不决。便将这书递与郑犹龙瞧。犹龙看完，说道："据末将意见，此时欲战不可，欲退又恐世子吃亏，但不知周帅主意云何。得一人到城中窥其虚实，或藉此得受招安，亦是我们出身一着。"天印道："如此甚好。此事非先生亲往不可。"犹龙便备了礼物，赍了天印谢启，并寄袭美的回书，带四五人，驾快船，便向温州来。

城门口问了备细，禀知经略，着中军袁秉义持了令箭，才放他进城。领到府门，袁中军缴了令，方传郑犹龙入见。犹龙走至堂前，只得下跪叩见，廷伦吩咐："起来。"设座侧首坐下。问及来意，犹龙遂道:“本愿归附,但恐失势,或不能自全,则进退便无据了。大帅恩待推诚,故敢直陈其隐。”廷伦道:“这却怪汝不得。待我一面奏闻,如蒙圣恩宽宥,则汝等皆得叨列名位。即我此番招徕,亦不虚负。而汝等更生向化,岂不较海屿负隅别有人间?”郑犹龙闻言大悦。周廷伦便派袁中军领他去见袭美。

当日即拜发折子,内说:“海寇黄天印,畏威戴德,情愿投诚。可否仰邀圣恩,网开一面,宽其负隅之罪,予以自新。授伊等参、游职衔,量移内地,则解其兵势,即可除彼异谋。兵不必备,饷不必筹,而边海自臻宁谧。臣未敢擅便,仰乞睿鉴。谨奏请旨。”此折由驿差官驰奏。

郑犹龙见了袭美,章服华丽,居食鲜美。咸感廷伦恩遇,便对周廷伦说道:“大帅如此恩度,犹龙虽海上愚顽,宁不知感!待我回去,力劝我主。俟圣旨果容悔过,即刻投诚,再无异念。”廷伦道:“我自尽其在我。汝去甚好,再听我信。如圣上必欲剿灭,则汝等亦当善自为谋。汝就去罢。”当即给了许多币帛荷包等物,以答其礼。犹龙欣喜而去,报知天印,亦甚衔戴。

不数日,折子批回,廷伦拜接了折子,打开折匣一看,上奉着朱批道:“天负昂隅海屿,屡扰边民,罪不应赦。但好生之德,不忍置之度外。姑着照所请行。钦此。”

廷伦接了此旨,即用檄文饬知天印,并着袭美又写信,叫他内附。屿中又经犹龙力劝,那黄天印果决意归降。定期先着犹龙进城回明,方才亲自缚了,衔土投诚。廷伦出城,受了降。亲解其缚,与之并马同进城来,使其子袭美相见。父子抱头大哭,亦甚可伤。廷伦当即大排筵宴,从厚相待。另备公馆与住。遂又拜发折子,具奏说“海寇尽降,天印等量赏何职,以安其心。现在边疆宁静,应否班师,并候圣裁”等语。此折虽发,尚未奉旨,只得听候。不烦冗叙。

却说芝哥儿静处读书,以应秋试。六月间,蔡念典点了福建副主考,贾兰点了湖北正主考。门上贴了“回避”,即时出京去了。七月初,梅御史这年高兴,考差点了河南副主考。芝哥儿在监录科,高高取了。八月初间,闵师爷同苏又卿坐车到府,替买卷子,看写卷面,亲自投递。取了卷票回来。王夫人、宝钗替他备下号帘,油绵的雨帘,高丽油纸遮顶。叫焙茗备置考篮、小棕帚,雕空折腿的板凳、银炭、铜铫等物。又备没面小毛狼皮褥一床,细绒薄毡一件,桌面小办毡一条,卷袋、蜡袋、铁锤、铁钳、大小钉子、壁灯、蜡台,应用各事。薛姨太太送吃食之物最多。闵师爷送了茶腿二只,板鸭四个,细茶食四斤,顶好八宝菜二罐。周侯爷,梅夫人处皆送食物。苏又卿送了下场水笔十枝,墨一笏。董姑爷送了柏油烛四斤,银炭八斤,及别样点心数匣,火腿二只。周巧姑爷送了香碧稻米二包,各样小菜二盒。其余亲友皆有馈送。王夫人备了人参二大支,用荷包装了,替芝哥儿带上。又备了龙眼膏一块。凡食用之物,无不备具篮内。贾政、贾珍、贾琏各坐了车,同闵师爷及诸门客、周巧姑爷、薛虎哥儿皆送芝哥儿进场。

初八日黎明,到了贡院,看了牌,在西门第四牌上。点了名,领根照人签,此处就不容上前了。芝哥儿接过行李、考篮,看篮上拴二百京钱,重叫焙茗系紧。辞了贾政及众人,挎着考篮,解开怀,用带束住,背了行李,拿根签就到搜检砖门边来。贾琏充着小京官,就挤上去一看,只见芝哥儿到了砖门,放下篮子,有两个外班的人,便从头搜了 遍,又将篮内看完,坐褥也搜了。就扶着芝哥儿说:“搜检过。”进砖门,到头门搜检,就看不见了。贾琏退出,禀了贾政,遂各坐车回去。

再说芝哥儿领了卷子,看一看,用蓝布包好,装在卷袋。归了号,要号板,叫号军打扫号房,挂油顶,钉号帘,一切齐备。归号歇了歇,将钱赏了号军。银炭、铜铫交给他,就叫他煮粥吃了。在号门口站了站,看见各号纷纷,皆是求名之辈,心下一忖。即看自己,忽又笑了。

天色渐晚，又吃了顿饭，坐在号房，不觉睡了。忽梦见一位真人，领着多少仙吏仙将，在各号房有插红旗的，有插黑旗的，独自己号房上插了一面黄旗，就过去了。赶上后面随从一问，说是敷文真人。

蓦然惊醒，天已三鼓。自己沉心内镜，又睡一睡。号军就送题纸，芝哥儿接了题纸，看了头题。号军要来点烛，芝哥儿说："不用。"就静坐着，一想这题蕴，透彻无遗，定了腹稿。日初后，吃过粥，研墨舒纸，一挥而就。又细细改窜一回，就作第二艺。日将落，三篇脱稿。诗题《赋得蛾子时》，得时字，五言八韵。天未二鼓，八韵俱成，誊在纸上。虑油污卷，将卷装在袋内，挂在墙上。重将三篇文稿取出，复加意推敲一番，十分得意。歇了一个更次，天将亮，叫号军洗手净脸，热好人参吃了。将卷取出，把文章誊了草，将真用心写了，一字不错。才把诗稿录草誊真。那天才未正，吃个点心，喝盅茶，把诗文又仔细看了一遍，装在卷袋。把笔墨收起，所剩食物给了号军。其余二场应用，皆细细装入篮内。用带把行李捆好，出了号甬，到至公堂左首交卷，就烦收卷官看了。规矩不错，领了照出签，便随众出龙门。

焙茗、林天锡早已看见，接了行李、考篮。贾琏、闵师爷、薛虎哥儿皆一齐上前接着。出了砖门，董姑爷、周巧姑爷迎着，连说："得意。"便问："题目可应手好作？"芝哥儿说道："不觉难。有个草稿，到家请教大家。"说着话，各上了车。闵师爷独自同芝哥儿一辆车坐着，便将作意细细问了，又读了前八行。闵师爷大喜道："这科再无人出其右矣。"说着，就到了家。

贾政正在书房等候，芝哥儿请了安，贾政便问："文章可有草稿？"芝哥儿说："带来了。"贾政叫取出，同董姑爷及诸位发过的看，决其得失。芝哥儿便到后边瞧王夫人、宝钗及各位长辈。薛姨太太亦等着见了，问了问场中事，大家欢喜。将预备接场的饭菜叫芝哥儿吃了,就去歇息,好进二场。焙茗等替装篮子。进了二场,接着三场。这五道策,更条晰。头场文稿,董姑爷看了赞好。周巧姑爷游夏莫赞,惟闵师爷看了又看,说道:“这等的见解、气体及词采,置在第二席想是再不能的。老先生预备喜酒,晚辈先喝一盅。”贾政大喜,即叫备酒。大家吃了一个更次才散。

芝哥儿三场已毕,房考阅了首荐,大主考亦击案相赏。其诗有两联更警:“兼旬擎易举,一篑力难亏。层累功由渐,纷营念不移。”纯用虚描,尤为超脱,拟以为元。因是南皿卷子,不便作解,遂中了第二名南元。

到了揭晓这日,闵师爷约了周巧姑爷、薛尚义、贾琏,半夜间就到府前看榜。到五鼓后,榜亭到了,吹手奏着乐,监临同地方官赶开闲人,就席棚上张挂起了。看榜的人势涌挤,贾琏挤上去便看见:“第二名贾茂,江南江宁府上元县附贡生,习《书经》。”心中大喜,挤出来告诉众人,叫焙茗回府,飞马报喜。那知焙茗到大门时,在门口送录条已早报了。贾政大喜,赏了酒饭,又赏了五十两银子。报子谢赏而去。王夫人、宝钗举家皆喜。芝哥儿替贾政、王夫人、宝钗及各长辈磕了头,忙到午门,随众谢恩,见座师、房师,吃鹿鸣宴。只到下午方回家来。那时贺客盈门,荣府又向各亲戚差人报喜,忙了几日。芝哥儿谢房师,拜座师,会同年,刻齿录,办朱卷。只到十月底,方才得闲。

那知芝哥儿随缘度去,他却全不在意。与史湘云时常谈论。到精奥处,便至忘了饮食。闵师爷见芝哥儿中了,且中的甚高。入冬后,贾兰回京销差,梅御史也来了。蔡念典却放了广西学政,曹紫庭差满,连端木楷、李云龙一同进京。知芝哥儿中了,梅御史另送贺礼,大家又吃了几席酒。

早已腊尽春回,远近赴礼闱的皆陆续到齐。二月初,在礼部买了卷子,彼此互送些下场食物。到了初八黎明,点名搜检,领卷归号,也与乡试规模相似。芝哥儿拿着考篮、行李,来到宇字号,卷面印着"宇字贰拾叁号"。才要进号,只见闵师爷接着,笑道:"好呀,老世兄,也在这宇字号吗?"原来闵师爷是宇字贰拾壹号,忙叫号军接了考篮、行李,扫号挂帘。安排未定,忽见端木楷同虎哥儿一齐走进宇字号来,芝哥儿连忙招呼。二人一见大喜。端木楷在"宇字拾号",薛尚义在"宇字肆拾号"。各在本号收拾好了,大家就凑到芝哥儿这号来,坐着说话,较场外十分亲热。各把菜蔬拿来,间坐吃粥吃饭,直到二更以后,方各归号稍歇。

五更将近,闵师爷早起来点烛,候接题纸,看芝哥儿却未点蜡,不便叫他。一刻间,题纸发下,各号军分头送去。芝哥儿早起静坐,接题纸看了。头题是"巍巍乎其有成功也"一节。芝哥儿将题中"也"字细味了一番,觉文章与成功不可板对,而题神仍找足"德无能名"上,方为得神。再说两"其"字,笔笔切定,"尧"字不落陈言,便用遥对局,中间作一小枢纽,从成功全体中折出文章,以赴题之口吻。主意已定,正要落笔,只见闵师爷同虎哥儿掀开号帘,说:"题旨认清了不曾?"芝哥儿把号帘挂起,让他二位号板上坐了,自家坐在板凳上。还未答言,端木楷也走来,说道:"好难题目。这个题谁不有几句体面话,,怎能出色?我竟想不出了。"闵师爷道:"我也如此说,何不大家参证一参证。"芝哥儿说:"时光甚迫,闲谈无益。各就已见,脱了稿,再一斟酌。今科作伙同年,方不负同在此号。我非自以为是,此题总要切定'尧'字落想,笔笔放清题位,找足上节'德无能名'意,便不至有题面而无题神了,诸先生再酌之。"大家说一声"是",就各回去作。

芝哥儿凝思藐虑,午前头题就有了稿,费工夫又改窜一个时辰,便作第二题。申初时,也脱了草。闵师爷拿头题文稿来,请芝哥儿改削。芝哥儿看了一遍说:"气体醇正,词义光昌。先生这科稳中了。但入手领脉再灵,则前列后矣。"闵师爷也看了芝哥儿头篇,似截非截,似对非对,中用一钮,化板为活,与自己认题立局,迥不相同。又一时领会不清他的作意,不好赞,亦不好说坏。只得作商酌的语道:“此题老世兄如何不对发呢?”芝哥儿说:“一时兴到,工拙不计。求先生替我斟酌。”闵师爷道:“咱俩笔墨不一样,我也竟不知何伯何仲了?”正说着,端木楷也送文稿,同虎哥儿走来。大家一看,他三人文境相仿佛,皆与芝哥儿意见不相合。芝哥儿用笔转替虎哥儿改了二小股,中后也换了数处词句。端木楷的文,入手也改了数句。因是场中文,皆不肯劝芝哥儿另作,遂各回号作文。

那天将起更,芝哥儿三艺皆完。诗题是《赋得行不由径得心字》,五言八韵。约近二鼓,便作完了。闵师爷将第二与第三篇文稿拿来,给芝哥儿瞧。掀开号帘,见他举着诗稿沉思,便说道:”好快呀！连诗都脱稿了。”芝哥儿让进号来坐下,他便将诗微吟道:

捷得夸千古,率由慎士林。
其旋昭素履,无愧矢初心。
境若迂而坦,机宁巧以深,
任他材鬻异,凛我度惟金。
不改周行示,何居曲径寻。
气凌蛟可夺,识迥璧堪沉。
仰止高山重,尊闻跬步钦。
非公期弗至,空谷景来音。

闵师爷道:“这诗可谓绝唱了。”又看了一遍道:“这金韵与沉韵,直令我百思不到。”便将文稿与芝哥儿看,芝哥儿说:“好,可与首艺相称。这科必定高发。但三艺后幅微弱,再振则前列矣。”闵师爷道:“我实在无余勇可贾,求老世兄替我振一振。”芝哥儿辞不过,就替他将后二比充了充,又替他做了反收一段。思议警拔,词旨炳焕。闵师爷读了,得此一收,便觉通篇起色。谢了又谢,才拿了文稿回去。诗得了主意,交四鼓时通有稿了,心中甚喜。来瞧芝哥儿谁知他已息烛睡了。就到端木楷那边一看,他正低头作第三艺哩。

闵师爷就往薛尚义这边来,恰好薛尚义正持着茶盅喝茶,连忙让座,说:“先生的佳作通完了吗?”闵师爷道:“才打出草,还未定哩。世兄先生可全脱稿了?”薛尚义道:“诗未有作。此题太板,直难于下笔。先生尊制何不领教,一畅我机。”闵师爷道:“我只押韵而已,何足言诗?令表兄一首,真是佳制。你该瞧瞧,便有依傍了。况世兄所创文稿,也该求令表兄改削,自有益处。他比咱们高着多哩。你想头题,咱们见解,相去不远。他却中间安了一钮,我总懂不过来,又不好十分劝他改,想必此题原不该平放,是咱们的见识低的缘故罢。”虎哥儿说:“我也如此想。由他替我改了数笔,我文便觉添些色泽。我正要拿这两篇稿儿,也要求他改削去呢。”闵师爷道:“他睡了。你何不把诗作了,再求他看何如?”说了,就回号去。歇了歇,点好烛,将首艺又仔细更改。

那天已将晓。芝哥儿洗了脸,喝过茶,又把人参吃了,叫号军去煮粥。用油纸将各样小菜、火腿、板鸭、风鸡、笋干、鹅蛋、鲞鱼等物摆好,叫号军请闵师爷、端木楷、薛虎哥儿来同吃粥。诸人皆熬了夜,现叫各自号军,用水洗了脸,便将卷袋文稿带着,同到芝哥儿这号来。吃着粥,便问:“诗文都脱稿了?”端木楷道:“第三篇后幅未完。”虎哥儿说:“诗有四韵了。”闵师爷道:“我虽得草,也多未稳。”大家吃完,叫号军收拾过去。端木楷道:“老世兄,我这后幅要求你替我作一作。我从三更以后,就像江淹才尽一般,左右想不出意思来。”芝哥儿说:“如何使得?风檐之文,得失所关。见到处,相好弟兄无不直言。全叫弟作,弟如何敢妄为。倘场中此处看坏,这不叫小弟有口莫赎了。”闵师爷道:“世兄所论甚是。”端木楷道:“我实说罢,这会我精神着实恍惚,总作也无奇思。求老世兄替我满幅,则相感无尽矣。”芝哥儿不得已,将他第三篇稿子一看,果然不敌首艺。将前路替他改了几处,后幅替他补足。一刻就完了。端木楷千恩百谢。又把虎哥儿文稿替他增损了好些,各自回号誊写。

芝哥儿才拿自己的诗文草稿又斟酌了一个时辰,那天已日出多一会了。先把草来写在卷上,才仔细将真来誊好,天便午末未初了。将卷子读一遍，一字不错，用卷袋装上。把号帘各物摘来收齐，作饭吃饱。将剩的东西赏了号军，装好考篮，将卷袋挂在项前，才问闵师爷，真也将次誊完。便瞧端木楷，誊了两篇，直拉住芝哥儿求改诗，芝哥儿又替推敲一会。

便来看虎哥儿。他三篇文章便誊清了，诗差二韵，正在那里苦吟。芝哥儿看他三艺却还可观，说道："老弟今科又要中了。可喜！"虎哥儿说："小弟一生功名，皆承兄赐。这文若非我兄手削，小弟如何作得来？这诗还要求兄成全小弟哩。"芝哥儿看他的诗多不稳，替他改了数字，又替续了二韵。虎哥儿大喜，照稿誊好，又补了诗稿。收拾了，就要交卷。芝哥儿说："且慢，咱们四人既同号，须候齐同出去。"这时闵师爷也就完了。直到申正，端木楷才誊完。芝哥儿替他检点一番，通无错字。帮他收拾完了，一齐出号甬交了卷，领签出龙门。接场的人接了篮子去，上车各回家去。取出稿子，各家亲友看了，无不赞好。此是看场中文的习气。

不多时，完了三场。大家等晓。芝哥儿的文经房官荐了头篇。入手"今夫无心成化者，天之道也；有心无为者，圣之德也。"大主考深加赞赏，批道："脉细神真，超超元箸。"接下处"夫浑而举之，则曰成功；析而言之，则有文章。"批道："以提作转，髯苏得意之笔。"后幅"天下有尽者事功，而事功不足尽之；天下易宣者文教，而文教不能宣之。"批道："滴滴归源，囊括一切。"遂在进呈卷子数内。那知他小讲起句"尝谓圣朝不事铺张之烈，而郅治亦无多条教之"，悬合了圣意，朱笔批道："名论冠场。"就钦定了会元。

礼闱榜发，报到荣府，贾政大悦，王夫人、宝钗合家无不欢喜。这科闵鹏骞因圣恩浙江广数，中在一百二十四名。薛尚义中九十六名。端木楷中八十四名。李云龙中三十二名。周国玺中七十八名。好亲厚友，同发一榜。应了芝哥儿"皆是同年"之话。芝哥儿又中了会元，把个闵师爷不惟自己成名，转为这些缘由，喜了个情不自禁。

礼部内领了花红，皆赴了琼林宴，各拜房师主考。薛尚义与芝哥儿又是同门。此时贺客纷纷，又忙着殿试。芝哥儿见了座师，才知会元是御笔钦定的。这件事传遍都城，登时抄遍，纸贵洛阳。连书坊刻的魁卷上，特用朱字御笔批道"名论冠场"。这可谓文章知遇之奇，从古未有的事了。

闵师爷看主考总批芝哥儿头篇之后道："也字元神独得，且波澜壮阔，不懈而及千古。"才悟出此题不该平放的理来。备了卷子，又该殿试。此科不知谁列状头，且听下回分解。

第二十二回 撤金莲奉诏迎婚
调玉烛班师锡爵

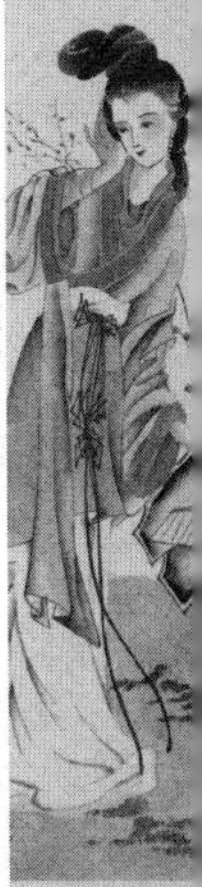

话说闵师爷因殿试期迫，来与芝哥儿计备策条。到潇湘馆，却遇不见。问看书房人，亦不知往何处，只得回去。

谁想芝哥儿走到栊翠庵找史湘云，别有参证。刚进房去，史湘云道："升沉一致，慎毋致悔岐羊。"芝哥儿道："蕉鹿是梦，岂有得鱼忘筌之理！"正说着，惜春也进来。芝哥儿替姑姑请了安，说道："姑姑好气色呀！"惜春道："是你要中状元了，我虽置身世外，那有不一脉相关的，气色自然要好。"史湘云道："通是非常之喜，我先贺一贺。老侄记着我往日话，莫把'仲春'二字忘了。"芝哥儿道："记得。"惜春道："你们说的甚么隐语？我全不懂。"史湘云道："你参一参，懂得好，不懂得好？"惜春无语。芝哥儿道："懂得不懂得皆不好。侄儿再转一语：懂得也是不懂得才好。"史湘云道："你解了系铃，解铃自然是你。"姑侄二人皆笑了。惜春仍是默然。芝哥儿遂吃盅茶，就去了。回至书房，知闵师爷来访，恐有要事，走去相见。大家商酌一会策对。

过了几日，就是殿试之期。在金殿前各备矮桌。那日天子临轩读卷，大臣侍侧。点名进去，各藉地而坐。散了策题，到日西时即催交卷。这天贾茂接了策问，时至微风，难以展卷而对，便将贴里项带通灵宝玉摘下，压着策卷好写。事也甚奇，那通灵宝玉不多时在卷子上现出光，映得卷子通红。贾茂便觉心地朗彻，文思泉涌，援笔而书。天尚未午，就有策稿。读了一遍，用心细细誊在卷上。贾茂书法本工，又得通灵之助，一字不遗，将策写就。天才午末，便交了卷子。恰好闵师爷也来交卷，遂同出午门，回府候信。傍晚，薛尚义、端木楷也回来了，大家说会殿试之策，各自歇去。

到第五日二鼓时候，内阁条子，单传贾茂明日五鼓入朝候旨。众人不知何故，甚觉着急，请闵师爷来议。闵师爷说："芝世兄先生大喜了。这定是殿在鼎甲，先传引见。第二日才传胪。向例如此，不必着急。倒是引见衣冠要伺候，不可草略。"贾政听了大喜，就叫芝哥儿去歇。家下派人到四更天来请，备了饭，给芝哥儿吃了。贾兰、闵师爷皆同着芝哥儿，在五更前就到朝房。贾兰人熟，在内阁里托人探信。

天才黎明，净鞭一响，驾临宝座。传：宣贾茂、黄鼎英、汪士屿入见。三人随旨而进。早有礼部堂官带到金阶前跪下，唱了名。只听殿上问声："贾茂是会元吗？"殿内有官跪奏说："是。"又停一会，礼部堂官就领了起去。出了午门，外面早有传状元是贾茂了。贾兰、闵师爷接着，问了问，听说唱名是第一个，心中大喜。忽见中堂大人皆退出朝来，这位中堂是翰林掌院。贾兰过去请安，中堂说："先生大喜！令弟贾茂是状元了。才引见，圣上大喜，已钦定了。只候明早传胪，就列金榜。果然令弟体格不凡，文才压众。"贾兰说："这是蒙中堂福荫。稍迟门生领贾茂到府磕头。"中堂说："这不敢当！但是肯赐教，我学生倒甚欢喜。"说着，就各自散去。

贾兰等坐车才到府门，只见门口围了许多人，报状元的要一千两赏银。林之孝、包勇正与之讲究。贾兰车到，下了车，就说道："报喜也得明日传胪才定，就是状元，何至要一千两赏银，这是讹了。他若再要喧闹，就交与该坊替办。"林之孝答应说："是！"众报子听了这话，才软了，央告林之孝。众家人作好作歹，写了一百两银子赏票，五十两折酒与花红。俟明日定了来领。众报子才散去。

贾政听芝哥儿点了状元，亲到宗祠替祖宗行礼。王夫人、宝钗皆过去磕头。宝钗回来，先替贾政、王夫人磕了头，重行道喜。贾政说："亏你守志训子，我还该谢一谢才是。"王夫人说："实在你可费尽心了。"说着，与宝钗皆想起宝玉，眼圈儿通红了。正说着，东府爷儿俩同贾琏皆来磕头，两府家人、仆妇、丫鬟们，分班道喜，贾政说："免了。"忽见贾兰同芝哥儿进来，现成衣服，就跪下替贾政磕头，连王夫人一齐，拉住芝哥儿磕头。贾政说："我要受你这礼，你算替族中增光了。"又替王夫人磕了头，宝钗也受过礼。贾政把引见事问了问，贾兰又把中堂的话述了一遍。贾政着实喜悦。李纨、平儿也来道喜。

薛姨妈到了，贾政便出，与闵师爷众门客去饮喜酒。王夫人接着薛姨妈说："正要叫他去替老娘磕头。姐姐却先过来，如何敢当。"薛姨妈说："我听外孙儿中了状元，我乐极了，先替妹妹贺一贺。芝哥儿从幼不凡，到底鳌头独占，也不负宝姑娘守他一场。"王夫人说："何尝不是。亏了令爱。我才也是这样说呢。"各处道喜的不断，薛姨妈喝茶就回去了。

王夫人便叫芝哥儿先到宗祠磕头，在东府行了礼，就到薛姨妈处。回来，李纨、贾琏、平儿皆让过，便到栊翠庵，替史湘云、惜春去见礼。遂即歇了，伺候明日一早传胪。忽报虎北口提督周姑爷来道喜。贾政早知周廷伦新赐三等伯，奉旨班师，不想今日到京。闻之，连忙接出，就让到王夫人上房来。翁婿一见，彼此称贺。王夫人见女婿奏凯回来，又得伯爵，心中喜甚，就留住了吃便饭。贾兰芝哥儿皆见了。

贾政便问海寇平服的事体。廷伦道："这海寇原不是兵力可平的。急则扬去，缓便潜来，远隔重洋，岛屿层叠，不知巢穴何处。且海道甚多，出没亦不能周悉。小婿若非计擒黄袭美，纵百隋何，也难使黄天印归顺。圣上深知其弊。现在天印补杭州副将，着实荣耀。密嘱抚台及各有司暗地察防，彼亦莫从异议。黄袭美放了扬州参将,繁华之地,少年易靡。其余各首领,授以游击、都司,皆在腹地。彼既解其兵势,亦难再为煽惑。海疆之上,可数十年无兵患。适面圣时,将此情形奏闻,深蒙嘉赏。给假半月,赏了名马一匹,大缎四料,荷包一匣,玉靶角弓一张,银五千两。着暂赴虎北口提督任,再候谕旨。”说着,就端上饭来。珍珠、秋纹往来上菜,不多时吃了饭,漱口,捧过茶来吃了。因芝哥儿要起早传胪,就辞去。

四更以后闵师爷着焙茗来请芝哥儿,并邀了端木楷、薛尚义同进朝去等候。周巧姑爷也在荣府宿的,遂同在午门。只见新进士陆续皆到,芮光祖未中,庾希亮中一百四十名。大家见了,说不多几句话,就听金钟远响。圣王已临轩了。新进士按会试名次,由午门东边的门鱼贯而入。点了名,贾茂是会元,在丹墀下尽前,同诸进士跪了。鸿胪寺唱:第一甲第一名贾茂,有领班的司员,俟贾茂答应一声“有”,就扶着贾茂,在品级石前跪下。又唱第二名,第三名,皆是如此。传胪第二甲第一名闵鹏骞,按次唱完。又唱第三甲第一名潘念祖,也挨次唱完。皆朝上行三跪礼,磕头谢恩。一甲三名皆簪花。开午门,状元领众进士由御路中门而出。大象不牵自退,百官纷纷皆散。

就有府里预备执事,外有红旗,左写“金殿传胪”,右写“状元及第”,在马前打起。东长门外看了金榜,赴恩荣宴,游街,用旗仗送状元归第。这也是读书人稽古之荣,朝廷雅化,作人盛意。贾茂青年俊格,白马红缨,旁观者啧啧称赞。路近临安伯府第,伯爷见了,想起当年不允亲事,心里着实不快,贾茂却全然不知。送归到府,旗仗伺候游街三日。入朝谢恩。同榜眼黄鼎英、探花汪士屿,皆授了职。状元为修撰,榜眼、探花为编修。面圣时,知是贾政之孙,又知青年未娶,便令撤御前金莲宝炬,为迎娶殊荣。贾茂又行磕头谢恩而出。就择日到翰林修撰之任,谢读卷大臣,拜掌院。

过了几日,便朝考传胪以下新进士,又分班带领引见。闵鹏骞用了庶吉士,李云龙也是二甲,用了部属,分在工部。薛尚义也是二甲，点了庶吉士。周国玺是三甲，用了部属，分在户部。端木楷是三甲，即用知县。庾希亮是三甲，归了班。惟状元有折冠带的银两，余皆领了旗匾。刻朱卷，会同年，叙齿录，也有多少事体。

却说芝哥儿蒙恩赏金莲迎娶，如何敢迟。贾政与王夫人商量，就把老太太旧住上房裱糊一新，作了洞房，择了四月十二日吉期，送到梅宅。梅御史从芝哥儿中了状元，有赏撤金莲迎娶之信，接了吉启，心中甚喜。一切妆奁早已备制，这个孙女素所最疼，又因荣府体面，奉旨成婚，诸凡齐备。请了曹少詹、董庶子二位，缘系至谊，就令送亲。

前四日，先把嫁妆送来，那知荣府洞房已有摆设，所有橱柜、桌椅、杌子、衣架、盆镜架各样木器，不是红木就是陈楠。独留了数处，配上梅府五彩描金各色器置，甚是辉煌好看。金银铜锡各样亦皆逐队成双，摆列齐整。荣府置的衣服被褥，有锦绣绸缎而外，如古所称大轸国供的重明枕、神锦衾，南昌国进的浮光裘。用的物件如玳瑁盆，夜明犀。更有元妃赐与宝玉的两个玉人：一名香玉，一名辟邪。各高一尺五寸，奇巧不可思议。其玉之香，可闻百步。虽锁之金石函匮，终不能掩。或以衣裾拂之，则芬馥经年，浣濯亦不稍减。此等陈设原不易睹。屋壁画对皆系古人名笔。梅府所送衣物妆奁，亦皆铺设。王夫人重赏来的家人嬷嬷，盛席管待。

贾政因奉旨迎娶，诸事从丰。家中头两日叫了戏子，摆席请客，邀了闵、薛二词林，陪着贾茂亲迎。家申请周巧姑爷、端木正谊待客。正谊系端木楷之号。头一天，诸亲来贺的，看戏饮酒，到晚来铺床撒帐，笙乐递奏，热闹一夜。

及至十二日迎娶吉期，前头打起“奉旨成婚”的牌来，宁荣二国公全付执事、衔牌、掌扇、旗仗、锣、伞，无不备具。一色穿戴家人，六匹对子马，两边清道。后摆工部侍郎的执事、衔牌，贴后摆着一对“状元及第”长条红旗，一边“钦点第一甲第一名”，一边“特授翰林院修撰”的牌一对。轿前列着金瓜，把御赐的金莲宝炬，用沉香木作亭子,安设在内抬着,在轿前引导。百子图三百六十个,金镜花轿新备,一路四班鼓乐,流星花炮,接连不断,约有数里。夹道香尘,观者称羡。贾茂骑着红缨白马,簪了御赐宫花,闵鹏骞、薛尚义穿翰林吉服,骑马两边陪着。焙茗作顶马,后跟大小家人二十余名,皆骑着马。前列宫灯四对,火把数根。锣声开路,皂役呼威。便向梅御史府来。

曹、董二位姑爷接了出来,今日论不得长亲,让贾茂先走,坐了上首。二处的陪客皆陪坐了。吃过果茶,又送上盖钟茶来喝了,接下钟去,就摆桌子,端碟子,斟酒让坐。贾茂逊不过,坐了首席,二位陪客各坐一席,曹、董两处相陪。递酒安坐,饮了数巡,就端上菜来,十分丰盛。吃了点心,用过饭,贾茂的跟随献过赏,贾茂起身到后边拜梅御史、邹夫人,受了两礼,请梅调鼐、宝琴相见,也铺红毡受了两礼,请梅调鼐,宝琴拜了,也铺红毡受了两礼,便领亲。月娥穿了吉服,顶着盖头锦袱,两边嬷嬷扶着,跟着贾茂,就上花轿。当下门前响了三声轰天大炮,鼓乐竞奏,锣声震耳,执事排全。贾茂骑上马,一路笙管细作,灯烛齐辉。不多时,到了荣府。曹、董二位在大厅上,自有周与端木二位照应管待。

却说月娥轿进了三门,到院门前落轿,贾茂对轿射了三箭,月娥才出轿。两边嬷嬷扶着,添胭粉,递宝瓶。仍是贾茂领着,跨马鞍,站在花烛前,贾茂行礼拜过天地,进洞房合卺、挑盖头、坐帐。一切仪节不知出于何典,只得照依俗礼行去。月娥是王夫人、宝钗见过的,李宫裁、平儿等也都见过。虎北口离京不远,探春接在家内。巧姑娘已来了半月。史湘云、惜春要看新人,就带全哥儿、长龄儿,奶母顾嬷嬷抱着会哥儿,及各房要进去的丫头,挤一屋子,来瞧新人。芝哥儿不好意思,往王夫人房里去坐。大家闹了半日,摆上梅府送的饭来,方才各散。前面唱戏待客,只待二更有余,客始辞去。

到了次日,梅小姐出房,分了大小,拜宗祠,替贾政、王夫人,同贾茂一齐磕了头。贾政、王夫人看着大喜。贾政说："该先替你母亲磕头。"二人便向宝钗行了礼。才替李纨、贾琏、平儿行礼，又替贾兰夫妇相让，就拉住了。众家人及仆妇、各房嬷嬷丫鬟，皆说："免了。"重行坐车到东府去磕头。回来皆有拜礼。

梅御史本不甚丰，此次月娥出门，多亏薛姨妈处相帮，诸事好看。这日拣箱，各处送个针线、荷包、瓶口及应用物件，有十二样的，有八样的，有四样的，甚觉周备。王夫人心内甚乐，收了八样东西，别处收两样，也收四样的。送东西却是跟月娥的丫头，一个彩霞，一个霓舞。得了赏赐，谢过赏，将未收的物件缴了上去。

第三日，梅府同薛宅皆有堂客来贺三，荣府在内里搭了戏台，备办齐整酒席款待新亲。贾茂逐一行过礼。演戏饮酒，直待更余方散。

回门住九，倏忽弥月，贾茂销假谢恩，日到衙门供职。闵师爷另寻住宅，接了家眷来京，与贾府相离不远。褚小松随周提督到虎北口去，闻芝哥儿喜事，来京替贾政道喜。

这日，贾政正值贾环有人到家，缘光州出缺，在陈留历俸将满，经抚台专折，因着人来部中安顿。贾政在书房问环哥儿衙门的事，闻小松到，急忙接人。褚小松问好，道喜坐下。贾政问起周提督署中有何事体，小松说："周令婿身子托庇平安，合署皆好。但虎北口出了一件无着人命，未知密云县作何审辨。倒是费手的事。"贾政因问何事。褚小松道："虎北口靠山一带，口里贩羊的是种好买卖。近有谢姓同伙计艾少川，贩羊四十只，进口报了税起单，伙计赶进来。艾少川因开店的李雪坡旧账未清，叫谢姓将羊在山坡牧放，他去问李店家算账，并要赶羊在他店里去歇。及至回来，一群羊不知去向，谢姓却被人勒在坡下，救已无及。报了密云县，遍缉十数天，毫无影响。那群羊也无一点破绽。这凶手却从何处擒获，移了营汛同缉，才能知有此事。又出了一件奇事：一农人家，弟兄同居，两月内各生了三个儿子，现在详请月赏。皆也是少有的。"贾政说：

"这是朝廷之瑞。"因留小松住了。

不两日,贾环的事批了"该部议奏"。部中托人,就议准了。便写信付来人回陈留去。嗣后贾环便升任光州,不在陈留。

十月间,贾政转了户部左侍郎,时年已七十六矣。面圣时,便就陈情。因其应对明晰,步履强健,令其赴任,不准退阀。贾政遂去户部到任。来贺者亦日款待,却又热闹了数日。

东府蓉哥儿虽用过千数银子,办个内廷虚衔,却不能随朝待漏,实有官守。因贾环从誊录议叙,不几年作到知州,心中羡慕。便求贾政,要舍了前职,另图新举。却适值国史馆初开,贾政便托人替他办了一名誊录,恰好派在董姑爷名下办事。诸凡照应,自不必说。

腊月初十边,庄头乌继美送了年例,开个手折。林之孝进来回了,贾琏便说:"叫他进来。"乌庄头磕了头请安。贾琏看那手折上写着:

大鹿四十只,獐六十只,狍六十只,暹猪二十口,汤猪二十口,野猪三十口,家腊猪三十口,野羊二十个,青羊二十个,家羊四十个,风羊四十个,鲟鳇鱼一百个,各色杂鱼三百斤,活鸡、鸭、鹅各二百只,风鸡、鸭、鹅各二百只。野鸡、野猫各二百对。

又一手折内开:

熊掌十二对,鹿尾八对,鹿茸四个,鹿筋二十斤,海参五十斤,鱼翅四十片,蛏干二十斤,鲍鱼二十斤,榛、松、桃、杏瓤各四口袋,干虾米二百斤。

又一手折:

上等霜炭一千斤,柴炭二万斤,胭脂米十担,碧糯五十斤,白糯五十斤,杂色粱谷各五十斤,下用常米一千担,各色干菜二车,外租六千五百两。

又一个红手本上开:

活鹿二对,白兔四对,黑兔四对,锦鸡二对,洋鸡四对。孝敬哥儿顽的。

贾琏看完，与年例大概相符。又与他说会闲话，叫林之孝领去赏饭，留他在京里逛几日，也照每年向例赏了。将银归入账房，所进各物除备年礼外，仍照每年分送合族。东府里自有庄头例进。渐渐封印。

王夫人与贾琏谈及带岁的锞子来，贾琏道："已经备好。"即向账房内取来，共金锞一百二十个，银锞二百四十个。内有梅花样的，有柿子样的，有如意样的，有八宝样的。分量不差上下，吩咐秋纹收了，以备岁除之用。

过了年，到十五日，是芝哥儿同月娥的二十整生日。张灯结彩，大设家宴，挂起各色花灯，一则庆赏元宵，二则替月娥作进门第一个帨辰。预备灯戏，合座追欢。又有一班十段锦，八角鼓儿、斗笑皮磕儿，便觉出色。放了几架盒子，各样花炮。天交三鼓，方才各自歇息。贾政在书房同众门客饮酒，请了闵翰林一同取乐。上了道玫瑰元宵，是闵公最喜的，添一碗也吃了，连声赞好。看会烟花，也才散去。

到了十六日，掌灯后，月光初上。王夫人叫人将各处花灯点上，请贾政带着贾琏等爷儿们在堂屋内坐了一席，自家带着史湘云、惜春、李宫裁，老少媳妇们，在里屋坐了两席，皆是丫鬟伺候。大家欢笑，团聚而饮。往日饮酒，再没这日快乐。

正饮间，忽见珍珠回说："林管家在外禀事。"贾琏起身，不一时拿个传单进房，回道："是翰林掌院有传单，叫贾兰、贾茂明早入朝，奉旨赐宴。"贾政说："仅为赐宴，还有别事？"贾琏说："无别事，就传赐宴，说赏梅花。"贾政说："知道了。"大家仍复说说笑笑，直到二鼓方罢。未知朝中因何赐宴，且听下回分解。

第二十三回　设宴题诗琼林独耀
披图入选风藻重荣

话说贾兰、贾茂明日五鼓起来，梳洗毕，就坐车到朝房去候旨。

这日栊翠庵红梅大放，映日迎风，迥殊往昔。史湘云备下茶果，着紫鹃等分请王夫人同李纨、宝钗婆媳及平儿，来庵赏梅。不多时，王夫人同李纨、宝钗、平儿来了。两家媳妇过节娘家来接，皆回家去。王夫人到了庵前，见沿高处一带红梅，觉得春光满目，心中甚喜。史湘云、惜春接出，让进庵内。在静室中坐了。窗外阶前梅馨扑鼻。吃过茶，大家出去，又赏玩了一会。只见雪消无迹，霞染多姿，韶华艳冶，处处怡人。李宫裁说："春光如此明媚，若非史妹妹今日见邀，真是忙忙错过。"王夫人道："何尝不是。今岁红梅亦较往岁为异。"史湘云道："红梅枝上应传春信，想必今年或有什么分外喜事，所以红梅特盛于往日。"惜春道："定是赐宴咱家兰哥儿弟兄，今日有什么升迁喜信儿罢。"宝钗道："但求应姑娘说，这就是满屋皆春了。"史湘云道："外头天气尚冷，请太太屋里尝尝我姊妹俩自作的蜜饯螺丝、到口酥儿。"王夫人说："很好。"就同进来，喝茶吃果子。

平儿看了惜春，忽然说道："太太看四姑娘，像吃了酒的。脸色怎么这样红？"众人听了一看，齐说道："果然气色好得很！满面红光中透出亮来，印堂更黄润得异样。"宝钗道："四妹妹道力深彻，养得足，此是精气偶露处。”李纨道：“二奶奶此论有理。”史湘云笑着说道：“什么道力，只怕是红梅春信。”惜春瞅了湘云一眼，也没言语。大家吃了会，就同王夫人到上房来吃饭。湘云、惜春皆用素的，另作几样嗄饭，大家用过。因在节下，各寻乐处。有下棋的，有斗牌的，有抢快的，有作手宝的。直乐了一天才罢。

再说贾兰、贾茂到朝房候着，掌院进去，又待许久，时交巳正，才有旨“传众翰詹人内春宴，仿宋太宗时赏花观鱼旧事。”众官先谢了恩，按品矮桌坐下。摆上宴来，一时笙箫递作，伶工侑食。午初就乐经三奏，席已将完。忽传出旨来：“今日春气融和，红梅竞放。诸臣珥笔随朝，各宜赋《春宴纪恩诗》。不拘体制，以便被之管弦，传为盛事。”翰詹诸臣遵旨，无不戛玉敲金，雕龙绣虎，仰承顾问。内中惟贾茂有一联云：“露晞丰草荣春宴，雪点红梅彻玉堂。”最蒙圣鉴。特旨命上丹墀，问道：“你是新科状元么？”贾茂磕了头，道：“臣蒙恩是一甲一名。”圣上道：“汝诗体制典雅，不愧古人。但红梅诗自苏玉局后，未闻嗣响。不知汝可记得韵脚，能次韵否？如能继步，朕当有不次之赏。”贾茂奏道：“臣才虽不敢仰希大苏，但蒙圣谕，着臣属和。臣愿勉和三章，以承恩眷。”圣上听说能和大喜，便叫内臣赏给笔砚纸墨，就在御前珥笔。倘无真才实学，这时如何应制？贾茂却沉思了一刻，就援笔立就。用楷书在侧理纸上端端正正写了，磕个头，双手一举，就有内臣接了，陈于龙案。只见上写着：

咏红梅用苏原韵

其一

寒觉寻春去较迟，东园晓人已多时。
由来艳态无真赏，谁把冰操改旧姿。
色晕丹霞非中酒，瘦欺绛雪忽浸肌。
到窗疏影偏留月，肯让秋飚桂一枝。

其二

思发花前早若迟，晴光融泄正芳时。
剪绡濯锦寻常遇，澹月疏烟一种姿。
老干仍留霜作骨，春愁未减玉为肌。
亦知世外悬清赏，不羡浓华着两枝。

其三

残雪开帘日影迟，天然丰格喜经时。
扶疏夜月曾留梦，烂漫春风别有姿。
不染云霞能设色，无偏雨露已沦肌。
东皇绯赐饶青眼，未散寒香绕旧枝。

翰林院修撰臣贾茂应制次韵。

圣上看完，龙颜大悦。说道："刻画工丽，不让髯苏，而托体寓意，点染红字，不失梅字气骨。可为杰作。"因传旨："遍赐翰詹诸臣同看，谓朕赏鉴何如。"当即赐花二朵，以继平一之盛，并新缎四端，文房四宝全付，用彰其才。仍令归席。贾茂磕头谢了恩，下阶回位。翰林院掌院、詹事府正詹俯伏阶前，同声奏道："贾茂诗格，直步子瞻，此皆云汉作人，才能奇才辅治。臣等不胜欣贺。"圣上听了大喜，传旨归班。诸臣就席又饮了一巡，遂皆谢恩起座。圣驾已回内殿，遂皆纷纷散出。贾茂这三首红梅诗，立时抄遍长安，转便宜书坊中，刻卖了好些时生意。

贾茂回府，贾政询知前事，合府欢喜。不意第二日一早，贾茂超升了侍讲学士。报到荣府，贾茂即趋朝入谢。奉旨诏见，贾茂进了宫门，红本上程大人带着。到了内禁门，就有首领夏内侍领到养心殿内，是听政暇时玩弄笔墨之所。贾茂在此候旨。夏内侍领进去，说："贾茂领到。"奉旨叫进来。贾茂到门槛外，先磕头，谢了恩。圣上便将荣宁二位开国时的功勋细细垂问，贾茂一一奏明。又问："贾政是汝之祖，谁为汝父？"贾茂又将宝玉奏闻，圣上大喜，说："元妃是汝亲姑么?”贾茂磕头,答应道:“是。”圣上说:“汝姑归省时,有大观图记恩一册,汝曾见否?”贾茂说:“臣未及见。”圣上便叫近侍在架上拣出,先看了一遍,才吩咐传与贾茂看。贾茂看见上面多少诗句,皆是当时笔墨,而宝玉亦有诗在内。便又磕头谢恩,便将册页缴上。皇上又问大观园规模,及山水竹石景况。贾茂因又奏道:“臣姑元妃曾命臣幼姑仲春绘图,现在臣家。一览此图,如涉其地。臣虽口奏,恐未明晰。”皇上说:“如此甚好!汝可出去飞马取来。”

贾茂领旨,仍随夏首领退出,即上车,火速到府,将此事禀了贾政及王夫人。遂即到栊翠庵,要出此图,忙用锦袱包了,陈楠木匣子装上,飞舆仍进朝来,恳程红本转奏。仍是夏首领传旨,将此图送内留览,并命贾茂回家候旨。

过了两日,贾政在房与王夫人正说:“此图入宫数日,不知何意?还未发出。”忽见秋纹回说:“林管家说,有夏首领在外要见。”贾政听说,连忙出去。林之孝禀道:“大门外有六宫都太监秉忠夏老爷,赍太后懿旨,有许多太监跟从。”贾政听了,便叫人回王夫人预备。急到前厅,摆上香案,开启中门,跪了接旨。

只见夏首领不曾捧诏,直至正厅下马,满面笑容。南面而立,口内说:“奉特旨,转奉皇太后懿旨:因阅贾政次女仲春所绘大观图甚好,有面问事。着贾政妻王氏立即带次女仲春入朝,在慈宁宫问话。”夏首领说毕,也不吃茶,便乘马而去。

贾政送了回来,即备轿,着王夫人带惜春,入宫面圣。史湘云说:“红梅春信今日验了。”惜春此时已交三十,奏报二十八岁。连忙束装,同王夫人坐轿入朝,改名仲春,认作贾政亲女。进了朝门,仍是夏首领带着,到慈宁宫。来至内殿,只见帘飞彩凤,帐舞蟠龙,鼎焚百合之香,瓶插长春之蕊。静悄悄无一人咳嗽。夏首领入内奏了事,才奉懿旨,着王夫人带女仲春入见。王夫人同仲春俯躬步阶,进了内殿,行毕礼,口称:“愿太后千春。臣贾政妻王氏,带女仲春,奉旨得瞻翠范,乞太后恕臣草茅,无任感激。”

太后看王氏两鬓苍老，颜面舒和。又定睛将仲春一看，生得体态端悫，容止典重。年纪约在二十四五，虽无羞花之貌，实有出众之仪。心中大喜，传旨："平身。"王夫人同仲春磕个头，站起来。太后问仲春道："这大观图果是汝所画吗？"仲春又跪奏道："是臣女奉臣姐元妃命所制。"太后说："汝起来说。"仲春站起，太后又问了许多话，仲春皆奏对清楚。太后大悦，吩咐赐宴。两边彩女近侍，就摆矮桌，隐隐的远处奏起侑食乐来。那知太后是要看仲春饮食局量，才有此举。

王夫人同仲春谢了恩，遂就席半跪而坐。不多时，斟上酒来。又磕了头，徐徐而饮。菜陈八簋，酒过三巡，乐止席终。太后赏了一柄如意，两套上用大缎。重复谢恩，仍命夏首领带出宫去。坐轿回府，将此事向贾政备细说了一遍，彼此猜疑不定。

这日，贾政下衙门到家，向王夫人说："探春这回要随任远出了。"王夫人连忙便问，贾政道："周姑爷奉旨升了浙闽总督，探春能不同去吗？"王夫人道："这是喜事，不知何日奉旨的？"贾政道："就是今早。周姑爷交代，来京谢恩、请训，要有个月担待哩。"王夫人说："我们该差人替道喜，就先接来家多住几日。"贾政道："也好。只怕他要收拾，未必就能来京。可差李贵去。"便向贾琏说了，派李贵向虎北口去了。

过得一天，贾兰又钦点了山西学政。忙了十数天，周姑爷也同探春回京。各自谢圣恩，请圣训。贾兰聘幕友，带着包勇、锄药七八个家人，先赴山右去了。贾政替周姑爷饯行，留探春在家住下。

那日，正同周姑爷饮酒，备说"圣恩隆厚，为臣子者难效涓埃。"只见林之孝忙跑进来，回道："夏首领捧着圣旨，骑马到门。请老爷快排香案接旨。"贾政听了，急忙撤去酒席，在大厅上摆列香案。自家换了朝服，跪在大门以内接旨。夏首领骑着白马，手捧圣诏，到阶下马。走至香案前，令贾政跪了听宣。夏秉忠举着敕诏，展开读道：

“奉旨。钦奉皇太后懿旨，户部左侍郎贾政次女仲春，德性娴淑，仪容端谨，晋封为凤藻宫尚书，加封贤德妃。俟三日习礼后，着备礼驾入宫。此谕贾政知之，奉旨。礼部知道。钦此。”

贾政磕了头，接了诏书。夏首领下来，见礼道喜。贾政再三谢了。献过茶，夏首领同贾政起身，到大观园择地，为仲妃行寓。就在怡红院设了围幕。立时，王夫人伺候着仲春搬人。即有太监看门，宫女伺应，闲人一概赶散。五城兵马司及提督三营派了兵役，在园外扎帐房守护。皇太后又差人赏了许多克食。

演礼三日，礼部备了法驾，龙旌风罢，雉尾官扇，对对销金提炉，焚着御香。仙笙天乐，一把曲柄七风金黄伞前导，两边銮驾执事全备。又有承执太监，捧着冠袍带履，香巾绣帕，漱盂拂尘等物。八个太监，抬着一顶金顶金黄绣凤銮舆。抬入大门仪门，往东进了大观园正门。贾政率领子侄在大门跪接随人。但见园中香烟缭绕，花影缤纷。许多昭容、彩嫔，请妃登辇。仲春换了袍服，洒泪别王夫人等。李宫裁、宝钗皆不便送。九声大炮，鼓乐喧天，夹道香尘，宫灯灿灼，仲春出了荣府，便自入宫去了。贾政到朝门，递了请安职名，方才回府。次日，赐宴群臣，到日晡时才散。贾政备了应用妆奁，到第三日奏明是仲妃寻常所用之物，方敢送人赏收。

周姑爷起身期迫，探春别了父母，回家收拾。到起身前二日到家，贾政嘱咐了许多言语，探春一一领受。又到薛姨妈处请安，并瞧瞧媳妇，留了好些物事，以作别赠。薛姨妈盛席管待，即为饯送。钦限紧急，周廷伦陛见后，即带着家眷到浙闽制台任去。端木楷恰好选了金华县知县，芝哥儿再三嘱托周姑爷，想自心照。董庶子先放了福建巡道，亦带了喜姑前半月出京赴任。贾政自从探春去后，与王夫人着实思念。亏李宫裁、宝钗二人，朝夕劝解，稍觉释然。彼时贾政已八十二岁，屡欲具疏致仕。因仲妃新沐恩纶，不敢遽行陈情。闻、梅二位至亲最厚，时相盅酒往还，颇亦不甚寂寞。

那日光州信到，贾环阖署平安。有升陈州府知府之信，带了银子来京打点。巡抚提本尚未到部。恰值贾蓉同苏又卿议叙了，贾蓉得了山西汾州府经历，苏遇得了直隶天津府兴济县巡检。芝哥儿见苏又卿得了缺，心中甚喜。摆酒饯行，同贾蓉各自收拾，领照到任。荣宁二府，却忙了几天。等他们起身，方才得闲。

忽宫中传出信来，说皇太后体念人子之情，与皇上锡类推恩，破格仍照前次省亲之例，着诸贵人明岁陬吉归省。报到荣府，贾政急与贾珍、贾琏等商议，仍照向例预备。忽奉仲妃传谕：因素性尚简，不事烦缛。所有大观园一切陈设，不必更新。略为整理，亦不必制备灯彩。定于巳初到园，酉正还宫。向来女戏等项，亦皆停止，毋庸演办。贾政接了此谕，便自不大费事，心中甚慰。

再说大观园自贾茂登第后，日逐在衙门行走，便将一切书籍皆搬入所住东厢房，以便展顽。怡红院作过仲妃行寓，重新修整。贾政吩咐贾琏将素日所存帘栊、帐幔，略为添备，便从正门起，及所有亭台、竹石并假山、曲水、回洞小桥，宜丹漆的丹漆，宜粉翠者粉翠。花木有该补种，栏榭有该增修，匾额联对各处查点。正在匆迫之际，芝哥儿忽向贾政说道："这时离明春尚早，孙儿夜观星象，似乎不必修备，徒滋糜费。且过了春分再办也不晚。"贾政因芝哥儿说话，每有奇验，又计为期甚远，遂叫贾琏从缓修理，每日仍是各行工匠出入不辍。

此时秋试已过，曹紫庭点了湖南学政，贾兰仍留山右三年。荣府中每日为仲妃归省一节，虽不十分紧办，却也时刻不闲。

渐渐过了年，到开印之期，忽闻皇太后因元夜观灯，一日觉热，脱了一件皮衣，偶感风寒，身子觉得不爽。妃嫔日夜伺候，奉旨将仲妃省亲这事暂缓，再行降旨礼部知道，贾政得了此信，深喜贾茂前言有验，着实疼爱。将一切工匠停止。

到了二月初六日，贾茂点了会试房考，随众入院衡文，日在聚魁堂，将朱卷细心详阅。彼时二月十四日午后，忽从天半来只一白鹤，丹顶玄裳，长唳一声，直飞入贾茂所寓之室。将卷箱用嘴挑开，各卷纷纷衔了半地，单把盈字三号一本试卷用嘴噙了，放在案上。比及人见赶到，那鹤仍长唳一声，冲霄而去。这箱卷子六十本，皆是贾茂未阅之卷。遂将盈字三号这卷细细一看，文理精微，词气醇懋。当即用了荐戳同内监试关防，荐了上去。通场传为异事。

到填榜日，这盈字三号卷子，中在第二名。拆开号，是浙江处州府青田县廪生，覆姓钟离，名泰。榜后来谒房师，却甚青年，不过二十多岁。细问有何阴骘，钟离泰又是谦谦君子，一味逊谢，毫无矜态。到是他同房中了缙云县一个同年，也是覆姓，叫作欧阳义，才将他祖父累世积德赈孤济贫，恤老怜幼，许多善事述了一遍。贾茂细思，与此鹤殊不相关。也只得藏在意内，不肯说出。

殿试毕，钟离泰殿在第一甲第三名，中了探花。贾茂着实心喜。那日来谢，留他便酌，席间无意中说出鹤的一段因果。

原来青田县因鹤得名，当年那对鹤亦不知再来华表。谁知慕鹤的却向青田山内各处搜求。那年适值山顶最高处，有一仙观。其中老道士驯养二鹤，在那高松顶上结了一巢，乳了二小鹤，朝夕哺养，渐次长全毛翼。老道士恐人知道，将此独院门时常锁闭，让其长成。不意本县中有一部堂公子，性最爱鹤。就有一班讨好之人，将此观中鹤暗去报知。那公子一时高兴，带了许多恶奴，假说来观随喜，各处细看，不见鹤之所在。到了锁的门前，恰好钟离泰的父亲也在观中游玩，是最相好的。大家问候，公子便叫道士开门去逛。那道士不敢违阻，开了门进去，便见松头巢鹤。公子满心欢喜，便叫跟随快取梯子，爬上树去，拿那小鹤到家喂养。那道士急向公子说道："这鹤雏翎毛尚未长齐，拿去不能存活。稍待一两月，小道亲自送来何如？"那公子闻言，动怒说道："胡说。此鹤已成，不过数日，必然骞去。你骗我吗？"遂呵退道士，便叫家人动手。只见钟离老者上前说道："公子所论极是。但公子不过爱蓄此物，以备顽好。看来此鹤尚稚，离母难全。我家现有驯熟之鹤，愿送公子，

并备百金为敬，以赎道士不善立言之过。"公子听了，倒也意存两可。中有一位帮闲，进前说道："养鹤当要雏的，方能随人意趣。此处之禽不易得也。"公子说："原来如此。"立叫众人攀树而上。那两个胎禽飞鸣树杪，来往卫护，众人将到树巢，只见一只鹤飞到巢边，衔了一子，负于背上。那只鹤也是如此。便长唳一声，翔于云表，不知何往。公子说了一声："可惜。"众恶奴也无可如何。道士便请公子入房献茶。公子不作声，悻悻率众出门，不辞而去。

到了次日，钟离老者不食前言，笼着二鹤，叫人挑了，亲赍百金，送到公子门上。公子抱愧任性，谢了不见，便也罢了。那知这鹤到夜半，仍负二子归来巢上。第三日，公子仍命家人到观来瞧，钟离老者见不收鹤，早见及此。因在观厚赂来人，归时权辞以对。一连数次，家人彼此党护，又得钟离厚赐，便把此鹤曲全下了。那鹤每见钟离老者到观，便自盘旋，相向不已。这也是青田鹤惹出来的一事。

当日钟离泰无意说了，贾茂便自有心听人。连忙便问："令尊高年，此日可称康健?"钟离泰道："家严年近七旬，步履如常。深蒙老师垂注。"吃毕饭辞去。贾茂方豁然了场中鹤瑞的缘故。便将此事述于贾政。只见林之孝进来禀说："老爷奉旨转了山东巡抚，现有军机处来人道喜。"是何缘由，且听下回分解。

第二十四回　抚循山左济奇荒　视学江西悬藻鉴

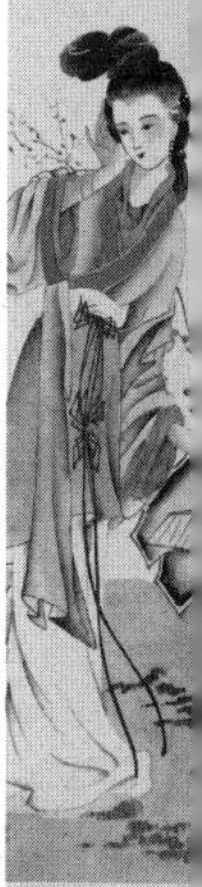

从来阴阳诊患，旱涝无常。流行虽属天灾，补救全资人事。《周礼》八政，独策救荒，后来长平之建，社义各仓之修，意皆备此。他若矫诏开仓，先赈后请，具卓识者，始昭奇举，历稽史册，亦不多得。然有治法，赖有治人，原非徒贵法也。这年山东大旱，德州南抵峄县，东渐青莱，西至济宁、东昌各处，自二月不雨，至于七月，兼生蝗蝻。实属颗粒无收，民间耕九余三者，能有几户？草根树叶，杂以糠、稗，稍度残喘。前任抚台壅于上闻，仍自催课不已。渐渐鼠盗窃发，民不聊生。后来亏了山东监察御史据实参了一本，才把这抚台降调。特旨：钦放贾政为山东抚院，以救此省的百姓。请训时又蒙恩旨，许其便宜行事。不惜帑金，并准其截留南漕，普行赈济。

贾政接了此旨，不敢在家多住。三两日后即束装，请了幕友，带着得用家人，星夜赴山东而去。过沧州迤南，毗连东省界址的地方，已觉凋敝。遂行文知会直督，并写了一封字，约其同奏。彼时直隶南界，亦被旱荒，业经查办。接了贾政此信，即约齐同时入奏。贾政折内叙出路见情形，“不敢因其隔治，稍存畛域”等语。圣上大喜，降旨褒嘉，并饬直隶：“实力查赈，无致一夫失所。”两省黎民闻了此旨，无否感悦。

贾政过了德州，将抵济南。早有山东官吏赍了巡抚关防，并一切文案，在境迎接。贾政在德州接了印，发谢恩及到任日期，并山东被旱大概情形的折子。遂驰赴济南。沿路州县接见，总以弭盗救荒为要，严切训饬。且令其一面查明户口，一面先放一月口粮，不使离逖。遍行通省，速报被旱轻重，以定受灾分数，赶办具奏。

藩司何腾蛟、臬司穆英同时禀见，贾政在行寓，即令请会。将山东应办事件，谈了一回，便问藩库及各州县，存库银两可够折色，存仓米谷可敷本色，及一切借粜粥赈之需。藩司禀说："业经通盘算过，实不足用，须得请银三十万两。今已截留南漕，米可不缺。此事求大人应早为奏办。"贾政说："俟到济南，将款项逐一查明再奏。"便问臬司："地方可否宁谧？"穆英回说："托大人福，现在各处皆安。并无盗贼生发，扰害地方。"贾政说："如此甚好。"两司辞去，各道府陆续入见。当即委了济南巡道、兖沂曹道，驰查青莱及靠江南境的州县户口。委了东昌府、泰安府，驰查德州及济宁一带户口，限二十日造册汇咨，以便请帑普赈；又飞札各州县及各学，将贫士汇报，毋致临时遗错，并严行保甲缉盗，不令因灾窃举，滋扰穷黎。通行各处，不准遏籴行通商贩，使粮价不致骤长，且严札各州县，不许勒派富户捐赈捐粥，及各村民一切格外差役，令其安泰。

及抵省署，行了香，放过告，两司入见。贾政因向二司说道："咱们受恩深重，职任封疆，惟当洁己奉公，力图报效。即如此际，赈务最为紧要，大法始责小廉。"转向何藩司道："贵司发兑银时，须宜足平足色，第一不可疏忽，稍任胥吏克减厘头，短少分两。再则不可挪此补彼，虽事属因公，而不肖州县得以借口侵渔，便致小民不沾实惠，就负朝廷委用知遇之恩了。"二司同声答应道："是。"贾政又说："本院昨日细核银数，果属不敷，但请十万金，即可敷用。贵司尚宜速筹详办，我好入告。"何藩司又答应说："是。"两司去后，府厅州县纷纷禀见，贾政因论及赈务，便向众官说道："今岁奇荒，子民嗷嗷待哺。诸公等务宜各禀天良，实心周恤。上可不愧于君，下可无憾于民；此亦诸公素所自矢，本院毋容絮嘱，但赈施之道，其用不一。离县最近之民，在市交易，利于折色，取其转圜可致用也。离城最远之民，可杂糠菜，以便多日之需，利于本色，取其无烦余买，使利归于市也。逃出本境之老幼利于粥，在外病疾之孤独利于药。或备绵衣，或筹棺木，或兴工以济不足，或平粜以恤有余。总贵任事者无贪墨，代理者不扣除，便是诸公各尽其职了。”众官听这番议论，无不敬服。连声说道：“大人吩咐的是，卑职等敢不仰体宪意，以广皇仁。”遂即各辞，回任办事而去。

贾政具奏，请了十万银子，截留二十万石漕米。因见何腾蛟办事不甚公正，遂将何藩司参了一疏，内言“何腾蛟职在藩司，见事本可入奏。前任抚臣匿灾不报，既不具详于前，又不建言于后。诸务因循，实属溺职。相应请旨，照抚臣例，同为降调，庶足洽舆情而协公议”等语。疏入，奉旨：“所奏是。何腾蛟着降三级调用。所遗山东布政使司原缺，即着穆英升补。穆英所遗之缺，着闵鹏骞补授。钦此。”闵鹏骞此时已兼刑部贵州司郎中，故有是命。报到山东，贾政大喜。得闵鹏骞来此帮办赈事。那知何腾蛟系临安伯姨侄，被参降用，着实衔怨贾政。到都时，向临安伯说了，便自思量报复，不在话下。

再说贾政于未奉诏旨之先，看见饿殍载路，着实可怜。遂便宜先放了一月口粮。这一举，真全活了数十州县无数老幼。及奉到诏旨，便照例钱米兼施，认真给散。上司既不克扣，下僚何敢侵贪。这年山东之赈，小民实被其惠。有感激而涕下者。学中寒士早已册报，俱获逐户领票，发学给予。既得实惠，又不亵体。读书贫儒，无不佩戴。此等措置，便自感动上苍，八月秋分后，连降甘霖。下民无力种麦，贾政又请借籽种，遂得赶植秋麦。霜降前后，遍地青葱，大有起色。各富户及外省贩粜存谷之人，见有麦收可望，便将积粮出粜。各处粮价不致昂贵，救恤山东无限荒异。贾政实心实政，不过为国救民，毫无自矜之意。

那知值年使者早已奏闻上帝,因查贾政齿数当八十六岁,终于巡抚任内。因其存活太多,特恩晋秩一品,延龄二纪,即着敷文真人传旨南斗注籍。在尘世中贾政如何得知?将及岁底,赈已将完,又蒙展赈两月,这才完全了此番善政。

再说荣府中,自贾政升任山左,过些时贾兰差满回京,仍归本任。贾珍得个痰症,半身不遂,宁国公世职贾琏袭封。周巧姑爷升了员外,转在吏部。贾茂从赋红梅称旨,超升学士,命在上书房行走。时承顾问,深蒙恩眷。一日,面奉圣旨,问道:"汉时有诸贤,名曰颜子,曰曾子,曰仲弓,曰子路、子游、子夏,何人也?"同时珥笔无一应者。贾茂跪奏道:"颜子黄宪,仲弓陈实,曾子张伯饶,城头子路者东平爰曾也,子游张骞之孙张猛;且同时有两子夏,一杜钦,一杜邺也。"圣上命其录出呈览,龙颜大悦。赞其博学强记,赏了《文苑英华》一部,御用蜀笺两匣。贾茂磕头谢恩。当面命赋《燕台八景》,各成七律一首。贾茂领旨,早有内侍备下书案及文房四宝。贾茂又磕了头,站起,到书桌后,研浓墨,舒开纸,立即走笔写道:

蓟门烟树

东襟鳌海北雄关,烟树迷离万户间。
浅逗春光偏映水,浓图雨色不因山。
仙鬟缥缈朝霞净,佛髻参差晚照间。
匹练抹风看未足,蓟门远黛复班班。

西山霁雪

建笏群峰拱帝京,浅深云岫雪初晴。
崖宜雕日真超洁,树不藏烟倍朗明。
绝胜终南阴岭秀,一轮仙掌午岩清。
凌晨远寺霜钟出,一览妆银砌玉成。

太液秋风

剥心浥露净莲房,镜面微波彻晚阳。

风色瀛台蝉退暑，秋光太液水生凉。
已怜宿雨菰蒲润，莫辨寒烟橘柚香。
突绿吟丹千百树，好翻落叶满回塘。

金台夕照

夕影衔山彻远天，灵光鲁殿共巍然。
空群选重千秋价，逐鹿场虚六国烟。
尚有残阳寒古塞，更无衰草吊幽燕。
英雄不与豪华尽，一日勋名万载传。

琼岛春阴

曲岛云深漠漠飞，春林晓苑斗芳菲。
青添柳色疑烟减，红瘦花容待雨肥。
波喜微寒操画桨，阁宜轻暖胜春衣。
莺梭燕剪寻常惯，为爱桑阴布谷归。

居庸叠翠

千岩插碧泻云涛，重镇雄关建旆旄。
雨洗翠痕晴嶂合，霞攒丹色晚峰高。
掌中远势全燕秀，眼底余晖两晋豪。
莫道射雕飞将勇，书生油幕肘龙韬。

卢沟晓月

南襟涿鹿北居庸，王会车书万国从。
远寺钟声晴岭隔，澄波月色晓烟封。
贫而非病霜操厉，壮不逮人马齿慵。
千古寒涛千尺雪，征裘数载笑蒙茸。

玉蛛垂虹

远树攒烟杂岭西，银涛玉蛛榜丹梯。
瀛台荷战秋风动，白塔香飘素练齐。
石髓千寻悬翠碧，云根百尺跨苍溪；
扈从不少邹枚客，会向凌波气吐霓。

右燕台八景应制七律翰林院侍读学士臣贾茂祗题并呈

圣上看罢甚喜。传旨:"着值日大臣阅看。"适值阁学出缺,当即放了内阁学士,兼礼部侍郎。贾茂遂磕头谢恩。早有报喜的飞报荣府。及至贾茂退朝回时,贺客先已盈门。

过了未及半月,江西学政丁艰,奉旨:"江西学政着贾茂去。钦此。"贾茂接奉此旨,入朝谢恩请训,忙忙延聘幕友,收拾行李。焙茗改名叶忠,与林天锡二人坐了堂官。宝钗从芝哥儿小考后,总未暂离膝下,年虽二十多岁,终日依依。今忽奉差远出,与王夫人转有不忍遽别之意。芝哥儿为此一节,倒迟了半月。众亲友饯别后,在家转住了十数天。钦限紧急,只得别了王夫人及母亲宝钗。嘱咐月娥,朝夕代为侍奉。后到薛姨妈、梅御史各至亲处,又到东府辞行。重托李宫裁、平儿伺候祖母。贾琏、贾兰送至城外二十余里方回。写了禀帖,禀知贾政,不便绕道来至山左。便兼程赶赴江西学政任去。

贾茂年虽未满三十,系左金童转世,智量不凡,才品出众。又借通灵宝玉之助,诸事洞彻,宽严并济。接任后,即按临吉安府,接着前任岁考。一府考完,场规甚紧。一切枪手传递,向来积弊,尽行搜剔。合府生童,无不仰其公正。陆续考毕岁试。

将次科考,来到南康。相离匡庐不远,假道一游。先到归宗寺,出星子南郭,循湖滨而行。过东古山、十里渡、石梁砥。此寺传为右军故宅,殿右墨池存焉。归宗之北三里为简寂观,由樵径曲折而上,得日照庵。望香炉诸峰,缥缈插云,即太白读书处也。越空生阁,过文殊台,访白鹿洞,逾狮子峰,栖贤、大林等寺屐齿皆及。大林寺古桧一株,大数十围,高千尺,云是支公手植。贾茂赋诗纪之。栖贤寺遇一老僧,鹤发童颜,语皆出人意表,向贾茂道:"大人来处不易。"随从呵斥,贾茂独皈依,作礼而出。登五老峰,彭蠡如带,环绕足底。上际太虚,下临无地。划然长啸,空谷应声。过一线天、三叠泉,而抵玉川门。匡庐之游事尽矣。盖庐山秀气,钟于五老。五老奇踪，凝结于玉川门。访庐峰者，应不以斯言为河汉。贾茂游兴既阑，又得老僧指点。七八岁所悟之境，恍然在目。

行抵南昌，将人事应酬数日，就发牌集南昌生童科考。此时府县考案已送南昌，为江西人文渊薮。贾茂下学讲书后，未开场，却先挂出一面考古牌。那日考古生童不下三百余人。封门毕，贾茂亲出论题，是“文所以载道也”。赋题是“蚕月条桑”，以题为韵，诗题是《赋得披沙拣金》，得金字，五言八韵。

各生童交卷出场。细细看去，半是陈腐之句。中有一童生，写作俱佳，才思颖异。拆号一看，名叫马云龙，南昌府进贤县人，年十六岁。贾茂大喜，拔了超等一名。到考期点名时一看，马生晶貌清奇，衣衫褴褛，是个寒士。贾茂更觉嘉许。考后阅卷，其文奔放恣横，大有古趣。随即取了第一。

覆试观顶，将要起马时，马云龙亲赍手本禀谢。贾茂令其入见，问伊家世，乃少司农马振起之后。辞世已久，家徒四壁。室有老母，尚未授室。贾茂深有培植的意思，犹恐前属一日偶长。因留便饭后，出了十个律诗题目，各限了韵，以验彼才，欲知其题，但观其诗。那马生不慌不忙，约有两个时辰，将十首七言近体赋就，誊在一张纸，亲自送到贾茂跟前。贾茂见其笔情敏捷，心中已喜，说道：“都作完了？”急忙接过一看，只见上写着“奉恩师老大人赐题”：

莺簧唱柳　得莺字

如幕千条簇凤城，向风百啭杂流莺。
只疑玉逐歌中得，谁辨金从舌底生。
曲奏春亭烟翼暖，韵流晓院雨喉清。
宫商不愿谐箫管，独唱华林第一声。

燕剪裁波　得波字

春绣梁园燕喜过，分林得意浅凌波。
受风纹破云宜剪，掠水烟开柳待梭。
已叠涛愁裁蜀锦，更衔江怨浣湘罗。

天然图就吴松雪，绝胜并州半幅多。

雁字题霞　得霞字

宛转书空雁影遐，晴光晚色动苍葭。
只猜结体文从鸟，更喜分行笺趁霞。
蘸墨连云行带隶，点朱映水直还斜。
勾归塞北秋无限，写散楼头绮满涯。

蜂针刺蕊　得蜂字

春透梅窗一线浓，千林锦错晓丝封。
露凝何粉枝翩蝶，风度荀香蕊刺蜂。
绣遍雨栏明有迹，芳开烟幕暗无踪。
倦眸未解停针故，不语窥帘若个佣。

鱼梭织浪　得鱼字

散绮成纹解冻初，唼花戏藻乐何如。
锦翻云外非关水，绡出蛟人错认鱼。
一任沉浮声淰淰，不劳刀尺影徐徐。
龙梭经纬无端合，陶壁风雷奋鬣余。

螿琴弹月　得将字

莫夸博物识螳螂，琴韵千林曳响长。
对月未操秋幔引，向风先鼓夏薰凉。
急徐谱若丝兼竹，断续声疑徵变商。
此夜露轻舒翼薄，几回幽咽语寒螿。

萤灯烛野　得萤字

野阔晴攒数点星，千林宁照一灯青。
腐当蓄处谁怜草，辉到腾时始辨萤。
移烛井栏添个个，分光竹院若冷冷。
云寒露重秋容洗，半影衔山月未暝。

蛙鼓传更　得传字

芳塘草湿露光悬，入夜青蛙阁阁传。

岂向铜壶分漏永，谁猜戍鼓杂更先。
鸡筹自唱千门晓，乐部徒喧两岸烟。
画舫愁人眠未熟，数翻清梦雨梅天。

蚓笛吹雨 得吹字

何处笛幽到阁疑，江田雨色晓离离。
向风未解迎梅弄，近水偏从折柳吹。
只以胆鸣齐物化，非缘蠖屈达天时。
瓜生菜秀同征节，曲秦清和首夏宜。

蝶板催花 得催字

含芳倦逐晓风开，舞蝶翩然去复来。
不散绕枝非护粉，无心停板若传杯。
阑珊欲叠清歌引，绰约还操羯鼓催。
色让玉兰香逊柳，春光深浅百花魁。

沐恩生员南昌马云龙敬呈

贾茂看完，喜动颜色，连声赞道："巧不入纤，隽不伤雅。大得骚人三昧！"因命坐了，细细说道："贤契在家，自己读书。我意留在署中，朝夕揣摩。既便贤契之学业，又广在下之见闻。令堂处暂备百金，以为旨甘之奉。不知尊意云何？"马云龙听完，站起便打一躬，道："恩师云天高谊，实为梦想所不到。老母薪水，不过二十金则可敷用，百金之赐，断不敢受。"贾茂道："足下既然外出，令堂处必得觅一妥实老妈伺候，兼治衣物。百金尚恐不够哩。此不过暂且应手，稍缓我当另为措处。"马云龙十分感激，便领了百金。迟三五天，安置妥当，便携了书箱行李，到学政署内，随着贾茂，按临九江去了。贾茂振拔孤寒，体恤髦俊，士林咸悦，艺苑腾声，不止一人，也不止一处。

却说贾政在山东，接了贾茂的家书，深感圣恩优厚，遂写信叫贾茂"秉公取士，无负朝廷"。自家在山东越发加意惩奸剔弊，剪恶安良。自折参了何藩司，众皆无不警惕。又得闵臬司同心相辅，人事协而天心顺。一连两年，着实丰稔。真是夜不闭户，路不拾遗。贾政年已八十六岁，圣上念其年迈，特旨调了吏部侍郎，得以在京供职，稍觉安闲。

闻翰林累次升到通政司左通政，奉旨放了山东巡抚，接贾政任。当日二人相见，甚觉亲热。盘旋数日，交代后，不忍分手。转住了月余，方才进京复命到任。

贾政此次抚循山左，实心办事，朝廷无不深知。到京陛见，深蒙优眷。赏赐了许多物事，着赴新任。贾政到家，王夫人接着，李纨、宝钗、平儿皆来请安。贾琏、贾兰出城迎着。因贾政候请圣安，先到府来送信。贾政见长龄儿、会哥儿皆成身量，也会打千请安，心中甚喜。闻已上学。又值出任三载，无事归来。王夫人摆酒接风，合家欢乐。忽然想起那一年灯节家宴，此时不见芝哥儿。又提起贾环："到陈州府任，这两年可有信来？"贾琏回说："贾茂新有请安禀帖。贾环今春亦有信到，说是阖署平安，惟黄河办料，甚费补苴。今冬大计，倘得卓异，离了河南才好。"贾政说："这就不是为人臣的心了。作官的到处皆有费手事，只贵各尽其职。如此规避，何有出息！当写信作我口气，严切诫之。"贾琏、贾兰同声道："是。"

正说着，报梅御史来拜。又报周侯爷也来拜。贾政就接出书房来相会。三人本属至亲，实为密友。叙了许多寒温，又谈些国事。喝过两道茶，方才别去。贾政便到东府宗祠内行了礼，就便看了看贾珍的病。回来遇着薛尚义下了衙门来候。周巧姑爷也来请安。贾政见了，说许久话，就留吃了晚饭，方始回去。此时薛蟠、薛蝌皆往南边贸易未回。到了次日，薛姨妈过来问候。贾政又到北静王、南安郡王及相好各公伯府中，问安致好。惟临安伯回了不见。又到各亲友并素日寅好家，逐一亲候。轻重备了土仪，皆各送到。各处亦请酒接风。应酬约有个月，方始得闲。史湘云另备素席，聊见其意。巧姑娘接到家里，住了数日方回。

贾政无事，在书房与门客着棋。忽接贾环来信，知彩云添了一子，来请贾政命名。贾政遂拿了字，到上房来说与王夫人知道。起了乳名陈哥，学名贾艺。写回书。王夫人带去金器四样，玉器二件，湖绉四匹，汤绸四匹。交与来人，寄回署去。

那日莺儿来与贾政请安，宝钗因焙茗跟芝哥儿江西去，柳五儿也在此间，便向王夫人说明，留莺儿住几天。莺儿也着实欢喜，逐日同旧女伴作些活计，有时斗牌、抢快作乐。宝钗不禁止他。这是宝钗念旧处。那日，周瑞家里从王夫人处领进个人来，宝钗一见甚是诧异。要知此人是谁，再听下回分解。

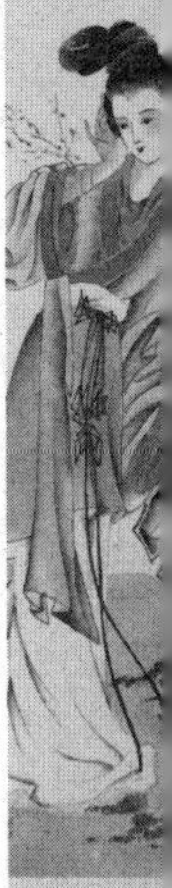

第二十五回　秋燕春莺闲斗口
花姊月妹喜谈心

话说宝钗感旧，留住莺儿在府顽笑。忽周瑞家领进个人来说："奉太太之命，带来见二奶奶的。"宝钗一看，却是花袭人。不觉吃了一惊，连忙问道："你从那里来？"袭人见了宝钗，满眼流泪。不及开言，先磕下头去。宝钗触景，想起宝玉，也不禁流下眼泪。用手扶起，说道："你起来坐了，我有话问你。"周瑞家就出去了。

袭人爬起，又哽咽了一回，宝钗叫麝月斟过一盅茶与袭人吃。袭人见了麝月，倍觉伤心。彼此问了好，袭人接着茶，喝了几口。用手帕将泪痕止住。方说道："我从那年离了奶奶跟前，这几载到南边去，受了无限惊恐。在大江中拾了一条性命，今春才回京来。仍在城外庄上居住，想念太太同奶奶旧恩，时刻不忘。前日来了两次，因老爷山东荣任，门上新管家不敢替回。今日林管家才禀了太太，方得见奶奶之面。这也是我一点诚心所致。"宝钗说："你何事到南边去？"袭人道："是随我那个人到南方贩米。又作了两次桐油生意，颇觉顺便。这两年积有几两银子。因我常念太太之恩，奶奶待我的好处，必要回京。旧年冬天，才收了本钱回京。如今开一座油盐米面铺，在前门外，也颇有利。所住的庄子，仍是向日自置的。无可孝敬，在南方来有两件不堪的东西，要献太太的，是天然松根如意一柄，沉香藏佛一尊。因未向奶奶商酌，不敢造次。外有孝敬奶奶的香珠四事，汉玉面花观音一座，如皋绒扇四匣，绞绡二端。”李纨、平儿、史湘云及薛姨妈皆有几样人事，拿出给宝钗过目。宝钗遂着人分头转致。惟王夫人的物，宝钗带着袭人同去面送。所给自己东西，说声：“你太费心了。”也同拿来给王夫人看。便走进上房来，见了王夫人。

袭人先开口道：“袭人受太太天高地厚之恩，从南方在天台山得柄千岁松根天然如意，并上天竺请得藏佛，惟祝太太事事如意，佛光护沾，以展袭人一点孝敬之心。”宝钗又从旁替他进言。王夫人道：“你来瞧瞧，就是多情，又如此费事。既然偌远带来，我就领情。”袭人又谢了宝钗，又将送李纨等物事说了。王夫人道：“你忒用情。可吃饭不曾？”袭人道：“早饭吃过，午饭尚早。”宝钗想起前情，待袭人着实优厚。让他到自家房里，先备点心给他用了。与他叙起旧事，直说半日，不能尽意。吃了晚饭，就留在屋内，隔床宿歇。

次日，到李纨、平儿处望候了。又到栊翠庵来瞧史湘云，见湘云如闲云野鹤，一尘不染，绝不似当年赋诗饮酒落花满身时的光景。袭人颇觉心动。及与湘云接见，聆其谈吐，皆有机锋，深中自己之隐。此时紫鹃自惜春入宫后，便随湘云左右。近朱者赤，近墨者黑，颇有所得。看着袭人浮沉欲海，亦多有所指点。袭人坐不多时，仍到宝钗屋来。

此时宝钗有事，到王夫人上房去议，不在屋内。麝月便让他坐下，预先备下几样点心，现烹了壶好茶，连莺儿、柳五儿请来，同在一处吃茶食，说闲话。麝月道：“袭姐姐，你可记得，那年你妈得病，你家去时，晴雯半夜里吓唬我。”并说起晴雯撕扇子的事来。袭人道：“总是宝二爷好性儿，才敢如此。”莺儿说：“宝二爷真好个性儿，想着我打络子那会说的话。曾几何时，怎如作梦一般？”柳五儿不作声，只吃点心，把茶让袭人吃。袭人道：“我悔当初不该错了主意，走一步。到如今想起宝二爷待我好处，我常坐卧不宁。”莺儿哧的笑了一声,说道:"姐姐,你这话向谁说?你自家作不得你自家主,却叫谁来替你。别说大节目,就是替你作生日那一事,合家的奶奶姑娘们,不是瞧二爷意思,谁来敬重你,彻夜家行令饮酒呢。"麝月接口道:"琏二奶奶给你皮袄装门面,也不是无因而至的。"袭人红了脸,说道:"你们再别提了,我已悔的受不得。还经得你们连好夹歹的这番话。"心中一动,手拿着茶儿乎撒了。

正说着,宝钗从外进来。众人便不言语。见了宝钗,皆站起来。宝钗见袭人眼圈尚红,便问:"这茶点是那里的?"麝丹便将自己买来请袭人及莺儿的意思说了。宝钗说:"你便肯念旧,你们可坐了吃。我看着也怪欢喜的。"便向袭人道:"你们一定是提及往日事儿,才伤感的呀。"莺儿怕宝钗提起宝玉也要伤感,便答道:"不是说咱家旧日,是袭姐姐说他南边事,偶尔触动,落下泪来。"袭人也知莺儿之意,便随着说:"我因说在江中遭风,彼时一个亲人也没有,不禁酸心。再不想今日姊妹又在一处吃东西。"说着又淌下泪来。宝钗道:"你再想大伙儿看戏饮酒的事情,更当何如?我且问你,可在南边到过西湖没有?见了多少好景致,可对我们说。也省得为此无益之感。"袭人道:"上天竺进过香,西湖自然到过。那时正值夏天,荷香带了来,是什么花港观鱼。画桨箫鼓,真个往来不绝。沿堤皆阴浓柳色,恰好雨霁初晴,远近如画。虽是人工点缀,亦颇佳丽天然。到了天竺,更自不同人境。昨送太太的藏佛,便从上天竺请来的。"宝钗道:"这样景致,我们长在北边,可惜未见。"袭人道:"依袭人看来,似不若天台境界,更有仙趣。石桥南畔的松树,奇怪青苍,实在可爱。赤城霞色,亦著奇观。但不知洞口桃花胡麻饭,闻其名未见其实是何光景。"宝钗道:"你可谓赏奇嗜异了。我们想不到你有这等眼界,这样议论。"便问麝月说:"该吃饭了,你去要饭。我看着你们吃,宽我脾胃。我的饭在太太处吃了。"麝月便叫老婆子替柳妈处取了一桌菜饭,摆在外间桌上。宝钗便叫他们一堆儿吃了,连茶点亦同收拾过去。

忽王夫人着秋纹来说："芝哥儿有信来家。"请宝钗到上房看字。宝钗便带着爱儿，向王夫人处去了。不多时，爱儿拿来江西多少土物，内有顶细青花白地盖碗四个，有一小子抱着两个盒子，内瓷花瓶二件，放在地下，就出去了。麝月连忙站起，亦同放好。袭人说："这是仿柴窑雨过天晴的样子作的。外边不能轻得。麝妹子你可小心收起。"麝月答应道："是。"莺儿道："四个茶碗也值得偌远带来？想必也有好处。"正说着，宝钗回来，吩咐道："诸物皆搁好了。惟那盖碗是备进贡的。老爷已命匠人配盒子去。"众人才知是件稀罕的了。

到次日饭后，宝钗同李纨正与王夫人闲话，报薛姨妈合邢岫烟、宝琴来替贾政请安。王夫人同两媳妇连忙接入。薛姨妈年纪已高，近年来常常抱病。这几月身子甚好，因贾政回来不久，宝琴到家过来看姨夫，连邢岫烟也要探望。宝钗遂同来了。进上房坐下，喝过茶，闻贾政在衙门未回，王夫人预备便饭待了。薛姨妈提起薛蟠弟兄赴南未归，近来自家多病，要将前项银子俟薛蚪回算账交款，以完一件心事。王夫人道："姐妹忒多虑了，何必如此着急。"又提起周制军在闽，孙女年已及笄，不知何日来娶，或是在京就亲，要烦贾政带个信去。王夫人道："这甚容易。听说几天内有信到探姑娘处，顺便问一声却不难。"说着话，林之孝着人回话："老爷有事，在吏部正堂赵大人家住了。今日不能回来。"王夫人说："知道了。"薛姨妈傍晚要回去，王夫人留宝琴住几日，便连邢岫烟同留下。薛姨妈遂先家去了。吃过晚饭后，宝琴姑嫂皆在宝钗房中宿歇。李纨、平儿说了回话，各自回房。史湘云白日会过，夜用坐功，也辞了去。

那夜天气晴好，月色如洗。宝钗便叫麝月沏了一壶佳茗，在院内放了桌椅，并春凳上铺条红毡坐褥，连莺儿、袭人皆不拘形迹，同在一处坐了。先说了一回近日家中事体。天交二鼓，秋露甚浓，一阵花香沁人心脾。月娥此时随着母亲，也同在座，便将热茶各处斟了一盅。袭人、莺儿亦帮着送茶。大家喝了一会,邢岫烟忽提起林黛玉来,遂说那作二萧韵的诗,及妙玉续吟对月排律来。宝钗又提他《桃花行》古作,遂互相赞叹,说:"可惜这样个有才有貌的佳人,而今安在?"宝钗便向宝琴说道:"那雪地中,妹子抱着一瓶红梅,站在山坡上。这幅画图妹子如今还记得吗?"宝琴道:"姐姐只说妹子的事,那年元妃端午偏送姐姐的礼。如今又出一位贵人,总是姐姐府上有福。"邢岫烟道:"不必说这些大处,想起当日姐姐的大量多情,待我等那些好处,也不独妹子一人感激。就是林姐姐,何等待你,只就那送燕窝的情分,劝他不看杂书,这些话令人谁不起敬?如今芝哥儿少年高第,怕不晋秩一品,才是姐姐的好人自邀天佑哩。"一席话,连莺儿、袭人皆同声说道:"邢姑娘这个话,一丝不错。"莺儿又道:"我从小伺候我姑娘,再没有给我们下人一点委屈。邢姑娘说好人天佑,我姑娘当此语真个不愧。"袭人道:"二奶奶待我恩典,我也不知从那头说起。古人说结草衔环,只可期之来生罢了。"宝钗道:"你们没得说,拿我这番抬奖。真呀假呀,殊觉令人齿冷。"宝琴道:"这不是众人过誉姐姐,实在待人得体而多宽厚。人非草木,宁不知感。"正说着,忽见月光中一亮,霞光四射,紫艳千条。碧空无云,银蟾映水,现出一轮月华。宝钗等皆向月作礼。自鸣钟忽然声响,忙叫麝月一看,针交丑初。月华已经散了,遂各收拾安歇。

贾政回来,宝琴见过,请了安。说些家常话,便问及梅调鼐功名。此时梅御史已升了大理寺少卿,梅调鼐也在馆议叙,得了福建经历,尚未起身。宝琴不随任,到此亦为求王夫人替贾政要封书给周制台,到闽照应的意思。宝琴借着此问,便将来意向贾政、王夫人说了。贾政说:"咱这样至亲,何用来说?我就写书,专个家人去,你只管放心。"又说了回闲话,就往书房替相公说别的事,走出去了。王夫人又把薛姨妈托他的话,嘱咐也写在字上,不可遗忘。留宝琴、邢岫烟住了数日,才各回家。莺儿也回去了。

宝钗留袭人顽够半月，送他许多东西。王夫人也给了两匹湖绉，一匣九件头的香料。李纨、平儿亦各有人事。宝钗说："汝闲来可进城，咱再说会话。"袭人千恩万谢。起身时流泪不止，方才辞出。

薛姨妈回家后，身子又觉不快。薛蝌却从南京回来，心中一喜，病就好些。薛蝌来瞧贾政，留吃便饭，谈了许久南边事。薛蝌说："近日江浙一带，因办暹罗差事，派累地方，甚是烦扰。"贾政说："暹罗国事，我已知道。因与安南构兵，前有使者来借兵。朝廷用婉言谢却，后来转谕安南，令其各安边界，毋得滋事。想必两国因此结怨。暹罗感戴，遣使进贡，如何扰派百姓?"薛蝌说："正是为此。大都官吏借以肥橐耳。使者已到山东界，闻山东臬司闵大人办得甚好。仅供夫马，预备食用。皆系实用实销，丝毫不扰于民。山东百姓，却甚感悦。这也是空谷足音了。"贾政听毕，咨叹不已。又问薛蟠因何不回。薛蝌道："家兄今冬货完即归。"王夫人请薛蝌到内，细问薛姨妈的病。薛蝌说："这两日好了，饮食颇加。各处走逛，请姨娘放心。"又说些南边买卖，便回去了。

薛尚义转了侍读兼办三通馆修纂，常在衙门。贾兰升了内阁学士，点了武乡试总裁，值更换学差之期。贾茂仍留江西学政。曹紫庭回京，照旧例供职。

不一日，值冬至大节。圣上郊天，百官朝贺，各妃嫔在内殿给皇太后拜冬。皇太后忽然想起那年归省之恩尚未举行。因与皇上锡类推仁，颁旨礼部：明春三月毈吉，仍照前旨，诸贵人有父母者，各回家省亲。巳初出宫，酉正回辇。这个信报到宁府，此刻贾珍病废，贾芹、贾蔷等素行不谨，不敢托以重务。贾兰不谙此事，且衙门不得闲。惟贾琏一人，如何能到处照应。因烦了薛蝌、李纨的兄弟李光绪，同来经理。除林之孝不获分身，又将李贵、包勇、吴新登、周端等家人，分段照管。赖升现病，不堪委用。虽在冬月，拣那可修理处，日逐修理。惟杏帘在望及稻香村二处，因看园的趋利，渐开垦遍了，全无往日规模。遂将两处大费垫培，才复旧况。又知栊翠庵是仲妃必要降香的，加以修饰，金碧辉煌，与竹木相映，山林中却亦不甚寂寞。仲妃昔日所居静室，裱理一新，添备好些陈设，皆贾政亲自过目。其余怡红院、潇湘馆等处，不甚荒芜，亦皆修理可观。山洞、小桥、曲水、假山，无不点缀得宜。一切匾额联对，可仍旧的仍旧，应换新的换新。惟大观楼正厅、左右配楼，尤俪翠撷丹，焕然耀目。帘栊帐幔，灯彩铺陈。真是珠玉交辉，凤龙错影。屡经仲妃明白诫谕，尚然如此。周贵妃、袁贵嫔诸处，更不知如何华丽，怎样奢靡矣。

转眼新正，倏忽春仲，又值会试之年。梅少理、曹少詹、贾学士皆点了房考，同时衡文，多得奇士。深为主司器重，尚未揭晓。

二月底，暹罗国贡使到都，令在四译会馆居住。照例给领廪饩，外札帐房，拨兵防守。其国所进之贡：玳瑁盆一对，夜明犀一只，火玉三斗，松风石一架。火玉色赤，长半寸，上尖下圆，积之可以燃鼎，置室内则不复挟纩。灵光豆一斗，龙角钗二柄。灵光豆类绿豆大，其色殷红而光，有芒长数尺，用石上菖蒲叶煮之，即长如鹅卵，称之可重一斤。每啖一粒，数日不复饥渴。火浣布十端，飞鼠百张，肉桂十二斤，象形何首乌二个。海外小国，非无宝异。可知会昌、元和所载，非尽不可稽也。

其国同高丽使来，高丽各有贡物，国因奸臣谋逆，累世不宁，近乃新立其主，欲仰借天朝封号，以镇人心。遂约暹罗、日本诸国，后先遣使来朝。备致方物，爰昭臣节。圣上准其所奏，厚待二国使臣，赏赐礼物倍其贡仪。此亦厚往薄来之意。先令贡使赍表回国，稍缓再遣重臣亲往敕封二国。来臣谢恩，辞回本国，便不令由旧路，转从天津出海口，由青莱向浙闽海道，入重洋，归其本国。若高丽则由鸭绿江航海而去。

再说贾政因仲妃归省期近，诸事略备。虽仲妃不好嬉戏，然女戏及各样顽意一无豫办，心中总觉不安。因着人遍访文官、芳官的下落,以便寻水得源。二月初即着人各处跟寻,并无的耗。王夫人因袭人来,忽触起托他丈夫替访,便向贾政说知。遂叫周瑞同他家里出城,到袭人村内,将来意说明。袭人满口应许。那日只访得芳官,在半偈庵出了家。来送信,并说已嘱芳官访他同伙,可有领班在王公大人府中走动的,便可觅备。贾政听说,稍觉心宽。

三月初头,有凤藻宫首领俞内侍,奉仲妃命来传谕:此次归省,原图与二亲及诸姊妹款洽谈笑,犹恐为时无几。再要有女乐杂耍,则是以无益间有益了,况縻费更当节省。诸如此类,皆不许预备等语。贾政才回覆袭人信,止了此事。

倏忽揭晓,贾兰归家见过贾政,已知归省之期定于三月十三日。各处俱经备齐。初十日,即有夏首领到此看了。十二日又有俞首领亦来瞧过,何处更衣,何处朝见,何处筵宴,无不细细定了,开个手折带去。贾政在家伺候,明日迎接仲妃。

那日贾茂在江西,因岁考饶州府,拿住枪手,奏请照例充发。并条奏严定考试规例,四条一折。奏旨部议。因其考校认真,并交部从优议叙。

天交卯正,就有文武官员带领兵役,在宁府左右安设帐房,竖起围幕,禁止往来人走。街道肃静。又有执事内侍骑着马,跑到宁府,各任其职。贾政皆一一管待饭食。众人欢喜。刚辰正,只听远远的拍巴掌,一片声响,数里相闻。未知何事,且听下回分解。

第二十六回　赐归省重幸大观园
沐君恩内迁少司马

话说贾政，因仲妃归省，在大观园伺候。到十三日辰末巳初之时，邢氏太太老病卧床，贾蓉媳妇又随任到山西去。惟尤氏过荣府来，同王夫人、李纨、宝钗等皆将命服穿上，祗候在二门以内。贾政带着贾琏、贾兰，各穿品级大衣，在大门前排班候接。那辰初就有执事内侍陆续而至。俱经齐备。忽听一阵拍巴掌响，前来的内侍忙忙走出，说是："凤驾出宫，就要到了。"话尚未完，只见一匹马如飞而至，乃銮仪卫管查旗牌銮驾的一员官，是治仪尉。见了贾政，跳下马，说："大人得知，娘娘驾就到府，快些焚香跪接。"贾政连连答应。前路的旗锣已到街口，凤翠雉葆，执事伞辇，一切提炉仪仗，备载前部《红楼梦》元妃传中，无容冗叙。

不移时，步辇到门。贾政率领家属，望尘方要下跪。早有俞太监飞马高声喝道："奉懿旨：免贾政等跪接。"说着，辇就进了大门。八个内侍，换肩抬至二门。又有昭容二人，按辔吩咐道："奉懿旨：夫人等皆免跪接。"王夫人遂跟着辇，向东往大观园来。所有旗仗皆停歇在大门外，惟提炉数对小太监前导，又有捧手巾、尘尾等八个太监，两行翼进。抬到大观园门里，偏东朝南大厅，一脊七间，预备仲妃更衣的去处。辇到厅前住下。常在、昭容及跟随女孩儿、妈妈们簇拥上前，扶轿杆的，掀轿帘的，褰衣服的。大家跟着仲妃，进了更衣处所。喝了盅茶，又歇一会，更过衣，出厅。就换了亮椅，女孩儿四个抬起，四个妈妈拿住椅杆，慢慢的抬进园来。转过竹屏、荼蘼架，迎面一座假山，从左首一转，豁然天开。花木缤纷，竹石磊列。沿路皆松纹碎石，遍地苔痕，大有山林的野趣。

仲妃忽回头，见王夫人等后头步随，便谕住轿，即走下亮椅来。王夫人连忙扶住，奏道："请贵人万安。臣妾等分应随行。"仲妃流下泪道："母亲是何言？国体虽尊，谁无父母，此心何慰？"便同步行到大观楼正厅来。众宫侍簇着，仲妃升了座。王夫人便要在阶下行礼。昭容出立厅前，说是："免。"尤氏、李纨、宝钗、平儿行了一礼，亦吩咐道："免。"便着进厅相见。才然叙话，忽命内管禀事说是："贾政带领族人请安。"昭容代禀，仲妃传命召入。贾政从东边行至大厅前，才要行礼，命内管传谕道："免。"贾琏、贾兰跪了。行毕礼，贾政奏道："政承祖宗遗荫，得列朝班。一门出两位贵人，实受恩荣无际。又蒙皇上推类锡仁，稍遂臣子不能上达之心。政感激无地，惟愿仰承眷睐，祇祝无疆，则政举家幸甚。"

仲妃谕贾琏等退出，宣贾政入厅。贾政进厅，俯躬而入。昭容又传谕道："免国礼，以家人之礼相见。"贾政方敢抬起头来，说道："蒙皇上隆恩，略分言情，得与贵人不论君臣而论父子，此旷世不再之典。望贵人慎毋过于感怀为慰。"仲妃道："圣上天恩，难于报称。但怀新感旧，能勿动情？年来大人慈体可安？日御饮食较常增减？上衙门办事可觉劳乏？母亲大人亦同纳福。"贾政、王夫人同声答道："托贵人荫庇，我夫妻二人身履均善，较往日颇觉健旺。"仲妃道："屡次谕从节省，今阅大观园陈设，备办亦多糜费，尚宜从俭。"贾政道："奉贵人谕，一切灯彩皆未多备，并女戏各样乐器，统行撤简，方深悚仄。贵人转如此开谕，倍合无地可容。"仲妃道："我是实言，大人不必如此踧踖。"说毕贾政遂辞出厅去。

仲妃与宝钗最厚，款洽良久。王夫人送上茶来，仲妃接着，说道："母亲请便。如此相待，转使我心不宁。"遂命王夫人坐了，好说家常的话。正说着，史湘云进厅来见，仲妃连忙传谕免礼。亦让坐了，细叙别后之情。宝钗禀请进膳，仲妃道："且慢。我到栊翠庵礼过佛，还要在潇湘馆、怡红院及稻香村各处游一游，回来才吃饭哩。"

仲妃走进正厅里间，洗了手，出到厅前。诸彩女跟随，内侍前导。王夫人、史湘云、尤氏左右陪侍。李纨、宝钗、平儿有应办的事，未经从去。众人花攒锦簇，绕过山洞，由小竹桥顺着水边，迤逦往栊翠庵来。离庵不远，庵内扫地焚香，两个带发小尼路旁跪接。仲妃认得是闲云、翔鹤，吩咐起来。到了庵前，竹树依然，风景如旧。惟山门殿宇，粉饰丹绘，顿觉改观。仲妃默感一会，步进院来。上了大殿，王夫人用盘捧香，昭容接了送上。仲妃拈芸檀，放在炉内，便礼了佛。看着香灯灿备，铺设整齐，向王夫人说："要到向日静室去坐一坐。"史湘云便导引着，向后院静室中来。

这静室从仲妃入宫，平日封锁，无人敢住。现在裱褙一新，中间设着条几，上摆玉瓶一件，插着孔雀尾扇一柄。右首设自鸣钟，中放宝鼎，焚着紫檀，外设铁梨木八仙桌一张。两边照样椅十八张，桌袱、椅垫，皆系顾绣。堂挂《富贵长春》画一轴，对系赵子昂亲笔集成裱挂。东一间乃仲妃向来卧室，炕铺绒毯数层，上罩龙凤绣褥。中设鹅黄缎大坐褥，后列靠背，旁安拐枕，皆系一色鹅黄缎的。中放紫檀桌一张，上供护身藏佛一尊。香花齐备，炉爇龙涎。东首摆椅四张，桌两旁设马杌四座。西首一间，是伺候仲妃临幸时所便坐的。炕上黄坐褥等件，与东一间相同。地下设陈楠木桌一张，大圈椅两张，锦垫甚新。迎门楠木四仙桌一张，上设果盒二个。堂门及里门所挂帘子，皆用玉钩挂起。香气浓郁，尘骨皆仙。

仲妃到东一间看了看，因设藏佛，转在西边屋内坐了。湘云便叫紫鹃捧上茶来。宫中女孩儿要去接，仲妃说："着他端进来。"紫鹃连忙端进，仲妃接了茶，紫鹃磕下头。不觉眼圈一红，要流下泪来。仲妃说："你近日可好？"紫鹃道："托娘娘福，奴婢身子健壮，跟史姑娘作些功课。只是想娘娘平素待奴婢的恩典。今日得伺候一刻，也是奴婢之福。”仲妃听了，默然一会，说道：“你道念长，我心甚喜。”随后王夫人、湘云同进来，说一会往事。便说：“请贵人用些点心。”仲妃说：“我不饿。”又与湘云讲了会坐功，便起身要往外走。近身伺候宫女跪下，请示先到何处。仲妃向王夫人道：“母亲，咱们一路由稻香村到潇湘馆，稍歇可进怡红院，再到大观楼吃饭，可好么？”王夫人道：“甚好。遵贵人命。”当下宫女传与俞内管，即吩咐内监领路。先到稻香村去。此时，园内各处皆有围幕，便将这一路撤去。仲妃同着众人离栊翠庵，仍由小桥，斜穿芳径，向稻香村来。这日天气晴和，春风习习，桃红吐艳，柳绿垂丝。乍在宫内，忽睹如此空阔境地，又值好鸟送声，有自然飞至的，也有人力伺候的。仲妃胸怀颇畅，不觉已到稻香村。此处傍水，多是种垦的田家风味，更是繁华中一剂清凉散。游玩片时，并将旧时自己所寓及探春住的去处，顺路游览。房舍照常，而意境非昔。已由蘅芜苑转入潇湘馆中。此馆自芝哥儿移作书屋，迥非当日黛玉作寓的光景。仲妃到此想起黛玉，忽听窗外竹韵戛然，黯黯有触。本意在此稍歇，吃些点心再游。因有所感，便不肯久坐。即同众人到怡红院。仲妃进宫时在此演礼，王夫人叫人备了点心，送进房去。仲妃吃了好些，并吩咐手下人也吃茶点。请王夫人、湘云等进去，说了会话。歇息半晌，随身的表上已交午正二刻。

交未初就该进膳。俞内管着宫女请驾，赴大观楼正厅用膳。仲妃遂起身，到大观楼内，居正而坐。远远就有乐声，将以侑食。仲妃说：“我要这席面上替母亲姊妹们叙些家常，乐可免奏。”当下止了乐，俞内管又代禀：“贾政禀请献酒进菜。”仲妃亦说免了。并叫下面设下两席，令王夫人及湘云、尤氏、李纨等陪坐同吃。王夫人等谢了恩，才各安位侧侍。彼时宝钗、平儿照应肴馔，无暇预坐。贾政便邀俞内管前厅饮宴。随来常在、昭容专席管待。各女孩儿、妈妈们亦皆盛席款接，不敢简亵。随众无不欢喜。仲妃席上除看席两桌外，所御之物，珍错毕陈。水陆备具，品味清洁，调和精美。天交未正，尚方进馔已毕。撤去家伙，金盆荐水，洗了手，又备金盂漱过口。王夫人亲自捧上茶来，仲妃急令侍女代接递上。喝茶毕，对王夫人含着泪说道："今得竟日亲承色笑，此系圣上特旨。不知何日再沐此恩，得以展我孺慕。想当年元妃姐姐的话，我方懂得，不是口不应心了。"王夫人道："贵人不必过于远虑。皇太后、皇上既有此旨，过一两年再沐旷典，亦非意所不及的事。"史湘云道："这话甚是。请勿感切，天下事如何意计得来呢？"正谈着，俞内管着宫女送上备赏的单子。仲妃过目，亦略与元妃时大概相同。独吩咐另赏紫鹃一分，遂即照单散出。贾政代领家属、王夫人率着女眷，皆来谢恩。一概谕免。

仲妃知邢氏太太抱恙不获，亲身去看。又感伤一会，除例备礼赏外，将自己护身小藏佛连锦袋摘下，并一挂东珠，十八粒罗汉宝石念头手捻，亲托王夫人替送。正合王夫人依依不忍释去，忽交酉初。俞内管禀请还宫。仲妃何敢久停？湘云、宝钗二人，尤难分手。又迟延了一刻，预备齐全，无可如何，洒泪辞别。仍坐了肩舆，行至前更衣处，换上凤辇。八个内监抬起，慢慢走出。王夫人等送至二门外，昭容传谕免送。辇已出了大门，贾政便坐了轿，跟着同进朝来。仪仗提炉，香尘夹道。

仲妃进了宫，请太后安，谢皇上恩，方回宫去。贾政进了职名，谢过恩，又替仲妃请了安，傍晚才归荣府。歇了一夜，次早仍到朝门谢恩。

家内贾琏谢了薛蝌、李光绪，备酒请来顽了一晌。叫家人将各处陈设、灯彩用匣装好，门上各样帘子，窗外茉莀，廊前卷幔、竹挂，逐一查收。贾兰将各屋字画及所挂匾对，皆用长匣放妥，以备再用。直忙了十数天，才得清楚。中有画眉四架，贾兰拿去给会哥儿顽。又有白鹦鹉一架，月娥爱其洁素，向宝钗说，替王夫人要。贾政听了倒甚欢喜，叫人连那红黄绿的三架鹦哥，连白的通送到月娥屋来。月娥便叫霓舞接了，着意挂在廊前。晚来收放屋内，十分爱惜。这也是女孩儿一种脾气，难于解说的。

春尽夏来，倏忽秋末。那一天，贾政从衙门回家，林之孝禀说：“江西少二爷处有书，并差家人林天锡来京请安。”贾政叫拿书，并来人到书房问话。林天锡便上前请安，磕了头，就跟着到书房来。贾政进屋坐下，林天锡又替贾茂请了安，将家书双手捧上。贾政拆开书信，林天锡起来，垂手侍立。贾政一面看书，一面问话：“你们老爷有何事叫你来京？难道说就为瞧瞧吗？”林天锡道：“一则差小的来家请安，二则为神蛟事，江西抚院有折到京，叫小的专来禀知。以便候旨遵办。”贾政便不看字，掩上急问道：“是什么神蛟事？你可细细说我得知。”林天锡道：“今年五月内，江西多雨。旌阳宫有镇神蛟的铁树，不知何人剪些彩花，拴在枝上。当日许旌阳镇神蛟时，原有偈道：铁树开花，神蛟再出。不意交六月后，一连数日大雨，山头发水。初十夜间响了几个霹雷，将铁树移开数丈。神蛟遂从旌阳宫前，借着水势横行，淹了数县百姓，伤坏田禾、房庐不可胜计。想来只是天意。抚台着急，咨行龙虎山张天师，除孽安民。那知天师作法，各法师结坛书符，设法驱治，总无效验。越发恣肆，渐及九江一带，亦被其害。适值小的少主老爷按临此地，大江中天气晴明，挂帆正走，忽然一阵乌云从江面卷来，波涛大作，顷刻对面不见天日。”船后老板说是：“不好了！这是神蛟使风，迟一刻乌将军到，这船就不可保。”连忙落篷，往汉港内收去。那篷就落不下。船被风逼，一步也不能挪移。小的们慌的了不得，只见江面上一朵乌云，就奔船来。那料少老爷在身里边取出一件不知是何宝贝，向江中一照，水上现出千条红光，空中又系有什么言语。小的们皆未听真。那块乌云顷刻退去，亦不知其所往。那船才安然无事，天气依旧晴明。小的们托主儿的福，救了性命，合船谁不诧异。那想红光一照，神蛟便退回本境，仍归旌阳宫前。不惟九江一带得免其害，即旌德数县前被水者，亦皆水退民安。抚台才谢了天师，亲诣九江来见小的少老爷，约着同赴旌阳宫前，作了文书，又祭献许旌阳真人。说也奇怪，这夜又是雷雨一阵，那铁树仍回旧处，镇住神蛟。抚台大悦，立时将少老爷为民驱蛟、得救数县生命，专折奏闻。恐家中不知底里，心中惦记，叫小的回京禀知此事。”

贾政听了，心内大喜。细看书意，亦是为此。但船中驱神蛟的并非宝贝，就是通灵宝玉。越发诧以为奇。便向林天锡道：“你可歇息去，迟一会，再替你太太们请安罢。”说着，拿着书，就往上房来。谁知早有小厮将此事传到丫鬟们耳内，立刻王夫人处及李纨、宝钗、平儿、月娥等皆闻此信。不得其详，着实惦挂。不约而齐，皆走到王夫人这边来。尚未进门，忽见贾政拿着字，贾琏、贾兰跟着，同进院门。贾琏、贾兰便站住，各回房去。

贾政便进屋，就向王夫人道：“太太，你可知道芝哥儿在江西驱逐神蛟的奇事吗？”王夫人道：“才听丫鬟们传说，我心甚是焦急。老爷快些说明，使我放心。”说话间，李纨、宝钗四人走人，史湘云也从外面进来。贾政、王夫人叫他们皆坐了，贾政先把书信念了一遍，将林天锡的话一字不遗，又备细述了。众人听说，皆为惊异。独月娥想起那年金如意事，方知灵物自有妙用。湘云深知芝哥来历，说道：“吉人天相，总是老爷、太太福庇。”李纨、宝钗齐声道：“史姑姑这话很是。”王夫人道：“你们不必推誉，只是平安，便是佛天保佑。”因向贾政道：“这事既经入奏，应在军机处打听旨意才好。”贾政道：“太太此言甚是。”便请贾兰来，叫他急去托人打听。贾兰连忙去了，回禀道：“各处探问，皆无的信。因闻红本上说这几日江西抚院并未差官递折，孙儿再三托他，有进折的即给一信。”贾政及王夫人听了，只得稍候。

过了数天，忽奉上谕：“贾茂即驰驿来京问话，江西学政员缺，着梅友福去。钦此。”报到贾府，贾政不知何事，心内甚疑。在军机处及各中堂相好遍问，并不晓其缘故，也只好等贾茂到京再议。梅少理再任江西，请训时，命其三日内即起身，接贾茂任。梅友福不敢耽搁，连忙往江西去了。贾政饯行时，便叫林天锡跟梅学政带家书同去。倒是林天锡不肯，回明贾政，先起身，连夜替贾茂送信。那知兵部火牌，江西贾茂两日前就得了信。林天锡的家书接看，亦不知所由。贾茂是悟后的人，随缘度世，毫不介怀，仍自照常考试，等候新任接交，即便起程回京。

不两月，梅少理到了，祖岳孙婿接任毕，贾茂先请梅友福便酌，梅亦随后送行，倒吃了几席酒。司院各处亦差人来替梅学政道喜，并送贾阁学回京。贾茂一一写信谢了。该县遵旨预备驿马，即兼程由驿而归。不及一月，已到都中。先着林天锡回府送信，自己便宿了庙。伺候召见过，才敢回家。

原来圣上因江抚折奏：贾茂驱除神蛟，安集黎庶等语。便疑：贾茂一书生，有何勇力，能作古人投壁斩蛟的事？或是趋附国戚，借词邀功，亦未可定。遂将折子留中，钦召贾茂来问，以决真伪。此事连军机大人一字不提。

这日，贾茂到朝门，经红本大人代奏，奉旨召见。贾茂遂遵旨而入。待了许久，贾政、贾兰得林天锡信，一早也在朝门外见了贾茂，未及细言，贾茂遂跟旨进内。忽见红本苏大人出来，替贾政道喜，说："令孙贾茂，放了兵部右侍郎了。"贾政说："如何有此恩旨？"苏大人说："我们备细却不能知。这是秉笔的王公公密向我言的。咱们至好，我才送信与大人哩。"贾政听见是真，便先向苏大人致谢。正说着，中堂谢大人传出上谕，道："兵部右侍郎员缺，着贾茂补授。所遗之缺，即着贾兰升补。钦此。"朝门外多少官员，皆替贾政道贺。正说着，只见贾茂从里面走出来。贾政一见就叫到朝房，同贾兰细问召见的事体。贾茂道："进内见了圣上，行过礼，说会考试的事。皇上忽问及神蛟事来，说：'你一书生，如何制服神物？江抚有无装点，你可实奏'。孙儿想：'通灵驱邪，事近诞诬。然从此而起，亦不敢欺饰。不过略言其概。'但说与江抚到许旌阳庙内，效韩昌黎驱鳄鱼的旧迹，作篇祭文，备述圣天子爱民至意。'此蛟既从庙前所起，淹害黎庶，便是真神之过，自当约束此蛟，归于原穴，不致扰民，方为无忝厥守'等语，备了祭礼，同抚臣虔意祷祝。那知夜间雷雨大作，铁树果然移回，仍将此蛟镇住。数县百姓得保身命。皆托皇上德威，旌阳真人效灵所致。臣等本无所长，抚臣又何容装饰。求恩典。皇上听了，即命摘通灵宝玉去看。果然上有篆字，写着'一驱邪祟'。圣上因所奏非虚，龙颜大喜。并说此玉当日北静王奏过，系宝玉口中衔着生下来的，自是不凡。仍将通灵玉还了孙儿。便降旨赐发三炉藏香，御书匾对。命江西抚臣在旌阳宫致献，用照神贶。便命孙儿出来候旨，那知有此特恩。使为臣者如何报答?"贾政道："你这话与我意相合。圣恩愈重，报称愈难。我老矣，你弟兄二人，各尽其心可矣。"说完，便起身，离朝房，出禁门，上了轿。贾兰兄弟坐着车，各回府来。

府中贺客已经络绎不绝，皆贾琏邀了薛蝌应酬而去。到第二日，贾兰、贾茂赴朝，具折谢恩。择吉日到了任。

贾茂新自江西回，在江中虽制服神蛟，亦受惊恐。王夫人、宝钗甚是疼热。公事完，留在屋内，说过好几日话，此事问了几次。又家中庆宴，大家欢喜。那知触动一人的旧憾，平地起波。欲知此人是谁，且听下回分解。

第二十七回　临安伯因旧嫌构怨
状元郎奉新命封王

话说贾茂升了侍郎，贾兰升了阁学。谢过恩，到了任。逐日衙门办事，阖家欢喜。旁边却触起一个旧隙的人来。你道此人是谁？却是临安伯。当日求亲不遂，自游街日，心中已不舒服。山东藩司姨侄何腾蛟被论降职，更深宿怨。何腾蛟借临安伯力，数年营谋，现补了兵部武选司郎中。临安伯在朝知贾茂升兵部右堂，何腾蛟是他属员，心内不平。回府请何武选来，备述其事，要商议一策，使贾茂坐不稳这兵部，方才出气。二人商酌半日，因贾茂系椒房之戚，又诗才政治为上所知，一时急想不出法来。何腾蛟道："且缓，再看机会。"临安伯道："等我替你表叔郝中堂斟酌，定议一法，出我这气。"说罢，何武选告辞回去。

次日，临安伯在朝房迎着郝大人，将前事备细说了一遍。郝中堂说："此时有一机会，容我办成再说。兄台自管放心。"临安伯大喜。朝散各回。

原来自暹罗二国使来，高丽封王一事，廷臣集议，欲推二人充正副使，副使已议定翰林院编修罗廷伦，惟正使须得二品晋宫保衔方合体制。彼此瞻循，久而未定。郝中堂听了临安伯的话，便不与众人商酌，竟暗暗上了一本，说"高丽封王，事关钜典。必得文望素优、品行特著的人方称厥使。兹查兵部右侍郎贾茂，鳌头独步，翰苑腾声。位厕卿贰之班，才居马班之右。理合晋衔太子少保，克充正使。翰林院编修罗廷伦，才长年富，合充副使。实能驰名海域，增耀天朝”等语。疏奏才上去。谁知高丽又以内乱，所言幼主不安其位。边臣有折奏闻，不便遣使敕封。此本遂留中未发。廷臣皆不得知。郝大人见此议不行，与临安伯另图别策。把何腾蛟推升了山西巡道，也是郝公之力。

那时正值初夏，忽暹罗国王谢世，世子嗣封。广东制台奏到，请派大臣前往，以彰国体，以恤海邦。批交部议。此非紧要事件，部议准行。即覆奏，着各大人保荐。倏已数月，已在八月中旬，公议了礼部左侍郎夏霁初，仍与编修罗廷伦。才要入奏，夏侍郎丁了内艰。郝中堂便说：“贾兵侍才博望重，可膺此选。”众人不肯驳中堂意，遂公举了贾茂，加太子少保衔，充为正使；罗廷伦加学士衔，充为副使。疏入，有何不准？第二日，即准行下来。

此信早有人报入荣府。贾政因系国家大事，尚不形诸辞色。王夫人、宝钗得了此信，知是越渡重洋，封王海外。这一惊吃得不小，由不的流下泪来。转是史湘云早已料定，走来劝道：“太太与嫂子，急也无益。芝哥儿为人臣子，既奉朝廷之命，如何推诿？况不经盘错，无以别利器。此正芝哥儿秉受通灵宝玉，扬名海表，方是光耀家门的时候。吉人天佑，此行虽越海洋，管保一无他虞。太太若是这班光景，倒叫芝哥儿悬怀两地，何以为国尽心？嫂嫂当劝太太，不可作此无益之急。”宝钗听了这话有理，遂同劝王夫人，替芝哥预备行装，不必过于悬切。

贾茂奉了此旨，等候着翰林院撰拟敕命。礼部作文书，备办赏赐。兵部知会沿途，伺应夫马，赍发勘合。转因王夫人、宝钗意思，时常在膝下依依。外面事，贾琏、贾兰代为酬谢。但此番诸大臣公举，贾政虽知是郝中堂所为，而不知其故。周侯爷与中堂谢大人最好，细细访问，缘临安伯转托。临安伯求亲一节，事已多年，贾政不复记忆，何巡道又补山西外任，这个情节更无可查。转疑芝哥儿年幼,或有开罪临安伯处。贾茂道:“孙儿与临安伯从不谋面,何能得罪?况此事关朝廷重任,人臣皆应办的。借此以泄其忿,亦觉无谓。”贾政听了,也只好付之一笑。

不一日,诸事齐备,贾茂、罗廷伦请过圣训,领了敕书、勘合,钦天监择吉,在九月十八日卯时起身。贾茂头一日在宗祠行了礼。临起身时,替贾政、王夫人磕了头。宝钗处也磕了头。李纨、平儿拉住。连日嘱咐月娥:在家承颜慰色,代尽子职。各亲友皆辞过行,这日皆在城外候送。到了卯时,不敢稍停,即上轿出门而去。跟随的人,惟叶忠、包勇、林天锡,锄药系讨了去的,又派了六个人押着行李。各骑上马。贾政送到大门外,吩咐贾茂许多话,又叫他坐上轿,看他起身,方回府去。贾茂到十里外,有座古刹,旁有别院一所,前进大门正厅五间,后屋两所,备各官在此迎送。这一天,周侯爷、甄嘉言、曹紫庭、周巧姑爷、薛蝌、薛尚义、李光绪、蔡念典、李云龙、贾府各叔侄弟兄,皆备了酒席,为贾茂送行。贾琏、贾兰再三力辞,才议定公进三盅,以壮行色。说着,贾茂轿就到了。大家接下厅来,齐说道:“此行为王事驰驱,我辈聊备便酌,稍壮荣行。”贾茂连忙打躬道:“茂不职,奉此重任,恐不称使。承诸尊亲大人如此厚爱,何以克当!”说着,周侯爷把盏,甄巡制便举壶来。众人同用手一举道:“请晋此爵。”贾茂急忙接了,饮于此盅。谢了众人,便要让坐。罗副使也到了,罗副使有许多亲友接着,另席送行。周侯爷说:“何不移在一处,岂不亲热?”众人齐都说好,也敬了罗副使一盅,便叙位坐了。二使臣东首专席,各送行的无论长幼,皆在西边相陪。正饮着,贾、罗二使臣同寅相好的各备了席,在外一层房里摆下相候。仍是周侯爷说:“诸位皆同朝之雅,何不将席地移了一处,岂不甚便!”贾茂、罗廷伦说:“有理。”走到外边,各饮了一盅酒,便将席挪到前厅,大家同饮。时交午错,二使臣起席,谢别众位,皆坐轿长行去了。

不言送行人回城。且说贾茂二人,由直隶、山东,到江南界,换

了船,到苏州境。山东臬司闵鹏骞已升任江苏藩司,早知派了此差。远远差人在镇江接了。这日得信,禀明抚院,自己坐了船,迎出境来。二人既系同年,更属至好,见面时彼此畅叙别后事情,及奉差封王之命。闵藩司差人用帖到候罗副使。不多时,到苏州接官的处所。抚院同臬司各府道皆在此接钦差,请圣安。闵藩司于未到码头时,先辞了去,随着抚院在公所迎接。正使船到,放炮相迎。副使船也就同泊在彩亭前。二位钦差下了船,到接官棚内,朝上站定。抚院率众官,请过圣安后,才行礼相见。说不多几句话,就坐上轿,进城来拜众官。抚院留在署内吃了饭,首县们送下程,备夫纤,皆用手本禀过。闵藩司送了许多吃食及船上应用之物,皆解己囊,并非县中替办的。贾茂亦将都内人事送了好些。

盘桓五六日,吃了三日戏酒,便开船往杭州去。未到境,浙闽制台周大人早差人请安,送了应用的干鲜物事,具说:"巡边在外,不得到浙江来面会。"董巡道升了广东臬司,金华端木公已得温州府知府,亦差人先请安,说在省相候。贾茂皆一一应覆。船便到了杭州,端木楷派办此差,相见甚是浃洽。留在西湖,同浙抚及各司道游赏,吃了一日酒。

贾茂不敢多延,与副使连夜渡过江去。换了夫马,往广东境来。督抚照前迎接。董臬司至亲,加意款待。在广东省内住了十余天,备好了海船,择吉上船。出海口放炮相送。正副二使,同船开行。

这海船形如粽子,上下三层,阔三丈二尺,长十八丈,高二丈三尺。桅舱左右二门,中官厅,次房。舱后立天妃堂,船后设戏台。桅杆众木凑合,高十八丈,俱用铁裹,杆头有斗,可容数人观风瞭望。船内有水井二口,设官以司启闭。船底用石铺压。上层列炮十六位,中层列大炮八尊。但舵必铁梨木所制方好。彼时有红毛进贡,请兵船数只,已回,留三只沿泊海上,因而购得。此舵亦是不易有的。

向来琉球封敕，则在闽省出海，由林浦、罗星塔入大洋。稍东则粤东境，暹罗梯航渡海，皆由广省，海道不同故也。

贾茂二使臣于十一月内出海，广督拨水师守备陆祚昌、魏文耀，千总施循、陈升，兵丁二百五十余名，从都随路。太医院医官赵凝之、熊耀昆二位，天文生李光猷，又设传宣二员，通事二员，管船管罗镜二员，书役门皂轿伞役百有余人，吹手十六名，舵工二十余名，水手六十余名，船上老板一名，副老板一名。

海口祭了神，候风二日，通城各官辞去，才把船开人大海中来。水色大异，深青大蓝。老板说："入大洋了。"顷之，有白水一线，横亘南北。老板又说："过分水洋了。此天之界中外也。"浪急风猛，水飞如立，颠覆不定。副使及舟中人皆呕逆呻吟。副使上了卧榻，任其簸扬，稍为心定。

贾茂正了性，将通灵宝玉戴在胸前。举目四望，忽见群鱼振鬣而至，有人立者，有飞舞水面者，有相攒游戏者，皆傍海船周围旋绕。老板说："水族闻封舟过海，欢忭来朝。此祥征也。"烟波苍茫，水天一色。日出则海水皆红，月出则碧天如洗。

行了约半月有余，亦不知过了多少海屿。忽见一山横于前面，老板说："此非山，乃巨鱼也。可急鸣金鼓震之，彼自逝去。"不一刻，其鱼渐沉，与水相埒，犹似沙屿芦苇，至晚潜消，乃始放船前进。在梅花所泊船，取了水。老板守定罗镜，不错铢黍，向暹罗国海道而行。

那日，舟抵一海屿，乃安南外境。屿名华封，通事郑必振道："好了，这是安南东北界。过安南，抵南境，便是暹罗北境。"众皆大喜。贾茂吩咐依屿暂歇，同罗廷伦上岸。瞩目此屿，四望皆石，突出海底。层峦叠岫，千百其形。怪松古柏，离奇盘闲于石隙中。错骨露筋，以起山之高。玲珑断续，不可悬拟，不可方物。二使臣爱顽不舍。通事禀说："此地多海寇，不宜久停。"因归舟起行，遂浮舟此屿内，四日乃出。风云日睫，变幻无端。每到山穷海窄处，或疑梗塞不可通，良久乃见一境。山尽，仍复浪浸汪洋，莫测潮汐。取途时值北风陡作，海舟甚快，远见东北一山，形若覆盂，四无人趾，惟通鸟境。众皆疑之。

又行了一日，望一山如长蛇，蜿蜒水面。将抵山下，忽一口门倏见。风云四起，突有二龙悬排，尾棱俱张，荡扬摇曳。舟中人无不骇怖。恍忽晦瞑，又似有天吴、海童奔逸左右。老板及通事郑必振说："这定是暹罗界口，皇宣远降绝域，此地海神来接。当出免朝牌，示之自退。"悬其牌，仍然如故。贾茂道："取牌来。"亲书朱笔"免朝"，一挂鹢首，一投水内。顷之，天渐开，云渐散。二龙已失所在，风仍大作。老板说："此是龙潭，当避之。"遂泊舟于山之右。

天晓，居民见舟，惊走避入深山。贾茂因差守备陆祚昌、通事黎昂上山探问，回来禀知，此山名为象山，暹罗北境。东界日本，北界安南，向西边海之岸，则云南境。二使臣听说甚喜，便命通事知会地方官。不一时，镇守此处官，如中国参游等职的，名叫坤司吝塔瓦喳，来舟访问。贾茂因将礼部知照着通事解他听了，他亦欢忭，向北磕个头，忙回去。不多时，就备了许多水薪送来。他向通事说："天使请暂歇，我已请我王的示下去了。通事因问岸上居民："东北那座山是何名？"居民道："那是尤家山埠琉璜山也，北去日本，东去则东洋矣。"

不说贾茂住等暹罗国接诏。再言贾政，自贾琏等送芝哥儿回来，每日仍赴衙门办事，倒还不觉。惟王夫人最疼贾茂，今日远涉重洋，出封外域，不知何日才归。那日与宝钗闲话，念及芝哥儿，时常落泪。宝钗已自难受，见王夫人如此，转自多方开释。灯前饭后，也不止于一次。

节交冬至，薛姨妈犯了病，着床不起。王夫人同宝钗看过数回，请王太医用药不效。那日薛蟠从南回家，心中一喜，略觉好些。过了年，感了春气，渐渐沉重。宝琴到家看了，与宝钗说："这病势想不能就痊，当和哥哥说，预备才是。”宝钗哭着说：“何尝不是。”因向薛蟠兄弟商办衣衾、棺木。富足人家，凡事易为，立即办就。

一月十二日，薛姨妈叫薛蟠哥儿们，同宝钗姊妹、妯娌，皆到跟前，说道：“我年逾古稀，此生丰衣足食。你弟兄姊妹，诸事孝顺，我真无憾。惟当铺存荣府这项银子，趁我在时还了，我就无一点记念了。”薛蝌道：“这事容易。待孩儿过去，算明本利，交与姨丈就是。”宝钗说：“也不忙在一时。”薛姨妈道：“还是蝌儿说得好，你就去说明，我才欢喜。”

薛蝌遂到贾政这边，将薛姨妈的话细细说明了。贾政道：“现在令婶母欠安，此项有账可算，何用如此着急。”薛蝌说：“早晚一样结账。容侄儿到铺将账合清，再来回话。”薛蝌即走至当铺，将这项本利一算。八厘起息，原不见多，但此利荣府并未支用。岁月既久，本利合着三万六千金。薛蝌便在两当铺内凑了两张银票，一张两万金，一张一万六千金拿回。先将此票给薛姨妈看了，并将说的话又回明了。彼时薛姨妈在炕上点了点头，薛蝌就将银票拿过来，面交于贾政。原来贾政已将此事向王夫人商酌定了。贾政说：“我这银子，生出这些利息，皆老侄经营所取。将这三万两我权收下，再为计议。六千金，我与汝姨娘送给老侄附手，也不负数年替我经营之意。”薛蝌那里肯要，再三说了，方才应允。谢了回家，又把此话禀了薛姨妈，也只点了点头。渐不能够说话。

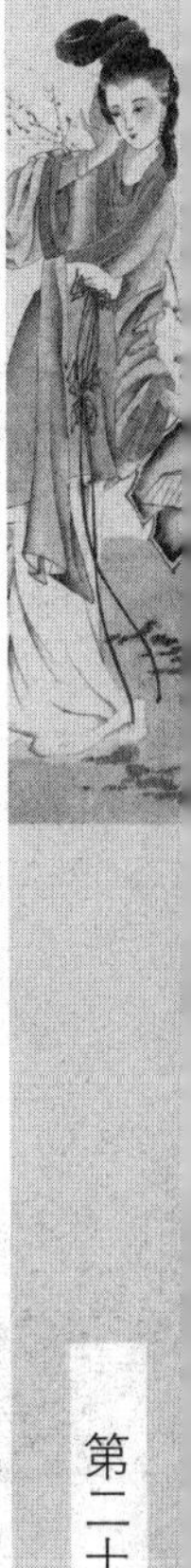

王夫人才过来瞧姐姐，看那光景不好，着实心酸。忽见周瑞家的忙忙走来，禀道：“东府邢太太痰厥，一时就没了气。请太太快回去，老爷已到东府去了。”王夫人才要动身，薛姨妈痰往上涌，也就不可救了。薛蟠、薛蝌就都大哭，抢地呼天。王夫人只得带着丫鬟仆妇，替薛姨妈穿衣服，安灵床。宝钗忽哭得晕去，叫人忙着救醒。

尚未尽妥，东府邢太太也逝世了。贾政着人又请。遂哭了一场，忙回来到东府去。进门哭奠，行了礼，问贾琏，诸事备办得体。同薛府择日开了吊。禁城内不许停柩，到三七头，遍报亲友，发了殡，将棺仍停在铁槛寺内。出丧仪注，送殡车马，也不过如《红楼梦》中出秦氏的样子。薛姨妈处也开了七日吊，暂移在城外一个庵内，再议送回南去。贾琏在铁槛寺守了七七的日子灵才回来，东府贾大爷珍的病，忽见觉重起来。禀了贾政，又替贾珍备办后事。四月中旬忽又病逝。此时贾蓉已升了阳城县知县，将贾珍殡殓后，未及开吊，先把丁忧文书报明吏部。一切丧仪，贾政叫从厚办理。贾琏也诸事尽心，较之邢太太事有盈无绌。五月间，也移在铁槛寺暂停。候贾蓉回来，连贾赦、邢太太，一同送南，归葬祖坟。

荣宁府连出两件事，贾政心中甚是不快。因薛蝌交了三万银子，便与贾琏商议，要用一万金将铁槛寺停柩，秋后送回南去。贾琏道："老爷所见甚是。此事何不与薛蟠兄弟相商，得同伴去，船上更有照应。"贾政说："你何不过去谈谈。就我们多费些，得完他一件事，也无不可。"贾琏过薛宅，把贾政的意思说了。薛蟠即将薛蝌找来商议，甚是情愿。又回覆了贾政。只候贾蓉一到，便定行期。

却说贾茂正副二使臣在象山住着，候暹罗接诏。约有半月多，忽见前日那员官来船上说："我国王差大臣前来迎接天使，就到了。"不一刻，只见数十只海船比坐来船小些，却甚轻便。旗帜招展，鼓乐喧鸣，奔了象山右首，在山嘴上湾了。那员官连忙回去。又有一员官同着前头那官，带许多从人，往天使船来。通事郑必振上岸去接，见面时却认得，原来是那年进贡的通事坤思吝塔披彩。彼此一见，甚属亲热。说了几句话，要礼部行咨，不上船，仍旧回去。

忽见彩旗前导，金鼓开行，一员官骑着只象，到船边来。通事传言：彼国大臣，如中国宰相相似的，名绅孛述列瓦提。郑通事禀知，贾茂、罗廷伦二位天使出舱，站在船头祗候，那员官到了船边，下了象，有许多带刀护卫跟上船来。彼此说话，皆不懂得。亏两处通事，代述其说，方才让进舱内。又说一回，那官不肯喝这边茶，大约说的是:感戴皇恩,又劳大臣远涉,下邦着实欢忭。奉王命,请天使换船,到他国去好接诏。贾茂这边话也是郑通事代言:皇上远念贵邦臣顺,今闻嗣王新立,用遣重臣,来颁册封新诏。今既来迎,即照向例,祗候可也。那员官谢了,就出船去。登了岸,骑着象,众人金鼓旗仗,簇拥而去。

黎通事禀贾茂说:“来而不往,非礼。二位大人礼应回拜才是。”贾茂叫人备轿,亦用旗伞金鼓,着通事先替说了。天使轿到彼处,通事再回,辞谢不敢当。贾茂二位也就回船。不多时,那大臣着通事送了水薪米烛,鸡鸭猪羊,芋头番粟几十担过来。通事说:这向例是要收的。贾茂赏了来人十数个洋钱,将礼收了。那送礼人从未见此厚礼,皆抱头跳跃而去。

到次日,贾茂将原坐海船留在象山,派兵百名,千总施循并老板、水手,皆泊此处伺候。自家同副使及二位守备,一位千总,二员通事,跟随家人,并百十余名兵丁,皆换了船,向彼国来。那大臣及通事,着实欢悦。往日使臣到此,多疑有不肯换船,每每生出别事。贾茂此回推诚相示,慨然上了彼处船。他国的人所以心悦诚服,便引进出了南口,不走大洋,就偏右的一条小溪行去。虽说小溪,也与那扬子江面相似。一路花鼓互奏,蛮歌相闻。

行有八九日,沿路彼国官络绎不绝,两岸多有赤足,或男或妇,看着船,皆欢阗跳舞,亦不知其何意。那日到了国都外郊,其嗣王备龙亭、仪仗、鼓乐,敬迎敕命。二位天使坐了轿,通事、武职各官皆骑了马,兵丁簇拥,便迤逦入其国来。在馆驿中暂歇,择了吉日,行册封礼。欲知如何宣赏受封,且听下回分解。

第二十八回　堆雪团泄露春辉　集花片砌成情字

话说二位使臣住在馆驿，到受册封这一日，暹罗国王备齐全付卫仗旗帜，灯彩香花。嗣王乘轿，随从各官骑着马，来迎敕印。贾茂捧着敕书，罗廷伦举着玉册，站在中间。嗣王身穿礼服，下跪行礼。让敕书玉册在先，出至街上，二位天使把敕册放在龙亭，八个人抬起先走。使臣坐轿后随，其通事、武职官又在后行。阖国聚观，不啻数万，欢声雷动。嗣王及诸随臣亦欢欣异常。

不多会，直入正殿，将敕册供奉。国王行礼毕，命通事官郑必振上左台，将敕书玉册宣读。王跪听宣毕，将敕印并玉册接了，交大臣供奉正殿。又宣：恩赐蟒缎装花绫绸九十六匹。付王收受。王又行礼谢恩，命通事官黎昂上右台，将敕书金册敕封王妃。其妃礼服，跪听宣毕，敕册供奉正殿右侧。并将恩赐蟒缎装花绫绸四十八匹付王，转敕付妃收受。又行礼谢了恩。殿下鼓乐齐奏。册封礼毕，二位天使与王交拜，通事请配殿更衣赴宴。向例器用金银折席。贾茂、罗廷伦仰体朝廷柔远之意，概行除免。其国君臣无不悦服。

彼国二年被旱，五谷不登。这日册封后，夜间大雨，一连三日，通国沾足，喜出望外。敬礼使臣，倍于往岁。

大典既竣，二位使臣欲还。旧例须冬至后二日，方可回舟，天使自得在馆稍候。彼国天气燠热，与粤东相似，四季花皆不谢，树叶不凋。二位使臣游宴之暇，寄兴于诗，彼国皆爱之如宝，传写不已。这也毋容絮述。

再说贾琏从薛宅回来，将话禀了贾政。直候至七月底，贾蓉方才到京，择了九月初六日发引。八月半后，雇定了船，知会薛蟠，同派了跟的家人。初二日开吊发丧，都内各亲友皆系两家戚好，同备吊分祭奠。初五日坐了夜，辞过灵。到发引的日期，贾府的执事仪仗，车马仆从，旗幡扎彩，固是热闹，即薛宅亦诸事齐整。两下里后先皆在半路上住了店，次日才下了船。两宅内眷送了殡，皆回城去。这边是贾琏、贾蓉跟着，那边是薛蟠、薛蝌同伴。沿途照应，彼此颇不寂寞。

贾政当交银一万，给贾琏作路费及到坟人士诸事支用。有余的，即在坟上多买几十亩田，以备祭扫。那二万金，交五千两给贾琏、平儿，五千两给李纨，五千两给宝钗。各自生息，以备不足。侄儿孙子一样待。又交五千两给王夫人，为老夫妻俩一时随意之需。贾政将这些停柩送归南去，入了祖坟，完却一段心事，回府倒也怡然。只是王夫人时刻念想芝哥儿，百般劝解，总不能释。

倏忽冬尽。除夕这夜，王夫人、宝钗甚不舒服。月娥膝下承欢，稍为宽慰。饮了更次酒，大家歇了。

那冬雪大，春正初六日，一连三夜大雪。宝钗因香菱女儿阿娇来拜年，留住下，被雪截了。到十三日上灯时，未能回去。从十二夜间，雪比起先更大，各处银妆玉砌，真是江湖不见飞禽影，岩谷空闻折竹声。东府有事，王夫人这边也未张灯。月娥非不怀远，然欲解堂上之欢，就雪中忽想出顽意儿来。遂约着阿娇，带着自己的霓舞俩丫鬟，又邀了王夫人房中贵儿，宝钗的文杏、碧鬟，在阶前堆起两雪狮子来。慧出芳心，别成天巧。底下座子剔透玲珑宛如生就的石头，看不出是雪。上边蹲着狮子，雄威高视，右边的，脚下一个小狮子，真像活的；左边的，脚下踏着个圆高球，也是玲珑的积雪所成，不知何由搜剔。张着口，浑身碎雪披叠，俨然毛动。脊上一排雪疙瘩，望去随风摇曳。腹中点上烛，眼鼻口内皆透出亮来，着实好看。把这些丫鬟们喜了个是不有余。请了王夫人、李宫裁、宝钗、平儿，皆来看这雪狮子。王夫人道："难为他想，怎么说也堆得住？"正说着，会哥儿、长龄儿跑了来，分开众丫鬟们，挤进去一看，直喜的拍手顿足。大嚷道："有趣！真个好顽呢！"李宫裁、平儿连忙拉住他说："你好大胆！连太太在这里都忘了，怎没一点规矩？"王夫人道："小孩子，由他罢。"两个才收敛些，不敢动手去摸那狮子。王夫人这一天甚是解颐。

李纨的丫鬟素云合平儿的小红忽然说道："这雪若堆个美人，比狮子更好看。"会哥儿叔侄俩听了这话，乐的了不得，就逼着他俩立时在宝钗院内去堆。两丫鬟也要逞能，从午错堆到晚，才堆起就蛰卸了，再堆不起来。两个急的什么似的，使性子丢下走了。两小人儿也跟着使性子回去。

这是十四夜间。月色甚好，月娥暗暗的邀了阿娇，并叫房内丫鬟，因在宝钗院里，便将爱儿、碧鬟回了宝钗，同在一处堆雪美人。月娥道："这是站像，非有竹胎，不能擎架。比不得狮子，是卧着的。"遂将竹夫人寻了两个为骨子，上面堆雪，便挂得住。又在夜间，易于冻冱。不两个更次，把一对的雪美人堆起来。眉目如画，姿态横生。帘前月下，等看去像个真美人，素裳缟衣，站在阶侧一般。众人无不喝彩。宝钗已睡了，听他们笑语，问了缘由，也穿好衣服起来。亦甚夸好。月娥细心搜剔，连衣襟褶儿皆作出来。一个抱着花瓶，放一竹筒子作骨，上插枝红梅。一个把雪猫儿叫他搂着，猫眼上些颜色，金光闪闪，直是真的。点缀刚完，鸡已叫了。大家歇了歇。

宝钗也高兴，早晨起来，烹壶好茶，预备点心，并顶好各样元宵。叫秋纹、麝月、爱儿去请史湘云，李纨婆媳，平儿，并带两个小扮儿。自家同月娥到上房，请王夫人赏雪美人，吃点心。王夫人梳完头，就同宝钗来了。月娥又去自请李宫裁。王夫人才进宝钗院子，史湘云也到了。平儿未到，长龄儿先从外头跑入。李纨等同月娥说着话，进了门。会哥儿先看见了，跑到王夫人跟前，说："老太太，这个美人堆的好。给了我罢。"长龄儿听了，也就要起来。两小孩子闹的了不得，好容易宝钗才劝住了。素云、小红两个不信，飞跑来看见，转诧异极了。悄悄问阿娇："怎么堆的？"阿娇说："我不知道。我也才来，还不知是谁堆的哩。"两个又拉住碧鬟问，方晓得月娥堆塑。正要问，忽听史湘云道："久闻月娥姑娘诗才敏妙，这几年从未领教一首。就以雪美人为题，可赋二律，为我辈开一开眼界。"月娥道："侄女儿初学押韵，在姑姑前，何敢涂鸦！"宝钗道："你何必太谦。姑姑教作，就作二律又何妨。"便叫阿娇也赋一律，平分春色。阿娇便答应了。爱儿、麝月说："里面桌上纸笔现成，请小姑娘合小奶奶进去作罢。"王夫人领着众人，也同到宝钗屋里来。桌上摆着春台，十六碟精致茶点。倒上茶来喝着。月娥同阿娇皆作完了，各人拿着送到王夫人跟前。王夫人便递与史湘云，道："姑娘，你念念我听。"史湘云先展开月娥的二律，吟道：

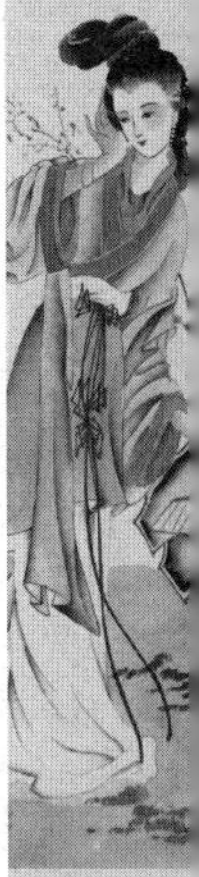

咏雪美人

拟玉妆银体不同，应居仙苑贮琼宫。
只疑皎洁来天上，未许娇娆立帐中。

湘云道："好警句！"又念道：

有态倚栏偏映月，无心起舞更随风。
琅玕素质冰霜操，人巧真能错化工。

遂吟第二律道：

好把琼琅态绝伦，汉宫纨扇付流尘。
漫猜阶右寻芳草，错认帘前步美人。
巧匠师心无作有，少君仙术幻为真。
丰神莫道宜金屋，尚问瑶台月下因。

吟完，连连赞道："好诗！愈出愈奇，几令我百思不到。"宝钗道："好姑姑，该替他删改才是，怎只是一味赞。"史湘云未回言，已把阿娇诗拿起，吟道：

咏雪美人

由来人巧错天工，别有丰神境不同。
罗绮帐中愁比玉，琼瑶阶下喜当风。
最宜夜月杯浮白，好待春灯阁袅红。
眉黛无因留画谱，深情辗转寄诗筒。

湘云道："诗亦佳，微觉嫩些。这是性灵中自发露的，倒得才人本色。"王夫人道："这诗也难为他。薛姑娘小小年纪，就作得出，怕不成个诗翁吗？"正讲究着诗，只见爱儿、碧鬟端上元宵。霓舞、小红、素云皆接了，各处送上。大家吃了一会。

忽传宫内仲妃娘娘赏了数对纱灯，及各样元宵食物，着小内侍赍来。老爷管待小内侍，已回去了。将各种果子、茶食及元宵，皆送进来，纱灯在书房挂了。王夫人随将各样茶食分给各屋，其余送交贵儿收下。恐贾政问，雪雁便替伺候。话儿说的投洽，王夫人便传了三桌饭，在宝钗屋来吃了。因在节下，就看了一晌牌，晚饭也在此处吃，倒整乐了一日。这也是月娥一点心。掌上灯，同到王夫人屋里坐了会，又摆上节酒来，大家同饮了会。吃过元宵，遂各归房去。宝钗留下史湘云，在他房里歇。阿娇却与月娥同去睡了。

次日，贾政自衙门回来，向贾兰说："中堂郝大人昨夜侍宴，皇上不知问何事体，未能称旨。汝可到汝老师王大人处去问一问。今皆传说要勒令告病哩。"贾兰答应，就坐车去打听。到傍晚才回。对贾政说："因十四日在上书房张灯，赐侍直众官的宴。郝大人在上书房行走，皇上忽问及人参诗，昔人甚少，便向郝大人道：'唐诗中汝可记得否？'郝大人答不出来。皇上道：'难为汝备位宰辅，亦系进士出身，何不学如此。转不若贾茂。那年奏对汉时颜子、曾子等名，尚属淹博。'便问：'贾茂今日何不侍直？'谢大人奏说：'出封暹罗嗣王去了。’皇上道：‘贾茂资俸尚浅，这样远涉重洋的差，如何该派他去？’二位中堂齐跪了，奏道：‘因其学博望重，才保列的。’皇上想一想，道：‘郝伦这折子记得留中。’便叫内侍去查，及查来一看，是高丽封王的。皇上道：‘郝伦，你与贾茂有嫌吗？所保甚未公平。’郝大人说：‘臣为国事需才，与贾茂素不相接，何有嫌隙？可宣贾政问得的。’皇上就没言语。此夜宴散，今早说郝大人感冒，未曾进朝。”贾政说：“皇恩如此体恤，汝与汝弟，当竭力以尽臣职，庶可仰报万一。”贾兰答应道：“是。”

过了节，转眼就是上巳。王夫人在大观楼摆了两席酒，请宝琴、邢岫烟、香菱、阿娇，同李宫裁自家的人坐一坐。为香菱等在服中，从未一请，借此以消春昼的意思。当下众人都到齐了，饮一会酒，吃过饭，便同到王夫人屋里去说闲话。园中只剩下宝钗、香菱、巧姑娘、月娥、阿娇，同各人伺候的丫鬟，在园寻芳取乐。斗了回草，猜了回枚。月娥、阿娇带着各丫头各处闲逛，自乐其乐。

阿娇同爱儿忽走一亭子内坐下，检了许多花瓣，叠十样锦儿顽。霓舞走来说：“好极了！这顽意儿新的很。”也上前帮着叠。作了半日，拗住的忽又松了，再叠不成。月娥同贵儿、小红、碧鬟一步到亭上说：“好呀！你们作这好顽意儿，不知会我们一声。”阿娇道：“正要求姐姐呢，再不能叠紧了，怎么样？”月娥道：“这总得细铜丝或银丝，暗在内里作骨。外用花片附上，才缠得住。似此如何能紧。”遂叫霓舞到自己房里，将缠花的铜丝、银丝取了些来。在花片根上，或插或绕。不多时，编的如意样的，方胜样的，团的，长的，作了许多。众女孩儿无不欢喜。

宝钗同巧姑娘、香菱也过来见了，皆夸他们心性灵巧，顽的别致。宝钗同香菱就拿了些，去给王夫人看。巧姑娘向阿娇道：“这花片可集成字吗？”阿娇道：“怎么不能？待我集来。”左思右想，集个什么字好。便随手集出个“情”字，点画匀净，比写的还展样。巧姑娘看着，大笑道：“实在却难为你呀！真砌的好。”忽的听得一个人,也笑着道:“很好。真难为他集。”巧姑娘一抬头,却是史湘云。众人因贪着顽意,却不理会。湘云道:“情之所钟,正在我辈。古人已言之矣。这个“情”字,出闺中手,雅人更有深致,不可无诗以纪其趣。我与笔墨久疏了。我烦月姑娘以《拟闺人集花片砌成情字》作几首诗,则此举便为千古韵事,不可推辞。”月娥只得允了,忙叫霓舞去取纸笔。史湘云道:“不可去取。我们同到月姑娘房,叫他再烹壶好茶,大家喝着,慢慢的看他吟诗。岂不有趣?”巧姑娘道:“好极!”遂出大观园,同到月娥屋里来。

月娥住的是史老太太房,最宽大高爽。大家坐下,现烹了茶喝着。皆看月娥作诗。月娥便就着摆文房四宝的桌子坐下,先把题目写了。就随笔成诗十二首。史湘云接了,吟道:

拟闺人集花片砌成情字

花信风番廿四徂,碧桃亭榭玉兰隅。
落红有怨轻题叶,敛翠何情细数须。
不信痴缘娇态见,转疑慧出巧心无。
深闺帘卷迟迟日,慵度金针谱旧图。

其二

枚猜奕赌致离奇,草斗余波绮丽为。
梨谢东风春满院,柳拖香雨午移时。
染苔未惯奚重扫,落砚曾余楚客词。
更有啼红来去鸟,远枝不散亦情痴。

其三

错唤鹦儿走碧娟,小青幽恨见犹怜,
已欺人巧机添锦,更夺天工笔篆烟。
翠印苔痕经雨后,红拖帘影袅风前。
倚窗数度频叉手,写出心苗倍黯然。

其四

游仙旧句袭曹唐,一片风飘万点香。

细意待拈针缕密，芳心宁沸墨花凉。
脱枝腻蝶犹余粉，到榻攒蜂未减黄。
若解东皇怜妾意，花飞无处不河阳。

其五

讵关铁画势超尘，寄远鱼书制亦新。
记室追陪苏学士，右军羞雁卫夫人。
回赐叠字堪消昼，刺眼非花倍惹春。
化腐几回娥黛蹙，经营意匠喜推陈。

其六

几日秾华照烛残，舞溪片片隔帘看。
欲留花住娇无策，不舍春归梦亦千。
老去莺簧怜雨湿，学飞燕剪受风干。
侍儿廉得侬情懒，促写双钩故倚栏。

其七

杨柳花飞漠漠情，晓莺不度汉孤城。
凝愁欲写风光转，信手还抛别恨轻。
一夜绯红沿径褪，忽看彩绿逐条生。
妆台捡点宜春字，风雨无因落管惊。

其八

涛笺谢咏不须论，俏倚厨纱日向昏。
绛雪满庭惊妾梦，香阶集锦妥花魂。
扇题芭叶秋无怨，胜剪湘罗雨带痕。
细把落英连蒂处，猩红尚有未酬恩。

其九

兽鼎龙团篆影微，倩扶人弱不胜衣。
绪缘妙触无心得，趣自天成着手非。
会意碧空留淡迹，缓吟绣阁驻余晖。
那堪唤起春难起，转叹催归客未归。

其十

彩联无缝脆春丝，几许花荫伫所思。
散毳象彬添个个，分毫点翠一枝枝。
飘零飞絮奇还偶，浪藉浮萍合更离。
少女西邻强解事，效颦乞样愧东施。

其十一

东门莞笑淑姬沤，向晚妆残傍杏楼。
拨字成灰春善病，攒花待剪烛含愁。
瑶筝薄夜声相续，玉笛谁家怨未休。
时欲踏青知已暮，纫兰何事揽芳洲。

其十二

牖下宁斋季女尸，花神漂泊力维持。
欲知婉转关心数，正想旖旎入篆时。
雾待索班偏隐豹，珠曾脱颔未惊骊。
好增新样庐陵谱，一捻红留白也诗。

史湘云吟完，拍案惊奇道："何物文心，雕镂若此！月姑娘真不是凡世中人，那个金如意果不虚生了。"月娥道："我才学涂鸦，望姑姑替我改削，免得出丑。"史湘云道："那年乞巧，我就认的你了，还恐不真，才教你作诗试一试。你当我单为这诗吗？来路切不可忘，你可知呀？"月娥听了这话，便向史湘云行一礼，道："谢姑娘指点。过几日还要到栊翠庵来，姑娘传我作诗秘诀。别要偏在侄儿，叫他独得三昧，使我作门外汉。"史湘云道："你这话果是真吗？很好。闲了到栊翠庵，我再出个题考你考。"阿娇道："我还要求姑姑教我作诗的法门，姑姑不要只疼月姐，就不疼我。"史湘云道："我知道的我无不说。你们只管来，尽是闲着，就作诗会。"几句话，把与月娥说的隐语就遮饰过去。话尚未毕，王夫人着丫鬟来请吃饭。大伙就往王夫人屋里来。用过饭，将阿娇作的各样花片顽意儿，及月娥的诗赏论一会。天渐晚了，宝钗留下阿娇，那宝琴同香菱、邢岫烟皆回家去。

这日,贾政接着贾琏来信,是路上发的。说是春正可以到南,约清明时候即赶下葬。不过夏末,就可回京。在路平安,毋容挂念。又薛蟠也有家信,着人送到薛宅。

忽陈州府贾环有信来,因何腾蛟升了河南臬司,与贾环见面,知是贾政之子,甚不如意。遇着公事,大相驳斥。要贾政在京替他排释。贾政看了,便与贾兰说道:“你这环叔,宦情何其太浓!持己何其太俗!这顶纱帽,戴也好,不戴也可。何太屈己徇人!”便将此意写了书,把贾环训饬了几句。那知书才发去,何臬司奉旨调了福建,又在周廷伦属下。适值全哥儿这年到京就亲,周侯爷差他来与贾政请安。王夫人见全哥儿,想起探春,把外孙就留在家里住了。全哥儿长的相貌魁伟,一身膂力。各般武艺皆通,马步箭更为绝技。贾政甚是爱惜。侯府作事,又有荣府相帮。一切娶亲花轿、鼓乐、仪仗、灯炮,十分热闹。因是南边择的日子,薛蟠弟兄虽不在家,薛尚义听着大娘备设,也甚着实好看。嫁妆陪送,诸事整齐。过了门,请亲、回九,亦皆丰盛周备。两家皆甚欢喜。

次年,恰值武会试之期,全哥儿由世职已得了武举,就在京候着会试。周侯爷便写信给了廷伦。

转眼已是秋初,贾政年过九十,连次奏请致仕,皆蒙恩旨慰留。此次决意,要面圣时恳切陈请,说年纪实在衰迈,难以供职,有负圣恩。正在修折,忽闻门外喧嚷。林之孝进来,磕头替老爷道喜:奉旨补授礼部尚书了。欲知此旨何因,且听下回分解。

第二十九回　以道事君敢言晋职
遇礼而止解组归农

话说贾政年逾九旬，正欲具疏乞休。忽闻升了礼部尚书，又触着贾雨村当日偈言。心中忖了一忖，便问林之孝道："此旨何处传来？"林之孝答道："军机处的信，才送到内阁，报喜的人也就跟来，在门外尚未开发。小的出去，就打发他们哩。"贾政点点头说："好。"林之孝就退出门去。贾政回到上房，王夫人先替道喜。贾兰带着众家人磕了头。李纨、宝钗等带着仆妇丫鬟们，也行过礼。贾政、王夫人老夫妻甚悦。同到东府宗祠磕了头。东府尤氏带着媳妇，也过来道喜。赖管家领着家人仆妇，在阶上刚要磕头。贾政着贾兰吩咐免了。周侯、薛宅早就来贺。各亲友无不送礼致庆。忙了有半个多月，才一一酬谢完了。

贾政次日入朝谢恩，即蒙召见。回家后述出面圣之事，方知这圣恩非无因而至的。那年贾政自山东办赈而回，圣上便把他名用纸御书，贴在无逸屏上。近因黄河累岁迁徙无常，各大臣条议具奏。贾政此时虽不在户、工二部，然管过工部。素闻贾环书来，备言利弊。现许各大臣自抒己见，遂据实条陈一折。大意以"水性赴下，而黄河之性更猛，挟沙石以俱流。而河南地势平衍，又系沙岸，最易冲决。仅资堵御，办料集夫，各处州县受其扰害，往往积日累月，将次合龙，费无限工力，耗不赀钱粮。一经溃决，皆归乌有。又复摊派通省，遂为河南一大害。臣尝以千古善治水者，莫如神禹，尚弃数百里，分为九河，以杀其势，而不与水争利。何况此日之知能万不及一。徒藉捍筑，暂保片时，而不为经久之策。此河患之所以岁无息也。当查此日河势所趋，是否就下，顺厥性而导之，使东渐归于海，不扰通省之民，亦不塞难盈之壑。庶一举而永受其逸矣。”疏入，圣上大以为是。便触起书名在无逸屏上的旧事。恰值礼部尚书出缺，遂有此旨。

贾政到了任，约有两月，猛然想起贾雨村偈言来。取出一看，第二句写的“遇礼而止。”因念“天道日午则昃，月满必亏。盛衰起伏，相寻不已。自家官极一品，子孙鼎蔚，不趁此时退居林石，留有余地步以予后人，更有何疑。”主意定了，便与王夫人说知，王夫人亦深以为然。便不候贾琏及出差贾茂，那日进朝，于皇上召见时，便将自己年纪过衰，不能办事，若恋栈不肯辞位，恐贻误国事，则罪有所归，转不能沐皇上豢养天恩了。皇上优诏相留，未经许可。回府后，重行具疏入奏，恳请解职。

一连三次，皇上见其意诚，且怜其年岁实在衰迈，准令致仕。将那世职就给贾兰承袭。所遗礼部尚书员缺，即着贾茂升补。贾政磕头，面谢了圣恩。又赏了许多引年的食用等物，及过头鸠杖一根，准其在朝而杖，仿古制九十杖朝之义。加衔太子太保，以宠荣之，洵异典也。外赏上用大缎四端，大荷包二对，小荷包四对，珊瑚念头宝石背云迦楠数珠一盘，锦匣盛着。贾政又在午门谢了恩，递过职名在鸿胪寺，才坐轿回府。

周侯在书房中久候，贾政轿到，林之孝先即禀知。贾政便进书房来。周侯一见，连称：“大喜！吾兄大人如此举动，全始全终，求之古人，亦不多得。小弟一早闻此信，心中替兄松快。专此候驾一谈。弟亦早晚陈情，与吾兄结一香山会，以继乐天之步。未知兄翁大人可容此俗客否？”贾政道：“弟因年逾大耋，恐误国是，遂有此举。兄齿尚健，且居散职，未兼部务，以见为藏，何所不可？”周侯爷道:“兄论甚是。但人各有志,也难执一耳。”贾政便叫摆酒,与周侯爷吃了饭,才辞去。

贾政回到上房歇了,一夜心无挂碍。直至红日三竿,方起来梳洗。把贾兰叫来,凡一切外头照应,皆着贾兰支应。非有要事,不必禀知。遂与王夫人商酌:将大观园靠西北面,离自家住的房子仅隔一栋房,只三间地面拆去,换个花园门,便可与稻香村相近。因把杏帘在望一带地界,皆用竹篱槿芭圈成一所,点缀三两处茅草亭子,有棕叶的,也有松溜皮的,颇涉野趣,不染纤毫俗尘。约有个月,工已告竣。中间小桥曲水,片石假山,无限树竹,皆是向来有的。贾政以为怡老之地,甚是欣然。

暑退秋来,忽报闵大人来拜。贾兰将帖子拿给贾政一看,上写着:“年家眷晚生闵鹏骞拜。”贾兰禀道:“闵师爷于四月升了工部右侍郎,今才到京。从朝上就来拜老爷的,会也不会?”贾政说:“岂有不会的理!”换了衣服,就到书房来。闵师爷迎出门,先作了一揖,说道:“老先生步履如常,精神照旧。为何便退居林下,岂不使朝廷少一辅弼?”贾政也还了一礼,道:“这顶纱帽有何穷期?古者七十致仕。以九十余岁一白叟,犹列朝班,岂不顾而自笑?先生尚觉弟致仕之疏以为早吗?”

二人说着话,走进书房。行了礼坐下,连辉端上茶来,喝过。闵侍郎道:“非论早晚,因见老先生健壮犹昔,晚生喜而出此言。为出为处,原无二致。这有什么着色相哩?”贾政道:“先生屏藩吴下,何时荣补冬官?弟真可谓退居畎亩,竟不知有此信。尊柬一到,小孙才为言及,多少缺礼处,先生统望包容。不识此日贵第可仍在旧处否?以便弟亲往一叙,用志旧雨。”闵侍郎道:“晚生仍寓旧舍,离此不远,最易盘桓。但晚生樗散余才,外任已不能胜,补此内职,经管工料,恐更稽查难周。望老先生朝夕训之,得免覆餗,便是晚生之幸。”贾政道:“先生何过谦乃尔?此地非说话处所,可到我新创一所闲坐地方逛一逛,何如?”闵侍郎道:“可好。”七十四儿引着,二人携着手，就曲曲折折，走入稻香村来。

大观园是闵侍郎熟境，那知一转竹桥，将到杏帘在望，迥非昔比，一带茅茨草舍，别有山林风味。一步一折，随步移形，几不知在城市。此时秋光满目，刈稻剥枣，陆续不绝。把个闵侍郎一片名心，涣然冰释。通身松快，足不知倦。来到稻香村，也不是旧日规模。出檐灰棚十数间，并无青砖碧瓦，画栋雕楹。

然高敞爽垲，炉烟茶沸，真是别有天地。闵侍郎道："老先生福人，生享如此福地。晚生何福，而得到此？这就是托老先生之福了。"贾政说："先生过誉处，弟何敢当？"吩咐看茶。这个茶是贾政自饮的顶高龙井，一旗一枪，实系火前。七十四用小茶盖碗沏了，同连辉端上。闵侍郎道："晚生品茶多矣，初未尝得此仙味。满碗松花，未足道也。"贾政道："此是龙井火前，较雨前尤细。水过熟则味逊矣。先生可谓得茶中三昧。"便叫备饭，说："闵大人不是外客，就是寻常菜亦可待得。"七十四答应去了。闵侍郎道："晚生下朝，并未回家，实在饿了。老先生赏饭，晚生愿领，只求简而速，则善甚矣。"贾政道："山肴野蔌，原无异品。先生要丰也不能够。"说着，大家一笑。刚端出酒盅小菜来，只见贾兰又回禀道："孙儿丈人闻老爷要会一会，孙儿来此请命。"闻嘉谟连年升了左副宪，与贾政时常会的。闵侍郎一闻此言，便道："这个岂有因晚生在此，不会至亲之理？"便向连辉道："连管家可去快请。"贾政道："也好。"就叫贾兰去邀，便陪到稻香村来。

不多时，闻副宪进来。贾政同闵侍郎接出相见，彼此问候。就同到屋内，坐下喝了茶。贾政就吩咐看酒，闻副宪道："到此就扰，有此等不速之客么？"贾政道："只恐不堪适口耳。如不嫌此菜根气，便日日过舍，以消闲昼。何如？惟恐国家有大议，非二公鸿才，谁敢专决。这是因私误公了。"闵侍郎道："老先生言及此，真令人俗不可医矣。"闻副宪道："别管他，且敬一盅再议。谁许作此皮里阳秋之论。"贾政也只得笑了。逊过座，三人就促膝而饮。头碗菜是碗炒蕨，味微苦而趣甚清。闵侍郎道："老先生连用的食物纯乎高尚了！"第二碗杂素，是闻副宪最喜的，连吃了几箸，赞道："妙绝。"贾政道："菜非珍错，仅致剪韭献芹的微意罢了。诸位兄翁勿哂。"后来上尾鲜鱼，一盘果鸭，作法皆与往日不同。

贾政三位知己相对。话到深处，贾政因自述道："弟承先人余荫，得蒙主眷。少厕贤书，壮登仕版。经籍虽未研求，然居心待世，事事矜持。后来侧名卿贰，委任封疆，弥复谨慎。恐蹈愆尤，以负国恩而隳宗绪。今已九十二矣，才获致仕归农。可保终身无憾。嗣乃鼓腹康衢，与击壤之野人同歌化日，已自欣然。况逢二三知我，樽酒纵谈于片石孤松之下，转想半世尘劳，真如戏剧。绿野、耆英，古人不我欺也。"闵侍郎、闻副宪二人听了，同声说道："盛德高风，洵堪千古。弟辈得附香山之末座，则幸甚。"

后又端了碗南瓜上来，闻副宪心中自道："此物索然无味。既端来，自有别致。"因举箸尝了一尝，便大赞道："好极！闵先生，你快来吃。"遂同闻副宪便吃了数口，说道："果然好。"又上了碗虾米白菜，更自洁净得味。闵侍郎便问南瓜作法，七十四把厨子尤瑛叫来，才知是鸡鸭猪肉，各样切碎，加上作料，挖空南瓜，用锡钴盖严，炭火煨熟，除去肉馅，单盛南瓜，所以味美而不见其迹。闻、闵二大人甚喜，赏了厨子四两银子，不过取贾政一乐的意思。此是宦派，毋谓其真爱食南瓜也。不多时，二位吃过饭，漱了口，又烹一壶好茶喝了。天已将晚，才辞回去。

贾政逐日吩咐熟习农事的老佃，预备诸样农器，明春在稻香村的闲田上耕种，修个菜园，灌园自娱。

冬初，贾琏、贾蓉到家，见贾政、王夫人，磕了头请安。将安葬的事细禀一遍，并坟上添盖许多房，治好些地，及沿途的应禀事件，备悉说了。贾政便将自己年迈请休，蒙恩准令致仕的话也说了一遍。贾琏说："老爷年纪虽届杖朝，而精神康健，得以优游林下，侄儿辈曷胜欣慰。"正说着，薛蟠、薛蝌同来请安道谢。贾政便叫请进上房，同王夫人一齐见了礼，再三谢沿途的照拂。王夫人又问薛姨妈安厝的事情，落几点眼泪。说了回话，薛蟠兄弟到宝钗房内坐了坐，贾政留住，叫贾琏陪吃了饭，才教回去。贾蓉自回东府。

这科武会试，全哥儿乡试时改名元煜，中了会魁。殿试技艺出众，策对逸群，就中了武状元。报到周府，喜的个周侯只是哈哈大笑。贺客盈门。荣府的外甥，薛宅的女婿，皆贴着报单，厚给了赏钱。大家欢喜。这报子连夜赶到浙闽制军辕门来报喜，周廷伦大悦，重赏报子。探春知儿子中武状元，心中甚喜。周制台连忙写折谢恩，周侯爷早已面圣谢了。周元煜钦点头等侍卫，圣眷着实加优，便就在京供职。

腊尽春回，土膏将动，乌庄头岁底交差。贾政教他二月间将善种地的人着一两个来京，是贾政亲口吩咐，庄头敢不留意，正月底，就送了两个人来。一个叫刘必显，一个叫叶子富。约四十上下年纪，林之孝禀了贾琏，转禀贾政。那日正在稻香村内看阅农器，听见甚喜，就叫带他二人进来。林之孝把他领入，替贾政磕头。贾政问了姓名，便将阶下农器指着问他，并问其如何使用。那二人一一指说，贾政未能骤解。适值贾兰在侧，说道：“他二人只能用此器而不能举其名，且乡下人的称谓亦多于古语不合。老爷若问其名而考所用，有毗陵陈椒峰先生所著《农具记》，最为详博。孙儿查出，与老爷一看，便明晰了。”

贾政甚喜，就叫：“你取来我看。”上写道：“《农具记》：‘农之为具不一，而负牛之具曰犁。犁，利也，利发土绝草根也。’《山海经》曰：‘后稷之孙叔均，始教牛耕。’陆龟蒙《耒耜经》云：‘耒耜通谓之犁，即《易》所谓斲木为耜，揉木为耒也。其制有冶金而为之者，曰犁镵，曰犁壁。斲木而为之者，曰底、曰压镵、曰箭、曰辕、曰梢、曰犁、曰建、曰槃。如是，而犁之事毕。

服牛之具曰軶，驱牛之具曰鞭，衣牛之具曰衣。牛于牧养中毛最疏，畏寒，每冬月编织冗麻衣之，如短褐。汉王章尝卧牛衣中，晋刘寔口诵手绳，卖牛衣自给。牛衣之制，最近古也。如是而牛之事毕。

耕田之器则有若耙，以耘也。有若臿，师古曰：‘锹也。’有若锋，古农法云：锋地宜深，锋苗宜浅。有若搭，农家不尽有牛耕，尝数家为朋，工力相易，日可劚地数亩，以其齿劚土，如相答，故名。有若田荡均泥之器，插秧用也。有若长镵，后伛而曲，上横木如拐，两手按之以起拨，杜少陵歌长镵者是也。有若钱，《诗》曰：‘庤乃钱镈。’钱与铲同体而异名也。有若镈，《诗》又曰：‘其镈斯赵，以薅荼蓼。’镈，迫也，迫去地草也。《考工记》凡器皆有国工，独无镈。非无镈也，夫人而能为镈，不必国工也。有若耨，制与镈略同。有若櫌锄，贾谊云：‘秦人借父櫌锄’是也，制又与耨略同。如是而耕之事毕。

灌田之器，则有若桶，箍木为之，粪其田也。有若杓，亦箍木如盂，置之柄首，佐桶为用也。有若瓦窦，置塘堰中，致水使出亦使入也。有若筐，有若篮，郭璞云：‘一器也。’所以实灰土，使肥田也。如是而灌之事毕。

藏种之器，则有若蓧、若蕢，器之从草者也。有若种簟，形如甓，用贮谷种。庋之风处，不致郁浥，器之从竹者也。有若谷盅，编竹作围，长短无定，入谷中以通气，亦器之从竹者也。有若畚，晋王猛少贫贱，尝鬻畚，此也。南方以蒲竹为之，北方以荆柳为之。有若稻包，种之将布，浸之以水，俟其萌，而以草束为裹，俗曰稻包，无定制也。如是，而藏种之器毕。

布种之器，则有若瓠种。”贾政看到此句，忽见李贵持帖禀说：“闵大人有紧要事来会，小的已请在书房坐下了。”贾政便叫贾兰出去，急陪至稻香村来。

贾兰答应走出。贾政因《农具记》看的得意，便接着又看，上写着：窥壶贮种，穿两首以木簟为贯，泻种于耕犁，随掩遏覆土。深则虽暴雨不至抱挞也。有若秧马……忽见贾兰陪着闵侍郎从外进

来。贾政放下书,连忙接下阶去。闵侍郎瞧见阶下列着许多农器,便笑道:"老先生真欲明农了,但恐朝廷尚贤,未必能遂家食之愿耳。晚生来特报一事:今早见谢中堂,密言老先生有奉起用的恩旨,先来报信。老先生可谓受知独深矣。"贾政笑道:"弟年已衰迈,朝廷上纵需才孔急,亦断无再计及小弟的理。此言恐未必确。咱别管他,且请到草庐一谈,消此春昼何如?"

二人说着话,进了门,便就叙礼坐下。连辉送茶喝着,闵侍郎看桌上有本书,取来一看,是《农具记》,便指着说道:"此椒峰陈先生所著,注疏精确,考据渊博,诚古今不多得之笔。且托胎《尔雅》,而于昌黎《画记》外,另开畦径。其中最警策者,'臿'与'长镵'二段,别有逸趣。再如'稻床'及'风车'数节,皆有玩索。至于'桔槔'一制所云'长木为箱,三面如墙,堵仰而缺,置小板数十如斗,而以木贯之如索,水间以架相承,岸横辊轴,二寸,木制如椎者十七八。又立横木,众人俯之而以足践椎,首尾旋转如辘轳,以引水而上田。'曲绘田家风景如画,此是何等笔墨。"贾政听了,连声说道:"先生可谓博考了。此书弟尚未看完,不敢妄为评骘。"说话时,林之孝已将刘必显二人带出园去。

贾政要留闵侍郎小酌,闵侍郎说:"晚生尚有别事,须见甄巡制,就此别过。明日再来道喜。"便就辞了。贾政要送,再三挽住。便叫贾兰送出大门,上轿而去。

贾政回到屋内,便叫七十四烹壶好茶。正喝着,忽闻枝头数声莺语,甚是好听。心地洒然,十分得意。便把《农具记》接着重又看去。见其"收获之器,如稻床、连枷等制",惟风车一段,尤为奇古,颇觉得意。饮了数盅,又看了一遍,默然想道:"此书所记,可谓详博。但南方田具为多,施之北地则有不合。即如瓠种一器,北方则多掯种,继盖以粪,再掩之以土。或有用耧耩者。瓠种之制,从所未见。北方打场,多用石碡,间有连枷,亦不时用。况现在农器已多不符。"遂将此书置于案侧。

适值王夫人着人送出饭来,数样皆是野蔬,一盂香稻米饭。贾政甚喜,为王夫人能体己意,不似当年肉食气味,转为一饱。连辉又斟上茶,才要去接,忽传有旨。只见林之孝忙走进来,禀道:“军机处有密旨,速传老爷同兰少爷一同进朝听旨。小的细问来人,不知何事。”话未说完,只见贾琏同贾兰走来。贾琏道:“适才传言,老爷奉旨起用,可是真吗?”贾兰道:“现奉军机处传行,着孙儿同老爷入朝听宣,不与闵侍郎所言相同了?既经奉传,老爷当急入朝为是。”贾政道:“我已退闲,如何有此密旨?不知连日朝中可有何事。”贾兰道:“昨在衙门,正集议颁敕高丽,听说河抚有折入奏,并未发抄,亦不晓得何事。”贾政道:“既知不得,我闻君命不俟。我虽解组,不可过迟。”便进上房换了衣裳,坐轿同贾兰急进朝来。

贾政一到,即有军机处司官带他祖孙二人,直到军机。宣了旨,才知是黄河今岁安澜,河臣奏到,因贾政前议行之有效,降旨褒嘉赐宴,晋职少傅,以彰懋眷,贾政谢了恩。传贾兰来随侍贾政,更属格外特恩。贾兰亦磕了头,跟着贾政领了宴,方才回府,阖府的人方放了心。贾政仍旧料理为农为圃器具,命刘、叶二人分职其事。

这一日,正在上房与王夫人闲话,忽然想起芝哥儿,一去海外,将及三载,杳然无信。虽属王事驰驱,王夫人未免伤感。未知贾政作何排释,且听下回分解。

第三十回　龙虎石博物重偏邦
祆佛教名言推上国

话说贾茂二使臣在暹罗国馆驿中，待冬至后候风还国。这里住着及船中遇风的事，就在贾琏回南、贾政致仕的时候。

那一日，正值重阳秋节，暹罗王设盛宴管待天使。贾茂、罗廷伦同到他朝中。备了象辇，请至城外一座名山登高。饮了会酒，国王遣通事禀请二天使，回到朝中大殿上筵宴。正饮着，暹罗王忽举盅致辞，二使臣不能深懂。郑必振代言道：“他国中有两块美玉，藏之有年。不知其名，不解其用。然传自先代，说俟中国有博物君子至，自能辨得。敢请二大人，可容献出一见否？”罗副使未肯开口，贾茂道：“这个何妨？辨得辨不得，均无大事。就请一观，亦无不可。”那国王将右手向后一伸，左手往上一举，这为谢教，是彼国最重的仪文。郑通事忙请贾茂作揖，还他一礼。国王便起席，带着二亲近往内去了。

迟之许久，见二近臣捧着两个棕箱，放在桌上。那国王也随后到殿，开了棕箱。两个楠木匣子打开，内有琉璃匣二个。先开一个来看，恰是中国蜀锦作的锦袱，用棉子絮够几层，垫着包好。解开却是一块圆玉。那一个也是如此，解看，却是一块方玉。那玉质温润无瑕，约各五寸，光彩凝冷，可鉴毛发。二琉璃匣底，有彼国先世留下的遗命二纸，封固甚密。上写着：“辨出玉时，再看内字。如偷看者,处以国法。”罗使臣看了赞好,不得其名。彼国臣子多有未见此玉者,见之色动,亦不认得。殿中默然。在国王不好问,二使臣又彼此谦抝,谁肯发言?转是郑通事向贾茂道:“大人在朝,才名冠世。今又备位正使,理宜先为请命。此玉当以何词对付彼王方为得体?”,贾茂道:“这玉原不难辨,但我不好先罗大人而言耳。”罗廷伦道:“弟与兄皆膺王事,我兄辨得出,使小邦知我天朝有人,则小弟增荣多矣。不可存此芥蒂,贻误国是。”郑必振道:“罗大人之言甚善。”贾茂道:“我话彼国王不甚懂,喜得写字彼却认得。我欲写出,使之一看,何如?”郑通事把此话向国王说了,那国王听说认得此玉,喜得手足舞蹈,便吩咐快取笔砚及纸墨,送到贾茂身边,另摆一张桌子。

那贾茂又将玉看一会,便提笔写道:“圆者,此龙玉也。生于水中,为龙所宝。若投之水,必虹霓出焉;置之盆内,鱼必避而伏游。此玉当自海上渔人得之。方者,此虎玉也。生于岩谷,为虎所宝。若以虎毛拂之,即紫光迸逸,而百兽慑服。此玉当自山内猎者得之。”写毕,送与国王。看罢,瞠目吐舌,几至失体。郑通事即令彼国通事如言试之,无不奇验。在廷诸臣,齐声赞道:“中国天使,真神人也。”遂各举手作礼。贾茂也答之以揖,连罗副使也心服其博物。暹罗王便叫他大臣,将他先世所留帖子拆看。内言此二玉,圆者果得之渔人所献,方者果得之猎者所献。

暹罗王遂走下殿来,望北作礼。又替贾茂举手,以足抵地。郑通事连忙扶住,说了几句话。那国王又将酒一盅,亲捧到贾茂跟前,要他立饮。郑通事道:“这是国王破格之敬,贾大人当领其情。仍当回敬一盅,以答彼意。”贾茂果如其言而行,那国王喜的手足乱舞了一回,才归位而饮。彼国诸臣敬礼贾茂,几不敢于睨视。须臾饮罢,送二位天使归了馆驿。郑必振道:“贾大人真天才也,何博览如此!暹罗王此番诚心悦服矣。”嗣后敬礼,较之往日有加。

彼国有位金紫大臣坤巴实提瓦抒,系暹罗第一通今博古的人。

昨因贾茂辨识龙虎二玉，深加礼重。烦通事官黎昂来求一见，以伸景仰。贾茂许了，那大臣奏知国王，才投质请见。贾罗二位使臣，也峨冠博带起来，在馆中一处内书房请进相会，敬其臣为其主也。宾主拜毕，说了几句国事。那大臣忽离座，把右手往后一伸，左手向上一举，向贾茂说了句道："请教天使大人，不知肯赐教否？"不用通事，话与中国无大异。贾茂懂得，便还一揖，答道："愿领教。"那大臣又举了举手，才道："敢问：祆主立教，传自西洋，不知何由而起？"贾茂道："《酉阳杂俎》昔载：德建国，乌浒河中，有火祆祠，其神自波斯国来，祠内无像，于大屋下作小庐舍。向西有一铜马，相传自天而下。事可考也，则祆主自波斯国来无疑矣。"

又问其设教建学，以何为法。贾茂道："前者西洋人艾儒略曾作《西学记》，其建学育才之法，凡设六科，勒铎理加者，文科也；斐录费亚者，理科也；默吊济纳者，医科也；勒斯义者，法科也；加诺搦斯者，教科也；陡禄日亚者，道科也。其教授各有次第，从文人理，而理为之纲。文科如中国之小学，理科如中国之大学。医科、法科、教科，皆其事案。道科则彼法中所谓'尽性至命之极也'。其设教大概如是。"

那大臣听了，欢喜无尽。遂又问道："其教何时入中国？"贾茂道："贞观五年，有传法穆护何禄，将祆教诣阙奏闻。敕令长安崇化坊立祆寺，号大秦寺，又名波斯寺。至天宝四年七月，敕波斯经教出自大秦，传习而来。事循其本，所有两京波斯寺，并宜改为大秦寺。天下诸路州县有者。准此，祆教人中国，似在唐时。"又问"祆"字音义。贾茂道："徐铉《说文》：祆音何怜切，注为祆神。"

又问祆与佛之同异，贾茂道："查《东京记》，康国有神名祆，又毕国有火祆祠。其教之在中国也，居室侈靡，性尚鬼而好洁。平居终日，相与膜拜祈福。堂实无像，而号曰'天主'。称谓聱牙，亦莫究为何神。有碑高袤数丈，上刻其书，如篆籀文，是为像主，拜者响之。此祆教也。佛则金身入梦，白马驼经，自汉时入中土，与儒、道

鼎峙为三,多少高人畸士出世,托于缁流。与袄教两不相属,难以等视。”这一番议论,不惟那大臣闻所未闻,膜拜相谢。即两处通事亦皆旷若发蒙,赞叹以为学问渊博,无愧天使。并把个罗副使亦连连打躬谢教,盖发于情不自禁也。

贾茂道:“据所闻如此,倘有不备处,再求考核。”那大臣作礼而退,回了国王,要拜贾茂为师。国王准奏。转求郑天使说明其意。贾茂因奉使,不敢外交,不受其师生称谓。凡有所疑,无不据见开陈。彼国君臣既高其义,又服其得体。

话虽如此说,然从古“才”之一字,不为造物所忌,即为侪辈所猜。最宜韬晦,不可矜露。贾茂此举,为天朝增色起见,全无一毫夸张之意。暹罗国内钦服者,十居八九。有一等以才自负者,心却不平。然无可如何,亦不足计。忽触动彼国一位掌兵权的重臣,名为披述塔彩礼呼,平素善弄邪术,手下养着剑客,自为无出其右。昨日见国王如此礼待贾茂,今又见国相要拜贾茂为师,心中不悦。也不奏明伊主,想着暗吓贾茂一吓,使中国知彼处有人。却不敢加害天使,恐构国怨。

那夜月明如昼,便弄幻术。剪一纸美人来戏。贾茂按左金童临凡,七八岁悟彻前因,存心正大,此等幻术,有何益处?贾茂因月色好,便独在阶前一棵松树下对月微吟。忽见花竹深处,一阵香来,露出位绝色美人。贾茂想:“此馆人无眷属,何得有此,非妖即媚。”正了正性,看他作何举动。那知这美人才转出花荫,就被贾茂元神逼住,不能前进。响了一声,寂然不见。贾茂便叫跟随的人来,细细搜寻,毫无影响。贾茂也不以为事,便入房去寝。吩咐包勇、锄药二人,带刀在房伺候。

谁想这权臣见美人局不能进前,便差一木偶,五色披身,持一长矛。响一声,就到了窗外。包勇看得真切,便拔出佩刀,从窗中跃出迎敌。叫锄药小心防护贾茂卧榻。那木偶变作一狞恶鬼形,举矛便刺。包勇这口倭刀曾饮人血,是件宝物,专避邪魅。那木偶觉得冷气森然，矛不能举。只听咔嚓一声，阶下跌倒一人。包勇就月光近前一瞧，是个五色木偶，手拿一木头枪。

这夜贾茂独坐帐中，并无熟睡。包勇刀斫木偶这事，俱已听得。连忙便问："是刺客吗？"包勇说："不是，却是个木人。想必这馆内不洁净，有此怪异。"贾茂道："我们不过三两日，过冬至就上船了。管他闲事。你二人以无事处之，不必声张。"

那天就亮了，国王在大殿上盛席替二位天使备送行酒。天才交巳，那问袄教的大臣盛服来候，即为邀请。午初时，国王遣鼓乐来迎。二位天使坐上轿，打起伞，鸣着锣，列着执事，来到朝中。国王端拱相候，把个权臣披述塔彩礼呼着实不快。便向国王说道："这贾天使不过记诵才耳。吾王何为如此郑重？待小臣今夜试一试他，果有真本事，微臣亦愿拜之为师。"国王道："这使不得。你不是要构怨天朝吗？"那权臣道："微臣恐其太骄，欲显我国有人耳。断不敢有害使臣，吾王只管放心。"说着，贾罗二使臣轿已到朝。下了轿，与国王见过礼。二使臣正席坐下，国王下陪。

当日鼓乐递奏，肴馔丰隆。国中所有戏具，无不备陈。有走马的，有舞剑的，有踘踘走索的，末后有一少年僧，生成头长尺五，眉发雪白，颏缀霜髯。伫立庭中。又一童子，绾双髻，杖挂葫芦，次于右。又一童子，生成背驼眼细，戴箬冠，穿锦服，手拿蟠桃，如东方朔样，立于左。别有黑鹿一只，排于前。鸣锣击鼓，众童子环绕歌舞。内穿锦衣，外白绫半臂，绣花为饰，极其热闹。此暹罗国最盛之举，非贾茂博物，足以服之，向来从无此例。郑通事禀知贾茂，另备洋钱二十枚，绫缎八端，赏了众人。国王起身谢了。此日尽欢，至晚方散。

贾茂回到馆驿，已掌灯矣。包勇、锄药等端上茶来。贾茂喝着茶，对包勇等将今日国王盛席相待，备陈百戏，意甚殷勤，想无别意，昨夜事我甚动疑。因谈及剑仙红线、聂隐娘的事，以消长夜。锄药道："红线的事，小的听见少大老爷说过。聂隐娘是个什么人？

小的从不知道。"包勇道:"聂隐娘是个女子,你怎么就不知得?"贾茂笑道:"你是句囫囵话。聂隐娘是个什么女子?你可说。"包勇道:"这却不晓得。"锄药也随着贾茂笑了。

贾茂道:"等我说与你俩听:聂隐娘是唐贞元年间魏博大将聂锋之女,少遇异人,授以剑术。先刺猿猱,后刺虎豹,三年后能刺鹰隼,百无一失。乃于稠人广市中,刺人于五都之会,而人莫能见。术既成,开脑后藏匕首,嫁磨镜少年为夫。魏帅知其异,遂以重帛召之,署为左右吏。魏帅与陈许刘节使不协,潜使隐娘刺之。隐娘夫妇各跨白黑卫,辞魏之许。刘帅能算,已知其来,召牙将礼而致之。隐娘曰:'刘仆射神人也。不然,何以知而召我?'乃见刘公,刘劳而留于幕下。隐娘曰:'仆射左右无人,愿舍彼而就此。服公神明也。'一日,谓刘公曰:'今夜魏帅使精精儿来杀某,及贼仆射。当计御之,仆射毋恐。'刘豁达大度,恒无畏色,秉烛待之。夜将半,果有二幡子,一红一白,飘然相击于床隅。良久,一人从空而踣,隐娘出曰:'精精儿毙矣。'曳出堂下,以药化之为水,毛发无存。过一宿,隐娘曰:'彼处今使妙手空空儿来,人莫窥其用,鬼莫蹑其踪。蹈虚入冥,隐娘非敌,惟系仆射之福耳。可用于阗玉周其颈,拥以衾,隐娘当化为蠛蠓,潜入仆射肠中避之。余无逃处。'刘如其言。至三更,瞑目未熟,果闻项上铿然,声甚厉。隐娘自刘口中跃出,贺曰:'仆射无患矣。此人如俊鹘,一击不中,片刻千里,翩然远遁,耻其不效耳。'嗣刘礼之愈厚。刘薨后,隐娘遂隐。有人遇之蜀栈道中,跨白卫如故。究不知其所终。"

一席话,约有一个更次。包勇听了大喜,锄药连忙斟上茶。贾茂说:"今夜我心动,恐有别事。你二人当在我床后伺之。"便把通灵玉取出,挂在胸前,秉烛而坐,不肯安寝。将及子时,胸前通灵玉忽发红光,照得满床通红。贾茂恍忽见一紫衣人站在跟前,如那年场中所梦相似。包勇二人明明瞧见一人如电倏至,手执匕首,将到帐前,被贾茂胸前宝玉红光冲散,化作清风而去。通灵宝玉与敷文真人异体同源，所见虽殊，而其理则一。此即刘仆射于阆玉之一验也。

原来那权臣因国王所言，暗遣剑客来截贾茂之发，以显其能。嘱他不可伤害天使。这夜包勇所见，即其所遣。却被通灵玉将伊剑术挡住，羞而遁去。那权臣方知贾茂真是不凡，折服其心，不萌异议。然亦可为霿才之一戒。

到了十五日，那位金紫大臣同他国通事捧着国王的一幅笺纸，来恳贾茂在正殿上题一匾，以志景仰。贾茂推辞不得，题了“南服屏藩”四字。那大臣赍回去，国王见了大喜。那大臣便奏明要备私宴，为贾天使一饯。国王准了，遂即仍回馆驿，将此意向二位天使说明。便在馆中备了一席盛筵。又备了四席，管待武臣、通事。这日贾茂着人将各处行李俱发下船。却不过此位大臣意，直饮至傍晚方散。

那国王于例折金银器皿外，又备许多珍玩，表其诚敬。贾茂同罗副使商定，一概不收，用彰国体。彼国君臣悦服。无奈敬重贾正使，实不过意，因送了交桂二斤，火浣布八匹。罗副使象牙四只，辰砂二匣。二使臣见是土物，遂皆收了。

到十六日，二使臣坐轿辞行。那国王亲送到船，依依不舍。这也是向来未有的仪节。贾茂轿过，暹罗国的百姓，老少聚送，齐声举手，不知何意。想亦欢欣感戴，出于不觉耳。国王备了进贡礼物、表文，特遣大臣坤孛述列瓦提同通事坤思吝塔披彩上海船，随二天使入贡谢恩。贾茂、罗廷伦上了船，国王亲到船上　送，殷勤致谢。才坐了象辇回去。二天使送国王登辇，方回船，吩咐鸣锣开船。彼国金紫大臣讨了送天使之差，带来多少船只，旗帜金鼓，直送贾茂的船到了象山。贾茂同众人上了自己坐的原船。

又住了一天，预备水薪。那金紫大臣私送了贾茂一件水晶界方，说是得自龙宫，涉阅江海，可免风波之险。贾茂见其意诚，遂收了，便将自带的一挂十八粒东珠手捻赠他，即为别贶。那大臣欢然

收去，方回舟还国。

贾茂这边鸣炮开船，时值南风大作，扬满篷帆，安然北往。老板守定罗镜，仍按旧道行去。不数日，过安南境，舟抵华封。添了井水，就放入大洋中来。

是日，南风徐起，海船甚稳。贾茂在船与郑、黎二通事闲谈起暹罗国的事来。郑必振道："东南诸国，皆滨于海。东日本，稍次琉球，南暹罗与缅甸接壤，稍北则广南安南。此大略也。暹罗风俗，略近安南。土产暹布、硫磺、肉桂，民食以薯蓣为务，米麦只供王府。丰年则民始食谷。俗甚俭，斤肉樽酒，可宴数人。一席不过二器。待客所余，家人不餐，间即弃之。客来相访，亦无迎送，任其去留。官宦之家，俱有书室客轩，亦植花木竹石，时供游览。架列《四书》、唐诗、《通鉴》等集，说自中国抄刻，板翻高阔，旁译土言。设官之法，类举贤良方正，由秀才即为法司，不考试也。国中执法甚严，不徇情面，轻则徒流，重则处死。百姓见官长经过，俯伏道旁，俟过而后敢行。其小心畏法如此。"黎昂道："男女不剃胎头。男至二十成立，娶妻之后，将顶发削去，惟留四余，挽一髻子额右，旁簪小如意，以分贵贱。金为贵，银次之，百姓则用玳瑁、明角、竹簪而已。妇女亦然。国中有迎恩寺，即天使登岸之所，离海口三里许。过此则天使馆，向来册封员役，俱驻于此。这回馆驿城内，特地亲厚，不是向例。馆前隙地百亩，每日午后，彼国妇女，或老或幼，携筐持筥，聚集于此。名为贸易，实游玩也。傍晚方归。城北三里有三清殿，阶前二松，大数围，高二十余丈，枝叶茂盛。顶有鹤巢，亦不计其年月。每于春风月朗之时，则见二鹤翔集其上。东有演武场。建桥曰长虹，阔有丈余，长五里许。桥下大水，名为旻湖，俱传与海相通。过桥有松岭，长二十余里，苍翠满目，亦异境也。"

正然说着，只听老板说声："不好！有暴风来，快些落头篷。"一言未毕，忽东南风大作，急雨如注。风浪搏击，舵不能定。桅右欹则龙骨现于左，桅左欹则龙骨现于右。龙骨者，船底定根木也。左右倾仆。通事、武职等素习于海，尚可支持。罗副使坐不安席，呕吐大作，几弗欲生。往日暹罗进表船只，前后相望，离不甚远。此刻风波大起，只见那只船从后由右侧首，如飞而去，顷刻已失所在。

贾茂这只船随风驶去，人人害怕。贾茂想起那水晶界方来，急取出，递给罗副使拿着。自家却把通灵宝玉摘来，亦拿在手内。说也甚奇，风雨虽然暴注，那潮浪打到船前，便就自然平去，其船亦不像前会簸扬。老板求天使在天妃娘娘前许愿，自保无虞。贾茂因一船人有关系，便亲到后舱，同罗副使行了礼，许过愿。那风仍是暴发，忽变作西南风，将船吹向东北一路行去。非风之殊，海面大而受风之异也。

那天又渐渐晚了，雨虽稍止，风仍不息。忽见中桅盘斗上来一鸟，绿嘴红足，彩若雁鹜。飞至战台，集而和鸣。老板大喜曰："此天妃遣来引导也！"舟中水手等，无不向空磕头。夜半后，那风将次定了。到天明，忽见一鱼，长丈余，身黑尾红，脑上方白如玉。即听船旁哑水声，其船动摇，继乃喷水满船。老板曰："此神鱼戏水，勿惊自去。"

将及近午，船浮水面，胶滞不前。老板曰："此是风兆，当觅避风屿避之。"只见日旁一块黑气，老板说："不好！风又到了。"陡然间海水汹涌，暴风又作。那篷受了风，如飞而去，一霎时不知其几千里也。桅盘上那个鸟，忽又飞鸣。猛然见面前现一岛峙于海面，看着甚远，转睫已到跟前。老板怕有礁石，不敢就拢。那知船却向山的左侧靠了上去，风所逼也。众水手登时将船湾住，在老树及山根石缝内，下了篾缆，大家才欢喜放心。那岛虽背着风，瞧那海面仍自汹涌不已。定了半日，才吃过饭歇了。

到次日，仍是大风，不敢开船。饭后，贾茂在船内坐不住，要上岸去逛一逛。包勇、锄药及黎通事，又带了十二名兵丁，叫船家搭了扶手。在岸上向高处，埋了一根大旗为标记。船内罗副使照应。贾茂便走上岸去，未知所遇何事，且听下回分解。

第三十一回　隐士庐中逢旧隐
仙人岛上遇真仙

从来海上所最著者，莫若三山。方丈、蓬壶，有其名矣；琼楼阆苑，有其居矣；三星九老，有其人矣；碧藕火枣，食者有物；玉液琼浆，饮者有酒，亦若可信。然云至其境，辄有风引之而去。似这样可望而不可即者，殊难臆断。况竭秦皇、汉武帝王之财力；穷徐福方士等百般之技能，徒托子虚，毫无实据。这地方也算终古无人到的了。他若夜叉岛的怪诞，阎浮界的诡谲，足警愚顽，每为理学所嗤。世所艳称的，惟文若虚遇鼍壳这件事。

文若虚名子实，福建人。幼年所谋，皆不遂意。生来伶俐，言语诙谐，得朋友的欢心。那年有些走海的，约他作回骗海的生意。若虚身边剩得一个洋钱，一时高兴，买了一篓洞庭红福橘，有三百余颗。随众越海，到了一国。众人各去鬻货，他把这篓福橘拿在船头，红光灿烂。那国从未见过，知是吃的，大家争着要买。一个洋钱一个，福橘须臾卖完。若虚总算得够三百二十余个洋钱，心中大喜。把洋钱给水手两个，余皆取起。自为此番出海，颇属顺利，沽了一壶，独酌得意。过了半月，众人齐货登舟，仍回闽地。不期被风吹至一荒岛，泊了船，守风不敢动。文若虚又一时高兴，上岸闲逛。在岛内荒草中遇着个大龟壳，用褡包扯上船来。众人见了，皆为笑具，若虚亦不介怀。后来风转船开，到了闽省。波斯店中，遇着碧眼西洋人玛哈利，认出此系鼍龙退壳，逐节有月明宝珠。用价五万两买去。若虚遂成富翁，在闽作了大贾。

但此亦千百个泛海的一件奇闻，若数见也不鲜了。否则黾斋之遇，龙媒之缘，《聊斋志异》蒲先生所撰述，而耳食者流，往往疑之。转不如三十六洞天，七十二福地，出在中国者，屐齿所及，似可征信。然世人所亲到，亦指不多屈。几若海上三山，动传疑似，太史公云："难为浅见寡闻者道。"良有以也。

元和五年，唐给事张惟则，出使新罗，归于海上。泊舟岛间，忽闻鸡犬鸣吠，似有烟火。遂乘月闲步，约一二里，则见花木台殿，金户银阙。中有数公子，戴章甫冠，披紫霞衣，吟啸自若。惟则知其异，遂请谒。公子见之曰："汝从何来？"惟则具言其故。公子曰："唐皇帝乃吾友也。"命青衣捧金龟印以授惟则，置之宝函，谓惟则曰："致意皇帝。"惟则携之还舟中。回顾旧路，悉无踪迹。金龟印长五寸，面方一寸八分。上负金钮，其篆曰："凤芝龙木，受福无疆。"惟则还京师，即以其事上闻。上曰："朕前生岂非仙乎？"因命缄以紫泥玉缫，藏诸内府。据此，则海岛仙居，非必尽属子虚。洞曰桃花，再难问渡耳。

却说贾茂带着通事诸人下得船来，在岛中走了一会。到一峰头，停步四望。风波灝淼，烟雾苍茫，飘然只身寄于海表。贾茂是过来人，生死梦幻，等视齐观。然桑田沧海，在神仙亦留许多感慨。贾茂触境移情，不禁临风长啸。忽然那烟树丛中，亦有啸声，几若鸾凤。贾茂诸人大惊，遂攀岸附壁，寻到其处。转了一峰，却山明水秀，别有一天。洞口瑶草琪花，迥非凡境。长松树下，倚着一老者，高吟道：

此身若寄真蜉蚁，放眼宁无天地宽。

不信诗书多糟粕，转疑世味别辛酸。

贾茂听得，此诗系小时所作。便不待其吟完，走进前，举手作礼道："先生请了。"那人见了贾茂，亦举手道："贵人何来？"贾茂细看此人，头带黄冠，足穿草履，身披野服，不染一毫尘气。便重作一揖道："老先生失敬了。适才所吟，可是尊制吗？"那人也还礼道："非敝作也，偶有触耳。倘不嫌山野，可于长松片石上闲谈一谈否？"贾茂大喜道："固所愿也。跟来众人，贾茂吩咐站远些，我与这位高士要静坐说话，你们不必催迫。"便相约并坐于长松之下。贾茂道："海外乍逢，三生有幸。老先生尊姓芳名，并仙乡何处，均望赐教。"那老者道："老夫年逾古稀，山中且不记甲子，何论姓氏。壮岁曾纡紫拖金，浮沉宦海。嗣于急流渡口，勇退津边。蒙吾师当头一棒，沃雪红炉，遂自谢却蜗名，卖卜尘世。又蒙吾师慈诲，偕居此岛，友鹤侣鸥，顿忘身世。觉葛稚川勾漏丹砂，犹属皮毛色相。老夫观贵人气色，不惟海面风波遇险为安，即在异邦馆驿逢凶化吉，皆赖带来至宝，屡著灵奇。但贵人亦知此宝出处来历否？"

贾茂听了，站起重作礼道："老先生未卜预知，我学生受教多矣。此宝原委实不能明，仍望指示。"那老者道："昔女娲氏炼五色石，以补天用。剩一块，天已补足，便弃于大荒山下青埂峰前。这片石遂经乾坤鼓铸，受日月精华，脱却顽皮，变为美质。自恨补天见弃，尝欲晚盖胜前辉，便在山中发出光焰。遇着渺渺真人、茫茫大士，携游尘世，诞生阀阅，席兹华瑰，昧却前因，也曾疗病祛邪，避害趋吉。然温柔乡里，徒结不解之缘；脂粉丛中，仅种无情之玉。渺渺真人、茫茫大士悔而怜之，仍携归于大荒山下青埂峰前，还其本然。无如上帝爱才特甚，旌善无遗。转敕通灵再履尘界。虽高爵显官，不足以增其声价。然非朝廷，莫著栋梁之选，非享会奚昭特达之材。你看此玉这番奉命重来，温润缜密，孚尹圭璋。较前次之钝若不灵、黯然无色的，迥不相似。乃用舍虽殊，行藏无异。自慧眼视之，原无彼此轻轩，况静极复动，动极复静，诚显两仪之妙。亦静而无静，动而无动，谁体太极之原。贵人试想一想，水是什么？冰是什么？可急道来。"贾茂听了此席话，心内豁然。便应声道："水是未成的冰，冰是已成的水。用异体同。我学生蒙赐教了。"那老者又道:“都中有老夫一旧识,托寄一信。不知贵人可肯转致?”贾茂道:“这事甚易。只要注明居址,便不致误。”那老者遂在袖中取出一封书来,签上写着:“孝先大人福启。”遂说道:“此信只呈在令祖前,便能着人送去。”贾茂接了,才要看那书皮之字,忽见茅庐前来一童子,提着茶壶,盘托两个茶盅,走到跟前,说道:“西土山人着送茶来与这位相公吃,并说要会一会哩。”那老者大喜,道:“吾师也有前缘吗?贵人可到敝洞一游,与吾师一会,何如?”贾茂知此老者不是凡人,听说其师,更自欣然欲往。便喝了一盅茶,叫包勇来,说与众人,在此长松下候着。带了包勇,把字交与他,便同这老者向洞口来。

走过茅庐,就是洞门。只见立着一块石,镌六个大字:“仙人岛山人洞。”贾茂竦然起敬,未到门前,早见一箨冠老者,鹤发童颜,迎门相候。贾茂上前,敬打一躬,说道:“弟子何缘,得与仙师相遇。”那老者道:“有缘得很哩,且不是一世之缘,请进洞来一谈。”贾茂进得洞中,却是天生石屋,石桌一张,石床数座。此外别无长物。贾茂到了此地,顿忘人爵,便执弟子之礼相见。那老者连忙拉住,说是:“当不起,请坐。”贾茂便在客位坐了。那童子用铁椎在石壁上扎了一下,迸出一股清泉。那童子用茶盅接住,流了一盅,送到贾茂跟前。又接两盅,送与二位老者。那贾茂接了这钟水,谢了老者,便喝了一口,彻骨清凉,尘襟顿涤。遂将这钟水全行饮干。那老者大赞道:“真仙骨,真仙骨。”便下床来施礼,贾茂连忙回敬。

只见前所遇的老者,向后遇者说道:“吾师可知通灵玉又来尘世吗?”这老者道:“有何不知。毋论寂喧,只要完其太璞为是。卞和之璧,因秦玺而始贵,虽累代帝王宝之,然五帝三王,又何尝以此玺而隆千古?这荆山之璞,经此番篆刻,转不若不遇卞和,犹得自保其天韫,而山辉之为愈也。通灵玉既奉帝命而来,若不标奇显异,为国家柱石,发其光华,则前一番徒托空言,毫无实用,何能使璠瑜增荣,珷玞减价?况付此玉者,更属累劫修来,更非我辈地上山人可比。只据此笑饮先天琼液,便见根器不同流辈。汝何得以浮词琐琐,挂万漏一,为识者所笑。”二人说的话,贾茂却骤不能解。默默听之,不敢率尔陈词。

那后遇老者忽然问道:“海上风波,与世上的风波孰险?,请为道破。”贾茂偶触其幼时的诗来,便答道:“年光过隙征驹速,尘海操舟独棹难。”老者连连点头,道:“果然悟了。”贾茂进前,叩请老者姓字。那老者道:“我有一物,烦致都内一友。便不问而知了。”贾茂道:“贵友为谁?”那老者道:“昔日征服海寇封侯的周爷,可认的么?”贾茂道:“那是弟子的至亲,怎么不认得?”那老者便也从袖内取出一包物事来,是个小小包儿,上写着“周侯爷启”。贾茂接了,揣在怀内,又问道:“此岛何名?”那老者道:“此名仙人岛,其实没仙。只据古传两个仙人岛,看来便可见得。”贾茂道:“愿闻其概。”

那老者道:“处士元藏几,隋时官奉信郎,为过海使判官,遇风,同济者皆不救,独藏几为截桅所载。达沧浪洲,有岛名仙人岛,其洲人多衣缝掖衣,戴远游冠。与之谈中华事,则历历如在目前。问所从来,乃出葛蒲酒、桃花酒饮之,神气清爽。岛中花木,常如二三月,土宜五谷,人多不老。未遇仙也。后藏几归,载二鸟,大小类黄鹂,每翔骞碧空,藏几呼之则至。本沧浪洲物,能传人语。或谓之传信鸟。此一仙人岛也。

长山刘鸿训,同武弁使朝鲜,闻安期岛号仙人岛,欲往游之。国中臣庶佥谓不可,令待小张。盖此岛不与世通,惟有弟子小张岁辄一至。彼以为可,则一航可到,否则飓风覆舟,终不能至。刘必欲往,国王召小张问之,张曰:‘可。’遂命舟导刘俱往。水程不知远近,但觉微风习习,如驾云雾。不数日已抵其岛。时方严寒,既至,则气温煦,山花遍岩谷。导入洞府,见三叟趺坐,亦如常人。中坐者起而迎客坐,移时,问以休咎。叟曰:‘世外人岁月不知,何解人事?’问以却老术,曰:‘此亦非富贵人所能为。’刘无辞。小张仍送之归。此一仙人岛也,又不闻其有仙。我与此老,特世外散人耳。

若以仙者视之，则舛矣。”

贾茂道：“白龙鱼服，露则非真。这也怪仙师不得。但弟子相遇有缘，宁无一言教弟子吗？”那老者便高吟道：

木有本兮水有泉，摘来尘世且随缘。

而今打破盘中谜，月朗云开别有天。

“君果所证，我辈再劫尚不能到，难道便忘了？”贾茂听毕，恍然有省。遂说道：“弟子不昧往因，谨受教。”

刚说完，忽一童子报道：“三山的海屋出现了。”那老者道：“此为南极呈祥。我辈生居海上，千载难逢。福星所照，叨光多矣。不可不去瞻仰。”便起身，邀贾茂同出洞来。只见这半壁瑞霭浮空，祥烟罩水，从琼楼玉苑中现出岛屿，丹翠参差，云霞缥缈。一座海屋高插天半。无数白鹤，衔着仙筹，上下盘旋，飞鸣不已。那二位老者看了，便伏地向海屋作礼。贾茂亦随之叩谒。一阵风过，忽然不见。岛屿全消，惟余海连天碧。那老者站起来，向贾茂道：“海屋出现，风浪皆平。试看海面，仍是前番汹涌吗？”说着，有二童子，一个捧茶，一个端着攒盒，中间碧藕一碟，外列八格，俱是干果，诸如黄精、银杏、榛仁。松瓤等物，老者说：“好。这也是缘。”便进茶递贾茂，又把各样干果相让。贾茂备尝诸品，不类寻常滋味。渐觉腹中全无饥意。那老者忽将包勇叫到跟前，说道：“你是义仆，可吃一片碧藕。”又把松瓤用纸包了十数个说：“你可给焙茗带去，我与他亦有前缘，不可遗忘。”

包勇吃了这片藕，转觉身轻神健，连忙接了松瓤，磕个头，谢那老者。谢毕，站起来向贾茂道：“少老爷该回船了，怕船中人伫望。”贾茂恋着二位老者，不肯告辞。转是那老者说：“这甚是了！再若流连，转违天数。彼此便不妥了。”贾茂遂作礼相辞。那前遇的老者道：“前途无物可赠，我送一篷风罢。”后遇老者亦道：“我送三里雾，以作别贶，何如？”贾茂重又谢了。二老者各予一块信香，急则焚之。贾茂收起，离却洞门，到长松下带着众人找回船去。

一霎时，洞与茅屋寂然无影，众人才知遇仙？认定标旗，寻着来船。水手搭起扶手，贾茂进了舱。罗副使道："怎么大人一游，就待了这十几天才回来？定有奇遇。我着人寻了两遍，杳无踪迹。可在何处待此许久？"贾茂道："弟觉不过半日，何至如此之久？这真奇了。"便将二位老者及见海屋的事说了一遍。罗副使听了，深悔自己也该同去才是。包勇把带来松瓤递与叶忠。原来叶忠被海浪颠的头晕作呕，正在沉吟，接过松瓤，吃了四五个，立刻心宁眼净，神气陡发，即便好了。因把那余下的松仁，珍重藏起。

贾茂未上船时，风浪仍自不息。少待即转了风，老板说："好了，这就可开船了。"因叫众水手整理篷桅，就要解缆。果然波平浪静，微微东风。挂起饱帆，解了篾缆，将船仍放至中洋。乘着风，就如箭而去。斗盘的那个鸟仍来飞鸣不止。转睫间浪紧风恬，行去已千余里矣。

包勇白吃碧藕后，到船上不大饥渴，偶坐船后，与老板闲眺，忽见一鱼，身长数十丈，首有二大孔，喷水上出，势若悬河。异而问之。老板云："此名把勒亚，可用盛酒巨木瓮投之。"包勇如其言，鱼果连吞数瓮，俯首而逝。忽海面又来一鱼，嘴长丈许，如锯，猛而多力。与把勒亚相遇而战，海水皆红。老板避而过焉。包勇问其名，对之曰："此剑鱼也。不可近。"

彼时船中水短，通事深以为忧。忽见一山浮于水面，船离不远。老板喜曰："此梅花屿也，离闽地不远矣。可泊船取水。再越二潮，西则福建五虎门，东则广东。"遂将船在梅花屿下满载井水。时值南风，把船又驶入大洋，直奔粤门行去。远见天际，忽插奇峰。老板曰："此浙江之定海，北是普陀，西是九山也。"舟中无不大喜。

蓦见贼船四只，扬帆从东北来，不过数里。守备陆祚昌、魏文耀便要用炮相拒。通事郑必振道："且慢！可禀明贾、罗二位大人，再办不迟。"遂急进舱，禀了贾茂、罗廷伦。贾茂说："不须用炮。"便叫包勇，可把信香焚了，自有奇验。贾茂见焚了香，向空作礼。那贼船已相离不远，只见海波上起了一阵风，将那四只贼船迎头吹转。贼船上把舵不定，一盅茶时，就吹的踪影不见。

这晚傍九山下迤逦前进，入夜，远见山上隐有火光。山下船桅如林，桅上皆挂号灯。正遇涨潮，船不敢进。乘着风绕过山去。天已渐晓，迎面又来了数只贼船。老板说："不好！将军当急防之。"一言未毕，忽天际一片雾，横拖海面，白茫茫垂蔽海船。有顷，复霁。天已近午，贼帆灭迹，去九山不知多少水程了。

众人大悦，犒赏舟人，扬满篷自在驰去。日色晴明，环海之外有一屿，曰珠墩。贾人往往泊舟其下以取水，即古珠崖也。远望高、钦、廉三州，隐隐如见。

贾茂站在舱口，见离广州计程可到，心中一喜。猛见一只海船，从西向北破浪冲风，顷刻掠自己座船驶去。郑通事恐是贼船，只听得船上老板说道："这不是暹罗国的进表船么？为何从福建这条海路来？"贾茂便叫鸣号展旗。那只船忽然把篷落了几扇，向一个小山嘴上，将船靠住。贾茂便吩咐亦把船拢去。到了跟前一看，何尝不是？郑通事便用他国的话去问，只见他舱内走出他的通事来，彼此相见，皆认得的。将船帮在一处，均各欢喜。他大臣便过贾茂船来请安，贾茂、罗廷伦接入。坐定，喝过茶，便问失散后的缘由，并问从闽地来，想是被风刮到福建，才转舵的。那通事道："自出大洋，遇风，坏了篷桅。仍吹回华封去，住了十数天，将桅修好。风色才顺。走了几天，忽遇贼船，被我船上过山火器打坏，才得北上。就错了路，偏右向福建行去。将近五虎门，船上家长始认出来。又值东风大作，避了数日。今遇西南风，才往粤门而来。不意在此相值，这也邀天之幸了。"贾茂听了，深以为奇。不多时，大臣辞去。二使臣到船回拜，郑通事也将仙人岛的事说了一遍。那大臣以手加额而庆，便在山脚下吃了饭，仍将船放入中流。

过了分水洋，又见群鱼唼呷旋绕，宛如去时光景。又行了两程，烟雾中像似粤门。转了个山嘴，忽听一声大炮，海面战船如蚁，

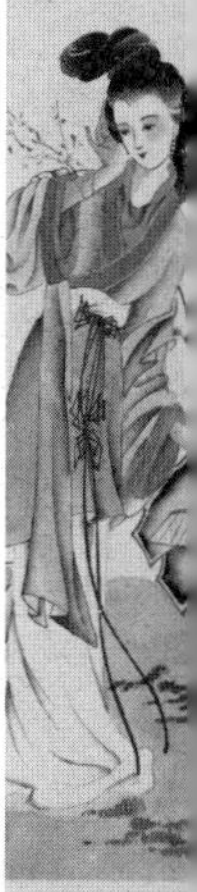

两阵对圆,枪声不绝。正值水师合操,提督请制台阅看。贾茂便叫泊了船,邀出暹罗使臣及通事,一同看演水操。远远见将台上红旗一展,两下船忽变成一座长蛇阵势,首尾回环,中间枪如爆豆。吓得使臣面目更色。正响得紧急,又见一面青旗一展,两处船皆向屿后作转,倏皆不见。彼使臣看得呆了。又听一声炮响,从将台后出来一队战船,飞临海面。只见红旗一展,那船便一字摆开,船头站有百十余人,手执短刀,身穿皮衩。忽听一阵鼓声,这些人皆扑通一响,跳在水内,露出半截身子,平行海面,彼此相敌。约有顿饭时,又见青旗一展,这些人皆钻入水内,伏而不见。那通事说:"这人能在水中待几日?"郑必振道:"个把月不相干,此名水兽,在水底步履如飞,善能凿人船底,易致沉覆。"那大臣听了,吃惊不已。一转眼,这些船就不见了。又听一声炮响,来了一只柴船,在海中间,自然住了。突然四面飞到了二三十号战船,船上皆弓箭手,排班站住。红旗一展,箭似飞蝗,向柴船射去,连一只也没落在水中。正射时,忽前面伏在水底这伙人,手执藤牌,从水底钻出来。又闻一阵鼓声,这船上的箭便如雨点样,直向藤牌射去。那些人用藤牌护着身,拿短刀分着箭,就一跳,便向那船跃去。将台上一捧锣鸣,箭手钻下舱。蓦然见一排钩镰枪手,从船后拥来,将藤牌手用钩带刺。相持正急,远望青旗一展,那藤牌的人仍伏向水底,这船也一转不知去向。将台上又听一阵号响,金鼓齐作,忽海面上来一只船,竖着一根大桅杆,约高三丈。船才站定,红旗展动,仍是水底这伙人钻出水来,跳上船,便向竿上倒爬。不一时,到了桅尖,一翻跟头,跌下水去,络绎不绝,各逞伎艺。把个使臣连声赞叹,心内钦服。仍是青旗一展,海面上这伙爬竿水兵,寂然不见。又操了九节连环大炮。锣声一阵,收了操。制军起身回府。

贾茂便叫本船上奏乐展旗,放了一声号炮。制台便差官飞船来查。未知后事如何,且听下回分解。

第三十二回　抵粤门三载归舟
朝丹阙二臣覆命

话说贾茂船至广州，时值水师合操，就约暹罗使臣同看，以折其心。操罢，遂命响炮。船上摇旗奏乐，知会边臣来迎。那两广制台阅罢操军，正欲上轿，忽听炮声，使差官来查。只见跟随的参将林得隽禀道："这是暹罗封王的钦差船回来了。"制台大喜，便命中军官、广州府知府带兵二百名，驾船四只，来接贾茂。

再说前差的官迎着船才要问，只见本标守备陆祚昌、魏文耀展旗招呼，认得是随贾、罗二钦差封王回来的，便飞棹回将台去报信。遇着中军官和广州府知府，说了的细，仍覆制台之命去了。中军同知府靠了贾茂的船，差人用制台帖先请安，后用官衔手本同禀见。禀事官把制台帖子投入，贾茂接了一看，上写着："年家眷弟雷鸣夏拜。"又禀有制台中军副将云鹏举、广州府知府元勋同禀见，遂将手本递上。

贾茂向罗廷伦说了，吩咐请，两位官便走上船来。二钦差在舱口接着，让入舱内。行礼坐下。锄药、林天锡捧上茶来。茶后，元知府道："二位大人王事驰驱，倏经三载。虽著贤劳，然彰名海外，增我上国之光。卑府等何胜荣庆。"贾茂道："仰托圣天子福庇，我二人得不辱命归来。今日相逢，想起海中经过之险，几为再世。深荷垂注，谢不套申。"云中军道："二大人受如此涛险，成斯懋绩，我制台雷大人时常提念。适闻炮响，知是荣旋，特着我二人持帖先来请安，敬在将台候教。我二人也不多谈，即请宪驾前往，我二人就此禀辞。”遂同元知府打了一躬，辞了。先回覆命。贾、罗二钦差送出船来，即差家人持名帖，同陆守备坐只快船，先替雷制台请安。随后船到再会。

不多时，只听炮响，是雷制台坐了船，迎候钦差。两下船靠在一处，雷制台出了船，叫人用帖来拜会。贾、罗二使听说，连忙接出舱来，也要过雷制台船先候。让了一会，仍是雷制台到贾、罗的船上。入舱拜揖，分宾而坐。两只船便并着向码头行去。雷制台道：“前岁荣旌南指，于今三年。成礼归来，腾辉海国，非藉鸿才，何能胜此巨任？”贾、罗二钦差同答道：“弟辈一无知识，仰承庙略，重邀福荫，得奉职无愆，不致陨越。又承大人格外谦光，远劳舟楫，弟辈到辕再行拜谢，以伸铭感。”雷制台道：“二位大人过谦了。”正说着，包勇持帖禀道：“抚台田大人、将军霍大人同来拜会。”贾茂便向雷大人道：“同会一会，可使得么？”雷制台道：“甚好。”贾茂吩咐道：“就请。”着罗廷伦陪着制台，自己便迎出舱来。

这田抚台就是贾政办沙案时湖南的巡抚。后丁忧，起复了，便补在广西巡抚，新调广东未及半载。霍大人系世职出身，在家与贾政相好，贾茂要算世侄呢，曾会过的。贾茂见了田抚台、霍将军，皆系贾政相与，遂以晚辈礼请安接见，不敢以钦差自居。霍将军一见，就贺喜道：“老世台知道荣升宗伯的喜信么？”贾茂打了一躬道：“侄儿不晓得。”田抚台道：“世兄还不知令祖大人致仕，特晋少傅，令兄兰补了阁学，老世台升了礼部尚书，即补令祖的遗缺。这事已年余了，尚不知信。可见远涉重洋，勤劳王事。这不遑启处的意思，真正可敬。”

说着话，便同走入舱来。先见了罗副使，又与雷制台相见，一同坐下。茶过，田抚台向雷制台道：“接大人谕，才知钦差到境，即来相约。闻大人由教场登舟，弟与霍大人随后赶来。二位钦差大人勿以接迟为罪。”贾茂道：“老伯大人此言过甚。小侄辈如何敢当！”罗廷伦亦说道：“这是大人过谦了。我学生等尚未晋谒，先劳台趾，再行谢步。”雷大人谈了会暹罗出使的事，贾茂问霍大人道：“小侄的家祖，缘何解任？莫不有甚别事。”霍将军道：“令祖因条陈河南河务。合了圣意。升授礼部尚书。不过数月，令祖已年逾九十，累疏请退，俱各未准。后召见时，极力陈情，方蒙恩允，特晋少傅。官衔优渥极矣。现在家居，日与闵侍郎、闻副宪、周候爷辈，在大观园稻香村内诗酒盘旋，或投壶箭，或着两局棋。真是神仙般乐境。年来身体康健，更倍往时。令祖母大人及令堂，亦皆凝喜迪吉。老世台可不必挂念。我系前一月到此任，出京时皆见过的，请放心就是了。”贾茂听了甚喜。

不多会船拢了岸，雷制台三位起身告辞。贾茂道：“还有一事未禀：后面暹罗国进表，特遣他国大臣备贡谢恩，大人也照例相待。”雷大人道：“领教。”便起身同田、霍二大人出舱上岸。贾茂二钦差亦送下船来，候着三位坐上轿起了身，方回船去。就叫伺候，去拜督抚及同城各位大员。

贾茂到了舱内，南海、番禺二县已送到下陈，二位钦差吩咐收下。随后司道会了，府又禀见，各丞倅及知县皆见过，其后各武官也都相会，才进城诸处皆答拜了。暹罗使臣船才拢岸，就靠贾茂坐船住定。次日到制台衙门请了安，通事说明来意。又到抚台及将军提督各衙门拜过，各位官也到船答拜了。雷制台派人预备公馆，给钦差作寓。又在向来会馆安顿使臣住下，照例送去供应。贾茂二使臣及暹罗来使，皆搬入陆地安歇。连日备了戏酒，公请了，又复私自接风，田抚台、霍将军亦皆各尽其情。

歇了十数日，雷制台具折，一面奏闻，一面备集夫马，送二钦差起身。暹罗使臣另派武弁带兵护送。过了滩河，便上了船，向杭州来。

端木楷升了杭嘉湖道，奉抚台委办此差。董臬司已升了山西藩司。周廷伦现在阅兵,正驻杭州,差了家人来福前去迎接贾茂。路上遇着贾茂差焙茗带着帖子,替周姑爷来请安。并致候通省大员,外带年弟帖问端木楷。不多时,贾茂船到,来福见过,把周制台话回了,遂急返棹去覆命。那办差的端木巡道已来迎候,二人接入舱内。

此时二钦差各船住了,端木公先到贾茂船。二人至好,一别三年,又涉重洋,倍觉亲热。见时连寒温不及细叙。端木公先问:海中可有惊恐,并暹罗相待情事。贾茂将前事一一述了,端木公深以为异。贾茂便问别后近履,端木公道:"托年先生垂庇,承令亲周大人推爱青目,旧岁升补此缺。总荷台照,亦难罄致。"贾茂道:"旧年可进京陛见否?"端木公道:"进京陛见,曾在尊府厚扰。令祖大人年来身体更健于往日。兰令兄已升阁学,环令叔现补兖沂曹道。阖府平安,勿容悬记。周大人的长公子中武状元,在头等侍卫上行走。闻老师升左副宪,闵年兄内补侍郎,俱日在大观园稻香村,同令祖朝夕谈笑,以继耆英。知关廑注,备细禀知。"贾茂听了这话,心中甚慰。便问道:"年先生吃过饭不曾?"端木楷因急欲见贾茂,并未吃早饭。问及才想起来,便笑道:"年先生何故知小弟没吃过饭?"贾茂道:"这就是知心的一小小征验了。"便吩咐锄药道:"快摆饭来吃。"立时就烫上酒,逊了坐。二人就促膝而饮。贾茂并暹罗遇怪的事也备说了。端木楷道:"有福的自然天佑。不经此,何以显得出通灵的奇来。"饮不多几盅,就端上饭来了。吃完,撤去家伙,漱毕口,贾茂叫另烹佳茗喝了。端木公说:"我系奉委来办此使臣差事的。罗公船上也得候一候。"便起身辞去。

只听得远远的炮响。贾茂的船离杭城十余里了。忽一只快船如飞而来,船头站着个差官,手内拿帖,高声道:"制台周大人来接钦差。"贾茂听说,不及接帖,就吩咐说:"不敢当。俟来杭替大人请过安再会。"那官员答应一声,飞棹去了。一盅茶时,只见十数只船,跟着一号大座船,迎接上来。

贾茂急吩咐将船湾住，先走出船头，叫林天锡拿个“愚内侄”帖子禀说，先禀安请见。那周大人船刚靠住，贾茂便上了那船。林天锡未及投帖，周廷伦早接出舱来，说：“老贤侄何如此多礼，倒使我心里不安。”贾茂便打千儿请安。周制台连忙扶起，手拉手儿，让进舱去。两旁文武多官，才知贾尚书是周制台的内侄。见贾茂如此仪节，方知贵不敌亲，这是出于自然了。巡捕官忽站船头，说道：“大人吩咐开船，不必在此停住。”响了一阵锣，船就开了。

船内周制台与贾宗伯，或论国事，或叙家常，外边人皆不得知。行未数里，远见抚院侯瀛坐着船，也出来接钦差。两下相隔不远，送帖的差官就到贾茂船上。包勇便拿帖过来禀知，贾茂尚未开言，周制台道：“我过老侄船，亦见我意。”便起身要走。贾茂道：“小侄实不敢当。既侯抚军来，小侄就是告辞，到杭城再替姑爷请安罢。”便别了，步出舱门。周大人送出来，两只船原靠在一处，周制台便走上贾茂船。贾茂才到门口，尚未进船，见周制台走过自己船上，连忙相让。周大人便先进了船，行礼坐下。侯抚院船也靠来，贾茂吩咐包勇道：“你快去说不敢当，我再谢步。”包勇答应着，走出舱。侯抚院亦走出自己舱门。包勇打千儿回了，侯抚台道：“我甚想你老爷，要会一会。”说着便走过贾茂船来。贾茂早在舱口候着，一见侯抚台过船，急忙迎上去说：“大人如此优礼，弟何敢当。”侯大人道：“这是应该的，大人何必过谦。”便就步入船来。见周制台在内坐着，便相见了。叙位坐定，锄药、吴子豫端上茶来，二人喝了，谈些暹罗出使的事。周大人道：“弟要去拜罗副使，并投个帖给暹罗来的那使臣啊。”侯大人道：“弟也要去。咱们何妨同行，岂不好吗？”周大人道：“甚好。”二位大人便起来，辞出，拜罗廷伦去。贾茂送到船头，看着开了船，方回舱。随后合城司道府县及武职弁官，陆续来见。这船就到钱塘门码头上了，各官辞去。

到次日，贾茂约了罗廷伦进城回拜。却值周大人差官送了两副下陈来，贾、罗二钦差叫收了，各赏来官贡绸一套，大荷包一对，

备帖致谢。二钦差坐了轿进城，在文武各衙门顺路一拜。也有会的，也有谢不敢当的。侯巡抚留吃饭，传了戏，便请周制台作陪，直待二更方散。钱塘、仁和二县，早在向苏州去的内河备了船，将暹罗使臣换了船，并二位钦差的家人行李皆搬到这边船上。贾茂、罗廷伦赴完席，就回新换的沙飞船来，差人谢了酒。

贾茂因外国有使臣相随，不敢停留。凡请游西湖的，皆谢了不去。却不过周大人的意，又盘旋一天，吃了酒，回到船。督、抚差人送二钦差公礼，二钦差皆辞谢不收。周大人独备了闽浙土仪，单送贾茂，只得照单收了。外给贾政、王夫人带去湖绉十连，杭绸四十匹，请安禀帖。贾茂亦照数包好，转替谢了。端木楷送了杭绸十匹，湖绉四连，湖笔五百支，山阴笺四连。贾茂重赏来人，亦皆收起。

次日黎明，即鸣锣开向苏州去。曹紫庭新放了江苏巡抚，在常州无锡地方，两下遇着，倒住了一日。贾茂备问祖父母及母亲的起居，得知阖府康吉。又问朝政，并无别事，心中宽慰。不便久羁，次日开船各去。

到了王家营，清和县备了夫马，起旱由顺河集向山东而来。

贾环在道署中，早知贾茂差回，心内甚喜。即差家人沿路伺候，自己在兖州府等着一见，并带家信。东抚委泰安府来办此差，一路无事。那日到了汶上，贾茂便兼程抵兖州府，替叔叔请安。贾环接着，执手落泪。贾茂请了安，磕过头，贾环连忙扯起，说道："老侄这差实在辛苦了。然海外驰名，也替我们合族生色。你可知你升了礼部尚书吗?"贾茂道："侄儿听得霍世叔及周姑爷告知，才晓得的。"贾环道："因老爷面圣时，极力请退，圣上念及旧勋，始有此命。国恩如此优渥，侄儿当竭力报效乃可。"贾茂道："叔叔教训的是。"留吃了饭，就在贾环处歇了，说一夜话，也没睡觉。

次日，暹罗使臣同罗副使一到，贾茂就同着起身去了。贾环不舍，送了一程，才回署去。贾茂又走了一站，在途中写了信，先差叶忠同吴子豫骑站驴，星夜赶回家去送信。吴子豫乃吴新登的儿子。二人领书信，上了站，便连夜趱行去了。

那日贾茂到德州，值大雨不能前进，在公馆中备一席饭，请过暹罗使臣同通事官来饮酒叙话，邀罗副使、通事郑必振来陪。罗副使偶感风寒，懒于酬应，贾茂便独自陪着。饮了半日酒，吃过饭，天已二鼓，那雨已住了。彼国使臣心感贾茂礼待，甚是感激。次日天晴，就起身，过了浮桥，向景州道上而来。

再说焙茗同吴子豫兼程，不过十数日，就进了京来。到府前，林之孝见了大喜。便问："少二爷回来么?"叶忠说："回来了，迟不过三五日就到。先差我们家来送信。"林之孝带着二人，就进内来回话。正值王夫人想念芝哥儿，与贾政说："一去海外，几及三载，杳然无信。我着实思想这孩儿，怎么打听个信儿才好?"贾政正要用话排解，忽听秋纹禀道："林管家回说，有跟少二爷的焙茗同吴子豫回来了，再外替老爷太太请安。"贾政未及开言，王夫人先问道："这是真么?"秋纹道："奴才何敢撒谎。"王夫人道："怎么芝哥儿不到，他二人转先来了?"贾政道："你可是想的胡涂呢。他定是芝哥儿差他二人先送家信，随后自就到了。"便吩咐："着林之孝带他们进屋里来。"王夫人听贾政话有理，心中大喜，急叫小丫头替宝钗送个信。又到李纨、平儿、史湘云处皆告诉去。

只见林之孝带着焙茗、吴子豫到堂屋里，贾政靠着门站着，焙茗二人便磕下头去，起来打千儿请安。又替王夫人磕头请安。贾政便问："你少老爷身上可好?"焙茗答道："好。已将到德州了。一路平安，先差小的二人赍家报来，恐怕老爷太太惦心。大约五六日就到京了。"王夫人听说，喜了个坐不住。隔着门，便问焙茗道："你们海面上可有受些惊恐。"焙茗便将遭风在仙人岛的事说了。王夫人听了，落下泪来，乃仍欢喜。贾政又问了暹罗出使的事，焙茗一一说了。贾政闻贾茂使不辱命，亦甚喜悦。便叫呈上家书看了，书中不过请安及一路托庇平安的话，并不日可以到京，再行面禀，先差焙茗等赍信，以慰慈念。便念与王夫人听了。就吩咐赏饭给他二人吃，且去歇息。二人又磕了头出去，便到贾琏与贾兰两处，又到宝钗这边磕过头。与回贾政话大同小异。后到月娥处请安回明了，才出外，各自家去。

宝钗先到王夫人处，李纨、平儿也进上房来。此时贾政已到稻香村去了，众人皆替王夫人道喜。史湘云随后也到，同坐在一处，说芝哥儿海内遭风、遇着仙的事，大家欢喜不尽。贾兰衙门有事，贾琏回了贾政、王夫人，要远接芝哥儿站。王夫人大喜，贾政允了，只见贾藻、贾濂也要跟去接贾茂，王夫人替贾政说了，皆准他们去。把两个小人儿快活的了不得。次日坐四辆车，带着家人出城。焙茗禀明，也愿同去。就大家起身，便向涿州这条道上迎来。遇着雨，过了两天，走到雄县，就闻预备钦差公馆，明日必到。贾琏在雄县寻下处歇了。

贾茂将到，贾琏带着会哥、长龄儿迎出五六里来，家人上前回了，贾茂连忙下轿，跑到贾琏跟前，打千儿请安。贾琏忙拉起，问了好，连说辛苦。两位少爷也上前来打千儿请安，贾茂拉住长龄儿，也用手扶起会哥儿，连声问好。贾茂就坐上贾琏的车，细问家中事体。贾琏就别后事及回南安葬一节，备细说了。不多时，进了雄县关厢，到公馆前，放炮迎接钦差。贾琏在关厢外，仍叫贾茂坐上轿，自己便在后走，让众人接着贾茂，进了公馆。傍晚才来，说半夜话。贾琏备说了王夫人及宝钗思念的情景，贾茂着实伤感，便把暹罗遇怪、海岛遭风的事说了，又说道："是托老爷福，叔叔的荫庇，得无恙归来。真属天幸。"贾琏又感叹不已。

次日，贾琏要赶回替主夫人送信，贾茂便留下两位小爷同行。长龄儿不依，要跟贾琏先回。会哥儿住下了，贾茂派林天锡照管。按程而进。贾琏先到府中禀明贾政，说芝哥儿两三日就到京了。王夫人大悦，贾政亦甚喜欢，在府等候。

再说贾茂、罗廷伦到了都，未面圣，不敢回家。在庙宿了，安顿暹罗使臣及通事官在四译会馆,就着郑必振伴他住好。次早到朝门请了旨,蒙召见。贾茂将封王事体详细奏闻,又说彼国王深感圣恩,即差其大臣赍表进贡,现在四译馆中候旨。圣颜大悦,备沐恩纶,晋秩太子少傅。罗廷伦升了侍读学士。特赏大缎四端,大荷包各二对,又赏克食,给假一月,再行供职。贾茂、罗廷伦谢恩出宫门,廷臣见了道喜。

不言罗廷伦回署,却说贾兰见贾茂出了朝,即同一处回荣国府来。明日该御门的朝期,奉旨着暹罗使臣朝贺,并着午门赐宴,以著柔远之恩。礼部及光禄、太常各衙门遵旨预备,此事叙过。

再言王夫人见贾茂近午未回,心内着急,差周瑞到朝去问。未起身,忽报贾茂回来了。贾政在二门等着,贾茂见了,磕头打千儿请安。贾政双手拉起来,说道:“你身上可好吗?这回远涉海洋,虽说辛苦,然王事驰驱,门庭光耀。今日无事回来,我心甚喜。可跟我进来,再说你出使的事体。”说着便拉贾茂手,进了院门。那王夫人同着宝钗、李纨等,连兰哥儿媳妇、月娥,皆站在院中等着。贾茂一见王夫人,抢上几步,磕下头去,眼中流出泪来。王夫人也泪流不止,用手帕扪着,两手抱着芝哥儿,说道:“我儿回来吗?可想坏我了。”宝钗也不禁泪下,两旁站的人亦皆感动。贾茂打千儿请了安,又给李纨、平儿行礼,拉住了。便替宝钗磕头,更自泪出,宝钗带着泪拉起他来。遂与史湘云请安。又替贾琏磕头,贾琏拉住。替兰嫂子作揖,问了好。便同跟着贾政、王夫人走进屋来。兰哥儿媳妇同月娥各自回房。贾琏、贾兰也到书房去了。

王夫人拉住芝哥儿看了又看,说道:“脸面儿尚好,还不很瘦。”贾政方要问他出使的事,王夫人偏问在海面上如何遭风,又如何遇着神仙。贾茂一一述说。

未毕,忽报管六宫的总太监夏秉忠奉旨要见,贾政连忙叫排香案。贾兰在外,已预备了。贾政换了衣服,出去接旨。未知此旨何来,且听下回分解。

第三十三回　凤藻宫诞麟颁凤诏
金华殿倚马试金门

话说仲妃披图入选，因皇太后见其相具宜男，遂有是命。自入宫后，这年身怀六甲，现在十月满足。皇上特敕王夫人到宫一看，以慰仲妃母子之情。夏首领到此，即是宣这道旨意。贾政接了旨，厚款夏公。素日相好，又兼仲妃临月有喜，分外亲密。吃毕饭，约定明早进宫，遂骑马回朝覆命。

王夫人穿了一品命服，坐上轿，四个家人拿轿。一个顶马，七八匹跟马。贾兰也坐车相随。到了宫门，请过旨，又奏知皇太后，方命王夫人入凤藻宫去看仲妃，要行臣礼，昭容传敕曰："免。"王夫人进宫，见仲妃照常梳洗，身体康健。说了会话，遍问家中事体，又问贾政近日起居。王夫人逐一说明。忽提起芝哥儿封王事来，王夫人说："昨日才回。"便把海中遭风，又遇着仙的事备细说了半日。仲妃深以为奇，听说无事归朝，心内甚喜。留王夫人赏过宴，午后才出宫来。贾兰伺候回府。

值贾政正看贾茂所带那仙人岛老者寄的字，拆开一看，仍是薛蟠那年所寄"遇礼而止"四句偈言，后写"雨村再拜"，封皮标着"孝先大人"，贾政向芝哥儿道："你可知这雨村么？"贾茂道："孙儿不晓得。"贾政便将贾雨村前后行藏说了，并道："这孝先是我的别号，此却无人晓得的。雨村其已仙乎？"贾茂道："还有位老仙人，寄周侯爷物一函，明日瞧周侯爷，孙儿再行带去。”贾政说：“好。”正谈着，王夫人自宫中回来，将宫内事说了会，各去歇息。

次日，贾茂从宗祠行过礼，吃了早饭，要拜各处亲友及诸同寅，并致周府家书、海岛老者所寄信物。才出二门，忽报周侯爷来瞧贾政，已到门了。贾茂接着，请过安，陪着到书房坐下。将周廷伦在浙阅兵，身体平安，现有家信，正要亲送的，备细说了一遍。只见贾政着七十四来请侯爷到稻香书屋去坐。贾茂陪了侯爷，到大观园来。贾政接着，进房坐了。喝过茶，贾茂先将周制台书送周侯爷拆看，不过是上下平安，闽浙无事，叫放心的意思。贾政便问贾茂要出海上仙者寄的信来，却像包的东西，不是书信样子。周侯爷拆开一看，乃是三枚红枣。包枣的纸后写着“甄士隐寄”。周侯爷吃一大惊，说道：“此老成仙久矣！如何令孙遇着？这是遇仙了。寄来红枣，此仙家火枣也。必有奥妙。”便送贾政一枚，那二枚便将原纸包好，收在怀内。便不久坐，辞了就回去。贾政留不住，只说“明日再谈”。遂起身别去。贾茂也出门各处去拜。

午后，贾兰自衙门回来，说是仲妃昨夜寅时产了太子，今早传旨肆赦，并敕百官喜宴三日。各命妇入宫，赏宴一日。坛圻宗庙及四渎五岳，分遣大臣往祭，諏吉明岁春举行。正说着，礼部早有传知，夏首领并差人道喜。仲妃奉太后懿旨，皇上敕命，晋封皇贵妃，仍兼凤藻宫尚书事。并赐玉如意一支，金如意一柄，彩缎十六端，以志其喜。贾政听了感激，即遣王夫人随着自己入朝叩喜谢恩。又蒙赏赍甚厚。过一两日，随众赐了宴，到晚回府。

这年正值会试，二月初六日，贾茂点了会试正主考。罗廷伦回京，与贾茂走的甚近。前次所持水晶界方送还贾茂，辞之再四，贾茂不肯收，仍送给罗廷伦，为出海护身之宝。这年也点了房官。蔡念典、周巧姑爷皆点同考，闻副宪点了副主考。至亲厚友，同集一堂，阅文取士，甚是欢喜。等到揭晓，会元是江西人，拆号填榜，却是马云龙。把贾茂心中喜而诧异，便将在江西作学政时，马云龙曾经亲试其才，并随幕看卷子的事说了。“谁知今又在这回中了会元。这也有个天意么？”众人道：“真才必邀孤赏，非逢伯乐，谁空冀北之群，恐骥过太行，亦不过自吁长嘶耳。”贾茂道：“诸先生过誉了，然云龙之材，却是真的。只怕鼎甲还有分哩。”

出了场马云龙来拜房师，中在蔡念典房里。师生相得，自不必说。遂到荣国府来见贾茂。此时叶忠回了贾政，也放在门上。马云龙在幕中与叶忠是相熟的，见了即将手本传入，请在书房坐了。贾茂即出相会。二人最为相得，一见，马云龙就站在红毡上要行师生礼。贾茂拉住，说是旧宾主，何必拘此。云龙道：“门生一介孤寒，向承培植，得备宫墙。今蒙鉴赏，幸列门边桃李。区区之感，惟此一拜，稍舒知遇。”说毕，打一躬，就磕下头去。再四相让，到底受了两礼，马云龙方才起来侧坐。贾茂道：“太谦了。”便扶好椅子坐下。

贾茂问：“是那一科乡试高发的？”云龙道：“自老师钦召进京，门生承爱，荐在梅老先生幕内。初次乡试，荐而未售。梅老先生回京，门生又丁母忧。去秋服将满，托老师福荫，得中旧年本省乡试第六名举人。腊底到京，急欲晋谒，第恐先期一见，侥幸礼闱，易滋物议。所以每次逡巡，裹足不敢造次。乃蒙老师相马骊黄之外，褒然首选，知己得一。门生何幸遇之。尚望老师鉴宥。”

贾茂听了大喜，道：“贤契不惟才堪冠世，即品亦迥不犹人。将来所造未易量也。但不知蓝田之玉，曾致聘否？”云龙道：“门生服才阕，就获乡售，尚未有室。”贾茂道：“我却蓄意久矣，容日敬为执柯。再，殿试期迩，策条亦当预备。”云龙道：“老师教训得是。”遂打躬辞出。

芮光祖这科也中了，却在罗廷伦房里。来见大座师。旧日相好，贾茂破格优待，留吃便饭。说起当日作风筝诗的事来，已及二十余年。时光弹指，真是驹隙催人。光祖直到傍晚方始别去。

值仲妃弥月之期，贾政具折，进贡藏佛一尊，三镶如意九只，金玉铜瓷各器三九共二十七件。玉器中将那年周侯爷送的方朔献桃那个玉人、瓷器中把贾茂江西带来仿柴窑的瓷瓶及那盖碗，皆在贡内。恰好这三件皆赏收了。又藏佛及三镶九只如意，别样金玉铜瓷器内连前三件，共收九件。贾政又谢了恩，才回去。

到上房中，遇着史湘云来替王夫人请安，见桌盘内放着一个枣子，近前一瞧，认得是三山火枣。便问王夫人："此枣何来？"王夫人把贾茂避风在海岛内，遇一老者寄周侯爷的事说与湘云，又道："此老者说是当年的甄士隐，已受封成了仙。我这里正想不出，此枣何用远远寄来？"史湘云道："太太别看轻此物。这是仙人用的火枣，吃了延年，可成仙道。当用沆瀣水调而服之，则受益更大。"时值贾政走进房来，听了这话，便问史湘云："姑娘，你怎么认得？"史湘云道："侄女儿是在道书记得的。"贾政道："既这样珍贵，何不研了水，合家服之，岂不均益！"湘云道："老爷这句话便受福无穷。太太应当如此办。"王夫人便叫贵儿取碗水，研了半会，再研不开。贾政道："丫头们如何研得此物？何不请史姑娘一研，便就开了。"湘云听说，走到跟前，不知口里念些什么。只见那枣儿随水连核都碎了。却浓浓的研了一碗，湘云将这碗里的盛了二茶盅，给贾政、王夫人喝了。又取了两碗水，将来调匀，各处送一茶盅，并东府也送去。贾政夫妻喝了枣水，精神陡长，筋骨舒和，心中甚喜。湘云也喝一盅。剩的又调些水，给众丫头皆尝了尝。喝过的无不彻底清凉，别有境界，绝不饥渴。

到饭后，贾茂自朝回来，给贾政请了安，便说起这科会元马云龙"才品兼优，年纪又轻。孙儿欲替他提门亲事。"王夫人便道："你要提谁？"贾茂道："甄府绮姑娘跟前的二妹子端姑，已及笄了。意在此，不知太太以为可否？"贾政道："这倒罢了。"王夫人也说："好。你就到绮姑娘处提一提，成不成何碍。"

贾茂午后坐了车，到甄嘉言府中来，门上通报，嘉言赴席不在家，甄宝玉连忙接出，让到书房。说了会闲话。贾茂要到后边瞧李绮，因系至亲，就请到李绮卧房。贾茂替李绮请了安，李绮亦问贾政、王夫人安，并合家的好。坐下喝了盅茶，贾茂便向甄宝玉、李绮道："侄儿今日有件喜事？来替姑爷姑姑说。"李绮不等说完，就忙问道："有何喜事，敢劳贤侄亲来？"贾茂道："江西有一门生，尚未受室，欲求二表妹，以主蘋蘩。托侄儿代执斧柯，不知姑爷、姑姑台意允否。此事不便托人，侄儿所以亲来请示。"甄宝玉道："贵门生何姓？此时可在都中？"贾茂道："敝门生就是今科会元马云龙，人品才学实超等辈，而年纪亦与端表妹相当。先人亦是显宦，侄儿看来此事甚好，禀了老爷太太，皆以为可。仰候尊裁，不敢相强。"李绮道："这事不是一言定的。你姑爷须得禀知我家老爷，再覆命罢。"甄宝玉道："马会元是我见过的，人才实在出众。既是侄儿来说，咱就允了，再禀老爷，亦无不可。"想了想，又说道："你说的也是。这事我算允了，请过命，不过三两日，我亲来回覆。量无不妥的。"贾茂见甄宝玉允了此事，大喜。遂说道："侄儿再候姑爷的命就是了。"又坐了会，才辞去。到家回禀了贾政、王夫人，就发帖请马云龙即午小酌。

请帖才去，马云龙却有事来见贾茂，当即请在书房坐了。贾茂出来，行过礼，茶罢。云龙说："门生闻得今年殿试后，皇上要另考诗赋。老师可知有此信否？"贾茂道："这是向例。除鼎甲外，皆要朝考，以定引见馆选之才。有何可异？"云龙道："这就是了。门生当廷策后要另考诗赋才传胪哩。"贾茂道："你来得甚好。我有小酌，请贤契即午一叙。帖才送去，想未及见。你就在此说半日话，不必又去请了。"云龙道："老师赐饭，门生何敢辞。但教诲之余，常饫饮食，心中实有不安。"贾茂道："你又套了。"说着叫锄药："去请大少老爷来，同谈一谈。"不多时贾兰进了门，马云龙行过礼。

忽报"周巧姑爷来了。"说着已走入书房。云龙忙以师生之礼相见。大家叙位，周巧姑爷亲不僭友，转让云龙首座。云龙把椅拉偏些坐下，说了会殿试的话，酒就齐了。贾茂说："姑爷今日来得好，倒替弟兄们陪客。”周巧姑爷道：“好是好，但我今日要到闵侍郎处说句话。”贾兰道：“有何要事，不知可说得否?”周巧姑爷道：“昨在甄府，见李姑娘的二女儿端姑，仪容婉丽，诗赋优赡。我知闵侍郎有个儿子，品貌好而学问亦裕，意欲作一冰上人，是以先到闵府说明，再求甄府。”贾茂道：”这事姑爷不必去了。闵世兄已聘范学士的小姐，前月下过定，兄弟曾道过喜。说也徒然。”贾兰道：“既如此，自不必去。咱且饮酒。”林天锡、吴子豫就摆上碟子来，周巧姑爷只得坐下。大家评今论古，畅饮一番。吃了饭，才别去。

那天已起更了，谁知马云龙听了周巧姑爷的话，反侧河洲，一夜竟不能寐。次早亲来谢酒。见了贾茂，转求执柯。贾茂道：“我亦正有此意，容日再为覆命。”云龙见贾茂不肯推辞，心中甚喜。起身辞去。

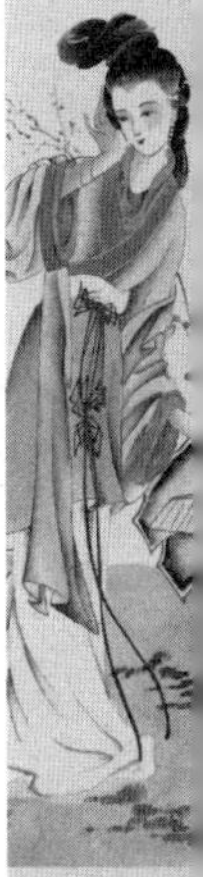

过了一天，甄宝玉请过贾茂到府，同李绮当面允了这头亲事。贾茂即到云龙下处，给了他信，叫他择日下定。云龙甚喜，谢了贾茂，备下定礼。刚要通柬，却值殿试期到。

这日天子临轩，发策下问，若无倚马之才，何有金门之选？日色交申，众士子纷纷递卷。这回贾茂派了读卷官，见马云龙的策对详明，书法端楷，就备在进呈十本数内。天子赏其书法，定了一甲第三。带领引见后，这日传胪，马云龙中了探花。贾茂亦喜，连甄宝玉也甚欢然。游街已罢，即求贾茂替下了定，通过柬，议定秋后迎亲，从此两家便成了姻眷。

芮光祖殿在二甲，朝考后用了部属，分在礼部额外主事上行走，签得了仪制司。又是贾茂属员，大有照应。马云龙授职编修，日在翰林衙门办事，也亏贾茂之力，派了三通馆修纂。到暇时便在贾茂书房谈些闲话，师生倍觉亲热。

再说贾政，自吃火枣后，须发变黑，筋骨甚壮。日在稻香村内，与庄上拨来的人灌园而外，兼理农务。这年麦子大熟，真是一穗双歧。贾政心中甚悦，请了闻副宪、闵侍郎来，同赏瑞麦。二人一见，大以为奇。贾政便就剪韭摘葵，烹雏鸡，煎鸽蛋，现把池内养的活鱼作来下酒。三人说得投机，盅到浑无宾主。饭毕，日已西下，贾政又烹了火前新茗，待候月上，再为小饮。不多时，月出东山之上，徘徊斗牛之间矣。贾政叫把畦内芸豆摘来作好，又将山子石畔樱桃采作一碟。摆上酒碟二十余样，内多山果水物，有不认得的。闵侍郎高兴，行了会令，把夫马皆打发回去，明早来接。说说笑笑，直到月影衔山，方撤家伙，就同在稻香村中睡了。吃过点心，各上轿到衙门办事。

那日全哥儿下了班，来瞧王夫人。时值贾茂退朝，彼此见了礼。贾茂对王夫人道："太太，三姑姑不久要到京了。"王夫人道："怎么说?"贾茂道："日发抄，三姑爷内升了兵部尚书，浙闽制台着广东霍将军调补了。廷寄去十数天才见传行，众方晓得。"全哥儿道："我们家还不知信哩。"王夫人差贵儿到稻香村禀了贾政。

当时贾政到上房，全哥儿请了安，听说探春回来，心中倒也欢喜，留全哥儿吃过饭，急回府去送信。那周侯爷早知道了。

再说贾政修浚稻地，在荷花深处挑淤，得了块断藕头，却是铁丝。贾琏拿到后边，宝钗忽然爱这截藕，便放在桌上。这是那贾政初开稻地，贾茂奉使未回的事。月娥堆雪美人后到宝钗房，知此藕头有些奇怪，便替宝钗要来，用心收起。及贾茂回来，认得是荷花池底的铁，受了日月精华，将气质变了，成此藕头，所以仍带铁丝。拿来交与史湘云，托他在丹炉，炼去凡汁，成其神伟。这事已将二载。

这日无事，因全哥儿去了，贾政仍往稻香村自理其业，便走到栊翠庵来与湘云谈谈。原来贾茂从饮太乙琼浆，便不甚饥渴，人间烟火几至不用。湘云道术已成，待时升举。二人各有出凡之想。见了贾茂，说："你今日来的好。那块藕头，被我用丹炉鼓铸，脱尽顽皮，铸成至物。虽未与干将比器，亦可鱼肠齐名。实是一件无价之珍，可仍交你，庶不厚命。"贾茂接了一看，光气腾举，不满七寸，色正神寒，真可削铁如泥，吹毛立断。贾茂抚摩一会，大喜道：“我姑姑鼎已丹成，实为可贺。这剑便名雪藕剑如何？”湘云道：“甚好。这剑将来侄儿大有用处。可叫侄妇用冰绡织绿皮鲛鞘，缀以珠宝，则名实称矣。”贾茂藏了此剑，坐下喝回茶。湘云问他海岛遇仙的事。说了回话，就归自己房去，见月娥，把这剑递与他瞧。那知一片寒光射目，并无藕头顽铁。月娥道：“可见人不学不知道，此物脱顽人圣，全亏了史姑姑丹炉煅炼。既吩咐我作绡鞘，敢不在此皮毛上暂作工夫？”便就日积月累，制成一把刀鞘，镶嵌珍珠异宝，十分精美。将此剑作了玉靶，插在鞘内，真是天然无异。挂之壁间，每至风清月朗时，为虎啸龙吟。贾茂心知其异，也自搁过一边。

倏忽秋初，马云龙忽备了吉书，亲自送来。贾茂一看，写着“八月初八日吉期迎娶”，便叫他备礼，同吉书下到甄府。这甄府备好妆奁，八月初头亦送过去。到了吉期，执事、彩轿、花炮、鼓乐，迎娶到第。女貌郎才，十分得意。这才是乾健坤顺，夫唱妇随，名教中自然乐地。

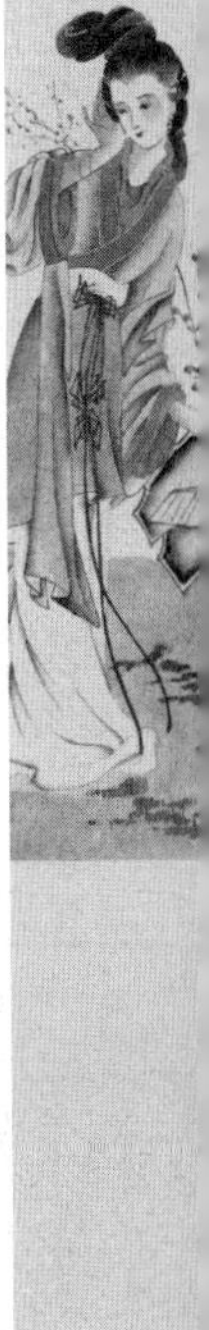

若尽似前部《红楼梦》所载金陵十二册中女子，全登苦趣，较之淑贞、小青，恨尤倍之。则是夫妇一伦，尽为天地间第一缺陷。极之潇湘仙子，不过把一生眼泪填还了神瑛侍者，将千古来大舜之诊衣鼓琴，周文之“河洲”“荇菜”，又何以为人伦之始，万化之原。虽寄慨无穷，然这个道理却亦偏楛不得，西方极乐海岸，罗刹一转境耳。如来三十六相，随心而异。续是编者所以于百两盈门，三星在户，每为之往复不置也。

马云龙感激贾茂替他成全此事，谢亲甄府后，即亲到贾茂这边来致谢。适值贾兰、贾茂皆上衙门有事，与贾琏说了会话，就别去。择了一日，备帖请了贾兰兄弟及各位至亲一会，并谢各处送礼之情。连关姨丈、薛连襟一并请到。这日直饮至日落方散。寒士金榜题名，洞房花烛，亦可谓极人生之一乐矣。

王夫人近来年纪过高，亲友喜庆一切应酬，皆是李纨、宝钗、平儿等量为往还。这日,李纨、宝钗从马宅中回来,替王夫人请过安,正说其事。忽报:“三姑娘到门,已下车了。”王夫人听说探春回家,心中一喜,带着李纨妯娌,迎将出来。刚到院门,只见全哥儿跟着,探春已进院了。王夫人一见,用手拉住,连忙问好,就淌下泪来。探姑娘急忙请安,眼圈一红,情亦不能自禁。全哥儿请了安。将到堂门,贾政得信,也到房来见了。请过安,贾政便问道:“我算着日子,汝得明春才到京哩。怎么这八月内,你就到了?”探春道:“孩儿想家甚切,常形梦寐。进京瞧瞧,专为老爷太太前请一请安。半路中才知他升了兵部尚书,到省却一番冷天跋涉。”王夫人说:“这倒好。我说你怎就来的这么快!”

进了上房,要替二位大人行礼。贾政、王夫人皆拉着了。众姊妹皆见过,两个侄儿媳妇及侄孙辈都磕过头,请了安。坐在炕上,将别后的事,只说了半日,尚不及十分之一二。吃过饭,又到李纨、宝钗、平儿处瞧了瞧。就说:“我昨日才到京,须得回去方好。容改日再多住几时,可使得?”贾政道:“很是。你吃了晚饭再回去。过几日,我去接你就是了。”众丫鬟来磕头,林管家带着众家人来请安。管家娘子领着许多家人媳妇也见过。贾琏才来问过好。说了回话。探姑娘又到薛府去望了望,回来就吃晚饭。

贾茂因在上书房行走,今该值日上班,不得回来。贾兰有人请去,不在家,皆未见着。傍晚点起兵部正堂灯笼,才回宅去。

忽然奉旨,赏了多少东西,传入荣国府来。不知何事被赏,且听下回分解。

第三十四回　山吏部竹林内七贤
白司马香山中九老

话说贾茂自暹罗回朝，虽升礼部尚书，然仍在上书房行走。时值秋半，霁景澄清。天颜甚悦，王、谢二位中堂，同着值日的吏部尚书赵大人、兼办红本差事，礼部尚书贾茂，这日亲承顾问，赏赐茶果，及上书房办事的翰詹，皆有赐食。正闲议间，皇上忽然想起郝中堂来，说："郝伦尚未销假吗？"谢中堂奏说："病今未痊。"皇上说："既如此，就叫他回籍调理也好。"王中堂道："这是圣上隆恩。"说着，便又想起那年间人参诗的事来，因说道："郝伦办事，倒还使得，怎么连首人参诗就不记得？"便问贾茂道："你素日算读书的，可记得唐人曾有人参诗否？"贾茂忙跪下奏道："臣也记不多，只记《唐诗纪事》有段成式《求人参诗》。"皇上又问："你可背得出？"贾茂道："记得。"皇上便命他起来，给他纸笔，叫他录出呈览。贾茂便据案写道：

少赋令才扰强作，众医多失不能呼。
九茎仙草真难得，玉叶灵相许惠无。

圣上见了大喜道："卿可谓清学强记矣。"又问古人中还有赋过的没有？贾茂又奏道："周繇遗柯古人参诗。"又命其录览。只见他写道：

人形上品传方悉，我得真英自紫团。

惭非叔子空持药，更请伯言当细看。

圣上览毕，喜动龙颜。道：“曼倩多闻，茂先博物，不过如是。真所谓宰相须用读书人也。”从此便有大用之意了。因而问及贾政行藏，贾茂奏道：“步履康健，皆托皇上福庇。”当令赵红本传旨，赏了贾政佛手香橼、木瓜、金橘各一捧盒，马乳葡萄，海榴、苹果、波梨各一桶。命小太监转赐贾政，嘉其义方之教。贾茂先磕头谢了恩，因该班不敢擅离。荣府报有旨意赏了许多东西。就是这个恩典。

贾政接过旨，收了各物，厚款小内侍，送了一副重礼。那小内侍欢喜回去覆旨。贾政将赏了东西先供宗祠，后才各屋分尝，以昭君贶。及至贾茂下班回来，方知这些缘故。

这年稻收十分，贾政在稻香书房新醅初熟，又是鸡肥蟹壮之时，便想要与诸友结一会，远追竹林七贤的故事。便写了短笺，着七十四、连辉分头送去。闵侍郎先到，周侯爷、甄嘉言一同进门，恰遇梅侍郎也走入来。梅友福此时已补了户部右堂。众人直到稻香村，分礼而坐。贾政道：“怎么闻兄还不见来？”闵侍郎道：“听说他衙门有奉旨会议的事哩。”忽见林之孝手持名帖，禀道：“那年湖南抚台田大人，新从广抚调了陕西，来京陛见，来拜老爷。可见不见？”梅侍郎道：“这是旧交，岂有不见之理？”贾政便叫贾兰：“先在书房陪着，我就出去一会。”便穿着野人服履，前到书房来会。

此时贾兰正陪着田抚军闲谈，七十四掀开帘子，贾政走入。田抚台连忙站起迎将出来，说是：“久别了。”贾政道：“弟亦甚阔想。年先生何由得入都来？”便就作下揖去。田抚台也忙着行礼，说道：“我兄王侯不事，渐逵用仪。弟辈视之，何啻霄壤。小弟由广东调了陕西，来京陛见，不一叩谒，何能稍伸积阔。今亲杖履，实慰弟心。但烦起居一番酬应，又甚不安耳。”贾政道：“我兄过套了。请吃茶。到弟稻香村去，有许多旧朋友皆在那里哩。”田抚台道：“既如此，咱何不到那边再喝茶？”遂站起身来。

贾政就叫连辉引路，刚到稻香村的院门，闻副宪也从外走到。

大家作个揖，便同到稻香村来。众人听说田抚台到后边来，也就迎了上去。内惟周侯爷、甄边海不甚认得。贾政通了名姓，同走进屋去。作过揖，大家坐下。闵侍郎道："闻老先生今日如何来得这般迟？"闻副宪道："有件会议的事，遂爽高人之约，这便是俗。"贾政道："出处一致，用舍无间，闻老兄如何又执在一边发论了。"众人齐说道："好高论！较之晋人空谈其'将毋同'者相去如何？"闻副宪道："今日恰好田大人枉驾，真是竹林七逸了。咱们皆不许落其旧窠，流入挥麈俗态，并说那齐彭殇一生死那些习谈，另开生面，为山巨源洗出匡庐真境。我来迟了，陡胆发此严令，不知诸位兄翁老先生可能从否？"闵侍郎道："甚好。但用何题作个谈柄？"周侯爷道："有的很。如今重九时候，蟹壮鸡肥，只此二物，每人说他的故事，以下酒。仿之《汉书》多矣。"众皆鼓掌，大赞道："侯爷此议，妙极而无以复加了。"

贾政便叫看酒，七十四端出碟子，连辉带着三四个小孩子，将碟子摆好。众皆序齿坐下，斟了酒，贾政道："咱可忘形，互为宾主，不可过拘，拘便罚一盅。"众人说好。大家对着秋光，开怀畅饮。上了一样蟹黄配着青白花鲫作的，甚是得味，群相赞美。

梅侍郎道："我非独敢于犯令，但说过后便可不介意了。田大人是作过上司的，说笑时须破格相体，才敢恣意纵谈。"田抚台道："快拿酒来！先替梅兄敬一盅再讲。"周侯爷道："这是该的。"便命人斟一盅酒递与，梅侍郎只得干了。便道："我小弟饮过此酒，便可不拘了。先说个螃蟹故事，以侑诸君之饮。"

波斯国中人，泛海得宝，欢然而归。随风挂帆，正走间，遥见岸上有赤物如蛇，久之渐大。波斯人曰："此山神惜宝来逐也，可奈何？忽又见两山从海中出，舟中皆喜，道：'此大蟹螯也。其蟹好与山神斗，神常畏之。今出则无虞矣。'未几，蟹横海上，山神果匿迹而去。船遂得济。"

贾政道："你这典故说得好。我把他的名目一一叙来，也算典实,不知可否?蟹之为物,一腹金相玉质,两螯明月清风。雌号博带,雄名鲏鲃鲃,这是人所共知的;然其种类,则十有二焉。文登吕公亢,曾命工人作图,一曰蝤蛑;二曰拨掉子;三曰拥剑;四曰蟛蜞;五曰渴朴;六曰沙拘;七曰望潮;八日倚望;九曰石蜠;十曰蜂汪;十一曰芦虎;十二曰蟛蜞。"

闵侍郎道:"好博核!亏老先生如何记来。当各饮一盅以起兴。"因说道:"我要说个鸡的事,可配过这蟛蜞。不过鸡有五德,田饶尝言之鲁哀公矣。头带冠,文也;足搏距,武也;见敌敢斗,勇也;遇食相呼,仁也;守夜而不失时,信也。独是天下有尽者才智,而浑于无言者,则更异。纪渚子为周宣王养斗鸡,十日问之:'鸡可斗乎?'曰:'未也。方虚娇而恃气。'十日,又问之,曰:'未也。犹疾视而胜气。'再十日,又问之,曰:'几矣。鸡虽有鸣者,已无变矣。'望之似木鸡然,即异鸡见之皆走,无敢敌者。"甄安抚道:"如此则鸡窗又何有言乎?晋兖州刺史宋处宗,得一长鸣鸡,爱养甚至。所栖之笼置诸窗间。遂作人言,尝与宋处宗谈论,终日不辍。处宗称为'鸡友'。"

田抚台道:"我也有个蟹的故事,却资笑柄,且把司马长卿作引子。成都王吉,梦一蟛蜞在都亭,作人语曰:'我翼日到此。'王吉候之,司马长卿果明日至。吉曰:'此人文章当横行一世。'我说可笑的不是此事。蔡谟食蟛蜞,既吐而下,委顿不支,方知非蟹。谢方曰:'卿读《尔雅》不熟,几为勤学所误。'此真堪喷饭矣。"众皆大笑。

周侯爷道:"这个可笑吗?还有更可笑哩。卢纯性爱食蟹,尝以蟹肉为一品膏。每曰:'四方之味,当推含黄伯为最。无以复加矣。'后因食蟹,二螯夹其舌,因戏以为'夹舌虫'。"众愈哄然。

闻副宪道:"《玄中记》所载'东南都山上有大树,名曰桃都,其枝相去三千里,上有天鸡。日初出,照海水,天鸡即鸣,天下鸡皆随之鸣。'这话未可尽信。不如《闻见录》所称:仁宗内宴,有新蟹一品二十八枚,帝问:'一枚可值几钱?'左右对:'值一千。'帝曰:'一下箸须钱二十八千，吾不忍也。’置而不食。”

贾政道：“说了这半日《汉书》，亦当下以浊酒。”因吩咐遍斟上酒，又饮了数巡，就撤去碟子，端上菜来。大家说说笑笑，吃过饭，烹了一壶佳茗。喝完，那天就已晚了。田抚台先辞去，后皆陆续而散。惟闵侍郎、闻副宪二人仍在稻香村宿了。次早才上朝去。

倏忽十月初间，礼部奏派贾兰祭河，又奉旨钦派贾茂西祭华岳，祗备藏香，六臣亲赍致祭。其余应备祀礼，该省督抚敕派地方官伺候。各钦差明春二月，钦天监诹吉出京。

到了腊初，周廷伦进京复命，面过圣，到家见了侯爷，甚是欢喜。又见全哥儿体格不凡，媳妇儿又甚端雅贤淑，心中甚慰。

次日来拜贾政，先见了王夫人，才从稻香村将贾政请来。岳婿数年不见，周廷伦行了礼，请过安，贾政执手问好，让坐。贵儿端上茶来，喝着茶，贾政问了这些年别后事体，及前日贾茂带的信，并向日托的梅调鼐近日可得何缺。周姑爷道：“梅公已补了汀漳巡道，难道京中不知道吗？”贾政道：“我自解组后，朝事不知。习于农业，所以我不知道。再端木楷兄可也升转否？”周姑爷道：“他已升了浙江臬司，作官却甚方正。还有府上一位门客，姓苏名遇的，从直隶巡司，今已得了金华县知县，其人亦颇去得，前程亦不可限量。贾政听了甚喜，留周姑爷吃便饭。所有送来人事，王夫人亦皆收了。贾琏会过。不多时，贾兰、贾茂先后回来，皆见了。贾茂深致在浙之情，周姑爷并说：“数载思念，娓娓不尽。”吃毕饭，周廷伦又到薛宅拜了，才拜别的亲友而回。

贾政摆接风酒，连探姑娘也接回来，一连宴饮了数日酒，把数年远别的忆念，稍为宽解。

那日林管家忽禀说：“褚先生来拜。”贾政知是褚小松，连忙叫：“请到稻香书屋相见”。褚小松走到大观园来，见花竹依然，风景更甚。转过小桥，却非当日布置。数湾流水，一径柴门，大有田间野趣。及至门前，贾政早已迎出。褚小松连忙上前打躬问候。贾政亦施礼相让。到房坐下，褚小松看贾政精神健旺，须发转黑，较往日倒少相了许多。贾政细瞧褚小松，谈吐如昔，衣冠仍旧，而其仪貌则如《桑寄生传》所载，皤然一白头翁也。别未数年，遽然如此，直可感叹。因把别后行藏，细细谈了一会。便差人给了周姑爷信，留褚师爷在稻香村住几日，二人最是相得。小松便将西湖名胜及闽中多少古迹，如九夷诸峰、海屿台湾各处原委、形势山川，及其秀峻。褚小松又善于敷陈，说来终日不倦，贾政着实解颐。兼把周制台安边恤民、摘奸剔弊的政事说了。真是山阴道上，应接不暇。

不知不觉过了年，就到二月初间。贾兰、贾茂奉命在御库领了名香，从祭官派定了执事，贾兰带着李贵、吴子豫、林天锡等家人，先一日起身。贾茂带着包勇、叶忠、锄药，随后也出京，由山西蒲州，出潼关，向陕西华阴而去。这是后事。

再说贾政，在稻香村中，一日见春光明媚，天气融和。想起去秋朋好聚会，心中欲邀诸友，再乐一天。适值贾茂门人钟离学士的父亲钟离老者来拜。贾政久知钟离老者是个行善有意思的人，便着门上请到稻香村中一会。二人相见，谈了回话，甚是相得，便也留在府中住了，愈觉投契。遂想约各位老友来，彼此认识，也好相见。便嘱褚小松写了寸柬，去请众人。其略云：

日照风柔，序入上巳矣。

诘旦备小榼，扫苔痕，在敝园内以草色为茵褥，鸟声比管弦，花枝当酒筹，二三知我，剧饮狂歌，醉则风浴祓除，倘亦兰亭之趣乎。谨启。

田抚台陛见时，改补了工部右侍郎，因在京，也就请了。第一个就是田工侍先到。会中诸友陆续皆到，梅侍郎与褚小松作过宾主，周侯爷更不必说。其余闵侍郎外，贾政一一说明。至钟离老者，惟闵侍郎尚知其素履，余皆逐个行过礼。贾政复将其平日喜行善事及青田护救鹤子的事，细细说了。并说最善丹青，几与石田、云林争价。大家皆仰其高，又赞其义，都有起敬的意思。梅侍郎

道："咱这会不同去秋的七逸了，如今屈指算来，可与香山九老相颉颃。今日不必远步兰亭，即以香山名会，继乐天之后尘。未知可否？"闵侍郎道："妙极！"众人皆以为是。

茶罢，七十四等即端出早饭来，春盘春趣，色色可人。诸位吃了早饭，便商量要各寻乐事。贾政道："我今出个主意，就烦钟离公设色，褚先生点缀景物，周敝亲家素耽藻绘，同执其事。即以梅敝亲家所议'香山九老'，将我等九人各乐其乐画成一图，留为后来佳话。诸老先生以为何如？"诸人齐声都说道："这事真个雅人有深致矣！不必再议，就是如此。"

钟离老者本自带来笔墨，周侯爷着人回取应用的物事，褚小松更是诸般现成。贾政吩咐取了画纸及调治颜料的乳钵、水铫、火炉等件，就叫三人的小厮，动手整理诸物。钟离老者立稿定局，褚小松同周侯爷研绿漉黄，擷丹调粉，便各去忙着绘画。

闻副宪道："他们这画不能一时就有，我们也当自乐其乐才好。"贾政先叫人备了春盒数付，或茶或酒，随意自适。听了闻副宪的话，便道："有理。"即着七十四取过壶来，将箭放下，有爱投的就投。又把大棋取来，摆在一棵大柳树下，铺了红毡。更备双陆一局，以随其便。当下梅侍郎与贾政着棋，田侍郎观局。闵侍郎与闻副宪、甄边海投起壶来。闵侍郎连赢了数盅。闻与甄公便打起双陆，闵在旁为之喝盆。田侍郎看回棋，忽斟盅茶，倚着松树闲瞧波内游鳞，便邀闵来同看。闻副宪忽吩咐斟盅酒来，连辉连忙送上，便替甄公也斟一盅。二人喝毕酒，又打双陆。田与闵却投起壶来，又是闵侍郎赢了。贾政一局棋也完了，便同梅侍郎过来投壶。梅侍郎连赢数次。

闵侍郎忽叫："取钓竿来，我要作个渔翁，钓尾金鳞侑酒。"七十四忙取钓竿，甄、闻二公双陆也打完了，大伙围着闵公，瞧其临池钓鱼取乐。待好一会，钓着一尾。闵侍郎举起竿来，用手拿住，巨口细鳞，状若松鲈。心中大悦，拿着鱼只是笑。七十四上前接了。贾政道："你送厨房，叫他们加意作来，我们下酒。这是天赐的，可托闵老先生之福。"闵侍郎连说："不敢！"然自家却甚得意。

梅侍郎叫："取笛子来，我吹一曲，与诸公解一解春困，可好？"闻副宪道："这举更高。"小厮取过笛子，梅侍郎吹了一只《折柳》，音韵疏朗，气体圆和。褚小松忙走出道："老先生的笛子，较往日吹得更高了。我们这幅《九老图》大局已定，可请一观，再为设色。"众人听说，皆走到正厅上来。只见周侯爷、钟离老者正在那里调颜色哩。

大家将图展看，是个手卷样子。围着同看，从稻香村正厅七间画起，各处棕亭茅舍，以及配房团瓢，所有的竹树山石，小溪板桥，凡园中的景物，无不备具。正厅内设着壶，田闻二位投箭取乐。桌上列着春盘，两个童子端着酒壶、酒盅，靠着桌伺候。西边屋内支着纱窗，褚小松在内解衣磅礴，不是题诗便是画画的意境，有一小童捧茶伺侧。花竹深处，数株柳荫，映着一座松亭，中设楸枰，贾政与甄嘉言对局，贾政手举棋子，宛然神肖，二童两旁站立，周侯爷拿一盅茶，坐在旁边观奕。临溪茅草团瓢，钟离据案鼓琴，一炉好香，袅袅欲动。梅友福靠栏而坐，旁一披发童子，捧着一只玉笛。小桥阴畔，站着闵侍郎，垂竿钓鱼。梅侍郎像一面听琴，一面看着垂钓光景。九老皆照其仪容举动，不错分毫。笔夺化工，几至添毫欲活。外边酒炉，红炭鼎沸，松阴茶灶清烟，鹤盘云里。稻香村竹篱外，牧童驱犊，作息田间。末后一片烟霞，内藏着大观园无数楼阁。一角远山，殊饶胜致。其最异者，九老的衣襟褶缝，须发黑白，无一不曲肖写生。更喜桑阴远处，布谷低飞，柳影枝头，黄鹂鼓翅。

众人看了，同声喝彩。其中设色，尚有数处稍待润色。贾政说："三位过劳了。请喝盅酒，容改日再点缀罢。"便吩咐七十四摆碟子，叫诸童子烫酒。连辉忙将画图卷起收好，调开桌子，摆了两席。斟上酒，大家都要圆席，一团坐了，把两席转叫撤去。吃了两巡，端上那尾新钓的鱼来，又新鲜，作得更得味。大家就吃完了这尾鱼。褚小松道："我是托你这闵老先生之福，却不止此一味。我该敬一盅，在此处，我算半东哩。"因执起壶来，合席敬了一盅。闵侍郎道："褚兄你托熟，这又是我旧东哩。我也回敬一盅。"当下也斟了一巡。众人才要回敬，贾政拦住道："如此纷纷酬酢，转不胜其劳了。待小弟替诸位公敬一盅，便通有了。咱们好说说笑笑消此春昼。"诸人皆说声："好。"遂皆坐下，开怀畅饮。

天交未末，撤去酒碟，摆上碗菜，吃了饭，就掌灯了。那时惠风款人，新月微窥。喝完茶，大家着实快乐。梅侍郎道："画图中钟离公独坐弹琴，必定工于此事了。"钟离老者道："我学生素性爱琴，却不会弹。随手画上，何容介意。"周侯爷道："既性之所好，无有不工的。"因向贾政道："何不取出琴来，请钟离先生一弹再鼓，岂不更有深趣？"贾政道："好。"就叫七十四到后边，取出珍藏的断纹古琴。钟离一见，认得是古琴，连忙接去，爱玩而不释手。闵侍郎道："钟离先生指法必是高妙，不必听其曲调，即观此一段抚琴赏玩的意思，不是识者，何能及此？"甄嘉言道："闵老先生之言甚是。"

贾政便叫爇起金炉名香，抬一石桌，铺上红毡。钟离老者将琴放在桌上，重又净手，嗽过口，定了定性。才调了弦，弹一曲《水仙引》。音节和平，手指超脱。大家听完，心爽气逸，无不赞好。贾政叫小厮烹壶好茶，用盖盅沏了，着小茶盘，每人送了一盅。笑着说道："借此鸦山，为焦尾君稍壮气骨。"闵侍郎道："谢家幽赏，非这满碗松花，亦无以涤尘襟而风两腋。"梅友福道："高山流水，火后雨前，非寄情于淡者，谁能喻此？"众人齐谈论着，便同走出庭来，闲玩新月。

正要抬出琴案，听钟离老者对月再操一曲，忽见林之孝进来禀道："闵老爷今晚膳牌子后，奉旨升了工部尚书了。有管家赵士佑在外禀事道喜哩。"贾政大笑道："大喜。这就是闵先生得鱼的先兆。"正要叫进赵士佑问话，又听门外一片声嚷，七十四说："这是伙报喜的。"林之孝急忙走出打听。未知又属何事，且听下回分解。

第三十五回　西岳进香收虎怪
南郊直夜制猿精

话说林管家走出稻香村的园门，就遇新派回事吴新登行来说道："咱家兰大少爷升了户部右侍郎了。大爷可进去回一声，且该同磕老爷的头吗?"林管家道："磕头道喜，当明日同着伙伴儿请示，这事你就进去禀罢。我要叫赵士佑去哩。"说着，就出去了。吴新登向在门上办过事，因有事到南边，回来便管了庄子几年，这时包勇、李贵皆派外差，随又在门上，派他帮林管家回话。当下走人园来，见众老爷们都站在院中，替闵尚书贺喜，要喜酒吃。吴新登见了贾政，就先磕下头去道喜。贾政便问："何事?"吴新登道："兰大少爷升了户部右侍郎，才奉旨的，有军机处人在外报喜。"众人听说，同走来替贾政作揖致贺。梅侍郎道："这个酒先喝我们亲家的。过一日再替闵表弟要才好。"诸人齐声说是。贾政先吩咐吴新登："禀汝琏二爷，开发报子。"并叫七十四重摆酒碟，先吃一盅喜酒。

恰好林之孝领赵士佑进来，替贾政及各位老爷请了安，才替他主人闵尚书磕头，起来禀道："今日晚膳牌子后，奉旨：老爷升了工部尚书，户部杨大人调了老爷之缺，贾大少老爷升补户部右侍郎，山西藩司董大人补了阁学。皆是一道上谕。"贾政听完，便叫林管家领赵管家到外边去，可吃盅喜酒。林之孝答应道："是。"便同赵士佑出去了。

众人走进厅来,重整杯斝,畅饮一番。那天已交二鼓,才起席辞了回去。贾政着人留下栅栏,众人辞住。贾政便叫贾琏送众人出大门,纷纷上轿而别。

不言贾兰祭河之事。且说贾茂奉命祀岳,临起身时,月娥把雪藕剑用蜀锦作了套,将鲛绡鞘装好,嘱贾茂佩在身边,并通灵宝玉带在里衣大襟上,以为护身之宝。

贾茂出了京,到山西界。西抚早差官办备迎候钦差。董藩司另派家人持书问候,送了许多下程,自己奉抚台委在蒲州等候。贾茂覆了书,先谢了。不几日,就到蒲州,一路在驿馆中听说,泽潞一带,近有虎甚伤人,不得其详。这日,董绳武接着,在大棚内先请圣安后才行礼。不及细叙别情,就坐轿到公馆来。一同进公馆坐了,说会国是。董藩司便问贾政、王夫人近日起居,及京中亲友应问的事。贾茂皆逐一说了。就在公馆留下董藩司便饭。说起家事,得知喜姑添了两位表弟,大的名叫董春荟,次的名叫董春蔚,已皆上学了。心中甚喜。

饭后,因说起虎的事情,董藩司道:"这虎有两件奇事,待我说来。一件是泽州府阳城县,有一处士马极,与山人马琳相会于半山之精舍,见一老僧,古貌庞眉,体甚魁梧,举止殊亦朴野。见极来甚喜。琳稍落后,老僧即倩极之仆,持钱往山下,市办盐酪。俄亦不知僧之所向。马琳继至,云在路见一虎,食一仆。食讫,脱斑衣,而衣禅衲。潜而视之,乃一老僧。极细诘其服色,乃是其仆,大惧。未几而老僧归,琳谓极曰:'食仆之虎,即此僧也。'极视僧之口吻,殷然尚有余血。二人惧甚,脱身而逃。日已薄暮,遇一猎者,张机道旁,救之得免。

又潞安府长子县,有一崔姓名韬者,山中探亲,夜宿孤馆。忽见虎皮一张,在阶下深草中。遂举而投之于井。夜半,一美妇人也来馆内,似寻物而不得的光景。韬年少不自持,以言挑之,遂成夫妇。携之以归。年余,孳生二子,琴瑟甚笃。又一日,同妻子仍探此亲,再经孤馆。因话旧事,韬无意将匿井之虎皮说出,妇佯为不信,令其取出。妇得之,喜动颜色,遂披于身,复变为虎,负了二子,咆哮一声,蹿山跳涧而去。这两日,解州一带,累次伤人,大为民患。猎户刘熊,在山神庙曾见山神训诫诸虎。中一黑者,异于常虎,回说:'我等奉金帝命,应数才来此地的。'这话是潞安知府亲自禀我。或者此事亦未可定?我想西岳正是金帝,倘进香时,虔诚致祷,为民请命,免了此数。府之害未始非使者之责,不知尊意如何?"贾茂道:"侄儿领命,并作祭文一祷,或托圣上钦命之福,得免虎害。亦是地方厚幸。"在蒲州住了一夜,出潼关,别了董藩司。就有陕抚差官伺候。

不日来到华阴县。在公馆中宿了,沐浴毕,在岳庙行了香,完过奉命祭望之事。贾茂又洁了身体,备写表文,将泽、潞、蒲州、平阳一带虎患,虔诚致祝,焚了表文。那夜冷风飒飒,寒雾森森。一连三宿,皆是如此。贾茂瞻礼华峰,在仙人掌、玉女盆各胜处,无不游瞩。欲求陈抟卧处,则山川如旧,寺院维新,无可稽矣。老子系青牛,犹存古树,奈关门令尹,既非其地,而人已仙去,也只存而不论,便可会其意了。贾茂完毕祭典,当即束装回京复命。进了潼关,仍到蒲州。

说董藩司升了阁学,已起身两日了。接见潞州、蒲州二知府,问及虎事,皆说:"自大人去后,忽一夜,阴风冷焰。到了次日,各处之虎皆不知其去向。连日地方平静,人民无不欣戴。即那化虎的老僧、女子,通不见了。亦是一大奇事。"贾茂深感岳帝之德,并不说破。便起身向帝都来。

从古深山大泽,多藏怪异。北平自建都后,百神呵护,祓除不祥,将这些魍魉魑魅,诸已驱逐潜踪。然又有一种怪而非怪、精灵特著者,却亦不在此数。如各城门楼上,时有灵物为窟宅,此其征也。居庸靠西北大山内,年来出一奇事,往往珍宝及美妇人,不见形迹,皆被他用术摄去。远见一匹白练,倏忽去来,虽匿之密室,多人防守,总无用处。闾阎受扰害者,不止一家。但从不入城里,惟在近畿地方，时有摄取。京东有座丫髻山，二月内香火最盛，宛平一富翁，因病，其妻子许一香愿，结了会，随众进香。到山下住了店，那店家见这人生得十分美貌，因向会头说："我们这里连年出一神物，专会摄人，女而美者，尤所难免。你是会头，务要小心，莫谓我言之不早。"话固说了，会头也不在意。及进了香，仍回店中住宿。这夜门户不动，到天明，不见了这富室的美妻子。大家惊异，店家说："不必混猜，定是神物摄去了。"那富翁着实有钱，差数十人，赍粮分头去访。直到密云县西山腰内，丛薪上得其妻的绣履一只，便也无处寻访消息了。这犹是不见其迹的事。

更有一件，有一珍珠客，带了多少奇珍之货，适值暴雨，赶不上宿头，就在一所古花园内暂避。两位客人，尚有跟随及脚夫人等约十数人，手内颇会些武艺。那雨越大，就在这园内宿了。那知天交夜半，雨过云开，现出一轮皓月，照着园亭，颇甚幽雅。其中多有睡熟的。有一客，系少年选事，乘着月色，步出亭外。顺着花柳，度过小桥。忽见一丛竹林内，露出楼角，颇闻女子笑话。心中误谓系人闺阁，不敢径入。正要转步，忽一小鬟，手持纱灯进前，笑吟吟的道："侬家姓袁，旅居于此。我姑娘待字有年，曾遇仙人，算定今夕当与石季伦相遇。不识官人何由到此？"那少年见这小鬟风姿绰约，已不自持，又听其出语，如新莺呖呖，更觉迷惑失次。因答道："我就姓石，现作些菲薄生意。虽不敢比季伦，然金谷之园，家内却也不逊。"那小鬟听了，大喜道："如此，官人少待。容我禀过小姐，再来覆命。"这少年闻言，以为得了奇遇，连声答应。那小鬟便拿着纱灯，向竹丛深处去了。

不一刻，先见小鬟换一绛色衫子，仍打纱灯。又添了一绿衫子小鬟，亦执纱灯，其色更媚。走进前道："姑娘有命，着请官人到楼会面，要问果是石季伦，便以终身相托。"那少年素负才貌，又系珍宝客人，不觉莞尔笑道："这却无妨细考。我就随你进去。"两个丫鬟执灯前导，转过竹荫，便见数间小楼当路。又有一对小鬟，执手罩琉璃烛台相候。

那少年恍如身在天台仙境，上楼举目，只见四个丫鬟簇拥着一位小姐，靠桌而立，脸若朝霞，眉如新月，秾纤合度，修短得宜。穿一件藕色春衫，疑是鲛人手制。艳丽容光，目所未睹。那少年不由的屈身作了一揖，说道："小子何福，得履仙境。尊婢传命，有话面谕，即望小姐赐教，实为三生有幸。"这女子羞涩半晌，方才说道："睹子丰范，果是不凡。但不知可与石季伦相颉颃否？释我之疑，我另有话相商。"那少年为色所移，口噤几不能语。定神片刻，方才答道："我不知季伦是何光景。若以财论，我家内田连阡陌，颇称少有。这也不算，现在前边珍货，已难亿计。至于吟咏之才，尤为素所娴习。在小姐前，何敢支饰呢？"这女子听了这话，便说："我有一对，若对得来，我方信及。"少年道："愿闻。"女子道："我这对是个俗话，可别要笑。"因说道："柏名浑不似。"少年不假思索，即对成一句，道："银成没奈何。"女子大喜，赞道："真季伦也！"举手让座，便叫小鬟送茶。

喝过茶，就命摆酒，像似预备下的。绿衫小鬟便从橱中端出二十四碟干鲜及冷荤的酒碟来，绛衫小鬟接了，放在桌上。其余小鬟斟上酒来。这女子捧一盅，亲自送席。少年不知作何应酬，忙也回敬了。才坐下消饮。女子道："天气尚寒，可进些暖酒，以消清夜。"二人话甚投机，饮了两巡，便问起女子家世来。女子答道："奴家姓袁，世为指挥之职。先人袁鸿绪亡后，家遂南还闽地。近有事，同表兄侯士毅到都望亲，又值彼升外任。表兄有事，不能即还，暂借姨家独孤氏之园居停，数日就要起身。今忽与君邂逅，真是天缘。不嫌妾陋，愿侍巾栉。不识允否？腆颜自荐，君其谅之。"少年喜不自胜，便摘身边所佩玉蜻蜓来，说道："此物虽菲，乃系世宝，请以为聘。"女子用手接过。拔头上玳瑁簪为回仪。少年收了，藏在兜肚。

又饮一巡，女子道："奴非不信，但前边置货，可容见否？"少年正欲卖弄多财，好与锦帐珊瑚争富。便站起来道："很使得。"就往楼梯走下。那小姐仍叫前二鬟执纱灯前导，到了前厅，将进门时，小姐把袖拂了一拂，掩面而入。少年见那伙人酣睡不醒，便引小姐到货垛前，指与他看。这货本是四个垛子，一个金珠的在内屋，这三个亦系珠宝，就放在外边。那小姐把三个垛子用手掂了掂，说："果是珍奇。夜已深了，咱到后边楼上稍叙，莫负良时。"少年乐极，遂跟到楼上。重斟佳酿，坐了再饮。这酒不似先前了，饮得两盅便觉头晕，不能自主，扶在桌上，就睡着了。

天明，前头客人不见少年，心中大惊。到处找寻，至到竹后太湖石边，见那少年靠着湖石而睡。叫了半晌，用水沃面，才醒过来。睁眼一看，不见美人，只见同来客人，带着跟随，站在面前。那少年不肯实言，只说游玩到此，坐在石上，贪看月色，睡着了。众人信其言，亦不深问。便忙忙搭起垛子，上了牲口。即进城来。

到了店内，打开行李，除在里间一垛金珠如旧，那三垛子珠宝，包封未动，凡成样值钱的，皆不见了。众人吓一大跳。少年才把所遇美人的事说了一遍。老掌柜道："这是遇着神物摄去了。幸而所存金珠，变换不至亏本。这为不幸中之大幸。"那少年赧然低头，不敢言语。如此类者，事难枚举。暂且不在话下。

再说贾兰祭河，驰驿到了清江。制台到江西阅兵去了。移会江苏曹抚院接旨，专办其事。曹紫庭到淮后，贾兰才到。曹抚院请过圣安，与贾兰细述家务。到了祭河这日，贾兰斋戒，进了御香，诚心致祭。说也奇怪，那黄河从河南至海口数千里，一时澄清。真是圣人有道，山川效灵。曹抚台便具折奏闻，奉旨赐了御香，并亲书宸翰匾对，着抚院致敬悬挂，以昭神佑，曹抚台遵旨办理。

贾兰完了事，便起身回都。不几日，到了京，覆旨面圣。这升侍郎的信，在淮上已知道了。谢过恩，便归私第。替贾政王夫人请了安，把祭河并黄河清的事告诉一遍。贾政亦甚为奇。便去见李纨、宝钗及贾琏、平儿。知贾茂尚未到京。过了两日，叶忠先来给信，说贾茂明日就可到了。那时五月初旬，离夏至祭地坛的日期不远。

却说贾茂，从蒲州起身，到了直隶涿鹿地方，包勇闲谈，闻说近畿一带时有神物摄人财货美色，想来不是正直的所为。现在道途纷传，大为商旅之害。贾茂听了，也没言语。

这日离京不过十数里，五月天气，陡然暴变。西北半边，云色叆叇，电光闪灼，顷刻间就有大雨迎面而来。大路旁又无歇处，只见向东从大路斜走去，约里数地，露出庄院林木。众人急不暇择，便忙忙奔此庄来躲雨。到了跟前，庄落却甚整齐，广梁门亦宽大。包勇上前，寻着看门的老者，将避雨的意思说了。那老者道："我主人有事，向南边去了，谁敢作主留你众人？"包勇道："不过借书房暂坐一坐。我主人是荣府贾大人，现在礼部尚书。你们不可轻视。"说着，那雷声渐渐近了。那老者道："天气果然要下大雨。待我替你们回我的主母一声。去留我不敢专。"那老者便踱进，待了一刻出来，说声："请！"贾茂便下了轿，走入他书房来。看他书房却甚雅洁。壁悬名画，案设古书。摆的瓶炉亦皆合款。里间内爇着龙涎，全不像野人茅茨。锄药才把行李放好，一声霹雳，大雨如注，平地水深二尺。包勇说："够了，亏有此处暂避，不致湿透。但不知主人是谁？"

你道主人是那一个？却是花袭人城外住的庄子。他当家的有笔欠账，亲往江南取讨，出门已两月了。这日听门上的老者说有人借地避雨，因见天色要变，遂叫他请进书房暂坐。后来打听，知是荣府的贾大人，不晓得是那一位，心中又喜又虑。踌躇半晌，着人去访他。跟随的人回来说："一位包爷，一位叫什么锄药，其余皆不及细问。"

袭人听是锄药，便叫他大儿子同回话的人到前头："可对锄管家说：我花袭人请他后边，有话要说。"他大儿子走到前边，便将这话对锄药说了。锄药着实惊喜，便跟到后边上房来。只见花袭人院中相候，仍是旧时风致。那锄药连忙作揖问好。说："再不想这里遇着，却如何在此处住？"花袭人还着礼，答道："这是我的住处。

太太可安,我家二奶奶可好?”锄药道:“皆好。”袭人道:“你跟府里那位少爷到此?”锄药道:“我随少二爷,奉旨西岳进香。乳名芝哥儿的,难道说就忘了吗?”

袭人听说是芝哥儿,想起宝玉,不觉眼圈一红,因说道:“你可替我禀一声,我欲请少二爷见一见,不知可肯赏脸?”锄药道:“这个不妨。待我替说。”便就走到书房来,笑着向贾茂道:“爷说这庄子是谁的?”贾茂道:“我如何知道?”锄药说:“这是咱家出来花袭人的。他才听是爷到此,着人叫小的到他房里,说要出来替爷请安,不知可容他见不见?请爷示下。”贾茂听了此话,也甚诧异。想了想,他是跟父亲宝玉的旧人,又在府中去过,母亲宝钗待他甚好。若不见他,回去母亲听说,必然要不欢喜。便说道:“很好。我也要见他见,不如我倒去望他,倒是我们行客之礼。”因叫锄药去说了,同着包勇及两个小厮走进后边来。门口有他两个儿子迎着请安,大的约十七八岁,小的约十二三岁。体格丰裕,眉目清疏,皆在学房肄业。贾茂一见甚喜,连忙拉住问好,同进门来。

袭人穿着长衣,在院内阶旁祗候。一见贾茂品貌举动,宛然宝玉,由不得心中伤感,又不便流下泪来。赶上前,才要请安,贾茂急忙止住,连声问候。到屋内坐下,袭人又要行礼,贾茂连说:“不可如此!”便请王夫人及宝钗的安,又问李纨、平儿、探姑娘等位的好。端上茶来,袭人亲自捧了奉敬。贾茂接茶,就让袭人坐下。

那雨仍是不住,贾茂道:“不料阻雨,得于此处相见。骚扰起居,心却不安。然无意中遇此,颇慰。想那一年在舍时,又是数年了。袭人道:“太太及二奶奶待我恩典,此生我是不能相报。今邀天幸,得蒙爷的驾到我庄上,这是我梦想所不到的。见爷之面,如见当日二爷的仪范,我心内又喜,又迷里魔罗,不知是何缘故。”贾茂听他说话,着实有心,不肯忘旧。也不觉有些感触。正沉吟间,袭人却把荣府中大小事情逐一细问,贾茂随问随答,却有了饭。那雨也渐住了。这饭却是袭人备的,烹鸡煮鱼,却亦新鲜可口。就在他住屋内斟上酒，贾茂不能饮，端菜摆饭，就吃完了。漱过口，又喝盅茶。贾茂起身便在书房歇了。

次日，袭人宰了口猪，烧煮各样，预备全猪，请贾茂吃了早饭。贾茂再三致谢，说到府禀知太太，再来请到府中去逛几日。袭人满口答应。正值樱桃九熟之候，用竹篓装了。四篓枇杷，四篓樱桃，四篓桑葚，四篓蚕豆。带去孝敬太太同宝二奶奶。贾茂命收了。又替道谢。

天气晴和，辞了袭人，坐上轿。不半日就到了京，在庙宿了。第二日早朝，面圣覆命。就回府来。贾兰升侍郎之信，途间闻知。见贾政、王夫人，请过安，磕头道喜。又替李纨致贺。见了宝钗，请了安。便将祭西岳的事说了。遂将避雨遇着袭人，着实多情骚扰，又送了时新果品孝敬太太的话，细细说了一遍。王夫人、宝钗等听了，深以为奇。将他所送之物，各处分送，以表其意。

那时正值夏至，圣上斋宿地坛。先一日，礼部诸皆伺候。贾茂急忙便上衙门办事去了。这一夜，因在斋宫直宿，仰观乾象，忽见觜星直犯帝座。第二日圣上就要宿坛。到坛后，召见请安各大臣，贾茂便将觜星侵犯紫微垣之事奏知。正奏事时，钦天监已具折入奏，圣上便叫贾茂在坛值夜，并饬提督三营加意巡守。贾茂遵旨，即在宫门外头班当差。此夜端坐，以观其动静。

约三更后，忽见西北上一股气若白虹，直奔地坛而来。这物贪嗔未化，色戒不除，被值日使者奏闻上帝，查其淫恶已极，擅扰祭坛，敕命左金童除孽立功。那物如何晓得？仗着自己神通，想摄坛上紫金宝炉为洞中镇洞之宝。御着风，暗入地坛，一无声响，摄去金炉，就要回洞。却惊动了护驾神祇，这天该玄坛值日，跨着黑虎，手执神鞭，挡住归路。这物正欲变化脱逃，无如天数已定，早奉御敕，赵玄坛不敢用鞭将他废命。相持之会，贾茂在静中早看见这股白气，所佩的雪藕宝剑在鞘中跃跃有声，贾茂便将那剑拔出鞘来，向白气内凭空掷去。未知可能制服此物，且听下回分解。

第三十六回　押黄纸奎阁平章
颁白麻枫廷大拜

话说贾茂将雪藕剑掷向空中，早有丁甲众神，钦奉帝命，捧着这剑，直奔此物。那物正被玄坛阻路，进退不能。猛回头，忽见一口剑，霞光四溢，瑞气千层。相离不远，说声：“不好！”想要躲避，已被众神将宝剑刺中要害，从半空中抱着金炉，跌在大宫门外。守护兵将吃了一惊，连忙进前瞧了瞧，却是个白猿，怀内是地坛的紫金香炉。众人不敢作主，急禀知了贾茂。当下贾茂走到宫外一看，暗暗叫人急将金炉安置原处。遂一面将雪藕剑收入鞘中，并吩咐将这白猿抬入僻静处，请旨定夺。

五鼓后，圣上宣泽礼毕，仍到斋宫更衣。贾茂知会了陪祀的谢中堂，将剑刺巨猿的事奏闻，并请旨：“此猿作何发落？”圣上闻奏，深以为奇，心中却喜。贾茂先已入告，便向贾茂道：“这事任卿处置可也。”贾茂即跪奏道：“此猿已伏天诛，皇上似宜掩其遗骸，用昭育物之仁，始为参赞。”圣上闻奏大悦，道：“好！”遂即传敕地方官，择地掩埋，建石以纪其异。驾起回宫，众官各回私第。这件事便喧传都中。好事者作书传奇，倒被书坊中刻卖了好些时，远近无不买部看看。好奇嗜异，千古人情皆无二致，这且不题。

再说郝中堂致仕出缺，将及半载。圣上祭地坛后，忽问及吏部堂官：“何不列衔请旨？”吏部堂官奏说：“大学士缺，系奉特旨简用，例不列衔。臣等是以未敢冒昧陈奏。”圣上说:“你等可将应用的人开单来,听朕枚卜。”吏部堂官答应道:“是。”次日即将应用各大员,皆列名奏上。过了两日,谢中堂传出旨来,正是早朝,百官咸集,凡资俸深而列名在前者,皆有奢望。那知谢中堂单传贾茂到前宣旨道:

奉上谕:礼部尚书贾茂,学问渊涵,品行端悫,屡备顾问,奏对无遗。既称职于抡才,复克娴于出使。观乾象而忠爱之忱,先钦天而入告。旅西岳而奠安之略,通神鬼以效灵。鳌头独步,艺苑蜚声。允宜参弼纶扇,对扬启沃。所有文渊阁大学士,即着贾茂补授。晋衔太子太保,兼管礼部尚书事务。锡之宠命,用眷前猷。宣此白麻,爰观后绩。钦此!

贾茂跪着听旨,谢中堂宣完,即忙磕头谢恩。又替谢中堂致敬。那谢中堂连忙回敬道喜。贾茂便恳谢中堂覆旨,代为谢恩,并请面圣候旨。这谢中堂答应了,便去缴旨。众官齐来奉贺。这个信早已飞报入荣国府来。

却说贾政在稻香村,从钟离学士宅内,请了钟离老者来,与褚小松逐日谈笑。或饮酒,或论道。这日贾政忽说起琴来,便向钟离老者致问道:“琴起何时?有何取益?而君子无故不去呢?”钟离老者答道:“琴作于神农,或云伏羲所制。太古遗美。琴者,禁也。禁浮僻,去邪慝,反其天真者也。舜挥五弦而天下治,尧加二弦以合君臣之义。蔡邕又添了二弦,象九星,在人,法九窍过矣。琴长三尺六寸,昭期数也;前广后狭,著尊卑也;上圆而敛以效天,下方而平以法地。广六寸,象六合也;中翅八寸,则八风也;腰际四寸,按四时也。琴高借之养性,元亮托以遣怀。神气冲和,风韵清远。君子御之,斯须不去,职是故耳。”

贾政道:“伯牙、蔡邕,移情海水,孤赏蕉桐。师旷清角,师文冬徵,逢人能道,这不必论。先生可有一二稀奇的典故,说两个广我闻见么?”钟离道:“嵇中散尝西南去洛数十里,有亭名华阳,投宿其中。夜坐无聊,援琴独鼓,一再奏而闻空中称善。中散抚琴,呼之曰:‘君子何不来一话，破此岑寂？’彼答之：‘我非人也，沉没此地者数百载矣。闻君弹曲高妙，故来听尔。幽明相隔，不宜接侍君子。’遂与暗中共论音声，乃以《广陵散》传之，中散受而学焉，半夕乃得，誓不以授他人。后王彦伯至吴邮亭，维舟理琴，恍忽见一女子，披帆而进，取琴调之，其曲甚高。彦伯问之，答曰：‘此所谓《楚明光》也，唯嵇叔夜能为此声。’伯彦请授业，女子笑而褰帷去。”贾政听了甚喜。

褚小松道：“我也有个琴的故事，待我说来。贞观初，赵师善琴，独步上京，尝为《吴蜀辨》云：‘吴声清婉，若长江广流绵越，饶有国士之风。蜀声惨急，若激浪奔雪，亦推一时俊杰’……”话未说完，忽见林管家走进来，替贾政磕头，道：“老爷大喜。二少爷拜了相，今早降旨，现有报喜的在外讨赏。”钟离老者、褚小松连忙站起来，作揖道喜。贾政听了道：“你再打听。贾茂资俸尚浅，如何得到此位？”话尚未毕，贾兰从外走来，替贾政磕头，禀道：“此是圣上特旨。贾茂系礼部尚书，例应列衔。因其资俸未深，仅止具名在末。不意圣上特恩简用。”遂在怀中把誊清上谕取出来，与贾政看。这贾政见是真了，心中大悦。一面还钟离二位礼，遂将贾兰拉起，叫他报与王夫人内边知道。贾兰答应，说：“是！”即往上房而去。

贾政要到宗祠行礼，便嘱褚小松陪钟离老者叙话，自己却往里边来。贵儿掀起帘子，进了门，只见贾兰正回王夫人话，宝钗也在旁边。王夫人一见贾政，即忙起身道喜。贾政笑着说道：“太太同喜。”贾兰又替贾政、王夫人磕头。宝钗也要跪下去行礼，王夫人拉住他。贾政说道：“难为你苦节训子，才有今日。你可算养着这儿子了。我夫妻当谢你，替你贺一贺。”王夫人道：“实在我这甥女儿，真难为他了。上苍默眷，自然不爽的。”宝钗道：“媳妇有何修能？总托老爷、太太的福。平素培植芝哥儿，得此显秩。媳妇应该磕一个头，心里方过得去。”太太又拉住媳妇，转觉不安。正说着，史湘云、李纨、平儿带着会哥儿、长龄儿皆来道喜。贾政道：“见了就是，大家皆喜。”贾琏磕了头，贾政吩咐道：“到各亲友处应报的，可报一报。”贾琏应着去了。贾兰媳妇闻小姐同月娥，穿了衣服，来替老爷、太太磕头。又替李纨、宝钗道喜。正忙着，只见各房丫鬟来了一群，跪下去说道：“道老爷太太喜。”刚起来，林之孝带着荣府家人，在院子里磕头。贾政吩咐免了。林之孝家里领了众女人，才来进门。王夫人说：“来就是了。”众人便站住。宁府贾蓉早补了河南杞县知县，尤氏奶奶及蓉哥媳妇皆随任。东府的事，皆贾琏替管。存下家人仆妇，亦皆过来见了。贾政便叫贾兰在书房应酬各亲友来贺的。这日贺客弗断，贾琏也回来陪着，尚自迎送不及。

再说谢中堂进内覆命，不多时，赵红本出来，传旨着贾茂召见。贾茂即整衣冠，跟着人内。见了圣上，阶前磕头谢恩。圣上宣他直到御前，说道：“昔日吕穆、王沂皆状元而登宰相，为有宋一代名臣。卿其勉之。”贾茂又磕头，奏道：“臣虽不才，蒙皇上如此高厚，敢不勉竭心力，以效涓埃。”圣上闻奏大喜，吩咐在内廷赐宴。贾茂随着各王大臣退出。宴毕，谢过恩，才回府来。

途中亲友见贾茂轿过，皆避了道，让他行去。到了家，见贾政、王夫人正坐屋内，上前磕头行礼。贾政及王夫人同说道：“你喜呀。不用磕头。”贾茂行毕礼，站起来，王夫人将他拉着，看了又看，说道：“我那光耀门庭的儿呀，也不负你母亲这番苦志。”贾茂就跪下去，替宝钗磕头。宝钗喜极，忽然想起宝玉，眼圈红了一红，就忍住了，将他拉起。便要替李纨、平儿行礼，李纨连忙拉住，又要替史湘云姑姑磕头，也扶住了。林之孝禀说：“众家人及仆妇皆来道喜。”贾政替说：“免了。”便细问面圣的事。贾茂逐一说明。又说赐宴，所以回来晚了。家中重摆喜酒，贾茂给贾琏去磕头。又见了贾兰。就在王夫人房内，陪贾政、王夫人一齐吃饭。到宝钗屋里，同月娥替宝钗又磕了个头。宝钗着实欢喜，叫他仍到李纨及栊翠庵史湘云处让了让。天就晚了。

次日五鼓，贾茂上朝，具折谢了恩，拜过各位中堂及王大人，又奉上谕，着他充经筵讲官、翰林院掌院、教习庶吉士。贾茂即日到了任，午后回来，贾政带着他同到宗祠磕了头。吃毕饭，先到薛宅，后到周侯爷家，替探春见过礼。才到梅侍郎这边来。梅调鼐已内升了光禄寺少卿，贾茂替梅侍郎、邹夫人行了礼，又替梅调鼐、宝琴皆拜见了。梅侍郎合宅无不大喜。此日转受了二礼，就留下贾茂吃过饭，才叫回去。

一连数日，贾茂无不到亲友处亲谢。每早赴军机处办事，实不得片刻之闲。

贾政择吉在宗祠摆下祭品，率领族人皆来行礼。王夫人亦带了女眷同随致祭。簪袍锵济，环佩谐鸣，金鼎浮烟，玉台叠影，荣宁二国公先人得有此等子孙，喜光宗佑，来享来格，冥漠中亦自欣然色喜。祭毕，送神。合府同食佑余。贾政这日跪拜，毫不吃力。九十余龄的人，如此康健，岂非天佑？贾茂恬退谦冲，毫无自矜之色。他原是悟后的人，随缘度世。视富贵若浮云，等荣华如朝露。惟史湘云知其底蕴，倒是月娥也还晓得一二。贾茂却浑然不显。随众祭奠。方毕，忽军机处有事来请，当即坐轿入朝去办国事。

贾政、王夫人同媳妇等刚回荣府，忽报探姑娘来家，又报薛宅的邢姑娘先到，替贾政王夫人要行礼，连忙扶住，说：“姑娘人家，一说就有了。”探姑娘道：“女孩来替老爷、太太道喜，头不叫磕，那个赏是要讨的。”王夫人道：“这些年的话，姑娘还记得么？”贾政道：“有赏。这易事，话是姑娘自家说的，赏或姑娘自备，或是说出来，我替备也使得。”王夫人同探春皆笑了。探春道：“我不管谁备，只另吃盅喜酒，就算赏了。”工大人道：“这个容易。”正说笑着，邢岫烟、宝琴皆走到屋里，替老爷、太太贺喜。王夫人道：“这不敢当。请坐了喝茶罢。”探春、邢岫烟、宝琴，同向李纨、宝钗拜了拜，又让平儿。各还礼不迭。闻小姐同月娥也过来，请了安，探春又替月娥道喜。大家依次坐了喝茶。通到李纨那边看了看，要到平儿屋里去，平儿力拦住了。就皆到宝钗房来，说了好一会话。邢岫烟、宝琴要往月娥处去，探春道：“很好。想无背人的话，我也同去。可使得么?”宝琴道:“若得姐姐肯光顾,小女蓬荜生辉,何必如此怄我哩。”众人皆笑了。月娥就伺候着,一同到他屋里来。

探春向宝琴道:“月姑娘真是有福。想当日‘子女皆好’这对子,果然不爽。”宝琴道:“我这女婿,自幼不凡。姐姐从他出胎包就断定了。今日枫廷大拜,喜光堂构,我独服姐这副眼力,何以预先就能料定?”探春道:“造物生材不易,那块通灵玉在前一番并无经济大用,这次重新出世,便是上天有意了。富贵功名,虽属浮荣,然济川舟楫,岁旱霖雨,也是致泽的真实作用。我非断我这侄儿官居台鼎,原从这块玉上,知他此番必有经国的大事业。赞其人,岂徒赞其位吗?”霓舞等捧上茶来,喝了茶,探春就到李纨那边去了。不多时,王夫人着人请去吃饭。傍晚,邢岫烟、宝琴皆回去。探春在家住下。

却说贾茂到了军机处,知是奉旨有事召见,遂于晚膳后宣入。缘安南与琉球构兵,遣使到广东制台处借粮。广督专折奉请廷示,各大臣意见不齐。特召贾茂到来,以决此事。贾茂奏道:“安南久列藩服,琉球亦岁修贡职。借则琉球致憾,不借则安南怀携,二者皆未尽善。以臣愚见,不若令广督派一通使宣朝命,相机排解,使其解甲。再令督臣选水师数千压境,为之声援。庶二国怀德畏威,必不敢于逆命。则安南之粮可不借,而我天朝爱恤海邦之意亦可晓诸中外矣。臣料定二国非有深仇,不过小愤,将以国命,自必悦服。仰祈圣裁。”皇上听了大喜。遂降旨:即照此饬谕广督遵办。后二国果然遵命解甲,各自修本谢恩。圣上见贾茂办事得体,倍加礼重。此是后话。

再说贾政自贾茂拜相后,设席管待贺喜送礼的亲友,有自家陪的,有贾琏、贾兰代陪的。忙了十数天,方才得闲。这日正值暑雨初晴,怡人爽气,荷盘擎露,蝉翼临风。与褚小松烹茗闲谈。午后,值钟离老者来访,贾政甚喜,便留小酌。又谈起琴来,贾政向褚小松道:“那日先生说那琴的故实,‘亦推一时俊杰’,下边便怎么样?”褚小松道:“老先生真好记性。待晚生说来。”便说道:“亦推一时俊杰。风气不同,所以韵调各异。若原其至山水,清音沨沨入耳,会心人每弦外遇之,则元声自在人间,又不限于吴蜀风气论矣。”

贾政听了,大赞道:“名论拔俗。”因向钟离老者又问道:“琴之创制典实,皆得领教。但指法谱曲,亦可得闻梗概否?”钟离老者道:“琴有有声而有字者,如《龟山》《猗兰》及《陋室铭》等曲是也。亦有有声而无字者,如《梅花三弄》及《雁落平沙》等谱是也。琴一音而集数字,故谱中之字多写字头边旁,聚而成音。所写若艹者,散也,左手不按徽柱,右手空弹曰艹。若尸者,擘也,以大指出弦曰尸。若乇者,托也,大指入弦曰乇。若木者,抹也,食指入弦曰木。若乙者,挑也,食指出弦曰乙。若勹者,勾也,中指入弦曰勹。若丂者,踢也,中指出弦曰丂。若丁者,打也,名指入弦曰丁。若亍者,摘也,名指出弦曰勺。若弗者,拂也,食指一抹,遍及内弦,曰拂也。若公者,滚也,名指出弦一摘,遍及外弦曰公。若夕夕者,拨也,食中名三指并紧放开,大指直起禁指斜,斜向一徽上下间拨入,两弦如一声,曰夕夕。若市者,刺也,名中食三指夹紧曰市。此左手指法大略也。右手指法,谱中虽载,高手删之。余有大吟、长吟、小吟、细吟、急吟、双吟、飞吟、走吟诸法,皆吟字法内推之。又有大揉、长揉、缓揉、急揉等法,皆揉字法内衍之,亦皆左手指法。然指法人所同也,得之心,应之手,则非指所得尽矣。陶元亮云:‘但得琴中趣,何劳弦上音。’又当别论。”贾政听言大喜道:“先生之于琴,可谓得其奥矣。弟愿执业以学之。”钟离老者道:“晚生何所知识。今不过承问,妄言其所肄耳。老先生如此言重,晚生何以克当。如不嫌絮耳,晚生请弹一曲《梅花三弄》以消长昼,何如?”贾政道:“妙极。”因另设一琴桌,铺上红毡,仍取出那日弹的琴来。钟离老者定了弦,弹《梅花三弄》。到第五段上,音节洪亮而和平,使庭中溽暑全消。入八段上后,更觉微风习习,躁释矜恬。声音之道可移性情,洵不诬也。到十三段上,更作曼声以为尾。真是余韵绕梁,较歌声而更永。不惟贾政、褚小松听之入神,连好也未及赞;即七十四等伺候的,亦皆呆呆侧耳,茶不能奉。转是贾政吩咐倒茶来,才忙忙去扇炉烹水,由不得仍啧啧道好。可想钟离老者琴之感物矣。贾政亲奉了一盅茶,重整酒肴,吃了饭,便已入夜。钟离老者就同褚小松在稻香村歇了。

这日贾茂朝回,替贾政请安,说道:"贾环叔已卓异了,东府蓉哥升补了下河同知,苏抚曹姑夫内升兵部侍郎,不过月余,就回京了。"王夫人听见贾环来京引见,甚喜。

贾茂因今日稍闲,便到栊翠庵来瞧史湘云。说了回话,忽道:"天下事无旧不重新,这栊翠庵规模不大,出了位贵人,只怕连这庵也要换一换气象哩。"贾茂道:"这些兴兴废废,古古今今,何堪悉数?姑姑说此庵出了位贵人,便该兴旺。若据侄儿看来,费长房拔宅飞升,连鸡犬亦在云间,那才是实在人杰地灵,不同过眼空花有名无实也。"史湘云道:"好侄儿,这话很是。但恐不遇其人耳。"贾茂见史湘云用话遮盖,知是真人不露的意思,便不肯过于直言。因笑一笑,便就拿话转言别事。

史湘云留下贾茂吃了饭,纯是素菜。贾茂倒尽量一饱。史湘云道:"好侄儿,真不为富贵所溺,毋失本来了。我甚敬服。"原来贾茂从海上饮了琼液,人间烟火久不着意。今为湘云制的素菜,转随意而食。及听了湘云这话,才觉湘云试他。便笑着说道:"姑姑又来着相了。侄儿从那日放风筝承训诲,也学撒手空行。姑姑如何转如此说?难道因境为转移,这不是得鱼忘筌吗。"湘云道:"虽无二致,然圣人不处不去的胸次,曾经体验否?"贾茂连声道:"是。这又侄儿见偏了。姑姑真是坐破蒲团的功候也。"喝过茶,贾茂便到自家屋去歇了。

次日,董阁学来拜。贾茂有事相商,因不在家,就到稻香村替贾政请了安,同褚小松下大棋,等候贾茂。不多时,闻副宪因无事,来与贾政闲话。董阁学过来见礼,闻副宪道:"莫误了棋兴。"便同贾政相见了，就一齐看着他二人着棋。贾政道："这平字角是个劫活，小松要落后手。"闻副宪道："褚公的腹势已成，想亦无碍。"二人低着头，各想棋路，同像未曾听见的。又着了二十余着，果然褚小松平字角上被董绳武劫杀了，幸而腹势收住。局完，输了三子，不致大北。贾政便叫备酒，四人叙位，坐下畅饮。午后贾茂回来，贾政着人唤至稻香村，替贾政请了安，众人见过礼。董阁学同贾茂在西间屋内，说了来意，好一会才出来。贾政正与小松对局，贾茂便辞了出去。直到傍晚，闻副宪、董阁学吃了饭，才各分手。

秋去冬来，忽一日，贾环到京，因卓异要引见。来家替贾政、王夫人请了安，把行李卸了，到贾琏处见过，便去李纨、宝钗处行礼。遂在上房同贾政、王夫人将别后事说了半夜，才去睡了。次日，吏部投文书。到探春处瞧了，便到各亲友家去拜，皆送些土仪。各家接风洗尘，也吃了好几日酒。王夫人另备酒席请他，贾环大喜。吃过饭，到栊翠庵见了史湘云。

不两日，吏部有信，带领引见。这日便同贾茂入朝，贾茂自入阁去办事。贾环伺候。早膳牌子下来，吏部大堂叫司官带着一班引见官进去。贾环系外道，算是大员第一班，就带到阶下跪了陛见。贾环奏完履历，圣上便问："贾政是你什么人？"贾环奏道："是臣的父亲。"圣上道："你父亲九十几岁了？"贾环奏道："今年九十七岁了。"圣上又问些河工的事，贾环奏对也还清楚。圣上道："此人甚宜外任，但他父亲年近百岁，爱子之情，自所必切。"因将牌子递与贾茂道："这贾环是你何辈数？"贾茂跪奏道："是臣的叔子。"圣上道："可将他作御史内用，以便朝夕侍养。"贾茂连忙磕头，谢了恩，才传出旨来。贾环亦朝上磕过头。便领第二班的知府。引见过了，贾环即退出朝去。早有报喜的人，飞报到府来。

贾政与王夫人在上房，正坐着说闲话，贵儿禀说："林管家禀事，说有凤藻宫俞首领，奉贵妃懿命要见。"贾政听了，站起来往外走。又听得门外一派嚷声。未知何事，且听下回分解。

第三十七回　仲贵妃敕修栊翠庵
探姑娘劝整大观园

话说贾政听见贵妃着俞首领有事来议，站起来，秋纹掀着帘子，往外走到院门外，才要向林管家问话，忽闻一片声嚷，只见李贵走进来，禀道："作山东道台的三爷奉旨，以御史内用了。内阁有人报喜。"贾政道："这是怎么的缘故？"便吩咐李贵道："可回琏二爷，开发就是了。"一面问林管家："贵妃有何事，着俞首领来？"林之孝答道："听说要修理栊翠庵，还带了二千两银子来哩。"贾政走着，说道："原为此事。"早已到大厅上，摆香案才要跪接，俞首领道："贵妃有命：少傅年高，免其跪听宣读。"贾政道："居臣之分，如何以私废公？"走到香案前跪了，俞首领站在上头，便宣懿命道：

> 栊翠庵为本宫发祥之地，今茂侄蒙恩大拜，更昭佑庇。理合鼎新旧迹，以答嘉贶。现发银二千两，交贾琏于明春择吉兴工，俟落成后，本宫再遣人拈香，谨制匾联悬挂。此事本宫先已奏明，毋容再奏。此谕。

贾政起来，接了懿命，便与俞首领见礼，坐定。茶罢，说了好些宫中事体，起身辞去覆命。贾政备一副厚礼，相送俞首领。素日相好，便就收了，才起身。

贾环退朝回府，替贾政、王夫人磕了头，贾政便急问内用之意。贾环遂将所谕贾茂的话禀了。贾政道："圣恩如此高厚，何以报效。

只你叔侄们尽心国是，我自心慰。”贾环答应道：“是。”到第二日，就补了陕西道监察御史。面圣谢恩，到任拜客，忙了数天。王夫人把他旧住房子裱整一新，贾政即差人到山东去接他家眷。他便带禀帖、书信给各上台及素日寅好，这也不在话下。

再说贾琏，领了贵妃这项银子，预先备办。早有揽头来向来旺儿包揽此项工程，稍图侵润。来旺儿得了成头，便向贾琏说了。贾琏遇着土木之工，皆按七扣发银。年前各匠作皆领一半银子，俟动工时再行找领。从古工建创造，上自朝廷，下而庶姓大家，凡动盈千累万的土木，无不层层剥削。到后实际不及十分之四，如何能够经久。更有一层利弊，向来估计，尚有盈余，纵然刻削，犹足支持。近则讨好献勤者众，为上惜费，核减了又加核减，已不敷用。领出银款，仍然层层剥落自得，于所估工料中设法弊混。即如竖柱的大木，辄用包皮，外加油漆，或退光，或朱红，仅资悦目。至三合土的地脚，势不能用，但借油灰浇灌，否则瓦刀勾抹，以为暂时之计。砖石等件，亦是如此敷衍。及至报账时，不过如贾政向郎中李工部说的，黑档子任意开除而已。此在寻常园亭及庙宇的修造，尚属无甚关系。大若城工，险而河防，事系民生，动关国计，往往在保固限内即有摊卸，一经伏汛，仍复冲溃，董其事者，可不稽察留心，以杜厥弊。现如栊翠庵这段工程，仲妃归省时修理未久，将此二千两功归实效，有何不足？在贾琏扣了三分，已成定例。管门的规费以及经手如来旺等的克减，那些工匠谁有赔出银钱来办事的。大侵小用，到了动工之际，十不存四。诸凡粉饰，终是不敷。贾琏既得陋规，不能过责工匠，只得禀贾政，说：“近日工料无不昂贵，所领之项，实不够用。若过草率，又恐贵妃见怪。”贾政听了，又问林管家，那知这管门的人也是口短，顺着贾琏的话，含糊说了几句。贾政只得又发了五百银。这番却不敢克除。从二月兴工，直到八月工竣，果然气象更新，辉煌耀目。佛像装金，香花灿设。中则虽无实际，外却大有可观。贾政看了甚喜，奏闻仲妃，差人来看。贾琏着实照应，回奏说好。仲妃即备了香，差俞首领赍了匾对来悬挂，并托史湘云代为佛前拈香。俞首领又得贾琏的礼，亦甚欢喜而去。事以贿成，可长太息乃尔。

当栊翠庵动工之初，曹紫庭由苏起身。到都陛见后，到了侍郎任，来拜贾政。见了十分亲热。既感知遇，又切亲情。鸾姑带着儿子曹维纶，替王夫人请安磕头。曹维纶长得品格拔俗，贾政，王夫人着实疼爱。送了内机宁绸十套，红大呢一板，绫子四十匹，贡缎四连，及苏州三塘所出各样土仪外，有宜兴茶壶八把，盖碗二匣。贾政却十分喜欢，叫人送稻香村，交七十四手收好。其余王夫人亦皆收了。鸾姑便在家住了十数日，说别后事，总没说完，就要回去。王夫人备了许多金玉首饰送曹外甥。贾政又给一柄玉如意，用匣装好。派车送了家去。

及至庵工告竣，探春这日归宁在家，李纨等约去同看一看新起工程，探姑娘禀了王夫人，便同着李纨、宝钗、平儿、兰哥儿媳妇。月娥因邹夫人欠安，回家去了。探春等带了各房丫头，开了角门，从大观园一路逛去。

近来王夫人因各屋伺候的人年纪皆大，就令各自嫁出，也有指配与家生子的。王夫人的玉钏、秋纹，宝钗的文杏、麝月及月娥的霓舞，虽皆配人，通不愿意出去，仍留熟手在房使用。王夫人除贵儿外，添买了碧娟，宝钗添了小倩，月娥添了进禄、如意。李纨的素云也嫁了人，仍愿服役，添了吴新登小女玳儿。就是探春的侍书、小螺，也是出去了又进来的。平儿的小红、丰儿，也都嫁了，丰儿仍留伺候，添买了翡翠。这日皆跟了探春诸人，来随喜栊翠庵的新工程。恰由大观园经过，探春便要先逛大观园，再往栊翠庵去。宝钗一时口渴，便叫爱儿小倩回去取茶。爱儿说有预备现成的。大家遂走进怡红院来坐一坐。

怡红院自仲妃作寓后，便就封禁。这日开了门，进去喝茶。此地虽尚整洁，已不似当年景象。院内花榭废弛，房中摆设零替。探春一见，蓦然想起住在园中行乐的情事，不胜感叹。原来此园自稻香村改为贾政怡养处所，虽亦不时经看园的修理，因无人来此游玩，便日久懈怠，渐致荒圮。花竹既不浇灌，台榭也不整齐。

探春带众人出了怡红院，再到潇湘馆及蘅芜苑。并自己所住的旧处，较怡红院冷落倍常。由回洞登假山，其中树木更非昔比。便向宝钗说道："人事废兴，何待百年之久。姐姐称看园中光景，可像咱们向日繁胜吗？"宝钗道："这园因日久无赏玩的人，遂渐荒落。咱们何不禀声太太，着人修葺。俟明春花发时，将园中当日在会的，同邀一游，再结诗社，为此园一大吐气，不知妹妹以为何如？"探春说道："很好。"李纨道："这不是咱那时跟着老太太赏月的去处吗？"平儿也指着山底靠水一座亭子，说道："这是烧鹿肉吃的，怎么连靠栏皆有坏的？"大家说着话，就从山的右边逶迤而上。走过一座小桥，忽远远听得一声磬响，便看见栊翠庵的庙脊。才到山门，只见两个尼姑跟着史湘云，迎将出来，笑着说道："这样冷静地方，何来这些热闹中人。"宝钗言道："热闹极了要在冷处静一静，特来相访。"探春道："也不止于如是。我们是实在冷静人，谁叫你这地方新近热闹起来？我等到此，看看是热闹还是冷静。"史湘云道："热闹中有冷静，冷静中亦热闹。二者惟其人自领之。"三人相顾而笑，便就走到庵前。

此庵新修，果然金碧交辉，墙垣整葺。进了门来，在大殿上拜了佛。香花灿设，着实装像威严。众人随喜了一会，连钟鼓楼也都看了。史湘云让到自家住处，两个姑子要端茶点。湘云说："不用你们照应，我自管待。你可邀这些跟随姐姐们，到你那边歇歇去。"探春、李纨等各留下一个伺候，便吩咐别个："皆跟了姑子去玩罢。"众丫鬟大喜，俱笑嘻嘻跟着哄的一声而去。

探春向史湘云道："姐姐留下我们，快些拿好东西我们吃。皆都饿了。湘云道："我这里要好东西却没有。只怕这山中干果、野外鲜蔬，你这饫粱齿肥的，恰也轻易尝不着。"便叫跟的人摆出十六个糕点碟子，品物清洁，意趣淡远。烹一壶佳茗。兰哥儿媳妇告了坐，便同坐了，一同品评果味。众人喝了盅茶，宝钗道："妹妹你原不是尘中人，就这蜜制菩提果一味，佛地中得此仙趣，令我咀嚼百回不厌。"探春道："姐姐你不晓得，他遇着我们这班人，才肯如此破格相待，岂肯概以恒流。他自待便已薄了。"史湘云笑而不言。探春又向平儿道："这庵虽是仲妃出帑修建，也亏二哥督工，才能如此辉煌出色。"平儿道："何尝不是。二爷为这工程，两月多未曾好生吃饭，恐众工匠怠惰，急切不能告成哩。"湘云听了也只是笑。大伙吃过茶，又到别处都逛了逛。众丫头到齐了，皆谢了湘云，便邀湘云出庵门，仍从大观园同到王夫人上房来。

正值贾茂朝回，与贾政说话。众人进去，替贾政请了安。贾茂也替探春见过礼。遂一齐坐下。兰哥儿媳妇退出门，回自家房去了。贾茂说了几句闲话，探春便将才在大观园与宝钗说的事，备细向贾政、王夫人说了一遍。王夫人道："这事甚好。我也久有此意，要将汝等众姊妹接了，在大观园玩一两日。你们既有此兴，何不就在此时乐一乐呢。"贾政道："此园久无人逛，须得修整一修整，方好赏玩。况此刻树未生花，鸟无新语。不若春半，诸事妥协为善。"王夫人道："老爷这话很是。"便向贾茂道："你可吩咐管家，叫他修理罢。"贾茂答应道："是。"便就有了饭，玉钏回王夫人道："饭好了。在那里摆?"贾政道："我同贾茂在西屋里吃，太太你同女孩儿们就在这里吃罢。"王夫人说好，便在两下里摆上饭。湘云另是素菜，独自用。宝钗道："今日要同史妹妹吃一顿斋。"便凑在一处，坐了同吃。王夫人道："你如今越发世路了。"探春道："他不是单为史妹妹，是省些菜给我们受用。"众人皆笑了。不一时吃完饭，史湘云又到李纨及宝钗房里，喝会茶，方回庵去。

当日贾茂便吩咐包勇，领了二百两银子，将大观园从新修整。包勇为人素性耿直，从海岛吃仙藕后，不甚食烟火滋味。在西岳道上，经贾茂指点，早有出世之思。因寓暹罗时，亲见贾茂红光的奇异，恋恋不肯辞去。本无室家，虽在门上，这钱财却甚淡然，不大计较。这日领了银子，修理花园，一毫无染。工归实用，那些工匠也就不敢十分克落。这二百两头，转如四五百银子使用。

不过三两月，早已办得完竣。因大观园本不甚费事，花竹稍经栽培，廊榭略一整饰，便就顿然改观。帘幔有该添换的，即行添换。各房的铺设，却禀了贾茂，转禀贾政，概为更易。一霎时，龙涎篆鼎，凤尾摇窗，全非探春来游时的景象。二月初，包勇报了完工，贾茂暇时到园看了。因包勇办得妥当，赏了一套袍褂，二个大荷包。当下包勇谢了赏，却也得意。贾茂覆了贾政的命，贾政亦甚心喜。王夫人便择日要请各家姊妹来大观园一逛。这事再叙。

且说包勇动工时，将近腊月。乌庄头年迈，着他儿子乌有功送地租到京，并向来例备的风猪、黄羊、干鲜果品等物，年景大熟，地租一毫不欠。又新置的庄子也送到地租，贾琏照着账收了，禀知贾政，厚待两处庄头而去。

便就年除，皇上优待近臣，摆宴侍饮，贾茂直到起更，方才回府。宗祠内照旧行礼，贾政跪拜如常。这也算十分福气，在五福中站了第一、第三的两件。贾政同王夫人到上房坐了，贾琏、贾环、贾兰、贾茂，带着贾藻、贾艺、贾濂一班少年，按着次序磕头。李纨、宝钗、平儿领着媳妇，也随着行礼。王夫人便向贾政说："媳妇们可免了罢。"贾政说："好。"贾琏等磕过头，贾政便吩咐家人们："俱免了。我们要吃盅团圆屠苏酒哩。"王夫人便叫伺候的丫头摆桌，将备下碟子端来放好。贾琏执盅，贾环举壶，斟了两盅双庆的酒奉上。彼时贾政、王夫人并坐。二人将酒摆定，同着贾兰、贾茂，又磕下头去致祝。贾政说："这也罢了。"李纨、宝钗候着老夫妻二人干了此盅，便就执壶捧酒，也同斟了一盅，带着媳妇便跪下，也要行礼。王夫人说是："起来罢。前已说过就是了。"王夫人叫西屋里另摆一席，给李纨、宝钗等去坐，便叫贾琏叔侄们同在一处说话消饮。约饮了一个更次，才撤了席，各人才出去，各处行礼、辞岁。天交五鼓，贾兰、贾茂便急趋朝拜贺。贾府年例摆酒，贾琏发帖，照旧办备。

倏忽灯节已过，二月初，又值会试之年。曹紫庭、贾兰云龙皆点了主考，入闱取士。

此时大观园工才告竣。包勇得了赏，同伴们要吃他的酒。包勇便预备了二席，请林管家、李贵等门上的坐了一桌，又请跟贾政的七十四、跟贾茂的锄药等坐了一桌，外送了贾琏、贾环、贾兰跟的人各一席，众人倒乐了半夜才散。那知这席酒几乎酿出一件事来，管买办的周瑞早已病发，那年经琏二奶奶因酗酒责治的那二位阿哥，久矣没了。剩下这伴芝哥儿读书的鸣岐老官，平素不学好。贾茂因其从幼伴读，待他甚优，奈他贪杯误事，渐亦不大任用。那年张越存先生在籍逝世，贾政差他赍了书仪，同薛尚义那边家人同去致奠。在路上替薛宅的人口角，甚不成事。贾茂官渐尊了，仍念旧，叫他专管书礼拜帖。他又受了外面铺家托嘱，暗用贾茂名帖，在县里去说官事，希图渔利。后被贾茂查出，重处一顿，遂令闲居，不叫管事。他不自悔，时出怨言，无人传舌，却也由他。

这日包勇请酒，府中人多，岂能遍及。郑华身后有个儿子，叫郑子富，赋质粗鲁，因未与席，心甚不平。然胆小不敢滋事，便用言激这鸣岐老官，说包勇瞧不起他，“诸伺候中堂的人皆请，单不请你。这包勇能来了几日？这么狂大，我甚不服。”旁有吴兴的儿子吴喜劝道：“咱府里人忒多，他那能请的到？他不请咱，往后我们远着他就是了。这样事如何争论得？恐被别人谈笑。”周鸣歧倒也罢了，郑子富又添了几句话道：“他不请却无要紧，只他背地说周老哥逞酒误公，叫上人撵出，不给事管，叫人甚瞧不起。这个话我听了，几乎没替他闹起来，被林大爷劝开。细想我却多事无味。”

当下周鸣岐一声儿没言语。过了两日，喝个半醉，到门上，斜着眼向包勇道：“你这几年财发大了，我这没时的人赌输了，你有银子，借我二十两用一用，不知肯不肯？”包勇见他带酒，笑着说道：“这事好办，我迟两天凑了给你，这一时却没有。”鸣岐本非借银，原为起衅，听说“没有”二字，便动了气。大声说道：“你怎么瞧不起人？我误公撵退了，连二十两银子也不值？你把那办大观园工程攒的挪一些儿就够了。你怎么瞧不起人？”包勇听了这话，便也厉声问道：“你说我办工程攒了银，是谁看见，有何凭据？你不还我着落，我却不依。”周鸣岐道：“你不侵落银子，如何摆酒请客，掩众口声？你还要瞒我这不得时的人。我也不能回得上去。”包勇道：“原来为我请客没请你的缘故，今日你有酒了，改日咱再讲罢。”鸣岐道：“放你那狗屁！我喝你的酒来？你管我什么今日后日。”“嗖”的声，在腿里拔出把月牙儿长尖刀来，放在桌上，拍着胸膛道：“姓包的！你敢扎你周大爷一刀子，才算好汉。不就是……”说到这里，李贵与他相好，见他太不像事，急用手把他嘴来扪着。说道：“你疯了吗？连王法一点也不怕了？”鸣岐挣着，还要说别话。

这日吴新登有事，叶忠旁边不敢劝。贾政因林管家上了年纪，叫他总理府事，把林天锡派了门上，替他禀事。天锡见周鸣岐事不像样，便到家里向林管家说了。林管家听见，连忙来到门上，正值李贵劝鸣岐不住，包勇气的一声儿不言语，睁睁的旁边站着。桌上放着明晃晃一把尖刀。林管家道：“你这小子可是反了！连府里的法度全不怕。这是什么地方，许你持刀行凶呢？”周鸣岐道：“这不干你老人家的事，你老人家不要管。”林管家道：“你看这厮，越发信口混说了。这事不应我管，却叫谁管？”周鸣岐道：“姓包的落得银子多了，你老人家吃了他一盅酒，就偏着他，全不想我是你老人家旧日的侄儿哩。”林管家道：“你看这厮，今日醉的连我都顶撞起来。成个什么道理？”周鸣岐道：“你老人家消消气，看气裹了没处寻王不留去。”林管家大怒，道：“他真是反了！此事须禀了，加倍处他一次，他才知道怕惧。”便叫跟的人：“把他捆了，等我上头回话。”

李贵一见着了忙，连忙替林管家陪话道：“这奴才今日醉了，请大哥略停停气再办。”郑子富在旁，听说要捆鸣岐，也慌了。便飞跑到周瑞后边住处，将前事向周瑞家的说了。周瑞家的虽然护短，他却知道荣府的规矩。似此酗酒，轻则捆打，重便遣发。着了急，便走到林之孝住处来，见了林管家娘子说道："我那孽障羔子，不知为着何事，得罪了管家，要捆了回中堂。这事如何当得起？只求老姐姐，看素日情，替我求一求罢。"说着就跪下去。林管家娘子连忙扶住，道："可为什么事哩？容我瞧进来替妹妹说，何必如此着急。"便叫他孙子林进福："请你爷爷去，只说太太有话向你爷爷说，他自然进来。"

郑子富便同了林进福到门上来，李贵正在劝解，林进福便照着他奶奶的话，对林管家说了又说，"等着还要回话，就请你老快些去哩。"林之孝道："我这里有事，且等着！"叶忠道："既是太太有话，大爷还该办了那边事，再办这件也不晚。"李贵道："这话有理。周鸣岐交给我，等老大哥出来，还你这个人。"林管家道："也罢。我且进去，再来办他。可气坏我了！"说着便同林进福往自家屋里去。

半路上，林进福便把实话告诉了。林管家没言语就到了。周瑞家里一见，就跪下磕了个头，哭着说道："大爷，这事可怎么样哩？若不瞧我老弟兄分上，那孽障羔子就死也是应该的，只是求大爷念我仅剩了这条根，替我担当些，便是莫大阴德了。"林管家娘子忙扶起他来。林管家道："你这鸣岐太作的不像事了，拿着刀子在府行凶横闹，若中堂下朝回来听见，这还了得？如今我只回了琏二爷，也要警教他个下次。"周瑞家里只是哭，说不出话来。林管家娘子道："你瞧周姐姐如此可怜哩，也是为儿为女。你怎样设个法儿，瞒上不瞒下的，替他遮过，也是从小儿弟兄一场。我实在心软受不得。"林管家想了想说："这事须得包老大不说什么，叫周鸣岐赔个礼，或可完了。"周瑞家里忙又谢了，便叫郑子富："你可到前边，烦你李太爷，领那孽障进来，见林大爷再商量。"又向林管家道："这可使得么？"林管家道："也罢了。"就叫林进福同郑子富一同去。林进福到门上，把这话向李贵说了。李贵便向包勇道："包大哥消消气，听我说句话，这事是鸣岐十分放肆，回了上头，把他就遣发了也是该的。但老爷年太高了，倘因此生气，也不是我们作下人的好处。鸣岐果因此问了罪，包大哥到彼时恐又要后悔起来。林管家既着人叫他，或另有个办法，我且带他进去，再来见大哥。你可行得?”包勇是有意思的人，当下甚不舒服。听了李贵这一席话，遂即释然，便答道：“李大爷只管去。才说的话真是金石良言。倘因此小事，致老爷生气，这话最是有理。只管进去，我全不介意了。”

李贵带了周鸣岐，走到路上，说道：“你这孩子，怎么拿起刀来行凶？府中规例是要充发的，你可当玩哩。”鸣岐这才慌了，跪下不肯走，酒也醒了，只求李大叔叔，他千大叔、万大叔，只是央告。李贵道：“我怎么合你老人家好哩！进去见林管家，我再替你求就是了。你才连他也得罪，可先赔个不是才好办。”鸣岐连声答应，便同走进林管家里边来。未知此事作何完结，且听下回分解。

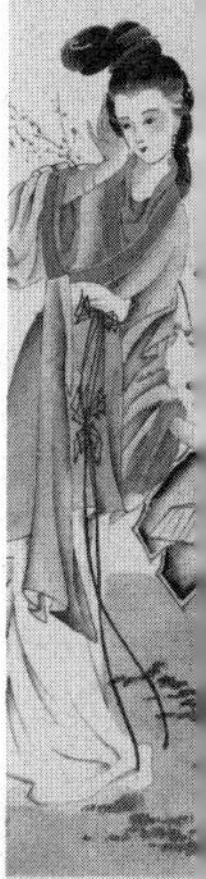

第三十八回　晋齐吴楚话行踪　雪月风花联旧社

话说李贵同周鸣岐走到林管家院里，听着房内有人说话，像七十四的声音。便缩住脚，不肯进去，转先到他外边客位暂坐，留下鸣岐，自己单身进来。可不是七十四，正合林管家说请客的事。原来是贾茂将大观园工竣，又值牡丹初放，禀了贾政，便合王夫人说了，定下三月十二日，遍请各家当日在园结社的姊妹来顽笑几天，以消春昼。叫七十四传于管家，着他派人挨家去请。七十四说完了，才要回去，却见李贵进来，又说了两句闲话。林管家对他道："我晓得了，等我开了单子，请过示，再差人去。断不误事。老弟替我先禀一声。"七十四说道："是！大爷是长辈，这样称呼便外待小侄了。"林管家娘子听了，说："好个会说话的乖嘴！我这里拿点心，你可吃个去。"七十四说："我等不及了。大娘若给侄儿点心，等侄儿拿回去慢慢吃罢。"林管家娘子同林管家都笑了，拿出两匣饽饽、两包果子，递与他。七十四连忙接了，说声："多谢！"便就走去，回贾政的话。

李贵这才向林管家道："老阿哥，你诸事看我们老弟兄的分上，替他担待一二罢。"便对周瑞的家里道："姐姐你看，这孩子作的可像件事？持刀逞凶，已不可恕，又把林大爷用话村辱，你还不求一求，这事如何下得来？"林管家不等周瑞家里开口，便先说道："周嫂子已说了半日。但这件事须得包老大不说什么才好。他是中堂得用的人，闲时露一半句，我们不回明，便都有不是了。”李贵道：“这事我已虑到。”便将进来时与包勇说的话述了一遍，林管家道：“如此，这便好商量了。那个小子还在门上吗?”李贵道：“我已带他进来，因七十四在此传事，留他在客位里。可着人叫他里边来。”

林管家便着跟随的去叫周鸣岐。不多时来了，进门他娘说：“你这个孽障，怎么不知好歹到这田地，连林大爷都用话得罪起来！你要寻死，还不快给你大爷磕头请罪吗?”鸣岐就跪下去磕头。林管家拉住，说道：“你酒大了。这有什么要紧，你可起来。但你为着何事与包老大如此寻衅哩?”鸣岐把郑子富背地话告诉了。周瑞家里道：“原来是这王八羔子拨弄口舌，怪不得跑到我那边，吓得那个腔儿，几乎没害了我一家人，若非林大爷肩膀宽就拆散了。我可气不过他！看我不与郑华家的闹一场，我便不是个老婆。”林管家娘子道：“这事尚未了结，你又要生波，寻根问源，我们如何替你瞒得?依我说，大伙儿忍一忍，省点事罢。”李贵道：“林大奶奶这话着实有理。周嫂子快别枝上添枝，又去生事。”说完，周瑞家里就一声不开口了。

林管家道：“我们同到前头见包老大，把这话讲开了才是事。”李贵便带着鸣岐一同到门上来，林管家也照着李贵的话，大同小异说了一遍，包勇道：“林大爷所见甚是。我已不介怀了。大家只求省事为高。”林管家道：“还是包兄弟量宽。你还不过来替包大爷磕头，赔不是吗?”李贵拉着他，替包勇赔了礼。包勇连忙也还了一礼，说：“我们是一殿之臣，这事说过就完了。好兄弟，你可别要怀在心里，再生别事。”李贵说：“这是再没有的。包老弟诸凡看我们老分上便是了。”就作了一揖，包勇当即回礼不迭。这件事方才完了。大人家这样事也难枚举。

过了一天，林管家开了请客单子，请了示，着人挨家请了。彼时甄宝玉放了荆关上木税监督，关杰升了浙江臬司，皆带家眷赴任，李纹、李绮不在都内。爱姑身上不自在。喜姑才得了儿子，辞了不来。巧姐在家住着，不用请。探春也先两日来了。喜鸾、喜凤皆说临期准到。薛宅的数位通不辞，宝钗也预先接了宝琴来，多说两日话。

适值贾蓉新得卫辉府知府，来京引见，替贾政来请安。待酒，又忙了二日。渐到了初十以后，礼闱于初九揭了晓，回府，与贾蓉盘桓了一天，自赴衙门办事。

再说大观园，本为元妃归省修造，后来奉元妃命，诸姊妹在内居住，培植的十分齐备。春花秋月，饮酒赋诗，真个是四时有不断之香，八节具长春之景。有长短句备载这园中的好处，听我道来：

寒随腊去，暖逐春归。晚色拖金，晓容缀玉。漠漠香浮，艳覆文君之市；迟迟日丽，红欹宋玉之墙。兴高而画阁敲棋，春困而绿窗倦绣。墙儿外金勒马嘶，徒留歌管；院里边玉楼人醉，谁戏秋千？迨至蕤宾应律，节届天中。映阶榴火，笑倩烹茶；贴水荷钱，愁将沽酒。浮李沉瓜，小阁未知暑退；调冰雪藕，画船转觉秋来。露凝十里之香，雷送千峰之雨。槐午未移日影，竹簟一枕羲皇。若夫天香飘于云外，桂子落自月中。秋水净而寒潭清，远烟凝而暮山紫。花荫露重，群瞻香满水轮；竹影风凉，忽听声飞玉笛。元亮酾巾而醉菊，龙山落帽以登高。而乃道行南陆，水始凝澌；爱日烘窗，朔风布野。刺绣五纹，骤添弱线；吹葭六琯，爰动飞灰。冲寒山意舒梅，待腊岸容催柳。宝鼎烟浓，党太尉开樽兴远；坝桥花发，陶处士跨蹇情高。真个是：海中仙树玉为林，天上明河银作水。

园中有这些好景致，众姊妹住着时，日日欢笑，诗酒唱酬。探春昨日到此，才有感触。现已修整，仍复旧观。

到十一日，王夫人又差人去请薛家的媳妇，爱姑身不爽快，辞了不来。香菱、邢岫烟十二日早起就先过来，喜鸾、喜凤随后也到。这日，花袭人因有事来见贾茂，无意中也来了。李纨、宝钗接进众姊妹，王夫人叫平儿管理酒席，当替王夫人请了安，众人共行过礼。探春、宝琴、巧姑皆走来，通见过。喝了茶，就在王夫人房里吃早饭。将午，才大家走到园里来。

花袭人见府中有客，贾茂在朝不能回来，便要辞了家去。宝钗待袭人最好，又因贾茂祭西岳途中遇雨，在袭人家里住过，袭人相待亲热，遂常到府中来往，宝钗见他要去，便说道："我这里今月宴客，你该替我张罗，怎么倒要家去？二奶奶照应酒席，你不肯园中去，何不帮二奶奶替我们作点什么，不好吗？"袭人连声答应，便不要走。史湘云要养静，也辞了不来。

探春同众人由角门到了园中，因牡丹盛开，便在潇湘馆先去看花。只见布幔高遮，花栏修整，池中各色牡丹十分烂漫。说不尽姚黄魏紫，国色天香。赏玩一会，便到蘅芜苑。转回来在怡红院中，又赏牡丹。歇了歇，便从小桥绕出回洞，到假山来。一路新经收拾各处，花竹缤纷，亭榭历落，迥非那次光景。此日又值天气和暖，无不欢悦。在山上逛了会，便到大观园正厅上来。

王夫人年纪太高，懒于游玩，向李纨、宝钗说道："你二人陪着姊妹逛去罢，到吃饭时我再来。"说了，便没同行。此时众位来到大厅，只见厅内桌上摆着攒盒，十六个糕点碟子，一样两席。玳儿、小倩、进禄这几个新添的丫头，随着麝月、爱儿，用盖盅沏上茶来。探春、宝琴等随意用了些点心，喝了盅茶。宝琴道："今年的牡丹怎么这样好？"探春道："这牡丹是茂侄儿栽的，人杰地灵，这是一定的道理。"邢岫烟道："三姐姐这话很是，我也是这样想。"宝钗便向探春道："妹子，你在南边走过，那里的牡丹也是一样吗？还是另有别致。"探春道："芍药是维扬著名，若牡丹，初则洛阳，如今惟曹地为盛，所以有'曹国夫人'之号。闽浙一带，非无此花，然亦未遇异种。如古人所说的绿牡丹，我却未曾见过。"喜鸾道："我在山右野谷中，见过一种野牡丹，满山遍地，就像广东山丹的样子，无处不是。五色相间，恰也有趣。但花朵不能甚大。"宝琴道："我到过潇湘一带，惟见斑竹，这样花我却未见。正是白往南边一回。”喜凤道：“苏州奇花最多，皆是人力造作，像这牡丹，年底便开，虽是早占春光，然无天地自然的生趣，终是矫揉，不能耐久。”

李宫裁道：“我性爱竹。君山的竹，想必别有凤尾的奇处，妹子可细细的说我听一听。”宝琴笑道：“你又来执意了。竹子是一样的，有甚异处？潇湘因泪痕著异，不过多则各样皆备，风过一种潇疏之致，令人神移耳。”李纨道：“妹子，你说的是。”

宝钗道：“三妹子，你到福建，离台湾不远，说台湾有四季不谢的花，可是真吗？”探春道：“台湾远隔重洋，我却未到。但那边风土，我曾细细问过衙门中派来浆洗衣服的人，大概知道。其地却实在有好处。”香菱道：“三姑娘，你说与我听。我是最爱听故事的。”探春道：“台湾为海中孤岛，形似弯弓，街市以外皆海。其东则大琉球也，西为小琉球。界湾之外有沙堤，名为昆身。自大昆身至七昆身止，起伏相生，状如龙蛇。大棕头、海翁窟为外障，北株尾、鹿耳门为门户。船之往来，皆由鹿耳，此大略也。俗重生女，不重生男。男则出赘于人，女则纳婿于家。凡耕作皆妇人，其夫转在家待哺。人无姓氏，不祀祖先，亦不自知其庚甲。性好杀截人头，洗剔之以铜锡箔粘之，供于家。遍身刺文，则红毛字也。手带镯头，或金银，或铜锡，多至数十双。用标枪取物，百步内无不中。人皆跣足，其走如飞。土官有正有副，随其支派，各分公廨，有事则集。小番则供役于外。

果之美者为樣。味敌荔枝，越宿即烂，难致闽地，我未尝及。次则波罗蜜、芭蕉子、石榴、橘、柚、槟榔、椰子等物。花则莫如四季锦、边莲，而芒、桂、梅、桃、拒霜、刺桐之类次之，所少特牡丹。别样山树，人有不知其名者，亦可异矣。

山无虎，但有豹，从不噬人。其地多蛇，而内山尤大。又一种蛇，能起地，比人高，则人扑；遇之者取土掷起，呼曰：‘我高！’蛇即翻身仰卧，舒足盈千；人必散发示之曰：‘我多！’蛇遂收足伏地，人即取身衣带断之，呼曰：‘我去矣。’蛇遂死。一异种也。

有澎湖，为台湾出入所必经三十六屿，自厦门至澎湖，水色如黛，深不可测。风顺仅七天半水程，一遇台飓，则事不可知。舟子有望风上候之法。澎湖无水田可种，皆以采捕为生，今则成乐土矣。设一巡检治之。”

众人听了，皆以为奇，喜鸾便将苏州的三塘及虎邱、观音山等处古迹说了一遍。宝琴正要说九嶷洞庭所见的风景，忽见麝月说："太太来了！"众人便起身接出。只见王夫人同着平儿、袭人，一路说笑着，走到厅前，迎着众人便道："天已午错，你们也饿了，可吃饭罢。"探春道："还不饿。"李纨道："也该吃了。"说着，进了厅。王夫人便叫摆饭。贵儿、麝月答应了，遂着新来的丫鬟去端饭。此时柳家年迈，柳五儿嫁了叶忠，不愿出去，即派他袭他母亲的职，在厨房管事。进禄、小倩、翡翠等端了两桌酒碟，叫小厮们拿着到厅外，他们接了，放在桌上。

众姊妹各按年纪坐了，闻小姐、月娥等替李纨、宝钗、平儿告了坐，他俩在各席前斟上酒，也告了坐。王夫人便叫他俩同坐下。此时月娥是一品夫人，闻小姐也是二品命妇，家庭间不论爵。大伙儿饮了数巡，端上菜来，未掌灯，就吃了饭，撤了家伙。宝钗叫麝月、小倩烹了一壶茶来喝了。众人同到王夫人房里，又说有一个更次的话，才各自歇去。

次日，贾蓉要起身回河南新任，到西府来辞行。贾政叫贾琏带着贾艺、贾濂同送出城去。贾茂朝中有事，贾兰、贾环要上衙门，皆未得送。

这日是十三了，宝钗回过王夫人，要摆酒，仍在园中邀众姊妹再顽一天，作个诗会，以继当日之盛。王夫人许了。吃早饭后，便同到园中来，把昨日未到的地方皆游了一遍，便绕到稻香村来。值贾政不在轩内，逛了会，仍到怡红院、潇湘馆看回牡丹，才同到正厅上喝茶。又说了会闲话，宝钗道："咱们空谈，岂不怕花月笑人？况当年结诗社，何等兴趣，难道今日有几岁，便托年纪，说是笔墨久疏，可不令人齿冷。”探春道：“姐姐的意思要怎么，何不说明了？谁敢不遵。”宝钗道：“三妹妹言太重了，我不过欲继往日盛事，消此春昼。何敢强不知为知，令人无不遵依呢？”

宝琴道：“看姐姐的意见，是要作诗了。咱们大家议一议，就再结诗社又何妨。”邢岫烟道：“这可有鹿肉烤得吃吗？”宝琴笑着说道：“嫂子虽没鹿肉，有螃蟹也好。”众姊妹通笑了。李宫裁道：“你们再结诗社，我仍旧站一席。”平儿道：“我不如当日二奶奶的才情，尚作得诗来，作起句。我遵太太命，同袭人姐备酒席去就是了。”说完，便同袭人起身回后去。

香菱道：“我的诗是那一时偶尔学的，此刻生疏了，恐不能作。可怎么样好？”李宫裁道：“旧例内可添一条新例，如诗不成，冷水一碗，罚他研墨。”众人都说好。喜凤道：“可得先拟了题再作。”宝钗道：“拟题便太板了，如无规则又难遵循。依我的意见，将牙牌写了诗题，用何体、何韵，通装在一古瓶内，该着谁，用箸夹出，点上三寸香为度，如不成者即罚。不知可合作否？”李宫裁道：“此议甚妥。但谁先谁后，又费安排。不如把名字也装在一筒。抽着名的再拈诗题，这便公了。”众人都说：“稻香老农议得好。”宝钗道：“题目不要太难，亦不必过于隐僻。我辈日在风花雪月中，即以此四种作题，各分体制。可好？”众以为是。

只见麝月、爱儿等各丫鬟将文房四宝在各人面前摆列端正，中间另设一席，是李宫裁抽签分题的去处。又喝了一盅茶，李宫裁道：“我就掣名签了。”抽出一根来，是个“凤”字，喜凤便道：“我今日占头筹了。”李宫裁道：“等我拈题。”即在瓶内取出牙牌，是“咏风得人字五言截句一首”，玳儿忙点上香，喜凤道：“你忙什么！”遂即沉吟了一会，写出诗来，香也才完。只见他写道：

咏风得人字

天籁明无迹，江声暗度春。

马嘶醺未醉，芳草遍游人。

宝钗道：“好。”李宫裁便掣出签，是个“钗”字，这该宝钗了。取出题来，是“咏雪七言截句集唐一首”，玳儿点上香。

宝钗援笔就写，香未尽，诗已完了。纸上写着：

咏雪集唐七言截句一首

柳亸梅芳何处所，禁城春色晓苍苍。

已欺曹国麻衣浅，更入卢家妒玉堂。

众人看了，皆道：“寓意深远，别有隽妙。姐姐天才，真不可及！”

李宫裁早抽出一个“巧”字签来，巧姐走接诗题，乃是“咏雪得窗字七言近体一首”，香早点了，巧姐忙作出诗来，香已将完。

咏雪得窗字

泉流潏潏水淙淙，结夜彤云洒力降。

寒不侵帘春满室，洁能辉座晓明窗。

东皋屐齿初晴印，西寺钟声过午撞。

村叟小桥驴背去，远溪来牧笛无腔。

喜凤道：“巧姑诗学大进了，如何全是村景？”李宫裁道：“诗随境成。巧姑在城外住，自然有此高致。”众人齐声道是。

便又抽出签来，是个“月”字，该是月娥了，诗题是“咏花得香山一七吟体，限用旧制。”月娥道：“别位姑姑皆未作，我如何敢先？”李宫裁道：“香已点了，掣谁是谁。你快作罢，不必谦了。”月娥即拈起笔来，写了一首。

咏花仿宋人一七吟体

花，摘锦，铺霞。

邀蝶队，聚蜂衙。

珠璎姹女，宝髻宫娃。

风前香掩冉，月底影交加。

绿水名园几簇，青楼大道千家。

谢传金屏成坐啸，陈朝琼树不须夸。

学稼褚先生旧制，无不叹其博览。李宫裁早掣了个“探”字签儿，便向探春道：“该三妹子作诗了。”探春道：“见猎心喜，我早已技痒。可是什么题目？”李宫裁道：“是‘咏月七言律得秋字’。”探春即据席写道：

谁于身外借前筹，可让元龙百尺楼。
阅尽关山同此月，坐看星汉最宜秋。
含辉应节冰轮满，流彩极天一色留。
柳缀金时梅带玉，开樽结伴喜重游。

宝钗、宝琴齐赞道：“即景遣意，不让古人。我辈当搁笔矣。”李宫裁早抽签在手，却是“琴”字。题仍咏雪，“得君字，七言近体一首”，玳儿才点上香，宝琴即口吟道：

传声向曙到窗闻，小阁龙涎画鼎熏。
未控暖帘寒亚我，任居尘舍洁于君。
千秋人事真团絮，六出天工喜撷云。
有约寻梅何处好，松花满碗且论文。

吟罢誊出，众人同声赞好。李宫裁刚抽出“菱”字签来，题是“咏风”，仍得香山一七吟体，又限旧制。香菱尚未接题，只见贵儿、碧娟捧着酒盒前来，是王夫人送与他姊妹的，稍润诗肠，再行觅句。李宫裁道：“太太怎么想的到。这时正该敬一盅，以助兴哩。”当即摆开酒盒团坐了。饮够数巡，探春道：“别耽误了菱妹子诗兴，咱们把这局完了再饮何如？”宝钗道：“很是。”就暂撤去，仍整诗牌。香菱见点上香，便忙写出一首旧诗来：

咏风用香山一七吟体

气散，力雄。
静生动，虚转通。
虞弦解阜，列御行空。
陈诗采自史，设卦巽为宫。

四大无形无色，众窍自西自东。

明月温凉皆伴侣，花竹向背不相同。

吟完，香已尽了。李宫裁才要抽签，邢岫烟道：“这可该着我了。”

恰好是“岫”字，题是“咏花得来字五言近体一阕”。岫烟诗才最捷，香未及半，四韵已成。宝钗拿着，高吟道：

芳园勤灌溉，嘉植厚培栽。

经雨参差发，随风次第开。

色因残雪饫，香逐早春来。

尽兴重开酌，谁输道蕴才。

宝琴道：“嫂子诗才便征老境，小妹拜服。”岫烟道：“好姑娘，别叫人颜汗了。”

正说着，李纨早从名签内抽出一枝来，是个“鸾”字，该喜鸾了。只剩下闻小姐一支签。玳儿便去点香，李纨用铜箸在瓶中去取诗牌。忽见玉钏同文杏走进来，向着李纨、宝钗说道：“适才中堂少二爷奉了旨意，从朝中回来，在大厅上，老爷穿朝服去接旨了。太太叫来告诉二位奶奶一声。”众姊妹听了这话，便不及作诗。宝钗吩咐麝月、小倩，收拾笔墨，并各位所作诗稿。探春道：“咱们走罢。”便同李纨及众人出了园门，一齐到王夫人上房里来。

未知奉何旨意，且听下回分解。

第三十九回　沐殊荣建坊旌善
颁特诏入祀明恩

从来彰善瘅恶，以树风声；旌淑别慝，以兴教化。乃圣王驭世之大权，亦国家作人之深意也。贤良有祠，忠贞立庙，显则报功，隐惟励俗，法良意美，自古维昭。至有恩于其土，而民为私祀者，潮州之韩昌黎，安南之解学士，伏波建庙于洞蛮，武侯受享于西蜀。虽春秋祭典所不载，已足见三代直道之公。即如本传内所称敷文真人，诚膺封号，究无专祠。前在礼闱中著异，亦未上答于朝廷而隆其典礼。此次会场特显灵奇，是贾兰目击，而曹紫庭为之面奏者。补叙之以伸前传所未及。

这年监场召神，将旗插在明远楼角。无一点风色，那根召神之旗连动数次。知贡举深以为奇。有一广东举子，头场文已将完，忽然撕碎卷面，自已通说了一段欺心诱骗良人妇女的事，便用卷袋自缢。说是还了一命，系奉敷文真人命，才填还的。此事轰动一场，无不为异。

曹紫庭那日得了一卷，击节称赏，拿来与贾兰同阅，拟中魁选。及至见了贾兰，取出那文，忽然看出许多不好来。贾兰无意回头，猛见背后站着一紫袍人，恰是叔叔宝玉，吃了一惊。曹紫庭见贾兰变色，举目也见紫袍人，将头摇了摇，倏然不见。贾兰便把见他叔叔宝玉站在身后的事说了，曹紫庭也说："有一紫袍仙官摇头，是我亲眼所睹。想此卷文字不可中，其人或损阴德。古人所说‘朱衣暗点’，此事信有之也。”贾兰遂将敷文真人礼闱著迹的往事说了。及至广东举人事传人内帘，二人深叹为奇。揭晓后，曹紫庭覆命时，把这件事遂面奏了，遍传都内，无不骇异。

却说探春等从大观园来到上房，值贾政接过旨，同王夫人正说此事。贾茂也在房中。众姊妹替贾政请了安，贾茂也向众位姑姑行过礼。问及所接何旨，贾政道：“今早你茂侄在朝面奉温旨，说他办事勤正，并念我素日奉职无愆，特谕礼、工二部建坊，且替珠儿的媳妇及他母亲，令本家自行领银旌表。又因曹姑爷前日所奏，复命贾茂在宗祠侧首为宝玉建祠，并令春秋致祭，以彰敷文之异。这样逾格殊恩，使为臣者何以仰报？”众人听了，无不欣悦，即替贾政王夫人道喜。遂在上房内摆了饭。贾茂因有事要见曹紫庭，就出去了。贾政仍回到稻香书屋，同褚小松消饮。

众姊妹吃了饭，便到宝钗房里，说：“今日便宜了鸾妹子。”喜鸾说：“此是天意替我藏拙，不然这么凑巧。”宝钗便叫小倩将所作诗稿取来，大家看了，便付与月娥，叫他收好。到了次日，邢岫烟、香菱就回去了。午后，喜鸾、喜凤也各家去。宝琴又住了两日，同巧姑也回。惟探春住十数日，方才到周府去。袭人的事，求宝钗替贾茂说了，是为入籍的缘故。贾茂就着叶忠拿名帖，替县里说明，准他入了籍。袭人方谢了回庄上，他倒住了约二十余天。

时交四月，工部着人来请贾政的示，择吉动土。来的是营缮司郎中。贾政叫贾琏在书房陪着，留吃了便饭，择定初六日开工。将大门外数间闲房皆拆去了，地势益阔。迎面建一大牌坊，为贾政立的“升平国瑞”，左首牌坊“一朝元老”，右首牌坊“千载耆英”。跨着大街，巍然并峙，皆奉宸翰挥洒，着实荣耀。靠着大牌坊两边，是旌表李纨、宝钗节孝的，左边写着为“诰封资政大夫贾珠妻室诰封夫人李氏立”，右边写着为“诰封光禄大夫贾宝玉妻室诰封一品夫人薛氏立”，上面竖写“奉旨”二字。自四月动工，至九月止，建石竖木,以及油饰等项,除动帑外,荣府约费千金,才能竣事。

次年春,在宗祠右首一段空地,替敷文真人修建祠堂,匾额联对皆在翰林院撰拟奉旨悬挂半年有余,工毕覆命。这件事,其中却有许多波澜,亏了贾茂刚柔并用,始能化大为小,化有为无。

凡临事者,不可不慎也。向在营缮司有个揽工的工头石瑛,连年修造,人既刁钻,手头有余,凡工部营缮司的承修,皆是他的总办。贾府这件事,上领帑项,下有荣府帮贴,自是大可浸润的一件美事。内有与来旺相好的匠人,名叫杨樾,就是办栊翠庵的工头。求了贾琏,要揽此工。那日贾琏陪郎中时,把这话早说了。那郎中满口应许,贾琏就回了杨樾的话。谁知石瑛手眼大,求了工部堂官,从上头办了这事,连那郎中也作不得主。贾琏心里不快活,存体统却不肯作出来。那来旺管家未得实惠,如何肯歇?就暗约杨匠头,将办来木植石料,加意驳换。又把那作成地脚嫌好道歹,拆了盖,盖了拆。一时贾琏又呵斥了数句,石瑛是有体面的工头,如何受得此等村辱?况他来办工,门上林管家、包勇不受一毫情分。叶忠胆小,也不允情。李贵、吴新登皆得了他的馈送。石瑛把这情节向李贵二位说了,二人因有贾琏作梗,无可如何,只用软话安服石瑛。石瑛倒也罢了。他有伙计,系他表弟,混名小李逵,不服气。一日为杨樾挑检石条,这是小李逵经办的,两下口角,交了手,用铁椎儿酿成人命。包勇乘空禀了贾茂。亏贾茂不动声色,把杨樾另派了庄子上一段土工,支开了。又向贾琏说明,差来旺到河南卫辉贾蓉任上投书,把这件事一床锦被遮过。那石瑛见贾茂如此作用,便也小心办事,不敢误公。

更有一桩无意的事,又亏贾茂用刚,才结其局。郑华儿子郑子富,从挑唆周鸣岐一场事后,周瑞家里借端替他闹了两次,郑子富气不过,不敢惹包勇,便迁怒到李贵身上。因李贵此次牌坊工程,得过石瑛的贿,想着闹一场,禀到上头也吃不了大亏。郑华与吴新登相好,郑子富把自己的意思告诉了新登,那知此事是他与李贵伙办的，因用正经话把他劝住。这是大人家的家人彼此忌妒，互相倾轧，原是常事。郑子富听了吴新登的劝，倒也歇了。

合当有事。那日，小李逵办了石料来交，正与李贵说话，郑子富走到跟前，触起心事，笑着说道："李大叔可有银子，借几两与小侄用？小侄这几日手太乏了。"李贵平日最嫌郑子富，听他借银，便冷笑了一声，道："我不像包老大，办工程攒钱，那来的银子？"郑子富因这话刺他隐事，便变了颜色道："怎不攒钱，难道牌坊不是工程？能有几次修花园哩。"李贵也动怒道："你这小子，可胡说了。牌坊工程是琏二爷经管，你看见我们攒了钱吗？这事倒要还我个实据。"旁边小李逵不该插口，便也没事。不料小李逵开口说道："这位大哥借钱只管借钱，怎么说牌坊工程？难道我们行贿不成？"郑子富正不敢替李贵致气，那经得小李逵这句话？便出口骂道："你是个什么东西，你爷们跟前有你插嘴的吗？好个混账东西，快替我滚开，省我生气。"小李逵是个好生事的人，又知郑子富在府中不得时，如何肯受他的骂？便就还口道："你拿镜子照一照再骂人。你是个什么东西，府中事一点也不能管，想在这地方诈钱用，可也能吗？"郑子富听了，心头火起，便就脱了衣服，想要打他。那知小李逵手头唧溜。刚到跟前，倒教他打了一个跟头。郑子富急便跑回去拿把刀子，赶来要替小李逵拼命。口中大喊着。

才到牌坊，恰值贾茂下朝回来。众人拦不住，就被贾茂看见了。贾茂便问："是什么人在府前持刀肆恶？"李贵便上前，将前事禀了。贾茂吩咐："把他捆起来，待我问他。"郑子富这才慌了，无人救得。林管家听见此言，也忙赶来。贾茂已在书房，着锄药来传他们了。郑子富捆着，贾茂叫把他松了，锁着脖项问他道："你连法度一点也不怕？怎么在府前行起凶来。你与这石匠有甚仇隙吗？"郑子富只是磕头，一句话也回不上去，贾茂道："你这奴才，问着你不言语。你手内拿着刀子，是我亲眼瞧得的。你不实说，我奏闻了，要你的命。你可别悔。"郑子富听了，着了急，连磕响头说道："奴才该死。只求爷的恩典,饶我命罢。”贾茂道:“你只说了实话,我便饶你。岂有无故要杀石匠的理,你可快说。”郑子富又磕了回头,才把李贵得石瑛的钱,自己替李贵借银,小李逵打抱不平,将他打了,才拿刀替他拼命的事,据实说了。贾茂笑了笑说:“就是了。”叫把他带下去,交给跟随官役看守着。便叫李贵,跟究他如何得贿,同伴是谁伙分的。若不实说,便交问官去办。李贵着了急,只得从实说了:“同吴新登得过工头石瑛的规举,林管家、包勇、叶忠均未分用。”贾茂听了,说:“你且下去。”把包勇、叶忠叫上来,申斥道:“你们管门,怎容人持刀厮闹?你们也不管,要你这门上何用?”两个人连忙摘了帽子,磕头认罪。贾茂道:“此次宽过你俩,念你们尚知畏法,不得私贿,可起去,好好用心办事。”包勇、叶忠又磕了头,连声答应,才站起来。又把林管家说了两句,林管家又连认失察的不是。贾茂便吩咐林管家:“将郑子富押好,听我办他。”并吩咐将这石瑛经手的事,令他办完。修祠堂事不用他办。遂起身到上房,禀了贾政,将李贵、吴新登革去管门,还要责处。亏王夫人讨饶免责,令其闲居,不叫管事。贾茂知会了刑部,请了旨,说郑子富酒后在府行凶,照光棍例,问了充发。阖府家人无不悚惧。这两件事恩威并用,可见贾茂的全豹一斑了。不一日,牌坊工竣,府中摆酒请客,忙了十数日,方才贺完。

接着过了年,就兴起祠堂工来。那日,贾政作了一梦,如在那年船上见宝玉头陀装饰,穿着大红哆啰呢,后边一僧一道相随。未及开言,忽然那僧道不见,换了一班仙吏伺候。宝玉也换了仙巾紫袍,一派细乐,数队旗帜导引着,望新建的祠堂而去。醒来时,王夫人正在梦中叫着宝玉才醒。说来两梦相同,甚为诧异。此时是八月中旬,敷文真人祠堂工毕,挂了钦赐的匾对,靠龛是御制的一幅联句,上句“赞襄郅治”,下句“黼黻人文”。与贾政梦中旗上所书无异。

这日贾茂捧了御香,并颁赏的祭物,望阙谢恩。在祠堂内摆上设祭。贾政也谢了恩。设祭的这夜，皆看见祠堂中红光满室，天上一派仙乐，落到祠前。众人无不叹为稀有。贾茂覆旨面谢圣时，把这红光仙乐事奏闻。圣上知道宝玉是个有来历的人，这“敷文”二字封号，原非虚赐。听了亦甚欣慰。又恐神道设教，易滋宋人天书流弊，便吩咐贾茂不必彰扬此事，以惑愚贱耳目。可见睿虑周详，不同凡近。贾茂连声道：“是！”退了朝，禀过贾政，饬谕手下人，不准再言此异。

话说宝钗因为宝玉建了祠堂，特到上房里替贾政、王夫人磕头。王夫人因话提起宝玉身后蒙恩如此隆重，也可光耀门庭，总亏芝哥儿尽心国是，才能推恩至此。宝钗道：“皆是托老爷太太的福，教训的勤，才有这个地步哩。”王夫人道：“你可守着了。奉旨旌表，连你大嫂子同沾圣恩，这可不同小可的。芝哥儿这个孩子从小不凡，我不算白疼了他。但有件事，我甚掂心。他如今年已四十了，尚无子嗣。难道月丫头是不开怀的？”宝钗道：“太太不知道吗？”王夫人道：“知道什么？”宝钗道：“芝哥儿媳妇怀孕三月有余了。正要禀知太太先欢喜哩。”王夫人道：“你怎么早不说！”宝钗道：“媳妇也是近日见他举动不像往日，才细问出来的。”王夫人听了大喜，把这话便向贾政说了。贾政也甚心悦。又因建坊这事，遂吩咐家人改了称呼，王夫人称老太太，李纨、宝钗皆称太太，以著朝廷旌表之荣。两府及亲友的人，称贾政为老太爷，玉字辈称作太爷，贾兰、贾茂皆称老爷。二位夫人皆称少太太。

薛宅的薛蟠抱病不起，薛蝌仍在当铺照应，薛尚义作了一任四川藩司，累次升到少理，后来转了副宪，来与姑娘道喜。问及仙乐红光的事，宝钗说：“事是有的，如今奉旨不许彰扬，老侄亦当守口才好。”尚义连声说是。王夫人留他吃了饭，叫他家去。周廷伦也来致贺，探春同着儿子到家，连巧姑娘住了数日，才回各家。亲友无不道喜。又忙了好些日子，始得稍闲。

再说贾茂，虽日日上朝办事，那块通灵宝玉紧贴身子带着，每晚临睡时用锦袱包好，押在枕头边，时刻不离。月娥也着实在意，与那金如意皆自己收拾，不轻易教人经手。已越多年，常如一日。那夜，贾茂得了一梦，说他父亲宝玉从祠堂内到他书房来，举眼一瞧，恰是场中及在暹罗国时所见的那位仙人。向他说："灵物不可久染尘凡，那块通灵玉，原是我的化身，如今奉旨再来人世。你的功名勋业，已足显扬，也用不着这玉著灵了。归真返璞，这是天地盈虚的至妙，那块玉可还我罢。"贾茂听完，便将那通灵玉递给那位仙人手里。蓦然惊觉，恰值夜半。便叫进禄儿起来，要茶吃。接了盅，去叫他将自鸣钟一看，那针正指丑初。贾茂便对月娥将梦说了。月娥看枕头边，那块玉仍在锦袱中包着，说："这不是那玉？梦中事何必认真。"贾茂道："消长进退，阴阳的一定不易之理。我位已极人臣，声名驰于异域，皆是这通灵玉的余辉。今夜这梦，不是寻常。我与我父异体同原，既有此警，待日后便有征应。"说着就该上朝时候，仍带了通灵玉，起身而去。

饭后，史湘云来瞧宝钗，就到月娥这边来闲坐。月娥知道湘云是大有仙果的人，把这梦对他说了，便就请教。史湘云道："这也何疑？有来处便有去处，天下事皆是如此。然去处仍是来处，后自有验，先机何必说破。"月娥言下了悟，也不再问。宝钗着麝月来请湘云吃饭，便就到上房去了。

探春正在家里，说起那年替王夫人庆六十的事，"能有几时？过了三十多年。我们南北关山，也经许多跋涉。明年是老太爷的百龄，这也不能轻易有的。想起来，真令人欢喜。况茂侄不过数月又有获麟之庆，老太太可怎样一个快活呢？"王夫人道："我儿这话很说得是。这两桩事，我每念及，不胜心喜。待我得了曾孙，先请你吃喜酒。你可也替我乐一乐。"探春未及开言，史湘云道："老太太这话大有深意，三姐姐你可预备贺礼，再吃这喜酒。"探春道："我是作女儿的，只会吃喜，从不知道送贺。史妹子可替我打算，当作如何贺法。先说给我，好打点去办。"宝钗接着说道："这事妹子们不用算计，待临时我替妹子们代办，管保体面，不致落人褒贬。”湘云道：“宝姐姐既答应了，也不用我打算。但我心里过不去，我有一丸仙药，是我府中累世传下的，最利催胎，这也算我一点微意。”便在袖中取出，倒像预先制备的。众人皆晓湘云未事先知，宝钗接了，连忙致谢。湘云道：“这药得明春才用，可收好些。”宝钗便叫麝月拿纸包好，送到匣中，着意收存。又说了一会话，湘云回栊翠庵去。

探春在家住了数天才家去了，周侯爷忽然抱病，廷伦夫妇衣不解带，伺候医药。约有半月，方才痊可。便觉衰迈，不能复原，就在府中颐养，连贾政稻香书屋也不轻易来了。

贾茂因这梦后，在通灵玉上加意防护，恐有遗失。不料那夜起来上朝，要带此玉，打开锦袱，忽然不见。这锦袱却仍在枕边原旧地方。心里忖一忖，便对月娥道：“这不是前夜之梦有了征验？纵然找寻定无着落，你可不要声张，令人瞎找。过两日，我自另有主意。”说完，仍旧进朝去了。月娥便嘱霓舞、进禄不许混传。那如意儿在灶上管茶水，不在屋里伺候，月娥遂不嘱咐他。

这日贾茂朝罢，又值甄宝玉差满来京销差，到荣府来拜贾政，遇着贾茂，说了会荆关税务的事，因钱粮缺额，现被部议，要求贾茂替他挽回。贾茂道：“我明日见户部大堂，问一问情形，再来覆命。”此时甄宝玉家眷由水路来，尚未到都。说完了话，便拜别客，辞了出门而去。贾茂送出大门，就便由大观园外门，遂到栊翠庵来瞧史湘云。

湘云像预知道的，早备下茶伺候他。贾茂请了安，说：“姑姑近日丹将九转了，如何不卜就晓得侄儿今日来请安？”湘云道：“我不惟知你来瞧我，连瞧我的缘故我也知道。我有两句话，你参一参，便解得了。”贾茂道：“姑姑的见解，每高侄儿一层，侄儿实有件事，要求姑姑指点。姑姑既说知道，就请把这两句话讲出来，待侄儿想一想，可解得，可解不得？再听姑姑的教训。”史湘云道：“物有来处，即有去处；物这去处，仍是来处。”贾茂听了大悟道：“姑姑所见的是，侄儿已省得了，‘梦即是醒，醒仍是梦’，可是这样解不是？”湘云道：“侄儿大道将成，何如是之捷悟也。一点不错。照此寻去便见。”贾茂连声答应着，便伏地替湘云作礼。湘云举起手说道：“我不敢当此礼，请我佛代受罢。”贾茂起来，又喝盅茶，便回自家屋里来。

月娥见了，不敢提起玉事，便问：“今日下朝，怎么过晚？”贾茂便把到栊翠庵见史湘云的话述了一遍，月娥就把前日湘云那话也述说了。便道：“据史姑姑这话，那块玉似乎不致失落。但来处我们且不知，何况去处？”贾茂道：“我听见我母亲说，当日我父亲失了此玉，是个圣僧从青埂峰下找着送来。这青埂峰知在何处？”月娥无言可答，便就歇了。

又过了一两天，贾茂时时参详。忽然夜间悟了，叫月娥，对他说道：“梦是醒，醒仍是梦。来处去，去仍是来。这块玉莫不是我父亲收去？如今只有祠堂是我父亲的坐落，难道此玉在祠堂找寻不成？”

次日将上朝时，先到祠堂内焚香致祷了一番。祠堂内空空的，何处找觅？便就坐轿进内，照常办事。退朝同来，又在祠堂内虔诚在敷文真人神位前叩祷，行起礼来。忽见那通灵宝玉在宝玉的牌位上挂着，贾茂一见，又惊又喜。不敢轻易去摘，仍旧跪下，又磕了头致敬，才将此玉摘下。细看与那玉分毫无异，只是颜色微欠光润些，便就带在身边。归到住房，备细说与月娥知道，随在身上将玉取出与月娥看。果然丝毫不错，十分诧异，仍用锦袱包好，着实留神。

玉既有了，方把此事禀知宝钗。后来贾政、王夫人也知道了，惟有称奇，亦别无话。忽见玉钏进来，回说包勇禀事，说祠堂内又现红光。贾政吩咐：“知道了，不准多说。”未知是何缘由，且听下回分解。

第四十回　荣国府开宴庆遐龄
红楼梦还元归太璞

话说宝玉祠堂屡著红光异瑞，贾政遵旨饬谕家人不许外传，便就相安无事。

这年元宵节，是贾茂四十整岁，有许多亲友送礼致贺，忙了一日，却也甚是热闹。

转眼二月半后，忽月娥腹中觉痛，宝钗过了年，早已留心，请了沈姥姥的媳妇小沈来收生，雇下乳母韩妈妈在房伺候。这日，有些觉动，韩妈妈报知宝钗，急来瞧，看那月娥腹内甚疼，实不能忍。宝钗想起湘云给的药，便忙回自家屋里，叫麝月取出药，是个红丸，其香扑鼻，另有纸写“用白水送”。宝钗拿着药，来到月娥房里，叫霓舞同文杏扶着月娥，又叫进禄取白滚水，自家举着药丸，看月娥用滚水把这丸药送下。只见月娥稍定，像是挨得住，静一静的样子。那知月娥服下药去一阵，如梦似的见　紫衣仙人，抱着小孩，许多仙乐跟送，站在门处，好像将孩儿递给婆婆宝钗手内，婆婆把这孩子朝着自己怀内一掷。猛然醒来，听得个孩子哇的声。那小沈两手接着，向宝钗说道：“太太大喜！添位哥儿了。”宝钗近前看一看，是个孙子，心中甚喜。便叫爱儿去替王夫人送信，并告知李纨、平儿。不多时，王夫人同李纨先进来，看了也甚欢喜，便照芝哥儿例，赏了小沈。那小沈先替王夫人磕头，又谢了宝钗诸人。

月娥听说是个小子,也觉欢慰。吃了定心汤,便差人报知贾政,即向梅府送信。那宝琴惦记月娥临月,正然来瞧,进门听了喜信,便先替贾政、王夫人道喜,又替姐姐宝钗及李纨等行礼。

恰值贾茂下朝,蒙恩赐了两端蜀锦,四对荷包,正要禀知贾政。听说得了儿子,便向贾政同王夫人先磕了头。又替宝钗磕头,李纨等拉住了。便到宗祠及敷文真人祠堂行了礼。回来后,贾政说:"这小孩子有福气,今日蒙恩赐这蜀锦,乳名便叫锦哥儿,学名贾坛,可好吗?"王夫人道:"好个锦哥儿!这乳名好的很!"忙忙的洗了三,送彩蛋、喜米、喜面、花糕与诸亲友,不必细说。

各家送洗三礼物,无不丰盛。内惟探春听说贾茂得了儿子,心中甚喜,来家替老太爷、老太太磕头。进门,巧姑娘又来,便同进上房来,各有添盆礼物。替贾政王夫人道了喜,未喝茶,就同王夫人到月娥这边来看锦哥儿。宝钗在屋里正忙着要洗三,探春先替宝钗贺了,巧姑也向婶子行礼,便同在奶母怀里看这孩子。见他眉目端正,品格清奇,探春说:"这个又是个状元宰相的坯子。咱家可谓福厚,才有这样后人。"王夫人笑着说道:"只求应了姑太太的话,就是家门之幸了。"说着,水便热了。不一时洗完了三。恰好贾政在门外要看一看,王夫人有年纪了,便叫探春抱着,到堂屋里给贾政瞧。贾政见他生得齐整,三日的孩子,射着日光,并不羞明。心中大喜,把自己带的一挂珍珠手捻给了锦哥儿。探春说道:"谢老太爷的赏!"宝钗连忙接了过去。王夫人道:"堂屋的风大,姑娘抱他进去罢。"贾政说道:"很是。"就笑嘻嘻的走出门去。王夫人叫在上房摆酒待客,这日梅夫人目疾未来,宝琴同薛宅的女眷及各家亲戚,送礼来的,无不去请。东西两间屋内,摆了四席,吃到二更天气方才各散。

转眼间,月娥便就弥月,各处磕了头。梅夫人接去,在老娘家剃了胎发,住了数日。宝钗惦着锦哥儿,便接了回去。

就离贾政的百龄贺期不远了,贾琏、贾环忙着搭新棚、竖屏面,在大观园的正厅搭起大戏台，管待外客。在王夫人上房及月娥住房两处待内客。因月娥住的是史老太太的房，局面宽大，皆在院内铺了板，用隔扇搭了布棚，悬上灯，结着彩，以便演戏。

半月前，就有送贺礼的。贾琏派了叶忠、林天锡登账受礼，派了李贵、来旺专发谢帖。李贵是禀了贾政，才派他办事，也是怜念旧人，借此录用的意思。焦大的孙子焦禧，柳家的儿子柳荫春，皆能办事。贾茂禀了贾政，着包勇同焦禧管官席上的酒筵，柳荫春管内里堂客的酒席。派七十四办待各处家人的酒。连辉办各地方的下席面，专司发筹。锄药管内里来的嬷嬷及丫鬟的席与面。皆是领了银子，各雇厨子办的。事完，开帐再算。派了新添的跟班天祥、迎喜、刘嘉禄、袁得功等伺候茶酒摆菜。周瑞家里求了王夫人，把周鸣岐也派了伺候。吴兴的儿子吴喜，为人少年老成，林管家禀了，派他总管各班戏子的酒饭，也是领了银子，先办后开账的。贾环的跟班，贾兰的小厮，有管灯彩的，有办毡毯陈设的。除现有能用外，皆是发银置买。这件事，合府的人无不沾光，吴新登派他暂管买办，也是求了王夫人才录用的。一概礼帖出入皆褚小松一手经管。林管家总司一切。有说的话，应领的银，皆经管家手方能支办。凡事安派妥当，半月前皆有次第。府中却像无事的一般，诸事无不备具。

内席的丫鬟，也皆派定席面。或司茶，或管酒，各执其事，毫不忙迫。派丁玉钏、文杏二人总理，花袭人、莺儿皆早几天就到府来。

王夫人有了年纪，不耐应酬，就叫李纨、宝钗、平儿三人两处照应，自家说定了爱听戏便听两出，不爱听时就在宝钗房里叫袭人、莺儿陪着闲话。预备两个女说书的，随便说一回书，自乐其乐。散席后再叫这两个去说与众姑娘们听，也是预先办下的。

贾政在稻香村请了钟离老人闲话、着棋，见过礼后，不爱听戏，就在此养静。贾环、贾兰陪着众客磕头，贾茂因列首揆，不敢告假。禀了圣上，早起行礼后，仍赴朝堂办事，不欲以私废公。

外边请了薛蝌、曹紫庭、董姑爷、周巧姑爷陪客，廷伦周姑爷伺候内里的差使及各王公的来客。别家亲友的下人也叫了许多，来服侍内席。陪客请的是梅夫人、邢岫烟、闵夫人、闻夫人，因薛蟠卧床，香菱不便久陪，才请了邢岫烟，周府、梅宅、薛宅的丫鬟，叫来帮着答应，皆是先期派定的。

不意贾茂那日禀知贾政百龄，告半日假，在家随众磕头。圣上大喜，赏了二日休沐，并赐御翰的一幅长匾，上写着"积善之家必有余庆"，两字叠写，用着御宝。赏了藏佛一尊，如意一柄，大缎八匹，蜀锦四匹，大荷包二对，小荷包四对，金鼎一件，玉胆瓶二座。头一日差夏首领赍旨赏赐。仲妃又备了礼，命俞太监送来，内有红缎金绣的《百福图》，着实辉煌，非大内无此物也。

北静王也着长史送礼，南安郡王换了小王子，照旧差人致贺，送了八色礼，内有一件西洋自鸣钟，作得十分精巧。临安伯是新承袭的，修旧好，亦送过礼来，亲身拜祝。别位公府侯门，凡平素往来的，无不备物奉贺。三五日前，诸寅好及各衙门相与的皆送贺敬。凡系水礼皆各收了。有贵重值钱之物除王公外凡属员的，各行璧谢。这是贾茂的一段深意，连日应接不暇。

周府、甄府在王夫人六十大庆，尚有稀奇东西相送，何况这次？周府送了一座十二时的宝炉，一件温凉玉盏。又送一个粗瓷的花瓶，插了花能久而不谢，谢了花自能结果，说是在挑河时地中得的。一件吉光裘的一裹元皮袄。甄府送了天然竹根的一堂三星，是自来生成，非人力所制的。又一挂一百单八颗的碧玉手串，是玲珑的，不知如何雕作。梅侍郎也送了一稀奇之物，是块墨玉般的石，燃在鼎下，说能熟米，古书虽有载的，贾府这日甚忙，却未曾试。别家的礼物甚备，难以枚述。

那年河南被水，春间觉荒，除赈饥外，贫民糊口维艰，卫辉府山中出了一种天然粉，是石头面的。百姓合着野菜吃下，却能度命。河抚奏闻，奉旨着派大员解此石呈览，以昭天佑，贾蓉就讨这差来京，替叔祖庆贺生辰。在京城前就交了差，引过见，便就到了贾政的正日了。

吉期上，点了如臂的一对大蜡，中间悬着御赐的匾额，焚上龙涎。地上铺着毡毯，上面绣褥加上红毡，右首是贾环、贾蓉陪着行礼，凡疏远的亲友在此行礼。第二层厅上悬着仲妃赐的《百福图》，也是一对红烛，一炉名香，地上铺设照前，陪着行礼的是贾琏、贾兰。后一层厅上不设红烛，地上一样铺陈，上面两张太师椅，是贾政、王夫人并坐，凡自家子侄孙儿弟女，皆在此处磕头，即有一二至亲要亲来行礼，侧首是贾茂回敬。第二层厅是诸亲戚致祝的所在，书房是廷伦周姑爷照应，大观园是薛蝌二太爷及三位姑老爷陪待。

这日一早，贾政向北替朝廷谢了恩，同王夫人到宗祠行过礼，回到府，在后内厅椅上坐了。贾琏、贾环带着子侄分班磕了头，李纨、宝钗、平儿带着媳妇也磕了头，探春、史湘云也要磕头。贾政说是："姑娘们免了罢。"探春勉强仍行了一礼，王夫人叫贾茂扶住。巧姑娘也免了磕头。宝钗等着贾濂起来，抱着锦哥儿说："替祖爷爷磕头。"那孩子朝着贾政只是笑，王夫人疼的了不得，接过去抱着。随后，林管家领着两府家人在院里磕头，林管家娘子也带了两府的人并各房丫鬟皆在堂上拜祝。起来，就是跟姑娘们丫头嬷嬷来行礼，贾政吩咐免了。

北静王、南安郡王到门，贾琏、贾茂出去，面谢了不敢当，即差人拿手本谢步，送了四桌席，八坛酒去。临安伯在书房中喝了茶，甄嘉言同周侯爷皆亲来，就同在一处坐了。牛伯爷也到。别位世职国公，有亲到的，有差人来的。这些世职勋旧，皆系相好，在书房喝过茶，皆到大厅行了礼，就要到大观园来。其余至亲皆到二层厅上致祝了，便也到园中大厅，各按位次坐了。开了戏，唱几出，便散一散。惟梅侍郎、周侯爷及众位姑爷皆在内厅，亲替贾政祝了。贾茂陪着谢毕，各自让出。

贾政觉得应酬太乏，便到稻香村来。钟离二位已祝贺了，见贾政来，褚小松道："怪道鹤飞鹿舞，原来是南极光临。"就迎着作下揖，便要行礼。钟离老者也来奉揖，贾政道："前已劳动登堂，这礼使我学生更不安了。"一面还礼，一面吩咐小厮倒茶。两个小厮端上茶来，喝着茶，贾政道："我可是有了年纪了，今日觉得乏。"褚小松说道："老先生龙马精神，何尝一毫倦意？真是人世所不轻易见的。"钟离老者道："我比老太爷小得多了，较之万不及一。老太爷果真福气过人，享此遐龄。若非天赐，何能如斯康健？"说着里边端出酒碟来，就在房内摆上，饮酒吃面不题。

再说外厅上，牛伯爷、甄嘉言皆有事，周侯爷不能久坐，领了情，就各辞去。过午后，大观园摆了八席，两院又摆了四席，是待本族中人的。贾芝、贾蔷同贾代儒的孙子贾莱，及喜鸾、喜凤的弟兄，还有本传所不及叙的族人，约来了有十一二位，皆在两庑下坐了。首座让临安伯，是闻侍郎陪了；次席让友，是闵左都坐了，梅侍郎陪了一席；关杰升了光禄寺卿，同薛蝌坐了；甄宝玉同周廷伦一席，曹紫庭、董绳武、周巧姑爷、钟离阁学、欧阳通议、马云龙、薛尚义、王仁，通共坐了八桌。贾琏、贾兰从左首斟酒，贾环、贾茂从右首把盏。台上吹了台，贾琏、贾环在檐前郊了天，举盅安席，打了躬。贾兰、贾茂随着行礼，众亲友公同敬了酒，也回敬一揖。各乃按位坐下。林天锡、叶忠带着班头，拿戏目便请点戏。让了半日，大家公议，点了一本《满床笏》，台上就跳加官，副末、小旦参过台，各家的人放加官及各行的赏，便点锣开了戏。席上端碟子，贾琏、贾环又在各席斟一巡酒。大家随饮着酒听戏。

里面两处也皆坐了，王夫人这边房里，四张桌子，闵夫人坐了首席，是闻夫人陪了；月娥这边四席，甄夫人首座，周侯爷夫人相陪；梅夫人同邢岫烟一席，也在月娥这边坐了；李绮、李纹、喜鸾、喜凤、探春、巧姐、喜姑、爱姑，连王仁的妻子，并全哥儿的媳妇阿娇，皆分定了婆媳不碍坐的。两处坐好，李纨、宝钗各安了席，就同饮着酒，皆看戏了。一处点的《金印》，一处点的《还带记》。这戏却着实热闹。里边席吃到二更天气，找了出《花鼓》，才各散去。

这次贾政百龄大庆，席地丰隆，虽非烹龙宰风，却也备极海错山珍。外厅四个菜后，吃了点心，上过烧割，众人散毕戏赏，贾琏、贾环站起谢了。又端碗菜，贾兰、贾茂起身，在各席又斟了一盅，便就归坐同饮。

王夫人在宝钗房中，同袭人等说着话，忽见史湘云进来说："我不爱听戏，又不茹荤，来与老太太谈一谈。"早晨湘云送了四样礼，皆是侯府中旧物，中有一柄松根如意，甚是天然；又有宝鼎一尊，天要阴晴，鼎上先有征验，可算一件宝物。王夫人一见，先谢了送的礼，便让他坐下。又说道："我正得姑娘来替我说会话。如今有年纪，实在不能应酬客了。"史湘云道："有两位嫂子，什么事照管不到，老太太也该养一养。"莺儿道："姑娘来的好。我们这里要叫女先儿弹南词，说《锦笺传》哩。"史湘云道："很好！何不叫他来，说给老太太听，我们也大伙乐乐。"便叫爱儿到厢房去，叫那两个女说书的。二人进来，请了安，湘云便问："这《锦笺传》是何典故？"那女说书的笑着说道："是王沂公曾与舜英刘小姐的事。"王夫人道："你说个大概我听。"

一个姓俞的说道：刘小姐是刘太守的次女儿，在洛阳花园中怎样无意写锦笺，怎样王沂公游春拾着，那知是什么红叶良媒的诗，刘小姐如何湘江遭风，到京中怎样考中女学士，又被丁谓陷害，怎样到外国避难，怎样王丞相提兵救回，怎样执着锦笺，王老太夫人请旨，怎样成了姻眷团圆，备细说了一遍。王夫人叫他弹着，唱了两回，就吃饭了。湘云的素菜也在一堆儿吃。

贾政是十锦杂耍，在稻香书屋，同钟离老者、褚小松直乐了一日。

大观园的戏唱到卸甲封王后，来七子八婿庆贺生辰，床上摆满牙笏。席间有叹羡汾阳富贵的，有推赞子仪功勋的，也有说李白能识英雄的，还有笑那跪门许多口实的。菜完，吃了饭，撤去家伙，重又摆上酒碟。临安伯乐极，找点了一出《思凡》，一出《山门》，直至三更后才起席作谢。台上吹打着，门外奏着乐，众宾皆欢欢喜喜而去。里边众位姑娘送了闵夫人等位去后，湘云告诉女说书的书好，又叫他把《锦笺传》说了几回，才各自安歇了。

次日，贾琏爷儿四位商量：贾政、王夫人昨日皆未听戏，要今日请二位老人家补祝一天。第三日再请各部院及都中各衙门寅好来酬谢。议定了，就请褚小松二位陪着，连自家叔侄，并贾藻、贾艺、贾濂皆叫来，家宴一晌。里头王夫人在自己房里摆席，不请外客，就是湘云、探春诸位姑娘，李纨等妯娌婆媳同着取乐，饮酒看戏。也顽到二更以后才散。贾政王夫人这日甚乐，吃的酒也不少。贾琏等无不快畅，重赏戏子，及办事家人皆有赏赐。下人等俱各欢悦感激。

此夜，史湘云入定后，见上元夫人降庭，说他功程已满，三月三后白日飞升。奉了圣旨，须当慎秘，不可泄漏。湘云谢了。次日见人，一字不提。

这日五鼓，贾茂上朝，面谢圣恩。同贾环、贾兰联名递了折子，奉旨："知道了。"直到午后才回来待客。到上房，值贾政与王夫人坐着说话，宝钗在旁边伺候，贾茂将谢恩的事说了一遍。见贾政二位老人家康强孔固，心中甚喜，便到外边接待诸寅友，大观园就开了戏，甚是热闹。

宝钗心喜，御赐的匾句挂在东墙迎面。从上房回来，一时困倦，就在炕上躺一躺。才睡下，便像仍在园子住的时，同林黛玉说那年不宜看小说的话，又像替邢岫烟办螃蟹，管待众人作诗的光景。慢慢觉来满窗日色，春意倦人。小倩倒盅茶喝了，躺下仍入梦境。忽见宝玉从外边进来，说道："通灵玉我找着了，如今还送他归青埂峰下去。"宝钗觉着贾茂到外国封王，心里惦记，便问："你可知芝哥儿在外，身上可好吗？"宝玉道："五德之运，成功者退。别的事我不知道。"说着，就走出去了。便像有人说道："史姑娘白日飞升了。”宝钗才问:“是谁说话?”又觉得莺儿跑进来说:“奶奶大喜,少二奶奶添了哥儿了。”宝钗一喜,蓦然惊醒,却是一梦。睁开眼,忽瞧东壁上挂着御赐的匾,上写着“积善之家必有余庆”。这便是《红楼梦》后集收元妙谛。正是:

勋业文章重鼎台,簪缨累叶五云开。
若非积善占余庆,那得朱轮十乘回。

大荒山顶雾苍黄,青埂峰头路渺茫。
能向此中参宝玉,通灵何虑觅亡羊。

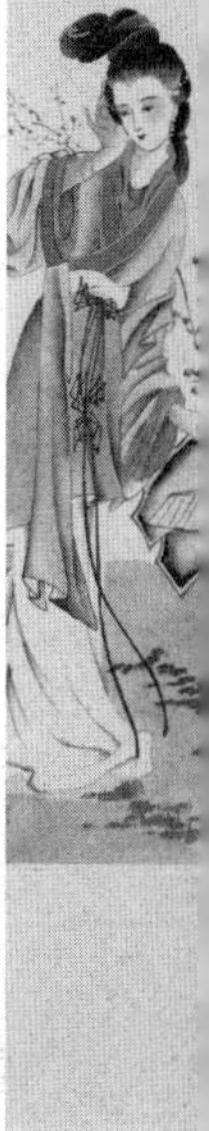

《续红楼梦新编》点校说明

《续红楼梦新编》40回，嘉庆十年(1805)文秀堂刻本，作者题："海圃主人手制"。封面书口均题“续红楼梦”，内封题"续红楼梦新编"，正文前有缘起，正文半叶九行，行二十字。又有光绪十九年癸巳(1873)成德堂刊本内封题“增补红楼梦”、正文题“增红楼梦”、书口仍题“续红楼梦”。本次点校，以光绪本为底本，以嘉庆本做参校。

其书接第一百二十回，通灵宝玉回归青埂峰，上帝因其此次凡尘功过赐号“敷文真人”。因其妻室薛宝钗恪守妇道，应赐麟儿，派金童玉女下凡，成此一段因果。宝钗不久生一子，手中亦擎一块玉，取名贾茂，小名芝哥儿；其妹宝琴嫁与梅翰林之子，生一女手擎小金如意一柄，取名月娥。贾政一百岁大寿时，诸亲朋好友全来贺喜，御赐长匾："积善之家，必有余庆”这八字“便是红楼梦后集收元妙谛”。

《读红楼梦纲领》谓此书“喜为官场热衷之说”但借《红楼梦》故事，全面描写了嘉庆时代的社会风貌，有其社会现实意义。

敖　堃

2015年12月于南开大学